U0433737

四川大学古典文学研究丛书

祝尚书／主编

宋元文学与文献论考

罗鹭 著

复旦大学出版社

四川大学古典文学研究丛书序

早年读《庄子·天道篇》，颇对轮扁故事感兴趣：作为一个车轮工人，他居然敢点评齐桓公读书，痛贬所读书中的圣人之言是"糟粕"。这自然触怒了桓公，还算客气，只是要他说出个道理，"有说则已，无说则死"。轮扁可是犯了既侮辱圣人、又邈视君王的重罪，看来死定了，他能说出什么让桓公免罪的道理？不过且慢，这位七十岁的工匠可也是个狠角色，他并不胆怯，也不与桓公辩是非，而是不慌不忙地讲起自己制作车轮的体会："斫轮徐则甘而不固，疾则苦而不入；不徐不疾，得之于手而应于心，口不能言，有数存焉于其间，臣不能以喻臣之子，臣之子亦不能受之于臣，是以行年七十而老斫轮。古之人与其不可传也死矣，然则君之所读者，古人之糟粕已夫！"读到这里，我们不能不莞尔一笑，为轮扁的智慧拍案叫绝。这当然只是个寓言，庄子是要借轮扁之口讲出一条既朴素、又深刻的道理：精微的东西（即轮扁所谓的"数"），是从实践中积累、总结、提炼出来的，不能言传，只能意会。

无独有偶，与庄子时代接近的古印度哲人释迦牟尼创立了佛教，而佛教文化中的禅宗，据说也是他开启的，其精髓在"以心印心"，不立文字。庄夫子说"得手应心"，其实就是"以心印心"，二人可谓如出一辙，都认为语言文字是"粗"，"心"之觉悟才是"精"，所以在《庄子·秋水篇》中，老夫子又说："可以言论者，物之粗也；可以意致者，物之精也。""意"也就是"数"，这才是蕴涵在语言文字中的精华。

不幸的是，笔者没有古先哲人的智慧，却如齐桓公似的读古人书。在今天看来，读书便是研究的开始，而从中获得"数"或"意致"，便是研究成果。以此，所谓"研究"，简单地说就是去其"糟粕"（语言文字),发掘其精华(数、意致)的过程。由是而论,齐桓公可谓是我国历史上最早的"古代文学"(广意)研究者之一。不过很遗憾,无论是庄子还是释迦牟尼,他们影响巨大而深远的思想,仍然只能靠留传下来的语言文字去认识和接受,否则所谓"数"或"心"就没有安泊处。换言之,没有"言论"之粗,也就没有"意致"之精,轮扁的"糟粕"说,可能太绝对了。禅宗说不立文字,最终"文字禅"遍丛林,成了"不离文字";而中国古圣人的思想,由早先的"五经"增益到"十三经",又在四部书中设"经部",就是文字极其繁夥的明证。看来,如齐桓公所读书中的"圣人"之言,仍然是我们了解古人思想及活动的主要途径。这并非是为齐桓公或如笔者之流的古代文学研究者辩解,而是客观存在的事实。笔者大半辈子在古人的"糟粕"(语言文字)中讨生活,虽如陆机《文赋》中所自嘲的"华说"(即论著)似乎不少,但得手应心的收获却不多,而除繁去滥,袭故弥新,将感性认识提升为理性认识,则是古代文学研究者的应有追求和共同使命。

　　这套《四川大学古典文学研究丛书》凡六种,为川大中文系部分古代文学教师多年研究成果的结集。可喜的是,除笔者之外的几位老师都是本系的教学和学术中坚,他们的论著有不少精粹奉献给读者。吕肖奂教授、丁淑梅教授、何剑平教授是三位中年专家。吕老师长期从事宋代文学研究,著有《宋诗体派论》《宋代诗歌论集》《宋代家族与文学研究》等,而收入本系列的《宋代士人社会与文学研究》,是她的新成果,主要探讨宋代诗坛的立体构成,解析士人阶层唱和中的身份认同及共性等。丁老师也是位著述甚丰的女学者,出版过《中国古代禁毁戏剧史论》《中国散曲文学的精神意脉》《中国古代禁戏论集》等专著,此部《戏曲展演、权力景观与文化事象》,更是精彩纷呈,它从曲史开进与权力分层、戏曲展演与传播禁止、唱本与地方社会景观、才女文化与自我书写等层面,试图从戏曲学出发,结合社会学与传播学的理论与实践,探讨明清以来戏曲与权力介入、戏曲与社会阶层互动、戏曲与地方文化地带迁移等戏曲撰演活动空间的建构与被建构的问题,等等。何剑平教授长期致力于敦煌文献与古代文学研究相结合,对敦煌文献中音乐史料的整理研究成绩卓著,出版有《敦煌维摩诘文学研究》、《中国中古维摩诘信仰研究》、《唐代白话诗派研究》(合作)等专著,而《佛教经典的生存与传播——从知识精英到普通民众》一书,以汉译佛典在中土的传播为主线,通过分析其在两个文化世界(士大夫文化、庶民文化)中不同的文学表现,揭示中古佛教同其他文化事项的关联,阐明作家文学与民间俗文学之间双向交流的主要途径。罗鹭副教授是位青年学者,目前主要研究宋元之际的文学文献,已出版《虞集年谱》《元诗选与元诗文献研究》等专著,颇见功力。而新著《宋元文学与文献论考》,则对南宋书棚本、江湖诗派及元刻元人文集等问题作了深入考察。张淘副教授,与罗鹭一样同为"八〇后",而更年轻。她在日本早稻田大学获得文学博士学位,其博士论文《江戸後期の職業詩人研究》获早稻田大学出版部资助出版。目前主要研究宋代文学和日本汉文学,《扶桑宋魂——宋代文献与日本汉文学》是她的最新成果。书中对宋代文学的一些基本问题作了梳理和深化,又对日本五山时代禅僧的抄物价值以及禅僧们对宋人典故的捕风捉影产生误用等问题进行介绍和研究。最后,是笔者的《宋代文学探讨集续编》,选录了2008年至2016年间发表过的主要论文20篇,如前所说,其中"得手应心"的东西不多。陆机《文赋》曰:"患挈瓶之屡空,病昌言之难属。……惧蒙尘于叩缶,顾取笑乎鸣玉。"陆机当出于谦虚,而笔者既有如上所述新老同事们的"鸣玉"在耳,"叩缶"则心甘矣。

本系列选题视野开阔,各自发挥所长,共同致力于古代文学研究的学科建设。丛书论证,发端于2018年秋,纂辑过程中得到四川大学文学与新闻学院李怡院长、周裕锴教授,以及古代文学教研室张朝富主任和相关老师的大力支持,复旦大学出版社责编王汝娟博士热心推动并精心编校,在此一并表示感谢。

祝尚书
2019年10月7日于成都

目 录

四川大学古典文学研究丛书序 …………………………… 祝尚书 1

I 版本目录学与宋元文献（上）
——书棚本与《江湖集》

第一章 陈起和书棚本 ………………………………………………… 3
第二章 《江湖前、后、续集》与《江湖集》求原 ………………… 13
第三章 书棚本唐人小集综考 ………………………………………… 46
第四章 宋刻《南宋群贤小集》版本发微 …………………………… 74

II 版本目录学与宋元文献（下）
——元刻本与元人别集

第五章 清代私家书目二种考证 ……………………………………… 85
  第一节 徐元文《含经堂藏书目》考 ／85
  第二节 稿本《漱六楼书目》作者考实 ／97
第六章 元刻元人别集调查与叙录 …………………………………… 104
  第一节 海内外公藏元刻本古籍调查与著录 ／105
  第二节 四十七部元刻元人别集书录 ／111
第七章 稀见元人别集版本研究 ……………………………………… 134
  第一节 元人别集《云樵诗稿》及其注释的发现与文献
      价值 ／134

第二节　元杨翮《佩玉斋类稿》的版本问题　/ 143
第三节　《全元文·杨翮卷》佚文辑补　/ 152

III　虞集诗文著述辑考

第八章　伪《杜律虞注》考 …………………………… 175
第九章　《全元文·虞集卷》佚文篇目辑存 …………… 184
第十章　《虞集全集》补遗 ……………………………… 197

IV　元人诗文总集研究

第十一章　释明本《梅花百咏》考辨 …………………… 239
第十二章　《青云梯》和《新刊类编历举三场文选》所录元代江浙
　　　　　乡试赋题考 …………………………………… 252
第十三章　清人编元诗总集二种研究 …………………… 260
　　第一节　姚培谦与《元诗自携》和《元诗别裁集》　/ 260
　　第二节　《元诗选补遗》考辨　/ 265

V　元诗接受研究

第十四章　五山时代前期的元日文学交流 ……………… 277
第十五章　晋安诗派与明末清初的元诗接受 …………… 293
第十六章　法式善与乾嘉之际的元诗接受 ……………… 309

论著原始出处 ……………………………………………… 320

后记 ………………………………………………………… 323

Ⅰ 版本目录学与宋元文献（上）
——书棚本与《江湖集》

◎ 第一章　陈起和书棚本

◎ 第二章　《江湖前、后、续集》与《江湖集》求原

◎ 第三章　书棚本唐人小集综考

◎ 第四章　宋刻《南宋群贤小集》版本发微

第一章

陈起和书棚本

南宋书商陈起(？—1255)①及其子续芸,在都城临安府(今浙江杭州)棚北大街开设书籍铺,刊刻了数以百计的唐人诗集和江湖小集,俗称"书棚本"。书棚本是古代中国商业出版与文学运动结合的典型案例,也是南宋诗坛传播晚唐体和江湖诗的重要媒介。让我们一起漫步南宋御街,追寻陈起与江湖诗人的足迹吧。

一、作为书商的陈起

陈起,字宗之,号芸居,钱塘(今浙江杭州)人。他年轻时勤奋好学,希望通过科举考试步入仕途,人称"陈解元"或"陈秀才"。在仕途无望之后,为了养家糊口,他就在闹市中开设了陈宅书籍铺。陈起为人成熟稳重(叶茵《顺适堂吟稿·赠陈芸居》:"气貌老成闻见熟"),很有生意头脑,把书铺经营得非常成功。作为一名书商,他成功的秘诀缘于以下几方面。

首先,书铺的选址非常好。附近的宗学、太学、贡院和钱塘县学等教育机构,保证了书铺有长期稳定的客源;门前就是人气旺盛的御街,流动客源也很充足。南宋都城临安,以御街(今中山路)为中轴线,两侧布满了密集的商铺。御街以东的"小河"(又称市河,故道在今光复

---

① 有关陈起卒年,本人在《宋才子传笺证》中有考证,详参傅璇琮、程章灿主编《宋才子传笺证》(南宋后期卷),辽海出版社,2011年。

路)上有一座棚桥(今中山中路与平海路交叉口的东南侧),因附近有棚心寺而得名。御街自棚桥往北至众安桥(今中山中路与庆春路相交处)一段,俗称棚北大街。众安桥南侧,有临安城最大的综合娱乐中心——北瓦(又称下瓦子),北瓦南边是睦亲坊(约在今平海路与石贯子巷之间)。在睦亲坊巷口南侧,朝向御街,就是著名的陈宅书籍铺。书铺前有一条小河,与御街相伴而行,俗称"官河"(赵师秀《清苑斋诗集·赠陈宗之》:"门对官河水")。门外植有高大的梧桐(叶绍翁《靖逸小集·赠陈宗之》:"官河深水绿悠悠,门外梧桐数叶秋"),在炎炎夏日中多了几分清趣(许棐《梅屋集》卷一《赠陈宗之》:"买书人散桐阴晚,卧看风行水上文")。在繁华的城市中心地带,这样一处散发着芸香气息的清幽处所,无疑是南宋末年临安城的一张文化名片,吸引全国各地的读书人慕名而来。

其次,陈起喜欢交游,人脉很广。上至王公大臣,下至江湖游士,陈起无不尽力结交①。作为书商,陈起整日与书为伴,"四围皆古今,永日坐中心"(赵师秀《清苑斋诗集·赠陈宗之》)。为了扩充藏书资源,他不辞劳苦地外出收购书籍,甚至远赴苏州买书(《前贤小集拾遗》卷四周文璞《赠陈宗之》:"吴下异书浑未就,每逢佳处辄留连"),用低廉的价格买进(周文璞《赠陈宗之》:"收价清于卖卜钱"),以高价卖出,从而获取利润。当然,也有上门求售书籍的顾客,如江湖诗人叶绍翁,厌倦了京城繁华,准备离开时,"随车尚有书千卷,拟向君家卖却归"(叶绍翁《靖逸小集·赠陈宗之》)。由于藏书丰富,前来买书、借书的人络绎不绝。但不同于惟利是图的商人,陈起允许顾客赊欠书款(《前贤小集拾遗》卷四黄简《秋怀寄陈宗之》:"惭愧陈征士,赊书不问金");或者慷慨地提供借阅,如赵师秀(《清苑斋诗集·赠陈宗之》:"最感书烧尽,时容借检寻")、张弋(《秋江烟草·夏日从陈宗之借书偶成》:"案上书堆满,多应借得归")等都曾向陈起借书。书铺暂时缺货的珍稀图书,陈起也应顾客的要求尽力搜访,他曾应刘克庄

---

① 有关陈起的交游,参见张宏生《〈江湖集〉编者陈起交游考》,《文献》1989年第4期;胡益民、周月亮《〈江湖集〉编者陈起交游续考》,《文献》1991年第1期。

的嘱托代为搜寻《史记》,几年后得到一部蜀刻本相赠(陈起《芸居乙稿·〈史记〉送后村刘秘监兼致欲见之忱》)。如此服务完备的经营理念,使得陈宅书籍铺能够将各阶层的读书人紧密地联系在一起。

再次,陈起了解市场行情,能够准确把握商机。作为全国的政治、经济、文化中心,临安府书铺林立,市场竞争非常激烈。陈宅书籍铺所在棚北大街附近有众安桥南贾官人经书铺、棚前南钞库相对沈二郎经坊、棚前南街西经坊王念三郎家等书坊;从御街南端往北,依次有太庙前尹家书籍铺、中瓦南街东开印经史书籍铺荣六郎家、保佑坊前张官人诸史子文籍铺、猫儿桥河东岸开笺纸马铺钟家等;而西河沿岸,又有钱塘门里车桥郭宅纸铺、鞔鼓桥河西岸陈宅书籍铺等;此外,较著名的还有陈思开设的陈道人书籍铺。这些书籍铺,有的以印卖佛经为主,如贾官人经书铺;有的以刻印笔记小说为主,如尹家书籍铺;有的以编刻书法艺术类典籍为主,如陈思书籍铺。因此,要想获得成功,就必须形成自己的经营特色。陈起是临安书商中为数不多的诗歌爱好者,喜欢读诗、写诗、选诗、评诗、刻诗,在与众多江湖诗人的交往中,他敏锐地发现当代诗坛盛行晚唐体,于是果断以编刻和售卖晚唐、江湖小集为书坊的经营特色,即使因"江湖诗祸"受到牵连,放还后也仍然重操旧业,取得了巨大的商业成功。目前留存于世的晚唐诗集和江湖诗集,绝大多数都是书棚本,足以说明陈起刻本几乎垄断了这一出版领域的市场份额。

最后,陈起刻书效率高,特色鲜明。陈宅书籍铺刊刻的唐宋诗集,一般只有一、二卷,很少超过十卷。相比于图书市场中《六臣注文选》《千家集注杜工部诗史》《五百家注音辩昌黎先生文集》等大部头文学经典,书棚本唐宋小集的篇幅要少得多。这就大大降低了刊刻成本,加快了出版速度,与之相应,价格更便宜,携带也更方便,能够满足普通读者的阅读需求和购买能力。陈起还精心设计书籍外观式样,塑造了独一无二的"书棚本"面貌。书棚本的主要形式特征是:书中有"临安府棚北大街睦亲坊南陈宅书籍铺印行"等牌记;行款为"每半页十行十八字";字体以柳体(柳公权书法)为主,兼具欧体(欧阳询书法)笔意,笔画方整,笔势略向右上方倾斜;版面疏朗,美观大方。这样物美价廉的优秀读本,极大地刺激着顾客的购买欲。

综上所述,从书铺选址到人脉经营,从书籍内容到外观设计,无不显示了陈起精明的商业头脑,使得他在激烈的竞争中脱颖而出,成为南宋末年临安书业的重量级人物。

二、"诗刊欲遍唐"

南宋诗坛对晚唐诗的推崇,始于杨万里等中兴诗人。然而,使"晚唐体"成为风靡一时的诗学潮流,则不能不归功于"永嘉四灵"。"四灵"最初只是永嘉(今浙江温州)的地域诗派,经过叶适的奖掖(叶适曾编《四灵诗选》,陈起刊刻)而知名于世。尤其是赵师秀(1170—1219),在"四灵"中去世较晚,借助陈宅书籍铺的出版力量,使得晚唐诗集大量发行,成为最受江湖诗人欢迎的读本。于是,晚唐诗盛行天下。

嘉定初年,赵师秀寓居钱塘后,经常往来于陈宅书籍铺借阅书籍,并与陈起诗酒唱和。陈宅书籍铺的名声,也因赵师秀在友朋中宣扬而广为人知(《前贤小集拾遗》卷三,杜耒《赠陈宗之》:"往来曾见赵天乐,数说君家书满床。"赵师秀曾编纂唐诗选本《众妙集》一卷、《二妙集》一卷,今有中国国家图书馆藏明嘉靖十五年(1536)摹写宋刻本。根据行款(十行十八字)和避讳字,可推测其底本是书棚本。《众妙集》选录七十六家唐人诗,《二妙集》仅选贾岛、姚合二人之诗,最能代表赵师秀的诗学宗旨。受赵师秀影响,陈起还刊刻了姚合《姚少监诗集》、贾岛《长江集》等受到"四灵"推崇的晚唐诗集。可以说,在陈起事业的起步阶段,与赵师秀的交往无疑是他的书籍铺获得成功的助力。

作为一名书商,陈起开设书籍铺的首要目的是售书盈利。因此,在他决定选择晚唐诗集作为主要出版方向时,不得不深谋远虑地调查市场需求,或者说揣摩读者心思。陈宅书籍铺地处繁华的闹市,附近有很多休闲娱乐场所,人们要抵御怎样的诱惑才肯花钱购买并没有实用价值的诗集？幸运的是，在熙熙攘攘的人流中，有一群漂泊江湖的落拓诗人，他们为了生计到处奔波，身心俱疲，早已厌倦了喧嚣的城市生活。江湖诗人朱继芳有《城市》七绝十首，其中第四首是："山人只合住山中，入得城来调不同。满面红尘无处避，手携白羽障西风。"第十首是："身游城市发将华，眼见人情似槿花。惟有梁间双燕子，不嫌贫巷主人家。"（朱继芳《静佳龙寻稿》）前者写自己久处山林，不适应城市的喧哗与尘土；后者写城市的人情冷暖、嫌贫爱富。这种对城市的厌恶，是宋代以后都市繁荣在中下层文人心理投射的阴影。对于大多数江湖诗人而言，清幽的陈宅书籍铺是他们在临安闹市中休憩身心的最佳场所。江湖诗人赵汝绩在《柬陈宗之》诗中说："有钱不肯沽春酒，旋买唐诗对雨看。"（《江湖后集》卷七）相比于酒楼，江湖诗人更愿意光顾书铺，买上几卷自己喜爱的唐诗，在花前月下吟诵，舒心惬意！江湖诗人武衍于"藕花风里看唐诗"（《藏拙余稿·客去》），俞桂在"桂花香里看唐诗"（《渔溪乙稿·偶成》），吴仲孚"看彻唐人诗一卷，夕阳犹在杏花枝"（《菊潭诗集·春咏》），此情此景，惹人流连不已！诗人们不仅独自阅读唐诗，也喜欢与朋友一起分享。林尚仁在与友人聚会时，"不叙寒暄说晚唐，满座春风屡倾榼"（《端隐吟稿·饮药房陈户山居分韵得合字》），大家顾不上寒暄，就迫不及待地分享阅读晚唐诗的体会，满座开怀畅饮，如沐春风。可以想象，陈起也经常参加这样的聚会，真切地感受到江湖诗人阅读晚唐诗的热情，只不过他是商人，更加清醒地看到隐藏在背后的巨大商机。

周端臣称赞陈起"诗刊欲遍唐"（《江湖后集》卷三《挽芸居》），这是夸张的说法，至少目前尚未发现陈起刊刻李白、杜甫、韩愈、白居易等大家诗集的确凿证据。但是，数量众多的中晚唐诗人小集，却有赖陈起的刊刻而流传于世，这是无法抹灭的事实。据不完全调查，书棚本唐人诗集的数量约有116种[1]，其中最有代表性的是有书棚本牌记的宋刻本10种：《常建诗集》《朱庆余诗集》《周贺诗集》《唐女郎鱼玄

---

[1] 参见本书第二章。

机诗》《王建诗集》《李群玉诗集》，李咸用《唐李推官披沙集》，李中《碧云集》，罗隐《甲乙集》，李龏编《唐僧弘秀集》；有牌记的影宋抄本4种：李贺《歌诗编》，孟郊《孟东野诗集》，司空曙《唐司空文明诗集》，郎士元《郎士元诗集》。而明抄本《唐十八家诗》《唐四十七家诗》（中国国家图书馆藏），明嘉靖十九年（1540）朱警刻本《唐百家诗》、清康熙四十一年（1702）席启寓刻本《唐诗百名家全集》等，大多是以书棚本为直接或间接底本传抄、翻刻。至于清光绪二十一年（1895）江标刻《唐人五十家小集》，一直被误认为是影宋书棚本，但实际上是据朱警《唐百家诗》翻刻而成①。

陈起凭借一己之力，刊刻了数量如此众多的唐人诗集，在宋代只有蜀刻本《唐六十家诗》能够与之媲美。但《唐六十家诗》以刊刻名家、大家诗集为主（上海古籍出版社有《宋蜀刻本唐人集丛刊》），而陈起则以刊刻中晚唐名气不大的小作家诗集为主，二者相互补充，并行于世。现存宋刻本唐人诗集以书棚本和蜀刻本数量最多，影响最大，可以看出陈起刻书的眼光。当然，陈起刻书不仅是为了谋利，他还经常免费赠书给喜爱唐诗的江湖诗人。如许棐（《梅屋四稿·陈宗之迭寄书籍小诗为谢》）、汪起潜（《永乐大典》卷九〇三引《江湖集》陈起《汪起潜谢送唐诗，用韵再送刘沧小集》）、朱继芳（《静佳乙稿·桃源官罢芸居以唐诗拙作赠别》）等都曾获得陈起赠送的礼物。除了赠送，陈起还向有需要的人提供借阅，如杜耒《赠陈宗之》称赞他"成卷好诗人借看"（《前贤小集拾遗》卷三）。从这个意义上说，陈起以刊刻、流通书籍为传播媒介，培养出大批晚唐诗的忠实读者，引领一时的诗学潮流，这是他对晚宋文学的独特贡献。

三、"南渡好诗都刻尽"

陈起的刻书事业，以宝庆元年（1225）刊《江湖集》为界分为前、后期。前期刊刻晚唐诗集获得成功，于是开始涉足江湖诗集的出版，

---

① 黄永年《关于〈唐女郎鱼玄机诗〉》，《藏书家》第七辑，齐鲁书社，2003年，第33—34页。

《江湖集》的编选就是标志性事件。《江湖集》九卷,其选诗范围主要是南渡中兴以后江湖诗人之诗,故又称《中兴江湖集》。作为选本的《江湖集》虽已亡佚,但《永乐大典》等文献有征引,尚存33家(含佚名及无名氏4家)、作品65首,可以对其辑佚①。《江湖集》问世后,受到广泛的关注,读者众多。江西诗人韩淲有诗题咏:"谁把中兴后收拾,自应江左久参差"(《涧泉集》卷一四《〈江湖集〉钱塘刊近人诗》);张世南也称扬《江湖集》中所选刘过诗多有"警策"(《游宦纪闻》卷一);藏书家陈振孙也读过该书(《直斋书录解题》卷一五),虽颇有微辞,但也承认该集为名气不大的江湖诗人提供了展示才华的机会。

在编选《江湖集》之前或同时,陈起开始筹划刊刻江湖诗人小集,最初的成功尝试是为刘克庄刊行《南岳五稿》。江湖诗人敖陶孙初识刘克庄,认为其诗欠缺"典实"。据刘克庄《南岳稿》自跋,他曾有少作近千首,嘉定十二年(1219)几乎全部烧掉,仅存百首,编为《南岳旧稿》。这或许可以看作对敖陶孙批评的响应。敖陶孙后来从陈宅书籍铺得到新刻《南岳稿》,高兴地对陈起说:"且喜潜夫已成正觉。"(叶绍翁《四朝闻见录》卷三"悼赵忠定诗"条)《南岳稿》以崭新的面貌问世,很快就受到读者市场的追捧,江湖诗人邹登龙用诗句记录了这一盛况:"人竞宝藏《南岳稿》,商留金易后村编。"(《梅屋吟·寄呈后村刘编修》)可以想象,《南岳稿》带来的商业利润,足以让陈起对江湖小集的市场前景充满信心。

然而,不幸的是,《江湖集》和《南岳稿》为陈宅书籍铺带来名声与利润的同时,也使陈起遭遇了祸患。宝庆初年,被废的太子济王赵竑被杀,主谋是丞相史弥远,其同党们害怕士大夫议论,就在宝庆三年(1227)罗织了一场诗祸②。在诗祸中受到迫害的江湖诗人,由于个人

---

① 参见本书第四章。
② 有关江湖诗祸的详情,参见程章灿《刘克庄年谱》宝庆三年丁亥附考《梅花诗案(江湖诗祸)考》,贵州人民出版社,1993年,第99—103页;张宏生《江湖诗派研究》附录三《江湖诗祸考》,中华书局,1995年,第358—370页;原田爱《江湖诗祸》,内山精也主编《南宋江湖の詩人たち——中国近世文学の夜明け》,《アジア遊学》第180期,日本勉诚出版社,2015年。

性格和政治立场的原因,早就受到当权者的猜忌。例如,敖陶孙在庆元二年(1196)写诗哀悼被贬死的丞相赵汝愚,虽不涉及政治,但有人托其名题诗于三元楼,令敖陶孙受到权臣韩侂胄的追捕;曾极在庆元三年(1197)写诗为被贬至道州的朱熹弟子蔡元定送行;刘克庄一生更是多次卷入政治纷争。他们的政敌早就视之为眼中钉,而陈起竟然将他们的诗都集中编选在《江湖集》中,于是不可避免地酿成了诗祸。《江湖集》中有陈起诗"秋雨梧桐皇子府,春风杨柳相公桥"(一说敖陶孙或曾极诗),又有曾极《春》诗"九十日春晴景少,百千年事乱时多";而《南岳稿》中有刘克庄《黄巢战场》诗"未必朱三能跋扈,都缘郑五久经纶",又有《落梅》诗"东风谬掌花权柄,却忌孤高不主张",这几首诗被御史李知孝、梁成大等诬陷为讥讽时政。丞相史弥远得知后大怒,下令劈《江湖集》板,禁《南岳稿》,甚至禁士大夫作诗。由于郑清之的搭救,获罪的江湖诗人并未受到重罚,刘克庄仍为建阳县令,敖陶孙被降一级,曾极被贬至道州,而陈起则被流配。直到绍定六年(1233)史弥远去世后,江湖诗祸的阴影才完全消除。

端平元年(1234),理宗亲政,郑清之官拜丞相,政治又恢复了清明的局面,这对于江湖诗人来说是一件幸事。经历了人生的挫折,陈起重开书籍铺后,更加懂得结交权贵对经商的重要性。朱继芳有诗句"近吟丞相喜,往事谏官嗔"(《静佳乙稿·挽芸居》),前一句写的就是陈起与郑清之等丞相的交往。端平元年九月,陈起作诗为枢密院知事乔行简贺寿(《诗渊》页4528有陈起《寿乔枢密》诗),乔行简于次年六月拜右丞相,对陈起多有提掣;淳祐四年(1244)陈起得病后,郑清之(号安晚)、吴潜(号履斋,后拜右丞相)曾以药相赠(《芸居乙稿》有《安晚先生贶以丹剂四种古调谢之》《履斋先生下颁参附往体以谢》诗);淳祐六年(1246),陈起作诗贺郑清之七十寿辰(《芸居乙稿·以"仁者寿"为韵寿侍读节使郑少师》),又在陈宅书籍铺为郑清之刊刻《安晚堂诗集》十二卷。从端平元年(1234)至宝祐三年(1255)的二十年间,陈起的出版事业在有利的政治形势下开创了崭新的局面。

江湖诗祸虽然使陈起受到牵连,但也增进了他与江湖诗人的友谊。端平三年(1236),陈起为友人胡仲弓刊刻《苇航漫游稿》,该集卷一有《次陈芸居问讯后村韵》:"人心真滟滪,世路多殽函。此险久已涉,此味久已谙。易节固不可,贫贱分所甘。浩歌一长慨,书与识者谈。"经历了世道的艰险,江湖诗人更加珍惜患难中的真情,他们毫无保留地将自己的诗集交给陈起编选出版。江湖诗人许棐《梅屋四稿》自跋:"甲辰一春诗,诗共四、五十篇,录求芸居吟友印可。"甲辰是淳祐四年(1244),其中有《陈宗之迭寄书籍小诗为谢》诗:"君有新刊须寄我,我逢佳处必思君。"黄文雷《看云小集》自序:"芸居见索,倒箧出之,料简仅止此。自《昭君曲》而上,盖经先生印正云。"像许棐、黄文雷这样的江湖诗人,陈起既是他们诗集的出版商,也是诗友,甚至参与了他们诗集的创作和修改。

陈起晚年刊刻的江湖小集,大多出版于嘉熙(1237—1240)、淳祐(1241—1252)年间,如宋伯仁《雪岩吟草》,作于嘉熙二年(1238);王同祖《学诗初稿》,有嘉熙四年(1240)自序;武衍《适安藏拙余稿》,有淳祐元年(1241)自序;李龏《梅花衲》,有淳祐二年(1242)自跋;林尚仁《端隐吟稿》,有淳祐十一年(1251)陈必复序,等等。宝祐三年(1255)秋,陈起去世后,他的儿子续芸继承了陈宅书籍铺,在江湖友人的帮助下,继续出版了很多江湖诗集,如朱继芳《静佳乙稿》、释斯植《采芝集》《采芝续稿》、周弼《端平诗隽》、林希逸《竹溪十一稿诗选》、毛珝《吾竹小稿》、薛嵎《云泉诗》等。目前所知刊刻年代最晚的是《云泉诗》,其中有《追惜永嘉前政和县赵大猷,时景定改元》诗,当刊刻于景定元年(1260)以后。十几年后,随着临安城被元军攻陷,陈宅书籍铺也在战乱前后倾颓流散。曾经光顾过陈宅书籍铺的诗人方回不无感伤地说:"陈起,字宗之,睦亲坊卖书开肆。予丁未(1247)至在所,至辛亥年(1251),凡五年,犹识其人,且识其子。今近四十年,肆毁人亡,不可见矣!"(《瀛奎律髓》卷四二赵师秀《赠卖书陈秀才》)虽然陈宅书籍铺最终与南宋王朝的都城一同覆灭,但陈起父子所刻唐宋诗集,却成为一代又一代藏书家永久的珍藏!

宋元易代之际,江湖诗的爱好者将陈起父子所刻江湖小集汇编在一起,统称为《江湖前、后、续集》。《永乐大典》残卷征引《江湖前集》7种、《江湖后集》12种、《江湖续集》39种、《江湖集》若干种。结合其他文献,目前可知《江湖前、后、续集》所收江湖小集至少有90种。明代中期藏书家晁瑮(1507—1560)《宝文堂书目》上卷著录有宋刻本《江湖前、后、续集》,此后未见著录。明末清初,以毛晋、曹寅为代表的藏书家尽力搜罗这些散乱的江湖小集,少则十几种,多则五六十种,或为宋刻本,或为抄本,命名为《南宋群贤小集》《南宋六十家小集》《江湖小集》《宋人小集》等。目前收藏最富的是台北"国家"图书馆藏宋刻本《南宋群贤小集》58种,来源于曹寅旧藏,1946年经上海来青阁书商杨彭龄之手售归南京国立中央图书馆,1949年后运往台北。《南宋群贤小集》大多是书棚本,但也混杂了《方泉先生诗集》《亚愚江浙纪行集句诗》(浙江嘉兴刻本)、《学吟》(浙江海盐刻本)、《学诗初稿》(福建建安刻本)等少数其他地区的宋刻本。而上海图书馆藏清初毛氏汲古阁影宋抄本《南宋六十家小集》,其中有7种为宋刻本《南宋群贤小集》所无,即赵汝鐩《野谷诗稿》、郑清之《安晚堂诗集》、岳珂《棠湖诗稿》(天津图书馆藏有宋刻本)、宋伯仁《雪岩吟草乙卷·西塍集》、周弼《汶阳端平诗隽》、罗与之《雪坡小稿》、张至龙《雪林删余》。将《江湖前、后、续集》与《南宋群贤小集》《南宋六十家小集》汇集在一起,去除重复,另外加上天津图书馆旧藏宋刻本《中兴群公吟稿·戊集》,目前已知的书棚本南宋诗集至少有120种。这正好印证了诗人蒋廷玉写给陈起的赠言"南渡好诗都刻尽"(《诗渊》第518页引蒋廷玉《赠陈宗之》)。

　　陈起父子开设的陈宅书籍铺,在长达半个世纪的时间里,刊刻了200多种晚唐诗集和江湖诗集,促成了南宋末年晚唐体和江湖诗的盛行。这既是中国书籍出版史的奇迹,也为中国文学史留下了一段佳话!

第二章

《江湖前、后、续集》与《江湖集》求原

南宋宁宗庆元(1195—1200)、嘉定(1208—1224)以后,诗坛产生了"江湖谒客"这一独特群体①。钱塘书商陈起,雅好吟诗,与这些江湖诗人友善,为之刊刻了大量小集,并编选了名为《江湖集》或《中兴江湖集》的选本。遗憾的是,这些江湖诗小集,并没有完整地保存下来,流传至今只有几十种;而《江湖集》选本,早已亡佚,仅见于文献记载,并被《永乐大典》征引。陈起既刊刻了《江湖集》丛刊,又编选了《江湖集》选本,在流传过程中产生了各种异称,造成了文献的淆乱,虽经众多学者梳理研究②,仍有不少疑问需要进一步探讨。

---

① 有关"江湖谒客"的研究,参见张宏生《江湖诗派研究》附录二《南宋江湖谒客考论》,第323—357页。
② 现代学者的研究成果有:胡念贻《南宋〈江湖前、后、续集〉的编纂和流传》,《文史》第十六辑;费君清《〈永乐大典〉中发现的江湖集资料论析》,《杭州大学学报》1988年第1期;《论〈江湖小集〉非陈刻〈江湖集〉》,《文学遗产》1989年第4期;《澄清有关〈江湖集〉的几个问题》,《浙江学刊》1989年第6期;《江湖派研究中的疑误举例》,《绍兴文理学院学报》2004年第5期;张瑞君《〈江湖集〉、〈江湖前后续集〉的刊行及江湖派的鉴定》,《文献》1990年第1期;胡益民《关于江湖派的鉴别标准与"江湖诗人名单"》,《江淮论坛》1990年第5期;《〈江湖〉诸总集"名录"新考》,《复旦学报》(社会科学版)2000年第2期;刘毅强《〈江湖集〉丛刊所收诗人补考》,《华东师范大学学报》1991年第3期;张宏生《江湖诗派研究》附录一《江湖诗派成员考》,第271—322页,等等。

一、《江湖前、后、续集》丛刊考

现存《永乐大典》残卷征引《江湖前集》7家、《江湖后集》12家、《江湖续集》40家,从名称来看,三者是统一的整体。宋、元之际总集与类书的编纂,多分前、后、续、别等集。例如,陈起辑《增广圣宋高僧诗选》,即分《前集》一卷、《后集》三卷、《续集》一卷;又如,元泰定三年庐陵武溪书院刻本《新编古今事文类聚》,为宋祝穆辑《前集》六十二卷、《后集》五十卷、《续集》二十八卷、《别集》三十二卷,元富大用辑《新集》三十六卷、《外集》十五卷。分集再多,其名称的主体部分仍然是一致的。故《永乐大典》残卷所引《江湖前集》《江湖后集》和《江湖续集》,亦可统称为《江湖集》,但为了与其他江湖集区别开来,称之为《江湖前、后、续集》更方便。明晁瑮《宝文堂书目》卷上著录有宋刻本《江湖前、后、续集》,应当就是《永乐大典》征引之书。

关于《江湖前、后、续集》在形式方面的特点,胡念贻认为是诗歌丛刊,因为它所收的每一家都有集名,而且各自独立①,而费君清认为《永乐大典》中江湖诸集采用的是诗歌总集的一般形式,而不是丛刊形式②。但细读文献,《江湖前、后、续集》无疑是丛刊形式的总集。下面举几条例证:

《永乐大典》卷三五二五"门"字韵引《江湖续集·毛珝〈吾竹小稿·登黄岗清淮门〉》诗;

《永乐大典》卷七九六二"兴"字韵引《江湖续集·沙门绍嵩亚愚〈江浙纪行集句·待舟西兴遣闷〉》诗;

《永乐大典》卷一〇二八六"子"字韵引《江湖续集·〈竹溪十一稿〉·林希逸〈列子口义成〉》诗;

《永乐大典》卷一三〇七五"洞"字韵引《江湖续集·清源胡仲弓希圣〈苇航漫游稿·西来洞天〉》诗;

---

① 参见胡念贻《南宋〈江湖前、后、续集〉的编纂和流传》。
② 费君清《〈永乐大典〉中发现的江湖集资料论析》。

《永乐大典》卷一九八六六"竹"字韵引《江湖续集·〈适安藏拙余稿续卷〉·古汴武衍朝宗〈积雪折竹有感〉》诗。

试以最后一例稍加分析,武衍有《适安藏拙余稿》《适安藏拙余稿乙卷》,今存《南宋群贤小集》本等,卷首题"古汴武衍朝宗"撰。《适安藏拙余稿续卷》已经亡佚,四库馆臣从《永乐大典》中辑得 54 首,收入《江湖后集》卷二二,其中有《积雪折竹有感》一诗。由此可见,《永乐大典》卷一九八六六"竹"字韵下所引该诗,是来源于题"古汴武衍朝宗"所撰《适安藏拙余稿续卷》,而该集是《江湖续集》的子集。以上五例,无可辨驳地说明《江湖前、后、续集》是丛刊形式的诗歌总集。

《江湖前、后、续集》并非像有些学者所认为的在宋代文献中未见著录①,宋卫宗武《柳月涧〈吟秋后稿〉序》云:"老友《月涧吟集》行于《江湖前编》,固已隽永人口,所刊《后稿》,视昔愈胜。"②这里所说的《江湖前编》,应当就是《江湖前集》。柳月涧生平不详③,而卫宗武是宋末元初人,卒于元世祖至元二十六年(1289)。这一记载说明《江湖前、后、续集》在宋末就已经编纂定型。既然《月涧吟集》刊刻在《江湖前集》中,《吟秋后稿》应当是《江湖后集》或《江湖续集》的子集。现存《永乐大典》残卷引《江湖前、后、续集》,只有四人重见于二集,分别是周端臣见于《前集》和《后集》,李龏、邓允端、薛嵎见于《后集》和《续集》,没有发现重收在《前集》和《续集》的,故暂且推断《吟秋后稿》被收在《江湖后集》中。

根据文献记载,刘克庄《南岳稿》也曾被收入《江湖集》丛刊。方回《瀛奎律髓》卷二十刘克庄《落梅》诗注:"初有《南岳五稿》……当宝庆初史弥远废立之际,钱塘书肆陈起宗之能诗,凡江湖诗人皆与之善。宗之刊《江湖集》以售,《南岳稿》与焉。"④这里所说《江湖集》,应当是丛刊。叶绍翁《四朝闻见录》卷三"悼赵忠定诗"条云:"(敖陶

---

① 参见费君清《澄清有关〈江湖集〉的几个问题》。
② (宋)卫宗武《秋声集》卷五,《景印文渊阁四库全书》本。
③ 胡益民《〈江湖〉诸总集"名录"新考》怀疑柳月涧为柳桂孙,可备一说。
④ (宋)方回撰,诸伟奇、胡益民点校《瀛奎律髓》,黄山书社,1994 年,第 502 页。

孙)初识南岳刘克庄,得其诗卷曰:'所欠典实尔。'《南岳集》中诗率用事,盖取其说。后得南岳刻诗于士人陈宗之,喜而语宗之曰:'且喜潜夫已成正觉。'"①叶绍翁称敖陶孙从陈起处得刘克庄"南岳刻诗",应当是指《南岳稿》,为陈起所刻。今《四部丛刊》本《后村先生大全集》尚有《南岳旧稿》《南岳第二稿》《南岳第三稿》等,与方回所称《南岳五稿》相符。《南岳稿》的单行本,《文渊阁书目》有著录:"刘克庄《南岳稿》,一部一册,阙。"②2006 年,久已亡佚的宋刻本《南岳旧稿》《南岳第一稿》《南岳第三稿》和《南岳第四稿》重现于世,引起藏书界、学术界极大的关注③。

《永乐大典》残卷又征引《江湖集》40 余家,逐一进行分析,发现所引诗集兼具丛刊和选本两种形式特点。《永乐大典》卷七九六二"兴"字韵引《江湖集·〈玉渊吟稿·送董仓归宜兴〉》诗,又引《江湖集·毛珝〈吾竹小稿·西兴〉》诗。从这两个例子来看,《江湖集》是丛刊。《永乐大典》卷九〇三"诗"字韵引《江湖集》中无名氏《绝句》4 首(另有 1 首重复)、《无题》2 首,无名氏不可能独立成集,据此,则《江湖集》又具有选本性质。如果《江湖集》是丛刊,则不可能收无名氏诗作;如果《江湖集》是选本,则不可能收有《玉渊吟稿》和《吾竹小稿》,之所以造成这样的矛盾,究其原因,只可能是《永乐大典》所引《江湖集》混杂了两部总集。前面提到,《江湖前、后、续集》可以统称为《江湖集》,而与江湖诗祸有关的总集亦名《江湖集》。由于《永乐大典》在书名称谓上并无严格体例,故造成了文献混乱。这是我们在利用《永乐大典》所引《江湖集》时应当注意的。

清乾隆年间,四库馆臣在利用《永乐大典》辑佚时,从中发现了各种江湖集,于是以之对《四库全书》本《江湖小集》进行补遗,汇编为《江湖后集》二十四卷。四库馆臣在辑佚时,存在两个显著的问

---

① (宋)叶绍翁《四朝闻见录》,中华书局,1989 年,第 97 页。
② (明)杨士奇等编《文渊阁书目》卷一〇"月字号第一橱书目",《读画斋丛书》本。
③ 参见程有庆《〈南岳旧稿〉追忆》,《藏书家》第 12 辑;赵前《宋刻〈南岳稿〉》,《人民日报·海外版》2007 年 7 月 16 日;陈东《宋刻本〈南岳稿〉上拍小记》,《藏书家》第 14 辑;程章灿《宋刻〈南岳稿〉考证》,《文献》2016 年第 1 期。

题,一是漏辑严重,二是编排杂乱,没有注明辑自何集①,给我们今天考察《江湖集》的原貌增添了许多困难。但细读《江湖后集》,也还是能够发现蛛丝马迹。例如,《四库全书》本《江湖后集》卷一五辑高吉诗16首,小传称其有《懒真小集》,并全文辑录自序及江万里序,据此可知,四库馆臣从《永乐大典》中辑出的高吉诗,是来源于《懒真小集》。进一步考察,发现这16首诗中有4首见于现存《永乐大典》残卷所引《江湖续集》。因此,可以推断,《四库全书》本《江湖后集》所辑高吉诗,是来源于《永乐大典》本《江湖续集·懒真小集》。依此类推,《四库全书》本《江湖后集》的作者小传,如果明确说某人有何种小集,基本上可以判断该集是来源于《江湖前、后、续集》。

除了《永乐大典》直接征引《江湖前、后、续集》58家外,如何从《永乐大典》本《江湖集》和《四库全书》本《江湖后集》中将属于《江湖前、后、续集》的小集还原出来,这是一道文献学难题。尝试解决这一问题的思路是,将《永乐大典》所引诗与现存各种宋刻本或影宋抄本江湖诗人小集对照,查找其文献来源。如果所引诗收录在某江湖小集中,则证明其来源是《江湖前、后、续集》。对于《四库全书》本《江湖后集》中的诗人,则根据四库馆臣撰写小传时提供的线索来认定其来源是丛刊还是选本。在此基础上,初步考定《永乐大典》本《江湖集》和《四库全书》本《江湖后集》中有29家诗来源于《江湖前、后、续集》。现逐一罗列如下。

1. 姚镛《雪蓬稿》(存)

《永乐大典》卷九〇三"诗"字韵引《江湖集》姚镛《杂诗一首》、卷二二五六"壶"字韵引《冰壶说》文一篇,均见于《雪蓬稿》②。据此,《永乐大典》引姚镛《雪蓬稿》应当是出自《江湖集》丛刊,即《江湖前、

---

① 有关《四库全书》本《江湖后集》的缺陷,详参费君清《〈永乐大典〉中发现的江湖集资料论析》。
② (宋)姚镛《雪蓬稿》,汲古阁影宋抄《南宋六十家小集》本,民国十年上海古书流通处影印本。本文所引江湖诗人小集,如无特殊说明,皆据《南宋六十家小集》本。

后、续集》。以下依此类推,不再一一说明。

2. 高翥《菊涧小集》(存)

《永乐大典》卷二五三六"斋"字韵引《江湖集》高翥《毋自欺斋夜宴》一首,该诗见于《菊涧小集》。

3. 施枢《芸隐倦游稿》《芸隐横舟稿》(存)

《永乐大典》卷二八一一"梅"字韵引《江湖集》施枢《蜡梅送东畎先生并寓探梅之意》一首,见于《芸隐倦游稿》。

4. 王同祖《学诗初稿》(存)

《永乐大典》卷八六二八"行"字韵引《江湖集》王同祖《独行》一首,见于《学诗初稿》。

5. 罗与之《雪坡小稿》(存)

《永乐大典》卷一二〇四四"酒"字韵引《江湖集》罗与之《被酒诗》二首,其中一首见于《雪坡小稿》卷一;同书卷一三〇八二"动"字韵引《动后》诗,见于《雪坡小稿》卷二。

6. 戴复古《石屏续集》(存)

《永乐大典》卷一三〇七五"洞"字韵引《江湖集》戴复古《玉华洞》诗,见于《石屏续集》卷一;同书卷九〇三"诗"字韵引《无题》诗、卷三五八一"村"字韵引《村景》诗,见于《石屏续集》卷四。

7. 俞桂《渔溪诗稿》《渔溪乙稿》(存)

《永乐大典》卷九〇三"诗"字韵引《江湖集》俞桂《偶成》二首,其一见于《渔溪诗稿》卷一,其二见于《渔溪乙稿》;《看先叔祖青松居士仓使诗》《口占》《吟诗》三首见于《渔溪诗稿》卷二;《古意》《论诗》见于《渔溪乙稿》。

8. 李涛《蒙泉诗稿》(存)

《永乐大典》卷九〇三"诗"字韵引《江湖集》李涛《杂诗四首》,见于《蒙泉诗稿》,原题作《杂诗十首》,小注云:"今取其四。"《永乐大典》所引,无疑来源于《蒙泉诗稿》。

9. 杜旃《癖斋小集》(存)

《永乐大典》卷九〇三"诗"字韵引《江湖集》杜旃《读杜诗斐然有

作》,见于《癖斋小集》。

10. 朱南杰《学吟》(存)

《永乐大典》卷九〇三"诗"字韵引《江湖集》朱南杰《因陈梅隐求诗》,见于《学吟》。

11. 张良臣《雪窗小集》(存)

《永乐大典》卷九〇三"诗"字韵引《江湖集》张良《偶题》及《赋》二诗,见于张良臣《雪窗小集》,知"张良"为"张良臣"之脱文。

12. 危稹《巽斋小集》(存)

《永乐大典》卷九〇三"诗"字韵引《江湖集》危稹《借诗话于应祥弟有不许点抹之约作诗戏之》,见于《巽斋小集》。

13. 刘子澄《玉渊吟稿》(佚)

《永乐大典》卷七九六二"兴"字韵引《江湖集·〈玉渊吟稿·送董仓归宜兴〉》诗[①],《玉渊吟稿》为刘子澄诗集,已佚,四库馆臣从《永乐大典》中辑得19首,收入《江湖后集》卷二,漏辑《送董仓归宜兴诗》。又,《永乐大典》卷二二六一"湖"字韵引《玉渊吟稿·过洞庭》、卷二二六四"湖"字韵引《玉渊吟稿·会饮西湖闻黄浦捷用余制干韵》,为《四库全书》本漏辑。

14. 姜夔《白石道人诗集》(存)

《永乐大典》卷二三四六"乌"字韵引《江湖诗集》姜夔《乌夜啼》,见于《白石道人诗集》。

15. 赵汝回《东阁吟稿》(佚)

《四库全书》本《江湖后集》卷七从《永乐大典》诸江湖集中辑得赵汝回诗31首,小传称其有《东阁吟稿》。《两宋名贤小集》卷二二九有《东阁吟稿》,仅10首,当是后人所辑,已非原貌。

16. 赵汝绩《山台吟稿》(佚)

《四库全书》本《江湖后集》卷七辑赵汝绩诗33首,小传称其有《山台吟稿》。

---

① 按原文误作《王渊吟稿》,"王"字当作"玉"字,形近之误。

17. 盛烈《岘窗浪语》（佚）

《四库全书》本《江湖后集》卷一一辑盛烈诗16首，小传称其有《岘窗浪语》。

18. 李自中《秋崖吟稿》（佚）

《四库全书》本《江湖后集》卷一三辑李自中诗7首，小传称其有《秋崖吟稿》。

19. 陈宗远《寒窗听雪》（佚）

《四库全书》本《江湖后集》卷一三辑陈宗远诗36首，小传称其有《寒窗听雪集》。

20. 黄敏求《横舟小稿》（佚）

《四库全书》本《江湖后集》卷一三辑黄敏求诗23首，小传称其有《横舟小稿》，并节抄佚名题跋与萧岿序。从命名方式看，《横舟小稿》是典型的江湖小集。《永乐大典》残卷引黄敏求《横舟小稿》6首，为《江湖后集》所漏辑。

21. 刘植《渔屋集》（佚）

《四库全书》本《江湖后集》卷一四有刘植诗24首，小传称其有《渔屋集》。

22. 萧元之《鹤皋小稿》（佚）

《四库全书》本《江湖后集》卷一五辑萧元之诗16首，小传称其有《鹤皋小稿》。

23. 徐从善《月窗摘稿》（佚）

《四库全书》本《江湖后集》卷一五辑徐从善诗12首，小传称其有《月窗摘稿》。

24. 张辑《清江渔谱》（佚）

《四库全书》本《江湖后集》卷一七有张辑词12阕，小传云："有《欸乃集》，今辑自《永乐大典》散篇者，只词若干首，名《清江渔谱》。"今《永乐大典》残卷引《清江渔谱》3阕，为《江湖后集》所漏辑。

25. 周文璞《方泉诗集》（存）

《四库全书》本《江湖后集》卷二一补周文璞《方泉诗集》诗8首。

根据《江湖后集》编纂体例,《永乐大典》江湖诸集中所引诗,凡已见于《四库全书》本《江湖小集》者,不再录入,只录未见者。据此,周文璞《方泉诗集》应当已见于《江湖前、后、续集》。

26. 张蕴《斗野诗稿》(佚)

张蕴有《斗野稿支卷》,见于《江湖续集》,尚存于世。《四库全书》本《江湖后集》卷二一补诗65首。考《永乐大典》卷二二六〇"湖"字韵引张蕴《斗野诗稿·太湖次韵》,作者署"刊州张蕴仁溥","刊"当是"邛"字之误,现存《斗野稿支卷》卷首亦题"邛州张蕴仁溥"撰,因知《斗野诗稿》与《斗野稿支卷》同为《江湖前、后、续集》系列丛刊,然属于《江湖后集》或是《江湖续集》,则暂不可考。

27. 吴惟信《菊潭诗集》(存)

《四库全书》本《江湖后集》卷二三补吴惟信诗5首,吴惟信有《菊潭诗集》。

28. 吴仲方《虚斋乐府》(佚)

《四库全书》本《江湖后集》卷一七辑吴仲方词7首,小传云:"今辑自《永乐大典》散篇者,惟词若干阕,名《虚斋乐府》。"《永乐大典》残卷引其词《木芙蓉》,为《江湖后集》所漏辑,书名称吴仲方《江湖诗·乐府》,应当也是来源于《虚斋乐府》。

29. 赵庚夫《山中小集》(佚)

《四库全书》本《江湖后集》卷八有赵庚夫诗12首,小传引陈振孙《直斋书录解题》云:"刘后村志其墓,择其诗百篇为《山中小集》,属赵南塘序而传之。"今《永乐大典》卷九〇三"诗"字韵引《江湖集》有赵耕夫《论诗有感》,"耕"字当是"庚"字之误,为《四库全书》本漏辑。此13首诗,应当是来源于《山中小集》。

综上所述,现在可知《江湖前、后、续集》总计90家(含重见者6家),其中《江湖前集》8家,《江湖后集》13家,《江湖续集》39家,无法分辨前、后、续集者30家。为便于讨论与利用,特附表于后(表3-1)。表中《永乐大典》简称《大典》,《江湖前集》《江湖后集》《江湖续集》分别简称《前集》《后集》《续集》,《江湖前、后、续集》简称《前、后、续集》,《四库全书》本《江湖后集》简称《四库》本《后集》。

表 3-1 《江湖前、后、续集》子目一览表

作者	小集名称	丛刊种类	文献依据	存诗数量（首/卷）
陈 翊	不详	《前集》	《大典》引《前集》1首	1
郑克己	不详	《前集》	《大典》引《前集》《江湖集》各1首	2
周端臣	不详	《前集》	《大典》引《前集》1首,《四库》本《后集》卷三有114首	不详
李 泳	不详	《前集》	《大典》引《前集》1首	1
张至龙	《雪林删余》	《前集》	《大典》引《前集》3首,皆见于《雪林删余》	一卷全
郑 侠	不详	《前集》	《大典》引《前集》1首	1
郭世模	不详	《前集》	《大典》引《江湖前诗》1首	1
柳月涧	《月涧吟集》	《前集》	卫宗武《秋声集》卷五《柳月涧〈吟秋后稿〉序》	佚
郑清之	《安晚堂诗集》	《后集》	《大典》引《后集》6首、《江湖集》4首;《四库》本《后集》有179首	残存卷六至一二
李 龏	《吴湖吟稿》或《雪林吟稿》①	《后集》	《大典》引《后集》《江湖集》8首;《四库》本《后集》卷二〇有195首	不详

---

① 按:《四库全书》本《江湖后集》卷二〇从《永乐大典》中辑得李龏诗195首,其中《吴湖药边吟》19首、《雪林采苹吟》7首、《雪林捻髭吟》9首、《雪林漱石吟》1首、《雪林拥蓑吟》5首、无标识者154首。根据江湖小集或江湖吟稿的命名规则,暂将小集名定为《吴湖吟稿》或《雪林吟稿》。

续 表

作者	小集名称	丛刊种类	文献依据	存诗数量（首/卷）
敖陶孙	《臞翁诗集》	《后集》	《大典》引《后集》1首,见于《臞翁诗集》卷二	二卷全
邓允端	不详	《后集》	《大典》引《后集》《江湖集》2首;《四库》本《后集》卷一五有7首	不详
薛崤	《云泉诗》	《后集》	《大典》引《后集》2首、《江湖集》2首,皆见于《云泉诗》	一卷全
李时	《愚谷小稿》	《后集》	《大典》引《后集》1首;《四库》本《后集》卷一一有7首;《大典》引《愚谷小稿》1首	9
万俟绍之	《郢庄吟稿》	《后集》	《大典》引《后集》1首,见于《四库》本《后集》卷一一所辑《郢庄吟稿》(25首),漏辑1首	26
宋自逊	不详	《后集》	《大典》引《后集》1首	1
史卫卿	《桂山小稿》	《后集》	《大典》引《后集》1首,见于《四库》本《后集》卷一一(10首);《大典》引《桂山小稿》2首	12
王志道	《阆风吟稿》	《后集》	《大典》引《后集》1首、《江湖集》1首,其中1首见于《四库》本《后集》卷一五所辑《阆风吟稿》(30首),漏辑1首	32
黄文雷	《看云小集》	《后集》	《大典》引《后集》佚名《自广》诗,见于《看云小集》	一卷全
周端臣	不详	《后集》	《大典》引《后集》2首	不详

续 表

作者	小集名称	丛刊种类	文献依据	存诗数量（首/卷）
柳月涧	《吟秋后稿》	《后集》	卫宗武《秋声集》卷五《柳月涧〈吟秋后稿〉序》	佚
李龏	《吴湖吟稿》或《雪林吟稿》	《续集》	《大典》引《续集》5首、《江湖集》4首；《四库》本《后集》卷二〇有诗195首	不详
邓允端	不详	《续集》	《大典》引《续集》1首	1
萧澥	《竹外蛩吟》	《续集》	《大典》引《续集》1首，见于《四库》本《后集》卷一五所辑《竹外蛩吟》(30首)，漏辑2首；《大典》引《江湖集》2首	34
周弼	《汶阳集》或《端平诗隽》	《续集》	《大典》引《续集》2首，其一见于《端平诗隽》卷三。《大典》引周弼集有《汶阳集》《端平诗隽》	不详
董杞	《听松吟稿》	《续集》	《大典》引《续集》1首，见于《四库》本《后集》卷一三董杞诗(9首)；《大典》引董杞《听松吟稿》1首	10
胡仲参	《竹庄小稿》	《续集》	《大典》引《续集》佚名《西湖会上和赵靖轩韵》，又引《江湖集》胡仲参诗3首，皆见于《竹庄小稿》	一卷全
高吉	《懒真小集》	《续集》	《大典》引《续集》5首，其中4首见于《四库》本《后集》卷一五所辑《懒真小集》(16首)	17

续表

作者	小集名称	丛刊种类	文献依据	存诗数量（首/卷）
张蕴	《斗野稿支卷》	《续集》	《大典》引《续集》2首，皆见于《斗野稿支卷》	一卷全
章粢	不详	《续集》	《大典》引《续集》1首，见于《四库》本《后集》卷一四章粢诗(13首)	13
徐集孙	《竹所吟稿》	《续集》	《大典》引《续集》2首，皆见于《竹所吟稿》	一卷全
程炎子	《玉塘烟水集》	《续集》	《大典》引《续集》1首、《江湖集》1首，皆见于《四库》本《后集》卷一四《玉塘烟水集》(16首)	16
张炜	《芝田小集》	《续集》	《大典》引《续集》1首、《江湖集》1首、《芝田小集》1首	3
赵崇嶓	《白云小稿》	《续集》	《大典》引《续集》4首、佚名《拟人生不满百》，皆见于《四库》本《后集》卷八所辑《白云小稿》(64首)；《大典》又引《白云小稿》3首	67
曾由基	不详	《续集》	《大典》引《续集》2首、《江湖集》1首，见于《四库》本《后集》卷一三(22首)，漏辑《江湖集》6首	28
毛珝	《吾竹小稿》	《续集》	《大典》引《续集》3首、《江湖集》1首，见于《吾竹小稿》	一卷全
薛嵎	不详	《续集》	《大典》引《续集》1首，亦见于《云泉诗》，然《云泉诗》已见于《后集》	不详

续 表

作者	小集名称	丛刊种类	文献依据	存诗数量（首/卷）
邓林	《皇荂曲》	《续集》	《大典》引《续集》1首，见于《皇荂曲》	一卷全
陈起	《芸居诗稿》或《芸居遗稿》	《续集》	《大典》引《续集》1首，见于《四库》本《后集》卷二四补《芸居乙稿》诗（52首），又引《芸居诗稿》1首、《芸居遗稿》3首	不详
萧立之	不详	《续集》	《大典》引《续集》1首	1
盛世忠	《松坡摘稿》	《续集》	《大典》引《续集》1首，见于《四库》本《后集》卷一四所辑《松坡摘稿》（15首）	15
释绍嵩	《江浙纪行集句诗》	《续集》	《大典》引《续集》9首（含佚名1首），见于《江浙纪行集句诗》	七卷全
罗椅	《涧谷小稿》	《续集》	《大典》引《续集》1首，见于《四库》本《后集》卷九（16首）；又引《江湖集》3首、《涧谷小稿》2首	21
冯时行	不详	《续集》	《大典》引《续集》1首	1
王琮	《雅林小稿》	《续集》	《大典》引《续集》1首，见于《雅林小稿》	一卷全
王谌	《潜泉蛙吹》	《续集》	《大典》引《续集》1首，见于《四库》本《后集》卷一三所辑《潜泉蛙吹》（68首）；又引《江湖集》6首、《潜泉蛙吹》3首	77

续表

作者	小集名称	丛刊种类	文献依据	存诗数量（首/卷）
林希逸	《竹溪十一稿诗选》	《续集》	《大典》引《续集》2首，见于《竹溪十一稿诗选》	一卷全
释斯植	《采芝集》《采芝续稿》	《续集》	《大典》引《续集》3首、《江湖集》2首，其中4首见于《采芝集》、1首见于《采芝续稿》	二卷全
林表民	《玉溪吟草》	《续集》	《大典》引《续集》5首，皆见于《四库》本《后集》卷二所辑《玉溪吟草》（48首），漏辑4首	52
陈必复	《山居存稿》、不详	《续集》	《大典》引《续集》5首，其中3首见于《山居存稿》，2首见于《四库》本《后集》卷二三补《山居存稿》诗（29首），漏辑4首	一卷全，又33首
张矩	不详	《续集》	《大典》引《续集》1首，见于《四库》本《后集》卷八（54首）	54
赵汝鐩	《野谷诗稿》	《续集》	《大典》引《续集》1首、佚名《东湖歌》1首、《江湖集》2首，皆见于《野谷诗稿》	六卷全
释永颐	《云泉诗集》	《续集》	《大典》引《续集》1首，见于《云泉诗集》	一卷全
周密	不详	《续集》	《大典》引《续集》1首	1

续 表

作者	小集名称	丛刊种类	文献依据	存诗数量（首/卷）
胡仲弓	《苇航漫游集》①	《续集》	《大典》引《续集》8首，见于《四库》本《后集》卷一二所辑胡仲弓诗（169首）；又引《江湖集》1首	170
陈允平	《西麓诗稿》	《续集》	《大典》引《续集》1首、《江湖集》1首，见于《西麓诗稿》	一卷全
朱继芳	《静佳乙稿》、不详	《续集》	《大典》引《续集》1首，见于《静佳乙稿》；《四库》本《后集》卷二三补《静佳乙稿》诗24首	一卷全，又24
叶茵	《顺适堂吟稿》	《续集》	《大典》引《续集》1首、《江湖集》10首，皆见于《顺适堂吟稿》	五卷全
武衍	《适安藏拙余稿》《乙卷》《续卷》	《续集》	《大典》引《续集》15首，其中1首见于《适安藏拙余稿》、1首见于《乙卷》、13首见于《四库》本《后集》卷二二所辑《续卷》(54首)	二卷全，又54
刘克逊	不详	《续集》	《大典》引《续集》1首	1
刘克庄	《南岳稿》	不详	参见上文	五卷全
姚镛	《雪蓬稿》	不详	参见上文	一卷全

---

① 《江湖续集》中的胡仲弓《苇航漫游集》，与通行本《苇航漫游稿》不是同一种书。刘克庄《后村先生大全集》卷二二有《余辛卯岁卧病都城，陈宗之、胡希圣有诗问讯，后五岁，希圣新刊〈漫游集〉，前诗已载集中，次韵二首》，胡希圣即胡仲弓，辛卯为绍定四年（1231），后推五年为端平三年（1236），胡仲弓号苇航，其时所刊《漫游集》，当是《永乐大典》残卷所引《苇航漫游集》。而通行本《苇航漫游稿》卷三有《哭芸居》诗，芸居即陈起，卒于宝祐三年（1255），与端平三年刊刻的《苇航漫游集》相比，有所增补。

续表

作者	小集名称	丛刊种类	文献依据	存诗数量（首/卷）
高翥	《菊涧小集》	不详	参见上文	一卷全
施枢	《芸隐倦游稿》《横舟稿》	不详	参见上文	二卷全
王同祖	《学诗初稿》	不详	参见上文	一卷全
罗与之	《雪坡小稿》	不详	参见上文	一卷全
戴复古	《石屏续集》	不详	参见上文	四卷全
俞桂	《渔溪诗稿》《渔溪乙稿》	不详	参见上文	二卷全
李涛	《蒙泉诗稿》	不详	参见上文	一卷全
杜旃	《癖斋小集》	不详	参见上文	一卷全
朱南杰	《学吟》	不详	参见上文	一卷全
张良臣	《雪窗小集》	不详	参见上文	一卷全
危稹	《巽斋小集》	不详	参见上文	一卷全
刘子澄	《玉渊吟稿》	不详	参见上文	22
姜夔	《白石道人诗集》	不详	参见上文	一卷全
赵汝回	《东阁吟稿》	不详	参见上文	31
赵汝绩	《山台吟稿》	不详	参见上文	33
盛烈	《岘窗浪语》	不详	参见上文	16
李自中	《秋崖吟稿》	不详	参见上文	7
陈宗远	《寒窗听雪》	不详	参见上文	36
黄敏求	《横舟小稿》	不详	参见上文	29
刘植	《渔屋集》	不详	参见上文	24
萧元之	《鹤皋小稿》	不详	参见上文	16
徐从善	《月窗摘稿》	不详	参见上文	12

续表

作者	小集名称	丛刊种类	文献依据	存诗数量（首/卷）
张辑	《清江渔谱》	不详	参见上文	15
周文璞	《方泉诗集》	不详	参见上文	四卷全
张蕴	《斗野诗稿》	不详	参见上文	66
吴惟信	《菊潭诗集》	不详	参见上文	一卷全
吴仲方	《虚斋乐府》	不详	参见上文	8
赵庚夫	《山中小集》	不详	参见上文	13

二、关于《江湖前、后、续集》编纂与流传的再探讨

关于《江湖前、后、续集》的编纂与流传情况，学术界已有较多研究成果，如胡念贻《南宋〈江湖前、后、续集〉的编纂和流传》、费君清《澄清有关〈江湖集〉的几个问题》《〈永乐大典〉中发现的江湖集资料论析》、张瑞君《〈江湖集〉〈江湖前后续集〉的刊行及江湖派的鉴定》等。但由于此前人们对《江湖前、后、续集》的原貌了解不清楚，仍有不少问题须深入探讨。

首先，关于《江湖前、后、续集》的编者或刊刻者问题。四库馆臣辑《江湖后集》时，认为《永乐大典》江湖诸集的编者都是陈起。但《江湖续集》中有不少小集刊刻于陈起去世之后，将编者归于陈起一人，显然值得怀疑。

《江湖前集》所收张至龙《雪林删余》有宝祐三年（1255）自序，是张至龙请陈起删选并刊刻，序后有"临安府棚北大街睦亲坊南陈解元书籍铺刊印"一行，可以肯定是陈起刊刻。《江湖后集》黄文雷《看云小集》自序："芸居见索，倒箧出之，料简仅止此，自《昭君曲》而上，盖尝经先生印正云。"此集虽无刊刻时间，但为陈起亲自向黄文雷索稿刊刻。又，郑清之《安晚堂诗集》十二卷，残存六至十二卷，集中可系年之最晚诗为卷一二《乙巳三月出湖口占》，乙巳为淳祐五年（1245）。

郑清之虽身为丞相,但与江湖诗人颇友善,在江湖诗祸中为刘克庄、陈起等开脱,使其免于重罚,故陈起为之刊刻诗集,卷末有"临安府棚北大街睦亲坊南陈解元宅书籍铺刊行"牌记一行。现存《南宋六十家小集》中,大约有十四、五家小集有"陈解元书籍铺"刊刻牌记,由此可见,陈起是《江湖前、后、续集》的主要编者和刊刻者。

陈起卒后,其子续芸继承父业,刊刻了不少江湖小集。《江湖续集》中周弼《端平诗隽》有宝祐五年(1257)李龏序,称"俾万人海中续芸陈君书塾入梓流行",序后有"临安府棚北大街陈解元书籍铺印行"牌记一行。毛珝《吾竹小稿》亦有宝祐六年(1258)李龏序,序后有"临安府棚北大街睦亲坊南陈解元书籍铺刊行"牌记。可见陈续芸继承了"陈解元书籍铺",连刊书牌记都未加改变。从宁宗嘉定年间至理宗景定年间,陈起父子的刻书活动持续时间很长,几乎贯穿江湖诗派发展的始终。因此,《江湖前、后、续集》的编纂与刊刻,可以归功于陈起父子。

其次是《江湖前集》《江湖后集》和《江湖续集》的编次问题。《永乐大典》中江湖诸集的编排次序,四库馆臣认为反映了刊刻时间的先后,胡念贻、张瑞君皆赞同此说,费君清则认为:"这些诗集的名称似乎是更多地透露了该集所录作家在生活年代上的消息,而不是表示该集在刊刻过程中的先后次序。"[1]这两种说法都有一定道理,但又存在一些特殊情况。例如,《江湖前集》所收8家,大部分都是江湖诗派前期诗人,但周端臣和张至龙主要活动于后期,周端臣既见于《前集》,也见于《后集》;张至龙《雪林删余》被编在《前集》,但该集有宝祐三年(1255)张至龙自序,为陈起删选并刊刻,从刊刻时间和作者年代两方面都无法解释。又如,姜夔和冯时行都是南宋前期诗人,但都被编入《江湖续集》,从作者时代来看,完全解释不通。以《江湖后集》和《江湖续集》作比较,毛珝《吾竹小稿》见于《续集》,有宝祐六年(1258)李龏序,是现在可知《江湖续集》中刊刻年代最晚的,但《江湖

---

[1] 费君清《〈永乐大典〉中发现的江湖集资料论析》。

后集》所选薛嵎《云泉诗》,有《追惜永嘉前政和县赵大猷,时景定改元》诗,最早刊刻于景定元年(1260),年代与《江湖续集》接近。总之,《江湖前、后、续集》在编排上给人的印象是极为混乱的。

但是,排除掉上述特殊的例子,从整体上看,《江湖前、后、续集》的编排似乎又有规律可循。假如以宝庆元年(1225)陈起刊刻《江湖集》选本和宝祐三年(1255)陈起去世作为时间分界线,将这些江湖小集的刊刻分成三个阶段。《江湖续集》中至少有朱继芳《静嘉乙稿》(集中有《挽芸居》诗)、释斯植《采芝集》《采芝续稿》(集中有《挽芸居秘校》诗)、周弼《端平诗隽》(宝祐五年李龏序)、林希逸《竹溪十一稿诗选》(集中可系年诗最晚作于宝祐六年)、毛珝《吾竹小稿》(宝祐六年李龏序)等5家刊刻于第三阶段,而《江湖前集》和《江湖后集》则全部刊刻于第一、二阶段,也就是陈起去世之前。《永乐大典》残卷引《江湖前集》7家、《江湖后集》12家,但引《江湖续集》则多达39家,这说明《江湖前、后、续集》在元末明初就已残阙,为什么《前集》和《后集》残阙如此之多呢?除了刊刻时代较早这个因素外,很可能与江湖诗祸有关。第一阶段,即宁宗庆元、嘉定时,江湖诗派刚刚兴起,也是陈起刻书生涯的起步阶段,这时刊刻的江湖小集,完整保存下来的非常少。因此,尽管我们知道《江湖前集》中有陈翔、郑克己、李泳、郭世模等诗人,但其小集名称,在文献中竟然找不到蛛丝马迹。只有柳月涧《月涧吟集》,因卫宗武《秋声集》的记载才得以知晓。第二阶段,自绍定六年(1233)诗禁解散后,陈起重操旧业,在端平至淳祐年间(1234—1252)刊刻了大量诗人小集。今存六七十种江湖小集,大多数是刊刻于这一时期,只不过《永乐大典》残卷征引的《江湖后集》数量较少。第三阶段,宝祐至景定(1253—1264)年间,陈起之子陈续芸继承了其父的事业,在江湖诗人的扶持下,仍然刊刻了不少小集。总之,大致来讲,《江湖前集》主要刊刻于第一阶段,《江湖后集》主要刊刻于第二阶段,《江湖续集》主要刊刻于第二阶段后期和第三阶段。前面提到的几个特例,有两种可能的情况,一是《永乐大典》在抄写时误抄集名,因《前、后、续集》混在一起,稍不小心就可能抄错;二是各集在流传过程中被混杂。现存《江湖前、后、续集》丛刊中的小集,在正文中没有标明"前集""后集"和"续集"的字样,很可能是随刊随售,没有固定的编排次序,故容易造成混乱。

再次,关于《江湖前、后、续集》与现存江湖诗人小集的关系问题。由于此前学术界对《江湖前、后、续集》的原貌认识比较模糊,胡念贻根据现存的六七十种江湖小集来考察。他指出,《江湖前、后、续集》流传到明清有两个宋本。一个是明末毛晋汲古阁的影抄本,一个是清曹寅藏本。但胡先生又认为,这两个宋本都不是《江湖前集》《后集》或《续集》,似乎是从《江湖前、后、续集》中选出的另一种丛刊,从南宋开始,主要就是60余家[1]。这就很令人费解,既然二者不是同一部丛刊,这样的考察就难免张冠李戴。南宋末年,诗坛上流传的诗歌小集数量非常多,已刊和未刊的,可能不下千家。作为这些小集的汇编,《江湖前、后、续集》反映了江湖小集在南宋末至明初这一阶段的流传情况。明晁瑮《宝文堂书目》卷上还著录有宋刻本《江湖前、后、续集》,此后则未见著录。《江湖前、后、续集》散亡后,明末清初的藏书家又开始搜罗江湖小集,少则十几家,多则五六十家,有《南宋群贤小集》《南宋六十家小集》《江湖小集》《宋人小集》《宋名家小集》等多种名目,其中不乏宋刻珍本,也有鱼龙混杂之伪本,辗转传抄,莫详真伪。幸有宋刻本《南宋群贤小集》九十五卷存于台北"国家"图书馆,而明末清初毛氏汲古阁影宋抄本《南宋六十家小集》几可乱真,二集皆已影印行世,可以作为今日研究江湖小集最原始的资料。

宋刻本《南宋群贤小集》收录诗集58家,除陈起辑《宋高僧诗选》和《前贤小集拾遗》外,计收录江湖诗人小集56家,其中3家为汲古阁影宋抄本《南宋六十家小集》所无,汲古阁本中亦有7家为宋刻本所无,二集总计收录江湖诗集63家。而《永乐大典》残卷中的《江湖前、后、续集》,徵引了其中36家,约占十分之六。这36家分别是:

张至龙《雪林删余》、郑清之《安晚堂诗集》、敖陶孙《臞翁诗

---

[1] 参见胡念贻《南宋〈江湖前、后、续集〉的编纂和流传》。

集》、薛嵎《云泉诗》、黄文雷《看云小集》、胡仲参《竹庄小稿》、姜夔《白石道人诗集》、张蕴《斗野稿支卷》、徐集孙《竹所吟稿》、毛珝《吾竹小稿》、邓林《皇荂曲》、释绍嵩《江浙纪行集句诗》、王琮《雅林小稿》、林希逸《竹溪十一稿诗选》、释斯植《采芝集》《采芝续稿》、陈必复《山居存稿》、赵汝鐩《野谷存稿》、释永颐《云泉诗集》、陈允平《西麓诗稿》、朱继芳《静佳乙稿》、叶茵《顺适堂吟稿》、武衍《适安藏拙余稿》《乙稿》、姚镛《雪蓬稿》、高翥《菊涧小集》、施枢《芸隐倦游稿》《横舟稿》、王同祖《学诗初稿》、罗与之《雪坡小稿》、戴复古《石屏续集》、俞桂《渔溪诗稿》《渔溪乙稿》、李涛《蒙泉诗稿》、杜旟《癖斋小集》、朱南杰《学吟》、张良臣《雪窗小集》、危稹《巽斋小集》、周文璞《方泉诗集》、吴惟信《菊潭诗集》。

由于现存《永乐大典》残卷仅为全书百分之四,实际征引的可能更多。《江湖前、后、续集》与《南宋群贤小集》或《南宋六十家小集》所收诗人小集存在这么多交叉,但二者不具有共时性,而是历时存在的。当《江湖前、后、续集》失传后,《南宋群贤小集》等宋人小集丛编才大量涌现,虽然数量多寡不一,但文献来源则是一致的,都是来源于南宋末年临安书坊刊刻的各种江湖小集。从这个意义上说,后世流传的各种江湖小集名目再繁多,都是《江湖集》丛刊的幻身,只不过在流传过程中误入了其他诗集,以致于真伪杂陈。

三、陈起刻《江湖集》选本的原貌

宝庆初,陈起刻《江湖集》,宋代文献中多有记载。宋韩淲《〈江湖集〉、钱塘刊近人诗》云:"谁把中兴后收拾,自应江左久参差。"[1]陈振孙《直斋书录解题》卷一五著录"《江湖集》九卷",亦称"临安书坊所刻本,取中兴以来江湖之士以诗驰誉者"[2]。可见《江湖集》的选诗范

---

[1] （宋）韩淲《涧泉集》卷一四,《景印文渊阁四库全书》本。
[2] （宋）陈振孙《直斋书录解题》,中华书局,1985年,第428页。

围大概是南渡中兴以后江湖诗人之诗,故文献中又称《中兴江湖集》。如宋罗大经《鹤林玉露》乙编卷四"诗祸"条云:"渡江以来,诗祸殆绝,惟宝、绍间《中兴江湖集》出。"①这里的《中兴江湖集》是与江湖诗祸有关的选本。《文渊阁书目》卷一〇著录有三部《中兴江湖集》,分别为"一部十册残阙""一部十五册阙""一部五十二册阙",祝尚书怀疑陈振孙所见为《中兴江湖集》,但并非明代秘阁所藏本②,这是很有道理的。这一部五十二册尚有残阙的《中兴江湖集》,确实不大可能是九卷本的《江湖集》选本,而应当是与《江湖前、后、续集》相当的丛刊。《文渊阁书目》卷一〇著录有《唐六十家诗》二部,分别是"一部四十八册阙""一部三十七册阙",从册数上可以看出,文渊阁所藏《中兴江湖集》与《唐六十家诗》在形式方面比较接近,似乎是指《江湖集》丛刊③。

《江湖集》选本虽已亡佚,但《永乐大典》残卷所引文献中有《中兴江湖集》《江湖集》等,与《直斋书录解题》著录的《江湖集》关系密切。例如,《直斋书录解题》卷一五《江湖集》解题称该集中有方惟深,《永乐大典》卷一〇五六引《中兴江湖集》方惟深《过无为吴氏园池诗》,同书卷二八〇九引方惟深《和周楚望红梅用韵》,可见《永乐大典》中所引《中兴江湖集》就是《直斋书录解题》著录的《江湖集》。又如,《直斋书录解题》卷一五《萧秋诗集》解题称徐文卿有诗见《江湖集》,《永乐大典》卷九〇三"诗"字韵引《江湖集》徐文卿《因放翁以〈剑南诗稿〉为赠,咏叹之余,赋短歌以谢》诗,应当就是陈振孙所见《江湖集》。这就表明,利用《永乐大典》残卷所引《中兴江湖集》和《江湖集》,结合其他文献记载,可以对《江湖集》选本进行辑佚④。但在辑佚前,首

---

① (宋)罗大经《鹤林玉露》,中华书局,1983年,第188页。
② 参见祝尚书《宋人总集叙录》,中华书局,2004年,第321页。
③ 为方便论述,下文提到《中兴江湖集》时,特指《江湖集》选本。
④ 张宏生曾考证出陈起宝庆刻本《江湖集》诗人名单为:方惟深、刘过、刘克庄、张端义、陈起、周文璞、周师成、赵汝迕、赵师秀、敖陶孙、晁公武、曾极等12人。其中除赵汝迕存在疑问外,其余11人大致可信。参见《江湖诗派研究》附录一《江湖诗派成员考》,第271—322页。

先要清楚《江湖集》或《中兴江湖集》的编选体例,才不致于误辑。现分别从形式特点、选诗范围和编排方式三个方面来谈。

(一) 形式特点

宝庆元年(1225)陈起所刻《江湖集》或《中兴江湖集》是选本,不是丛刊。宋张世南《游宦纪闻》卷一:"刘过,字改之,能诗词,流落江湖,酒酣耳热,出语豪纵,自谓晋、宋间人物,其诗篇警策者已载《江湖集》。"① 《永乐大典》卷二二六四引《中兴江湖集》中庐陵刘氏《西湖》诗,见于刘过《龙洲道人诗集》,应当就是张世南所谓"警策者"。而且,《永乐大典》不直称"刘过",而称"庐陵刘氏",与所引《江湖前、后、续集》作者称谓完全不同,可能是因袭原书,因为《永乐大典》在编纂与抄录时是相当忠实于原书的。《永乐大典》引《中兴江湖集》还有"莆阳刘氏""清苑赵氏""永嘉翁氏"等,如果原书题刘克庄、赵师秀、翁卷,《永乐大典》没有必要改称籍贯和姓氏。南宋时期所编诗选,有称作者籍贯和姓氏的习惯,如宋元之际刘瑄编《诗苑众芳》,首"长乐潘氏",终"古汴吴氏",共二十四人,皆称籍贯与姓氏。《中兴江湖集》在称谓上也具有这一特点,可见它是选本。

清楚了《中兴江湖集》在形式与称谓上的这一特点,就能把《永乐大典》引《江湖集》中属于《中兴江湖集》的作品分离出来。我们注意到,《永乐大典》所引江湖诸集中,只有《江湖集》与《中兴江湖集》在作者称谓上有相似点。《永乐大典》引《江湖集》有"天台徐氏""庐陵刘氏""钱塘徐氏""敖氏""静斋"等,这样的称谓并不见于所引《江湖前集》《江湖后集》和《江湖续集》,而是《中兴江湖集》所特有的。《永乐大典》卷九〇三"诗"字韵引《江湖集》大梁李氏《无题》2首,同书卷二二六四"湖"字韵引《中兴江湖集》大梁李氏《西湖》1首。"大梁李氏"虽不可考其姓名,但证明了《永乐大典》中《江湖集》与《中兴江湖集》二书的特殊关系。

---

① (宋)张世南《游宦纪闻》,中华书局,1981年,第4页。

（二）选诗范围

据陈振孙《直斋书录解题》卷一五《江湖集》解题，该书体例并不严谨，收录了南渡以前承平时期诗人方惟深以及曾入仕的晁公武。除方惟深是北宋人外，《永乐大典》残卷引《中兴江湖集》又有曾巩、陈襄两位北宋诗人作品，可见《江湖集》的编选实在很草率，故陈振孙称其为"书坊巧为射利"之作。《直斋书录解题》只称《江湖集》为临安书坊所刻本，没有直接说是陈起所编选刊刻，恐怕是有所避忌。虽然陈起是诗人，在文学史上与江湖诗派有重大关系，但他首先是一名书商，为了生存当然要谋利，没有必要为之回护。《中兴江湖集》所收作品的时间下限是宝庆元年(1225)，而《江湖后集》与《江湖续集》大多数刊刻于端平元年(1234)以后，这就为考察《永乐大典》引《江湖集》诗的归属提供了可靠的参照。

（三）编排方式

宋魏庆之《诗人玉屑》卷一九"诸贤绝句"条引黄升《玉林中兴诗话补遗》云："中兴以来诗人绝句载于《江湖集》者未论。"[1]黄昇在诗话中避开《江湖集》中所选绝句不谈，据此可推断《江湖集》是分体编排的。《永乐大典》卷九〇三"诗"字韵下引无名氏《绝句》五首，又引其他诗人绝句、六言、古诗等，可以为证。

《中兴江湖集》的以上特点，与《江湖前、后、续集》形成了鲜明的对比：《中兴江湖集》是选本，《江湖前、后、续集》是丛刊；《中兴江湖集》分体编排，《江湖前、后、续集》分集编排；《中兴江湖集》所选多为南宋前期、中期诗人，现存《江湖前、后、续集》主要是江湖诗派后期诗人。但二书既有区别，也有联系。首先，二书皆可称为《江湖集》，很容易混淆；其次，《中兴江湖集》的编者是陈起，《江湖前、后、续集》的编者是陈起父子；再次，《中兴江湖集》与《江湖前、后、续集》所选诗人

---

[1] （宋）魏庆之编《诗人玉屑》，上海古籍出版社，1978年，第440页。

有重复,如《江湖后集》中有敖陶孙《臞翁诗集》,《中兴江湖集》亦选有敖陶孙诗,其中有的见于《臞翁诗集》,有的属于集外诗。又如,《江湖前、后、续集》中有刘克庄《南岳稿》,《中兴江湖集》亦从《南岳稿》中选录刘克庄诗,等等。明确了《中兴江湖集》的编选体例,就能够从相关文献中对其进行钩沉。现辑录诗人与诗题如下。

1. 方惟深二首:《过无为吴氏园池诗》《和周楚望红梅用韵》

《永乐大典》卷一〇五六"池"字韵引《中兴江湖集》方惟深《过无为吴氏园池诗》,同书卷二八〇九"梅"字韵引方惟深《和周楚望红梅用韵》。《直斋书录解题》卷一五《江湖集》解题称其中有方惟深诗,参见上文。

2. 姜夔四首:《题华亭钱参园池诗》、《待千岩》(二首)、《过湘阴寄待千岩》

《永乐大典》卷一〇五六"池"字韵引《中兴江湖集》姜夔《题华亭钱参园池诗》,同书卷九七六五"岩"字韵引《中兴江湖集》佚名《待千岩》诗二首,又引《过湘阴寄待千岩》,皆见于姜夔《白石道人诗集》。

3. 大梁李氏三首:《无题》(二首)、《西湖》

《永乐大典》卷九〇三"诗"字韵引《江湖集》大梁李氏《无题》二首,同书卷二二六四"湖"字韵引《中兴江湖集》大梁李氏《西湖》七律。大梁李氏不可考。

4. 莆阳柯氏(柯梦得)一首:《西湖乐》

《永乐大典》卷二二六四"湖"字韵引《中兴江湖集》有蒲阳柯氏《西湖乐》诗。按"蒲阳"当是"莆阳"之误,柯氏疑为柯梦得,字东海,莆田人。曾编选《唐贤绝句》一卷。

5. 庐陵刘氏(刘过)一首:《西湖》

《永乐大典》卷二二六四"湖"字韵引《中兴江湖集》庐陵刘氏《西湖》。按庐陵刘氏即刘过,此诗见于《龙洲道人诗集》。

6. 高氏(高似孙)二首:《红梅花》《人日诗》

《永乐大典》卷二八〇九"梅"字韵引《中兴江湖集》高氏《红梅花》,同书卷三〇〇一"人"字韵引《中兴江湖集》高氏《人日诗》。按高氏即高似孙,因为《红梅花》诗又见《诗渊》第 4 册 2435 页,作者署"宋疏寮高续古",续古为高似孙之字。

7. 牛士良一首:《红梅诗》

《永乐大典》卷二八〇九"梅"字韵引《中兴江湖集》牛士良《红梅诗》。牛士良不可考。

8. 曾巩一首:《饯神》

《永乐大典》卷二九五二"神"字韵引《中兴江湖集》曾巩《饯神》诗。此诗为曾巩集外诗,《全宋诗》据以补辑。

9. 敖陶孙七首:《思古人》《上闽帅范石湖五首》《短歌赠临安友人》

《永乐大典》卷三〇〇四"人"字韵引《中兴江湖集》敖陶孙《思古人》诗,同书卷三〇〇五"人"字韵引《中兴江湖集》敖氏《短歌赠临安友人》,同书卷一五一三九"帅"字韵引《中兴江湖集》敖陶孙《上闽帅范石湖五首》。敖陶孙有《臞翁诗集》,《思古人诗》见于该集卷一,《上闽帅范石湖五首》见于该集卷二,《短歌赠临安友人》不见于该集。以上七首应当是《江湖集》所选。叶绍翁《四朝闻见录》丙集"悼赵忠定诗"条称敖陶孙有诗名,在"《江湖集》中诗最多"。

10. 永嘉翁氏(翁卷)一首:《寄远人诗》

《永乐大典》卷三〇〇四"人"字韵引《中兴江湖集》永嘉翁氏《寄远人诗》,同书卷一四三八〇"寄"字韵引同一首诗作"翁灵舒诗"。灵舒为翁卷之号,永嘉翁氏即翁卷。

11. 佚名(陈襄)一首:《金华山人》

《永乐大典》卷三〇〇四"人"字韵引《中兴江湖集·金华山人》诗,未署作者名。有学者认为"金华山人"是作者别号,然此诗收在"人"字韵下,应当是诗题。据查,此诗见于宋刻本陈襄《古灵先生文集》卷四。

12. 清苑赵氏(赵师秀)一首:《送古壶与友人》

《永乐大典》卷三〇〇五"人"字韵引《中兴江湖集》清苑赵氏《送古壶与友人》。按清苑赵氏为赵师秀,有《清苑斋诗集》。

13. 赵文鼎(赵善扛)二首:《丽人行》《题大安铺诗》

《永乐大典》卷三〇〇五"人"字韵引《中兴江湖集》赵文鼎《丽人行》,同书卷一四五七六引《中兴江湖集》赵文鼎《题大安铺诗》。按文鼎为赵善扛之字。

14. 李泳一首:《西兴》

《永乐大典》卷七九六二"兴"字韵引《中兴江湖集》李泳诗《西兴》。

15. 叶嗣宗(叶绍翁)一首:《贵游》

《永乐大典》卷八八四四"游"字韵引《中兴江湖集》叶嗣宗《贵游》诗。按嗣宗为叶绍翁之字,《贵游》诗见于《靖逸小集》。

16. 莆阳刘氏(刘克庄)九首:《五月二十七日游诸洞》《题莒口铺诗》《题洪使君诗卷》《题许介之诗草》《敖茂才论诗》《还杜子埜诗卷》《史禄渠至此分水》《落梅》《黄巢战场》

《永乐大典》卷一三〇七五"洞"字韵引《中兴江湖集》莆阳刘氏《五月二十七日游诸洞》,同书卷一四五七六"铺"字韵引《中兴江湖集》莆阳刘氏《题莒口铺诗》,同书卷九〇三"诗"字韵引《江湖集》莆阳刘氏《题洪使君诗卷》《题许介之诗草》《敖茂才论诗》《还杜子埜诗卷》,同书卷一一〇七七"濚"字韵引《江湖集》莆阳刘氏《史禄渠至此分水》诗。以上七诗,除《题莒口铺诗》外,其余六首中有四首见于《四部丛刊》本《后村先生大全集》卷六,二首见于卷七。该集卷一至卷四分别为《南岳旧稿》《南岳第一稿》《南岳第二稿》和《南岳第三稿》,卷五以后未标明,据方回《瀛奎律髓》卷二〇刘克庄《落梅》诗注,刘克庄有《南岳五稿》,如果《后村大全集》每卷为一稿,则卷五应当是《南岳第四稿》。如前所述,《南岳稿》已入《江湖前、后、续集》,则《中兴江湖集》所选刘克庄诗,似乎有不少诗为《南岳稿》所无。

除了上述七首,刘克庄还有二诗在江湖诗祸中受到牵连。林希逸《后村先生刘公行状》:"言官李知孝、梁成大笺公《落梅》诗与'朱三''郑五'之句,激怒当国,几得遣。"按《落梅》诗见于《后村先生大全集》卷三《南岳第二稿》,又见方回《瀛奎律髓》卷二〇,方回评曰:

"言者并潜夫《梅》诗论列,劈《江湖集》板。"可见《落梅》诗曾被收入《江湖集》中。另一首为《黄巢战场》诗,周密《齐东野语》卷一六"诗道否泰"条:"刘潜夫《黄巢战场》诗云:'未必朱三能跋扈,都缘郑五欠经纶。'"①罗大经《鹤林玉露》乙编卷四"诗祸"条亦引此句。此诗不见于《后村先生大全集》,今仅存一联。

17. 佚名一首:《寄荆帅刘待制》

《永乐大典》卷一四三八〇"寄"字韵引《中兴江湖集·寄荆帅刘待制》,未署作者名。

18. 危稹一首:《上隆兴赵帅》

《永乐大典》卷一五一三九"帅"字韵引《中兴江湖集》危稹《上隆兴赵帅》诗。

19. 佚名一首:《竹》

《永乐大典》卷一九八六六"竹"字韵引《中兴江湖集·竹》,未署作者名。

20. 徐文卿一首:《因放翁以〈剑南诗稿〉为赠,咏叹之余,赋短歌以谢》

《永乐大典》卷九〇三"诗"字韵所引《江湖集》有徐文卿《因放翁以〈剑南诗稿〉为赠,咏叹之余,赋短歌以谢》诗,应当就是陈振孙所见《江湖集》中诗,参见上文。

21. 周师成三首:《古诗三首》

元韦居安《梅磵诗话》卷下言周师成"有家藏集,《江湖吟稿》中仅刊其十数首"②。《江湖吟稿》应当是《江湖集》的异称。《永乐大典》卷九〇三"诗"字韵引《江湖集》周成师《古诗三首》,按"成师"当是"师成"之乙。《诗渊》第6册第3873页即作周师成《古诗三首》。

22. 静斋(赵汝淳)三首:《玉树谣》三首

《永乐大典》卷九〇三"诗"字韵引《江湖集》静斋《玉树谣》三首。

---

① (宋)周密《齐东野语》,中华书局,1983年,第293页。
② (元)韦居安《梅磵诗话》,《续修四库全书》本。

由于"静斋"为号,故其作者问题存在很大分歧。《全宋诗》卷三一六五作刘屋,胡益民《〈江湖〉诸总集"名录"新考》作李黾年,费君清《〈永乐大典〉江湖诗补辑》疑为张敏则①,均误,刘毅强《〈江湖集〉丛刊所收诗人补考》据《诗渊》第2442页引赵汝淳《玉树谣》推断静斋为赵汝淳,证据确凿。

23. 天台徐氏(徐似道)一首:《偶题》

《永乐大典》卷九〇三"诗"字韵引《江湖集》天台徐氏《偶题》诗,此诗在《诗家鼎脔》卷上署"天台徐似道渊子"作,《诗渊》亦作徐似道诗,因知天台徐氏即徐似道。②

24. 庐陵刘氏(刘仙伦)一首:《以仲立于枕上和余韵,夜半得诗句,敲门唤余,余摄衣而起,相与对语于野航桥上,殊为胜绝,因再用韵》

《永乐大典》卷九〇三"诗"字韵引《江湖集》庐陵刘氏《以仲立于枕上和余韵,夜半得诗句,敲门唤余,余摄衣而起,相与对语于野航桥上,殊为胜绝,因再用韵》诗,见于刘仙伦《招山小集》,可知庐陵刘氏即刘仙伦。刘仙伦,一名儗,字叔儗,庐陵人。与刘过号"庐陵二刘"。

25. 钱塘徐氏四首:《松庵杂诗四首》

《永乐大典》卷九〇三"诗"字韵引《江湖集》钱塘徐氏《松庵杂诗四首》。钱塘徐氏名不详。

26. 张端义一首:《挽周晋仙》

宋张端义《贵耳集》卷上:"余有《挽晋仙诗》,载《江湖集》中。"③张端义此诗未见《永乐大典》残卷所引《江湖集》,但见于《诗家鼎脔》。

27. 曾极一首:《春》

周密《齐东野语》卷一六"诗道否泰"条:"适极有《春》诗云:'九

---

① 费君清《〈永乐大典〉江湖诗补辑》,《温州师院学报》1989年第4期。
② 参见刘毅强《〈江湖集〉丛刊所收诗人补考》。
③ (宋)张端义《贵耳集》,中华书局,1958年,第22页。

十日春晴景少,一千年事乱时多。'刊之《江湖集》中。"①罗大经《鹤林玉露》乙编卷四"诗祸"条与之同。刘克庄《后村诗话》卷二称此诗为曾极少作。今仅存二句。

28. 林洪一首:《折柳》

《爱日斋丛钞》卷三:"近时《江湖诗选》有林洪可山诗:'湖边杨柳色如金,几日不来成绿荫',人多传诵。"②此联在《诗渊》中题为《折柳》。刘毅强认为《江湖诗选》为《江湖集》丛刊之一,③从集名看,应当是选本,姑辑录于此。按林洪《山家清事》"种梅养鹤图说"自称"所藏当世名贤诗帖不计百,江湖吟卷不计千"④。据此,林洪应当是典型的江湖诗人。

29. 陈起残句:"秋雨梧桐皇子府,春风杨柳相公桥"

方回《瀛奎律髓》卷二〇刘克庄《落梅》诗注:"宗之赋诗有云:'秋雨梧桐皇子府,春风杨柳相公桥。'哀济邸而诮弥远,本改刘屏山句也。"⑤据同书卷四二赵师秀《赠卖书陈秀才》诗注,方回于淳祐七年(1247)至十一年(1251),曾屡次造访陈起书肆,其记载应当可信。罗大经《鹤林玉露》乙编卷四"诗祸"条称此诗为敖陶孙作,方回认为是言官嫁祸于敖陶孙。

30. 佚名残句:"看杀墙阴荠菜花"

《全芳备祖》后集卷二六"荠"下引《江湖集》中七言散句"看杀墙阴荠菜花",然作者不可考。

31. 晁公武: 不详

《直斋书录解题》卷一五《江湖集》解题曾提到该集选有晁公武诗,但不知具体选诗情况。

---

① (宋)周密《齐东野语》,第293页。
② (宋)叶寘《爱日斋丛钞》,《丛书集成初编》本。
③ 参见刘毅强《〈江湖集〉丛刊所收诗人补考》。
④ (宋)林洪《山家清事》,《景印文渊阁四库全书》本。
⑤ (宋)方回撰,诸伟奇、胡益民点校《瀛奎律髓》,第502页。

32. 周文璞：不详

周密《齐东野语》卷一六"诗道否泰"条在叙述江湖诗祸时云："同时被累者，如敖陶孙、周文璞、赵师秀及刊诗陈起，皆不得免焉。"①虽然周文璞、赵师秀在江湖诗祸发生时已去世，不可能被诗祸牵连，但周文璞应当有诗被选入《江湖集》中。

33. 无名氏六首：《无题》二首、《绝句》四首

《永乐大典》卷九○三"诗"字韵引《江湖集》无名氏《无题》二首、《绝句》三首，又引《绝句》二首，其中一首与《绝句》三首之三重复。

以上共辑录《江湖集》选本诗人33家（含佚名及无名氏4家）、作品65首，与原书九卷相比，虽然亡佚甚多，但已可据此略窥原貌。

结语

长期以来，在江湖诗派的研究中，最棘手的是诗人名单与资料范围的确定问题，人们不约而同地将其归因于陈起原刻《江湖集》的散佚。本章综合学界已有成果，力图恢复《江湖集》的原貌，以期为江湖诗派研究的深入奠定扎实的文献基础。现将研究所得，简单地总结如下。

（一）宝庆元年（1225）陈起所刊《江湖集》是选本，即陈振孙《直斋书录解题》卷一五著录的"《江湖集》九卷"。由于江湖诗祸，此集没有完整保存下来，散见于各种文献，主要是《永乐大典》残卷所引《中兴江湖集》和《江湖集》。现在可考者为诗人33家、诗作65首。

（二）陈起父子刊刻的《江湖集》丛刊，从南宋末年至明朝中叶，曾以《江湖前、后、续集》丛编形式流传，现已考证出大约90家；从明末清初至今，在《江湖前、后、续集》失传后，又以《南宋群贤小集》《南宋六十家小集》《江湖小集》等宋人小集丛编形式流传，存世大约有六七十家，但混入了少量非江湖诗人小集。

---

① （宋）周密《齐东野语》，第293页。

（三）《永乐大典》残卷所引《江湖集》和《四库全书》本《江湖后集》，既包括《江湖前、后、续集》丛刊，也包括《江湖集》或《中兴江湖集》选本，还有二三十家无法确定其归属。

（四）陈起父子的刻书活动贯穿于江湖诗派发展的始终。江湖诗派肇始于宁宗庆元（1195—1200）、嘉定（1208—1224）年间，前期诗人大多数在嘉定以前就已去世，陈起在宝庆元年（1225）刊刻的《江湖集》与后来刊刻的《四灵诗选》，是对江湖诗派前期作品的总结；理宗端平元年（1234）以后，陈起刊刻了大量江湖诗人小集，可以看作江湖诗派中期，也是江湖诗派发展的最重要时期，《江湖前、后、续集》与《南宋群贤小集》中所收江湖小集，主要刊刻于这一阶段；宝祐三年（1255）陈起去世后，其子续芸继承父业，直到景定（1260—1264）年间，还刊刻了不少小集，可以视为江湖诗派后期。

（五）现存各种宋刻本江湖诗人小集、《永乐大典》残卷所引《江湖前、后、续集》《中兴江湖集》《江湖集》和《四库全书》本《江湖后集》，是研究江湖诗派的最基本文献。本文对《江湖前、后、续集》和《中兴江湖集》的考证和还原，只是初步的探索。为了江湖诗派研究的深入，我们还有必要对这些基本文献作更精细的整理与研究。

第三章

书棚本唐人小集综考

"诗刊欲遍唐"①,南宋书商陈起及其子续芸,在临安府棚北大街睦亲坊南开设书籍铺,刊刻了大量中晚唐诗集和南宋江湖诗人小集,不仅在书籍出版史上获得了"书棚本"这一特称,而且对江湖诗派的形成起着至关重要的作用。然而,存世的书棚本唐人小集究竟有多少种?是否所有的"十行十八字"本唐人诗集都是书棚本?明清时期影抄或翻刻书棚本唐人诗集与宋刻原本的关系如何?这些基本的文献问题,学界虽或多或少有所涉及②,但尚无全面深入、精密细致的研究。

一、宋刻"十行十八字"本唐人诗集考辨

"书棚本"得名的由来,主要是因为陈起父子的刻书牌记"临安府棚北大街睦亲坊南陈解元宅书籍铺刊行"中有一个"棚"字,故俗称"书棚本"。南宋都城书坊林立,除"陈解元宅书籍铺"外,尚有"临安府陈道人书籍铺""临安府太庙前尹家书籍铺""杭州众安桥南行东贾

---

① (宋)周端臣《挽芸居》,《江湖后集》卷三,《景印文渊阁四库全书》本。
② 如叶德辉《书林清话》卷二"宋陈起父子刻书之不同"提及陈起刻唐人诗集 14 种;王国维《两浙古刊本考》卷上考证书棚本唐人诗集 16 种(《海宁王忠悫公遗书》内编,民国十六年海宁王氏印本);顾志兴《浙江印刷出版史》(杭州出版社,2011 年)罗列钱塘陈氏刻唐人诗集 19 种;黄韵静《南宋出版家陈起研究》(台北花木兰文化出版社,2006 年)讨论有"陈宅书籍铺"牌记的唐人诗集 13 种、无牌记的唐五代诗集 21 种,等等。

官人宅开经书铺""杭州钱塘门里车桥南大街郭宅纸铺"等书坊,后世藏书家偶尔亦称这些书坊所刻书为"书棚本",为不致引起混淆,本章采用书棚本的狭义,特指陈起父子所刻书为书棚本。

为了在激烈的商业竞争中维护自身的利益,临安书坊的经营者们努力树立自己的品牌和特色。除了在书中镌刻牌记以示区别,不同的书坊在书籍选题、版式行款方面也努力形成各自的特色。以刻书较多、影响较大的三家书坊来看,陈起父子的陈宅书籍铺,以刊刻唐宋诗集为主,行款基本是每半页十行十八字;陈思的陈道人书籍铺,以刊刻艺术类书籍为主,行款为每半页十一行二十字;尹家书籍铺,则以刊刻子部书籍,尤其是笔记小说为主,行款一般是每半页九行十八字,但也偶有例外。同样是刊刻唐人诗集,不同的地域似乎也有各自的特色,如蜀刻本唐人诗集的行款主要是每半页十二行二十一字,且不乏卷帙较多的名家诗文集,这与书棚本有明显的差异。掌握了这些书籍的外在形式特征,即使原书牌记缺失,也能清楚地区分开来。

值得注意的是,由于书棚本的最大特色是行款为每半页十行十八字,后世藏书家和学者们往往误以为凡是"十行十八字"本就是书棚本,而忽略了二者之间不能完全画等号。例如,上海图书馆藏宋绍兴(1131—1162)抚州刻本《王荆公唐百家诗选》二十卷、中国国家图书馆藏宋绍兴章贡郡斋刻本《古灵先生文集》二十五卷、宋端平三年(1236)常州军刻本淳祐六年(1246)盛如杞重修本《古文苑》二十一卷、宋吴坚福建漕治刻本《龟山先生语录》四卷、《后录》二卷,台北故宫博物院图书馆藏宋淳祐二年(1242)赵时棣大庾县斋刊本《心经》一卷、《政经》一卷等,以上书籍有明确的刊刻时间和地点,行款均为每半页十行十八字,但与书棚本毫无关系,而且说明"十行十八字"行款并非书棚本率先使用。据初步调查,海内外现存宋刻"十行十八字"本唐诗别集和总集共 27 种。现分作以下三大类予以讨论。

(一)有"陈(解元)宅书籍铺"牌记的书棚本唐诗小集 11 种

黄韵静《南宋出版家陈起研究》对陈起父子所刻书有详细考证,

逐一罗列历代书目著录情况,并配有书影和文字说明,很有参考价值。但绝大部分是根据书目图录著录而成,并非全是亲眼所见,究竟是否为书棚本还有进一步探讨的必要。该书第三章《刻书考(上)》考证有牌记的书棚本唐人诗集 13 种①,其中《唐山人诗》是根据《百宋一廛赋注》著录,实际上就是《唐求诗集》,但中国国家图书馆藏宋刻本《唐求诗集》并无牌记②;《李贺诗集》与《孟东野诗集》的宋刻书棚本没有流传下来,只是在清代藏书目录中有著录,留待下文再予以讨论。至于李建勋《李丞相诗集》,因牌记为"临安府洪桥子南河西岸陈宅书籍铺印",黄韵静以其与"棚北大街睦亲坊南"这一地址不符,暂且存疑③,但顾志兴认为这一地址与棚北睦亲坊陈氏书铺很近,疑为陈起宅院兼刻书工场④,故本章仍然视为陈起刻本;宋李龏编《唐僧弘秀集》,为宋人所编唐诗选本,黄韵静视为宋人诗集,虽然作者属宋,但内容是唐诗,本文视作唐诗小集。故海内外图书馆现藏有牌记的书棚本唐诗小集的实际数量是 11 种:

1. (唐)常建《常建诗集》二卷(国图、台北故宫)

牌记:"临安府棚北大街睦亲坊南陈宅刊印"一行(卷上末,正文第八页)

2. (唐)朱庆余《朱庆余诗集》一卷(国图)

牌记:"临安府睦亲坊陈宅经籍铺印"一行(卷末,正文第三十四页)

3. (唐)周贺《周贺诗集》一卷(国图)

牌记:"临安府棚北睦亲坊南陈宅书籍铺印"一行(卷末,正文第十七页)

4. (南唐)李建勋《李丞相诗集》二卷(国图)

---

① 黄韵静《南宋出版家陈起研究》,第 73—87 页。
② (唐)唐求《唐求诗集》,《中华再造善本》影印中国国家图书馆藏宋刻本,北京图书馆出版社,2003 年。
③ 黄韵静《南宋出版家陈起研究》,第 117—118 页。
④ 顾志兴《浙江印刷出版史》,第 94 页。

牌记:"临安府洪桥子南河西岸陈宅书籍铺印"一行(卷上末,卷上第十页)

5. (唐)鱼玄机《唐女郎鱼玄机诗》一卷(国图)

牌记:"临安府棚北睦亲坊南陈宅书籍铺印"一行(卷末,正文第十二页)

6. (唐)王建《王建诗集》十卷(上图、国图)

牌记:"临安府棚北睦亲坊巷口陈解元宅刊印"一行(卷末)

7. (唐)李咸用《唐李推官披沙集》六卷(台北"中央研究院"傅斯年图书馆)

牌记:"临安府棚北大街陈宅书籍铺印行"一行(序后,序文第二页)

8. (唐)李群玉《李群玉诗集》三卷《后集》五卷(台北"中央研究院"傅斯年图书馆)

牌记:"临安府棚前睦亲坊南陈宅书籍铺刊行"一行(卷首第三页);"临安府棚北大街睦亲坊南陈解元宅书籍铺印"一行(卷五第四页)

9. (唐)李中《碧云集》三卷(台北"中央研究院"傅斯年图书馆)

牌记:"临安府棚北睦亲坊南陈宅书籍铺印"一行(目录后,目录第八页)

10. (唐)罗隐《甲乙集》十卷(国图)

牌记:"临安府棚北大街睦亲坊南陈宅书籍铺印行"一行(目录后)[①]

11. (宋)李龏《唐僧弘秀集》十卷(台北"国家图书馆"、北京大学图书馆)

牌记:"临安府棚北大街睦亲坊南陈解元宅书籍铺刊行"一行(序后)

---

① 按:中国国家图书馆藏宋刻本牌记已漫漶不清,此据杨绍和《楹书隅录》卷五著录,该本下落不明。

以上11种唐诗小集,都有陈(解元)宅书籍铺牌记,其行款均为十行十八字,是最典型的书棚本,是了解陈起所刻唐诗小集原貌的最宝贵的实物证据。另外,据北京大学孙钦善先生介绍,日本东京大东急记念文库藏有宋刻书棚本《高常侍集》十卷,目录残存七卷,正文残存六卷,有"临安府睦亲坊南陈宅经籍铺印"牌记①。因未亲眼见到原书,暂且留存备考。

(二)可能是书棚本的宋刻唐诗小集10种

现存宋刻唐人诗集,有的虽然没有陈宅书籍铺牌记,但版式、行款、字体与书棚本相同或相似,清代以来的藏书目录也著录为书棚本。对于这些书籍,有必要逐一梳理,以确定其是否为书棚本。

1. (唐)唐求《唐求诗集》一卷

王国维《两浙古刊本考》卷上著录《唐求诗》有"临安府棚北大街睦亲坊南陈宅书籍铺印"②,其依据应当是《楹书隅录》卷四:"此本与《韦苏州集》同一行式,皆临安府棚北大街睦亲坊南陈宅书籍铺刊行,所谓书棚本是也。《百宋一廛赋》著录。"③但中国国家图书馆现藏宋刻本《唐求诗集》,即《百宋一廛赋》和《楹书隅录》著录本,原书并无牌记,只是版式、字体确与书棚本相同。

2. (唐)许浑《丁卯集》二卷

上海图书馆藏宋刻本《丁卯集》二卷,书中无牌记,但自黄丕烈以来的藏书家均视为书棚本,而《上海图书馆藏宋本图录》认为陈起刻本可能已经亡佚,此宋刻本可能是临安府其他书商所刻④。中国国家图书馆藏明抄本《唐四十七家诗》中有影宋抄本《丁卯集》,行款为十行十八字,目录后有"临安府睦亲坊南陈宅经籍铺印"一行,可见陈起

---

① 孙钦善《从学术上看影印出版文津阁〈四库全书〉的必要》,参见国学网网页 http://www.guoxue.com/xstj/siku06.htm。
② 王国维《两浙古刊本考》卷上,《海宁王忠悫公遗书》内编,民国十六年(1927)海宁王氏印本。
③ (清)杨绍和《楹书隅录》卷四,《续修四库全书》本。
④ 上海图书馆编《上海图书馆藏宋本图录》,上海古籍出版社,2010年,第44页。

确实刻过《丁卯集》，上图藏本或许是宋代据书棚本翻刻。

3.（唐）韦庄《浣花集》十卷

宋刻残本《浣花集》现藏日本静嘉堂文库，是清末陆心源皕宋楼旧藏本。陆心源认为："与临安睦亲坊陈宅本《孟东野集》行款匡格皆同，当亦南宋书棚本也。"①

4.（后蜀）韦縠《才调集》十卷

《才调集》十卷，《上海图书馆藏宋本图录》著录为宋临安府陈宅书籍铺刻本，理由是其版式、字体与书棚本《王建诗集》略同②。另外，清初藏书家钱曾《读书敏求记》明确著录其家有"陈解元书棚宋椠本"③。

5.（唐）杜审言《杜审言诗集》一卷

6.（唐）皇甫冉《皇甫冉诗集》二卷

7.（唐）岑参《岑嘉州诗》八卷（残存前四卷）

以上三种诗集与《常建诗集》二卷，共四册，均为清代著名藏书家杨绍和旧藏，现藏中国国家图书馆。宋刻本《常建诗集》现存二本，一在台北故宫博物院，一藏中国国家图书馆，前者有陈宅书籍铺牌记，后者无，不知是否在流传过程中失去。四种诗集行款、字体都相近，应当是书棚本。

8.（唐）韦应物《韦苏州集》十卷《拾遗》一卷

《韦苏州集》在南宋曾多次被刊刻，现存有二种版本，一为宋乾道七年（1171）平江府学刻本，一为宋宁宗以后刻本，二者行款皆为十行十八字、白口、左右双边。很明显，后者是据宋乾道刻本翻刻或重刻，至于是否为书棚本，目前还没有定论。

9.（唐）张籍《张司业诗集》三卷（残存中、下二卷）

此本现藏台北"国家图书馆"，根据字体、刀法与书棚本接近，馆藏目录定为南宋临安陈氏书籍铺刊本，所缺上卷，可据中国国家图书

---

① （清）陆心源《皕宋楼藏书志》卷七一，《续修四库全书》本。
② 上海图书馆编《上海图书馆藏宋本图录》，第41页。
③ （清）钱曾《读书敏求记》卷四，《续修四库全书》本。

馆和上海图书馆藏清初影宋抄本配补齐全。

10.（唐）殷璠《河岳英灵集》二卷

中国国家图书馆藏宋刻本《河岳英灵集》二卷,为清初季振宜旧藏,《文禄堂访书记》著录此本为宋陈氏书棚本①。台北"国家图书馆"藏明覆刊宋书棚本作三卷,应当已经非宋刻本原貌。

（三）不是书棚本的宋刻十行十八字本唐人诗集6种

1.（唐）刘禹锡《刘梦得文集》三十卷《外集》十卷

刘禹锡《刘梦得文集》三十卷《外集》十卷,现藏日本天理图书馆,为"日本国宝"。《天理图书馆稀觏书图录》根据刻工与缺笔,推定其版本为南宋初期绍兴年间刻本②。虽然此书是十行十八字本,但版心为细黑口,字体与南宋后期的书棚本差异很大。

2.（唐）韩愈《新刊经进详注昌黎先生文》四十卷《外集》十卷《遗文》三卷《志》三卷

3.（唐）柳宗元《新刊增广百家详补注唐柳先生文》四十五卷

以上两种韩、柳集,现藏中国国家图书馆,行款与书棚本一致,但字体有较大差异。书中刻工大多为南宋中期四川人,故《宋蜀刻本唐人集丛刊》以此两种为南宋中期大字本③。

4.（唐）柳宗元《五百家注音辨唐柳先生文集》四十五卷（残存十一卷）

宋刻残本现藏中国国家图书馆,版式为十行十八字、细黑口、左右双边。清黄丕烈跋称可能是吴门郑定刻于嘉兴,但万曼断然否定:"此本黄氏虽然疑为吴门郑本,但就行款和讳字来看,却和俞良甫在日本所刻五百家注本相同,但因首尾残阙,序跋俱失,所以无从考证,但决不是郑定本,这点是可以肯定的。"④此本确为宋刻宋印,应当是

---

① 王文进《文禄堂访书记》卷五,上海古籍出版社,2007年,第368页。
② ［日］天理大学附属天理图书馆编《天理图书馆稀觏书图录》,天理大学出版部,2006年。
③ 上海古籍出版社汇编《宋蜀刻本唐人集丛刊》,上海古籍出版社,1994年。
④ 万曼《唐集叙录》,中华书局,1980年,第197页。

俞良甫刻本的底本。从书棚本选题看,陈起似乎不大可能刊刻卷帙较多的名家文集。

5.（宋）赵孟奎辑《分门纂类唐歌诗》一百卷（残存十一卷）

此书宋刻残本藏中国国家图书馆,行款与书棚本一致,但卷首有咸淳元年(1265)赵孟奎自序,拟谋求出版,因而很可能是私家刻本。且其时陈起已逝,续芸子承父业,应当不会刊刻如此大规模的总集。

6.（宋）王安石辑《王荆公唐百家诗选》二十卷

《王荆公唐百家诗选》二十卷,残存九卷（一至九）,版式为十行十八字、白口、四周双边,现藏上海图书馆。该馆据刻工、讳字,定其版本为南宋绍兴末年江西抚州刻本①。

综上所述,在现存27种宋刻"十行十八字"本唐人诗集中,11种有陈（解元）宅书籍铺牌记,可以确认为书棚本;10种虽然没有牌记,但或者在历代书目中一直被视为书棚本,或者与书棚本在内容、版式、字体方面很相似,应当是书棚本;还有6种,虽然行款相同,但时代、地域、字体风格等不符,可以肯定不是书棚本。这就提醒我们,鉴定唐人诗集是否为书棚本,除了看牌记、行款外,还得综合考察作者时代（主要是中晚唐）、卷帙多寡（一般不超过十卷）、版式特征（白口、左右双边）、字体风格（书法以柳体为主,兼具欧体笔意,笔画方整,笔势略往右上倾斜）、刻工活动（以临安府刻工为主）等,才能得出可靠的结论。

二、影宋抄本唐诗小集的文献价值

在唐诗接受史和书籍流传史上,宋版唐人诗集无疑是最受文人、学者、藏书家们喜爱的珍品。但明代以后,宋刻本日渐稀少,为保存古书原貌,藏书家们发明了影抄书籍的方法。最初的影抄,并不严格讲究字体笔画的摹拟,按照现代标准只能称为仿宋抄本,但行款、讳字、

---

① 上海图书馆编《上海图书馆藏宋本图录》,第153页。

缺字、牌记等基本遵照宋版书抄写。明末清初,汲古阁毛晋父子、述古堂钱曾等酷爱此道,摹仿得惟妙惟肖,出神入化,甚至能够以假乱真。在宋刻本已经亡佚的情况下,这些影宋抄本唐人诗集具有非常重要的文献价值。现择要介绍如下。

(一) 明抄本《唐四十七家诗》的底本大多是书棚本

中国国家图书馆藏明抄本《唐四十七家诗》一百三十一卷,共15册,最初在万历年间由苏州藏书家毛文焕(字豹孙)汇集而成,清代以来递经汪士钟艺芸书舍、韩应陛读有用书斋、蒋汝藻密韵楼、吴兴张珩、祁阳陈澄中等著名藏书家收藏,可谓流传有绪,非常珍贵。关于其版本,国家图书馆只是模糊地著录为明抄本,但曾收藏此书的清代藏书家韩应陛的后人曾编有《读有用书斋藏书志》(南京图书馆藏稿本),不是将这四十七家诗作为一部总集或丛书著录,而是看作有共同来源的相互独立的唐人诗集丛抄,分别著录为明抄影宋本或明抄影宋书棚本。这四十七家诗,除《唐皇帝诗》的行款为九行十七字、《王建诗集》为十行二十字、《沈云卿集》为九行十八字外,其余四十四种唐人诗集均为十行十八字。但该书并非抄自一人之手,而是有多种不同的笔迹,其中《唐皇帝诗》《沈云卿集》《贾浪仙长江集》等三种可确定为明正德、嘉靖间著名藏书家柳佥亲笔手抄本,其余抄本或者是柳佥请人抄写,或者是嘉靖、万历年间藏书家根据宋刻本摹写。柳佥,字大中,别号味茶居士,明正德、嘉靖间苏州藏书家。钱曾《读书敏求记》称柳佥"摹写宋本唐人诗数十种,今皆归述古书库中,视百家诗刻,真霄壤矣"[①]。可见柳佥影钞宋本在清初就已经很受重视,成为藏书家的珍藏。由于该书是据宋刻本摹写而成,绝大多数行款为十行十八字,在宋刻书棚本存世较少的情况下,理当作为最接近书棚本的版本加以重点考察。以下是《唐四十七家诗》中行款为十行十八字的四十四种唐诗小集简表(表2-1)。

---

① (清)钱曾《读书敏求记》卷四《沈云卿集》,《续修四库全书》本。

表 2-1 《唐四十七家诗》版本一览

书　　名	有无书棚本牌记	是否避宋讳	底　本	备　注
*《常建诗集》二卷	无	是	宋书棚本	底本现存
*《朱庆余诗集》一卷	无	是	宋书棚本	底本现存
*《李群玉诗集》三卷《后集》五卷	无	否	宋书棚本	底本现存,似据别本校补
*《周贺诗集》一卷	无	是	宋书棚本	底本现存,此本多目录二页
*《李丞相诗集》二卷	无	是	宋书棚本	底本现存
*《丁卯集》二卷	有	是	宋书棚本	底本已佚,存另一部宋刻本
*《浣花集》十卷	无	否	当是书棚本	黄丕烈用宋本校,底本现存
《唐司空文明诗集》三卷	有	否	书棚本	底本已佚
《郎士元诗集》一卷	有	否	书棚本	底本已佚
《追昔游诗》三卷	无	是	宋刻本	底本已佚
《姚少监诗集》十卷	无	是	宋刻本	底本已佚
《唐姚鹄诗集》一卷	无	是	宋刻本	底本已佚
《曹松诗集》一卷	无	是	宋刻本	底本已佚
《张乔诗集》四卷	无	是	宋刻本	底本已佚
《储嗣宗诗集》一卷	无	是	宋刻本	底本已佚
《孟贯诗集》一卷	无	是	宋刻本	底本已佚
《僧无可诗集》二卷	无	是	宋刻本	底本已佚
《文化集》一卷	无	是	宋刻本	底本已佚
《曹邺诗集》一卷	无	是	宋刻本	底本已佚
《李昌符诗集》一卷	无	是	宋刻本	底本已佚

续表

书　　名	有无书棚本牌记	是否避宋讳	底　本	备　注
《唐秦隐君诗集》一卷	无	是	宋刻本	国图藏清影抄宋福建南安刻本
《邵谒诗》一卷	无	是	宋刻本	底本已佚
《司马扎先辈诗集》一卷	无	是	宋刻本	底本已佚
《戎昱诗集》一卷	无	是	宋刻本	底本已佚
《唐英歌诗》三卷	无	是	宋刻本	底本已佚
《贾浪仙长江集》十卷	无	否	宋刻本	据柳佥家藏宋刻本重录
《张蠙诗集》一卷	无	否	书棚本	国图藏另一明抄本有书棚本牌记
《于濆诗集》一卷	无	否	当是书棚本	《两浙古本考》著录有书棚本牌记
《于武陵诗集》一卷	无	否	当是书棚本	《吴礼部诗话》著录钱塘陈氏刊本
《李洞诗集》三卷	无	否	宋刻本	何焯据宋本校
《林宽诗集》一卷	无	否	宋刻本	上图藏明末抄本避宋讳
《韩君平诗集》五卷	无	否	疑为宋刻本	
《鲍溶诗集》六卷《集外诗》一卷	无	否	疑为宋刻本	
《于邺诗集》一卷	无	否	疑为宋刻本	
《薛许昌诗集》十卷	无	否	疑为宋刻本	
《项斯诗集》一卷	无	否	疑为宋刻本	

续表

书　　名	有无书棚本牌记	是否避宋讳	底　本	备　注
《李君虞诗集》二卷	无	否	疑为宋刻本	
《殷文珪诗集》一卷	无	否	疑为宋刻本	
《唐包秘监诗集》一卷	无	否	疑为宋刻本	
《崔涂诗集》一卷	无	否	疑为宋刻本	
《刘叉诗集》三卷	无	否	疑为宋刻本	
《王周诗集》一卷	无	否	疑为宋刻本	
《苏拯诗集》一卷	无	否	疑为宋刻本	
《于鹄诗集》一卷	无	否	疑为宋刻本	

上表中书名前加 * 号的《常建诗集》《朱庆余诗集》《李群玉诗集》《周贺诗集》《李丞相诗集》《丁卯集》《浣花集》等 7 种有书棚本或宋刻本存世,在上一节已经讨论,以明抄本与之相比较,除牌记、讳字、字体等没有完全一致地摹写外,收诗数量、编排顺序和文字内容等基本相同,说明它们是据书棚本或宋刻本传抄,此不赘述。剩余的 37 种唐人诗集,可分为四组来考察。

1. 有陈(解元)宅书籍铺牌记的影抄书棚本 2 种

《唐司空文明诗集》卷下末尾有"临安府棚北睦亲坊南陈宅书籍铺印"一行,《郎士元诗集》卷末有"临安府棚北大街睦亲坊南陈解元宅书籍铺印行"一行,说明它们是据宋刻书棚本摹写,在宋刻本已经亡佚的情况下,应当是最接近书棚本原貌的抄本,但过去研究书棚本的学者从未注意到这两种诗集。

2. 避宋讳的影抄宋刻本 16 种

如上表所示,自《追昔游诗》至《唐英歌诗》16 种,虽然没有书棚本牌记,但行款是十行十八字,文字避宋讳,其底本应当就是宋刻本或书棚本。且其底本已佚,是目前最接近宋刻本原貌的版本。

3. 可以证明为影抄宋刻本或书棚本者6种

（1）（唐）贾岛《贾浪仙长江集》十卷

贾岛是江湖诗派学习晚唐体的重要对象。陈起刊刻了众多晚唐诗集，必然不会遗漏贾岛。据万曼《唐集叙录》，贾岛诗"十卷本仍依宋人旧貌，七卷本则明人分体编次"①。而《唐四十七家诗》中的《贾浪仙长江集》正是十卷，该本为柳佥亲笔手抄，在摹写时没有遵照底本避讳。但中国国家图书馆另藏有明张敏卿抄本，行款也是十行十八字，遇"恒""朗"等字缺末笔避宋讳，卷末有朱笔题记"柳大中家宋本重录"一行。柳大中即柳佥，可见其家确有《长江集》宋刻本，只是张敏卿抄写时照宋讳缺笔，柳佥亲笔手抄时却没有遵照宋本避讳。但二者在内容和编次上完全相同，相互对校，应当可以基本上还原书棚本原貌。

（2）《张蠙诗集》一卷

《张蠙诗集》，除《唐四十七家诗》本外，中国国家图书馆又有另一种明抄本，清初学者何焯曾据宋刻本校勘。据《铁琴铜剑楼藏书目录》，明抄本卷末有"临安府棚北大街睦亲坊南陈宅书籍铺印"一行②，《唐四十七家诗》本虽然没有牌记，但从行款来看，其底本应当是书棚本。

（3）《于濆诗集》一卷

据王国维《两浙古刊本考》卷上，《于濆诗集》有"临安府棚北大街睦亲坊南陈宅书籍铺印"牌记，虽然目前不知这一材料的出处，但若无依据，王国维当不会随意著录。

（4）《于武陵诗集》一卷

元吴师道《吴礼部诗话》录时天彝《唐百家诗选》后评语："李端、于武陵集，钱塘陈氏刊行，才各百余首，仅是断稿耳。"③这里的"钱塘陈氏"应当是指陈起，说明《李端集》和《于武陵集》有书棚本。《唐百

---

① 万曼《唐集叙录》，第307页。
② （清）瞿镛《铁琴铜剑楼藏书目录》卷一九，《续修四库全书》本。
③ （元）吴师道《吴礼部诗话》，《历代诗话续编》本，中华书局，1983年，第612页。

家诗》保存了书棚本行款,其底本应当是陈起刻本。

(5)《李洞诗集》三卷

此本卷末有清初学者、藏书家何焯朱笔题跋三行:"丙戌秋日,得泰兴季氏所收沈启南先生旧藏宋本,补缺字二,正讹数处。香案小吏何焯记。"根据这一题跋,宋刻本《李洞诗集》曾经明代著名书画家沈周(字启南)收藏,后在清初归泰兴季振宜,康熙四十五年(1706),何焯据宋刻本校补缺讹。虽然宋刻本已经亡佚,但此本所留何焯校勘异文,足可一窥宋刻本之原貌。

(6)《林宽诗集》一卷

上海图书馆藏明末抄本《唐人小集》4种,包括《张蠙诗集》一卷、《储嗣宗诗集》一卷、《文化集》一卷和《林宽诗集》一卷,行款皆为十行十八字。前三种在上文已确定出于书棚本或宋刻本,《林宽诗集》与之同源,且避宋讳,应当也是据宋本摹写。

4. 可能的影抄宋刻本13种

上表中,自《韩君平诗集》至《于鹄诗集》13种,除行款为十行十八字外,暂无其他证据可考其底本来源。然书中缺字甚多,不像明末刻本任意添补文字,应当也是出自宋刻旧本。

总之,明抄本《唐四十七家诗》的文献价值极高,是研究书棚本唐人诗集的渊薮。

(二) 明初抄本《唐十八家诗》接近宋刻本原貌

中国国家图书馆藏明初抄本《唐十八家诗》,比《明四十七家诗》的抄写年代更早,其中《云台编》卷末有"洪武己巳夏五月夏至日书毕"墨笔一行,《李中碧云集诗选》卷末署"吴城谢缙录",谢缙是明初洪武、永乐间苏州画家,可见抄写年代很早。明初所见宋刻本或书棚本比后来多,故此集的文献价值绝不能低估。如李峤《杂咏》一百二十首,明清时期通行本多不完整,故日本学者林衡于宽政至文化间辑《佚存丛书》,搜辑中土所佚古书,其中就有《李峤杂咏》二卷。但完整的白文无注本《杂咏》,在中土并没有失传,《唐十八家诗》中的《唐李峤诗》一卷就收录有完整的120首,且与《郡斋读书志》著录卷数相同,应当是出自宋刻本。

根据藏书印,《唐十八家诗》在清代以后曾经黄丕烈士礼居、松江韩氏读有用书斋、张乃熊菦圃等著名藏书家递藏。《菦圃善本书目》著录为"《唐人小集十七种》二十卷,洪武钞本,六册"①。今国家图书馆藏本仍为6册,但比《菦圃善本书目》著录多1种,而目验国家图书馆藏原本,实际是19家,可能是由于《秦隐君诗集》仅残存序二页,故未予计算。这十八家唐人诗集,《高常侍集》《李中碧云集诗选》《刘叉诗》《李昌符诗集》《李丞相诗集》《唐包秘监诗集》《王周诗集》《于邺诗集》和《于濆诗集》等9种在上文已讨论过,剩余的9种,其底本可能来源于宋刻本。

1.《唐李峤诗》一卷

《郡斋读书志》著录《李峤集》一卷,但明代以后通行的是三卷本。此本行款为每半页十行十八字或十九字不等,应当出自宋刻本,但是否为书棚本,还须进一步考证。

2.（唐）郑守愚《云台编》三卷

此本残存中、下二卷,书商为冒充全本,将"中"字挖改为"上"字。清代曾经黄丕烈收藏,跋中叙及此事。另外,中国历史博物馆藏有明刻本三卷,行款也是十行十八字,应当都是源于宋刻本。

3.（唐）郑巢《郑巢诗集》二卷

《郑巢诗集》二卷,《送僧归富春》至《送衡州薛从事》十九首为卷一,《泊灵溪馆》至《赠丘先生》十首为卷二,与明嘉靖朱警刻《唐百家诗》次序正好相反,而《唐百家诗》仅作一卷,不知孰是孰非。然《明十八家诗》本不避宋讳,《唐百家诗》本严格避讳,行款也是十行十八字,后者似乎更接近宋刻本原貌。

4.（唐）马戴《会昌进士诗集》等6种

《会昌进士诗集》一卷、《李频诗集》一卷、《顾非熊诗集》一卷、

---

① 张乃熊《菦圃善本书目》卷六下,台北广文书局,1969年。

《许琳诗集》一卷、《杨凝诗集》一卷、《章碣诗集》一卷,虽然不避宋讳,但行款均为十行十八字,且抄写于明初,是各集现存最早的版本,应当比较接近宋刻本的原貌。

(三)影宋抄"十行十八字"本唐诗小集 9 种

在宋刻本失传的情况下,影宋抄本以其"下宋版书一等"而深受藏书家和学者们的喜爱。上文提到的《明十八家诗》和《明四十七家诗》分别代表明初和明代中期摹写宋版唐人诗集所达到的水平,但直到明末清初,真正严格意义上的影宋抄本才产生。笔者曾以汲古阁影宋抄本《南宋群贤小集》与台北"国家图书馆"藏宋椠《南宋群贤小集》比勘,除细微的差异外,版式、字体、缺字等几乎雷同。由此可见,明末清初以后,由著名藏书家精心摹写的影宋抄本是值得信赖的版本。

1.(唐)李贺《歌诗编》四卷、《集外诗》一卷

中国国家图书馆藏清初钱氏述古堂影宋抄本,每半页十行十八字,旧藏铁琴铜剑楼,卷末有"临安府棚前北睦亲坊南陈宅经籍铺印行"一行,王国维《两浙古刊本考》卷上著录为书棚本。

2.(唐)孟郊《孟东野诗集》十卷

陆心源旧藏汲古阁影宋精抄本《孟东野诗集》,据《皕宋楼藏书志》卷六九著录,该书宋敏求题跋后有"临安府棚前北睦亲坊南陈宅经籍铺印"一行,行款为十行十八字。此本今藏日本静嘉堂文库,笔者未见。又杨绍和《楹书隅录》卷四著录宋刻本《孟东野诗集》,黄丕烈跋称收藏有洪武间人影写书棚本。

3.(唐)释皎然《昼上人集》十卷

《昼上人集》十卷,上海图书馆藏清影宋抄本、天一阁藏明冯舒家抄本、中国国家图书馆藏明湖东精舍抄本,以上 3 种皆为十行十八字本,应当是据宋刻本影抄或传抄。

4.(唐)吕温《吕和叔文集》十卷

《吕和叔文集》在清初流传有两种版本,一是钱谦益藏宋刻本,一是书棚本。《皕宋楼藏书志》著录影写宋刊本,有冯舒跋,称其"第二卷《闻砧》以下十五首宋本所无,案陈解元棚本增入"①。今宋刊本与书棚本均佚,山东省博物馆和北京市文物局藏有清抄本,行款为十行十八字,或许是据书棚本传抄。

5. (唐)杜荀鹤《唐风集》三卷

《唐风集》三卷,中国国家图书馆藏两种行款为十行十八字的抄本,一是清影宋抄本,一是明抄本。据《读书敏求记》,钱曾藏杜荀鹤诗"是陈解元书棚本,总名《唐风集》。后得北宋本缮写,乃名《杜荀鹤文集》,而以《唐风集》三字注于下"②。国图藏本名《唐风集》,当是出于书棚本之影写或传抄。

6. (唐)高仲武辑《唐中兴间气集》二卷

此集中国国家图书馆有清初毛氏汲古阁影宋抄本,又有明刻本一部,版式皆为十行十八字、白口、左右双边,其底本可能是书棚本。

7. (唐)姚合辑《极玄集》一卷

《极玄集》一卷,上海图书馆藏毛氏汲古阁影宋抄本,版式为十行十八字、白口、左右双边,避宋讳,与汲古阁影抄其他书棚本相似。

8. (宋)赵师秀编《众妙集》一卷

9. (宋)赵师秀编《二妙集》一卷

中国国家图书馆藏明抄本《众妙集》一卷、《二妙集》一卷,是"永嘉四灵"中赵师秀编选的重要唐诗选本。《众妙集》收录76家,《二妙集》则仅选贾岛、姚合二人之诗。二种诗集行款皆为十行十八字,避宋讳。《众妙集》卷末有佚名题记:"嘉靖丙申腊月晦日,宋本摹书,时寓绣石堂。"《二妙集》卷末跋文较长:"赵紫芝选编《众妙》《二妙》二集,世不□见。吾友人顾大石仁效,过访次山秦思宋,执是为贽,次山藏焉,因假摹。书实为宋时刻本,不易得也。时嘉靖丙申闰腊三,寓绣石堂识。"可见二集是嘉靖十五年(1536)据秦思宋绣石堂藏宋刻本摹写而成。从书法风格来看,应当属于临摹,但有明显笔误,与明末清初

---

① (清)陆心源《皕宋楼藏书志》卷六九,《续修四库全书》本。
② (清)钱曾《读书敏求记》卷四,《续修四库全书》本。

汲古阁影抄宋本尚有一定距离。二书极为罕见,从赵师秀与陈起有交往来看,其底本很可能是书棚本,对四灵诗与江湖诗研究具有重要文献价值。

(四) 其他明抄"十行十八字"本唐人诗集13种

根据《中国古籍善本总目》①,行款为"十行十八字"的明抄本唐人诗集还有以下13种,是否来源于宋刻本或书棚本还有待进一步考证。

1.《李峤集》三卷,明抄本,十行十八字、黑格、四周双边,中山大学图书馆藏;

2.《王昌龄诗集》三卷,明抄本,十行十八字、蓝格、白口、四周单边,四川省图书馆藏;

3.(唐) 王维《王右丞集》十卷,残存二卷(九至十),明崇祯三年冯班抄本,十行十八字、无格,上海图书馆藏;又《王摩诘集》十卷,清抄本,十行十八字、白口、左右双边,中国国家图书馆藏;

4.(唐) 张祜《唐张处士诗集》六卷,明末叶奕抄本,十行十八字、无格,中国国家图书馆藏;

5.(唐) 李嘉祐《台阁集》一卷,明抄本,清黄丕烈校并跋,十行十八字、黑口、左右双边,中国国家图书馆藏;

6.《卢仝诗集》二卷,明抄本,十行十八字、白口、四周单边,四川省图书馆藏;

7.《钱起诗集》不分卷,清顺治六年张秀抄本②,十行十八字,国家图书馆藏;

8.(唐) 欧阳詹《欧阳行周文集》十卷,明抄本,十行十八字、蓝格细黑口或黑格细黑口、四周单边,国家图书馆藏;

9.《温庭筠诗集》七卷《别集》一卷,明末冯彦渊家抄本,十行

---

① 翁连溪《中国古籍善本总目》,线装书局,2005年,第1179—1222页。
② 按:此集虽非明抄本,但顺治六年据明亡未远,破例收录于此,以待进一步研究。

十八字、黑口、左右双边,国家图书馆藏;又一部,清初钱氏述古堂抄本,南京图书馆藏;

10. (唐)方干《玄英先生诗集》十卷,明抄本,十行十八字、无格,国家图书馆藏;

11. (唐)沈亚之《沈下贤文集》十二卷,明抄本,十行十八字、无格,国家图书馆藏;又一部,清吴县吴氏抄本,吴翌凤批校,中国科学院图书馆藏;

12. (唐)陆龟蒙《重刊校正笠泽丛书》四卷,明末冯舒家抄本,十行十八字、黑口、左右双边,国家图书馆藏;

13. (唐)皮日休、陆龟蒙《松陵集》十卷,明抄本,十行十八字、黑口、左右双边,上海图书馆藏。

之所以不厌烦琐地罗列全部行款是十行十八字的明抄本,是因为明代藏书家能够见到更多宋刻本,且其抄书目的是为了自己阅读和收藏,必然想方设法搜寻善本,在很大程度上能够保存宋本原貌。本章讨论的明抄本及影宋抄本,包括《唐四十七家诗》中37种、《唐十八家诗》中9种、影宋抄本9种、其他明抄本13种,合计68种,由于其据以仿抄的宋刻底本已经亡佚,它们就成了唯一可能接近书棚本原貌的物证。

三、明清翻刻书棚本唐人小集的认识误区

明代正德、嘉靖年间,书籍出版业兴起了翻刻宋本的高潮①。在印刷字体和版式风格方面,南宋浙刻本成为仿效的模板。由于明代诗坛的宗唐风尚,以刊刻唐人小集著称的书棚本自然受到人们的追捧。正德、嘉靖间出版的很多唐人诗集丛刊或单行本,都选择了"十行十八字,白口,左右双边"这一经典的书棚本版式,如明正德十四年(1519)陆元大刻本《唐五家诗》六卷、明嘉靖二十六年(1547)王准刻

---

① 有关明代翻刻宋本的研究,可参考杨军《明代翻刻宋本研究》,中国社会科学出版社,2011年。

本《唐十子诗》十四卷、明正德、嘉靖间刻本《唐十二家诗》四十九卷等,而最有代表性的是明嘉靖十九年(1540)朱警刻本《唐百家诗》一百七十一卷,可谓明中期翻刻宋本唐诗小集的集大成之作。由于书棚本的版式早已深入人心,故藏书家见到行款为"十行十八字"的明清翻刻唐人诗集,就想当然地视为翻刻书棚本,这在清代以来的藏书目录中有大量例证,而王国维《两浙古刊本考》是最明确的表述:

> 右陈宅书籍铺所刊唐人集,皆半页十行,行十八字,其存于今日者止此。然当时所刊,实不可胜计。周端臣《挽芸居(即陈起宗之)诗》云:"字画堪追晋,诗刊欲遍唐。"今日所传明刊十行十八字本唐人专集、总集,大抵皆出陈宅书籍铺本也。然则唐人诗集得以流传至今,陈氏刊刻之功为多。①

以王国维为代表的很多学者、藏书家认为明刊十行十八字本唐人集,大抵出自陈宅书籍铺本,这并非毫无道理,但关键问题是,如何判断哪些明刊十行十八字本是书棚本,哪些不是? 明刊十行十八字本在多大程度上接近书棚本的原貌? 由于书棚本及其明代翻刻本都不容易见到,人们在关注外在形式的同时,对其内容的相近与否,反而无暇深究了。下文以明嘉靖朱警编《唐百家诗》和清光绪江标编《唐人五十家小集》为例,深入剖析人们对明清翻刻书棚本唐人小集的认识误区。

(一) 朱警编《唐百家诗》一百七十一卷

明嘉靖十九年朱警刻本《唐百家诗》,自明代以后就没有重新翻刻或影印,原刻本只收藏在少数图书馆,故迄今为止没有学者对其进行深入研究。笔者所见有二部,一是中国国家图书馆藏本,仅残存四十三家六十六卷,三十册,另一部是北京大学图书馆藏本,内容完整无缺。该书翻刻唐诗一百家,计初唐二十一家、盛唐十家、中唐二十七

---

① 王国维《两浙古刊本考》卷上,《海宁王忠悫公遗书》内编,民国十六年(1927)海宁王氏印本。

家、晚唐四十二家。目录后有嘉靖十九年秋朱警撰《唐百家诗后语》，称其父"杂取宋刻，裒为百家"，朱警在此基础上，根据友人徐献忠《唐诗品》，补订品目，形成定本，刊刻时将《唐诗品》冠于卷首。此书行款皆为十行十八字，朱警题识又明确说所选诗集来源于宋刻，那么，其底本是否真的是来源于宋刻本呢？

《唐百家诗》中有六种诗集的书棚本现存于世，即《朱庆余诗集》《周贺诗集》《唐李推官披沙集》《李丞相诗集》《唐女郎鱼玄机诗》和《常建诗集》。对这六种诗集进行考察，结论是前五种诗集的祖本是书棚本，但无法确定其直接底本是书棚本，而《常建诗集》则与书棚本完全不同。以《朱庆余诗集》为例，此本与现存书棚本比较，可以确定为同一版本系统，但《唐百家诗》本缺字较多，至少要比书棚本多24个缺字，可见《唐百家诗》的底本很可能有虫蛀或其他破损现象，也可能是书棚本在明代的传抄本。《周贺诗集》也存在类似的情况，如《旅怀诗》"国□□邻"一句，《唐百家诗》缺二字，而书棚本作"国有□邻"，只缺一字，明抄本《唐四十七家诗》则与书棚本相同。而《唐李推官披沙集》没有序和目录，缺字也比现存书棚本多。由此可见，从文字内容上看，在书棚本尚存世的情况下，《唐百家诗》并不能取代书棚本成为其最佳替代品。

至于《常建诗集》，如果我们轻易相信《唐百家诗》是据宋书棚本翻刻，那就大错特错了。现存《常建诗集》的版本有二卷和三卷之别，书棚本《常建诗集》分上、下二卷，收诗57首；文渊阁《四库全书》本是三卷，卷一为五古19首，卷二为五古18首，卷三为五律7首、七古2首、七绝11首，数量同是57首，但编排次序则完全不同。《唐百家诗》虽为二卷本，表面上与书棚本相同，实则是三卷本的残本，其卷一即《四库全书》本卷三，卷二即《四库全书》本卷二，仅38首，缺失的第三卷应当是《四库全书》本卷一。从《常建诗集》的卷数演变来看，宋代《新唐书·艺文志》《郡斋读书志》《直斋书录解题》等皆著录为一卷本；书棚本为二卷本，不分体；明刻本分体编排，强分为三卷，反映了明人改变古书原貌的陋习。与此相对，上文提到的明抄本《唐四十七家诗》本《常建诗集》二卷,则与书棚本完全相同,可见明仿宋抄本比明翻宋刻本要更接近宋刻本原貌。

上述6种有书棚本存世的诗集,在一百家中只占很小的比例,那么,剩余的94种又该如何判断其底本是否为书棚本呢?根据江湖诗派宗尚晚唐这一诗学背景,陈起所刻唐人诗集应当主要是中晚唐诗人小集,刊刻初盛唐诗集较少,也不刻卷帙较多的大家诗集。如果这一假设成立,首先可以排除《唐百家诗》中初、盛唐部分:

> 唐太宗文皇帝集一卷、虞世南集一卷、许敬宗集一卷、李百药集一卷、杨师道集一卷、董思恭集一卷、刘廷芝集一卷、王勃集二卷、杨炯集二卷、卢照邻集二卷、骆宾王集二卷、唐乔知之诗集一卷、陈伯玉集二卷、杜审言诗集一卷、沈云卿集二卷、宋之问集二卷、李峤集三卷、苏廷硕集二卷、张说之集八卷、张九龄集六卷、卢僎集一卷(以上初唐21家)

> 唐玄宗皇帝集二卷、崔颢诗集一卷、李颀诗集一卷、祖咏集一卷、孟浩然集三卷、王昌龄诗集三卷、常建诗集二卷、颜鲁公诗集一卷、崔曙集一卷、严武集一卷(以上盛唐10家)

以上31家,除《杜审言诗集》《沈云卿集》《常建诗集》《王昌龄诗集》和《李峤集》等5家在上文已提及,其余27家,在文献中罕见其与书棚本有关联的记载,与上文提到的现存宋刻书棚本或宋刻"十行十八字"本、明抄本《唐四十七家诗》、明初抄本《唐十八家诗》、其他明清影抄宋书棚本或宋刻本等也少有重合,似乎不应纳入书棚本的考察范围,只是在版式上模仿书棚本而已。例如,《王昌龄诗集》卷末有正德己卯袁翼题识,称"刻唐诗凡数家,而此尤可喜云"。《李颀诗集》卷尾也有"正德己卯四月十日"佚名跋语,说明这二家诗集是据正德刻本翻刻。

在《唐百家诗》中,与书棚本关系最为密切的应当是中唐27家和晚唐42家,合计69家。为节约篇幅,这69家中在本章前二节已提及的44家,无论《唐百家诗》的底本是否为书棚本,此处都不再讨论。

另外,《戴叔伦集》二卷、《唐灵一诗集》一卷、《唐贯休诗集》一卷、《唐齐己诗集》一卷等 4 种也应排除①。剩余 21 种,可能来源于书棚本或宋刻十行十八字本,是《唐百家诗》中最有价值的部分,现分述如下。

1. 底本是宋刻本者 5 种

《严维诗集》一卷、《罗邺诗集》一卷、《经进周昙咏史诗》三卷、《秦韬玉诗集》一卷等 4 种诗集皆避宋讳,《严维诗集》有刻书者跋语:"予家旧有宋刻本,因重刻之,以广其传云。"更是明确指出据宋本重刻。《罗邺诗集》的字体极似书棚本,有多处墨钉,应当是翻刻书棚本。

《刘沧诗集》一卷,为该集现存最早刻本。据《永乐大典》卷九〇三引《江湖集》陈起《汪起潜谢送唐诗,用韵再送刘沧小集》,说明陈起曾向汪起潜赠送《刘沧小集》,应当是他本人刊刻。宋刻本已亡佚,幸有《唐百家诗》保存其基本面貌。

2. 底本可能是宋刻本者 12 种

以下 12 种诗集,或者与明代通行本内容不同,或者是该集现存最早的刻本,其底本可能是宋刻本。

(1)《李端诗集》三卷

宋代书目著录《李端诗集》均为三卷本,《唐百家诗》与之相同。此集在两方面保存了宋刻本的特征:一是不分体,因为明铜活字本分体,改为四卷,已非宋刻三卷本原貌;二是附刊其他作家的同题诗,如《同司空文明过坚上人故院》诗后附司空文明诗一首,而明刻本往往删去附作。上文曾引吴师道《吴礼部诗话》录时天彝《唐百家诗选》后评语,证明时天彝曾亲眼见过书棚本《李端集》,《唐百家诗》应当是来源于书棚本。

---

① 按:据蒋寅考证,《唐百家诗》本《戴叔伦集》是据明铜活字本《唐五十家诗集》翻刻,混入宋、元、明人诗作甚多,因此不可能是宋刻旧本。参见蒋寅《戴叔伦作品考述》,《中华文史论丛》1985 年第 4 期。而《唐灵一诗集》《唐贯休诗集》《唐齐己诗集》等三种诗集,卷首题"菏泽李棻和父编",编排次序和内容完全与李棻所编《唐僧弘秀集》相同,可知其底本并非宋刻单行本,而是从书棚本《唐僧弘秀集》中辑出。《唐僧弘秀集》在上文已介绍,不再分述。

（2）《羊士谔诗集》一卷

《羊士谔诗集》，宋代书目著录为一卷本，明代通行本为二卷，分体编排。此本不分体，或出于宋刻本。

（3）《耿湋诗集》一卷

宋代书目著录为二卷或三卷，此本仅一卷，是否出自宋刻本，暂且存疑。

（4）《华阳真逸诗》二卷

明铜活字本作《顾况集》二卷，此本与之相比，内容稍有差异，底本还有待考察。

（5）《喻凫诗集》一卷、《李山甫诗集》一卷、《刘驾诗集》一卷、罗虬《比红儿诗》一卷、《刘兼诗集》一卷、《伍乔诗集》一卷、《李远诗集》一卷、《刘威诗集》一卷

以上 8 种诗集，《唐百家诗》是其最早版本，是否来源于宋刻本，还须考证。

3. 据正德翻宋刻本重刻者 2 种

《皇甫御史诗集》一卷和《唐包刑侍诗集》一卷，经文字比对，应当是据正德十四年陆元大刻《唐五家诗》本翻刻。《唐五家诗》指的是《郎士元诗集》一卷、《唐包刑侍诗集》一卷、《唐包秘监诗集》一卷、《皇甫冉诗集》二卷、《皇甫御史诗集》一卷，藏中国国家图书馆。其中《郎士元诗集》卷末有"正德己卯吴门陆氏宋板重刻"刊语一行，《唐包秘监诗集》则作"吴郡陆氏宋本翻刻"，其余 3 种版式行款皆同，应当都是翻刻宋本。《唐百家诗》中这 5 种诗集的底本应当就是正德刻本，以《皇甫冉诗集》为例，以之与正德本和宋刻本相校，嘉靖本的文字讹误全部沿袭正德刻本，而宋刻本错误极少。

4. 底本可能是明铜活字本者 2 种

《权德舆集》二卷、《武元衡集》三卷，与明铜活字本《唐五十家诗集》相比较，除行款不同外，内容完全一致，极有可能是据该本翻刻，至于铜活字本的底本是否为宋刻本，只能存疑。

总之，朱警编《唐百家诗》，虽然行款是十行十八字，但并非全是

直接以宋刻本或书棚本为底本翻刻。从文字内容上看,与现存宋刻本、影宋抄本、明抄本存在一定的差异;从形式上看,字体是典型的嘉靖本方体字,笔画带有明显的时代特点,只能视为宋刻本的仿刻本或重刻本。《唐百家诗》在唐人诗集的刊刻流传史上具有承前启后的作用,中晚唐诗69家中的21家,没有宋刻本、影宋抄本和明抄本流传,是最具版本价值的部分。

(二)清江标编《唐人五十家小集》

清江标编《唐人五十家小集》,各种书目著录其版本为光绪二十一年元和江氏用南宋陈道人本影刊,简称为影宋书棚本。笔者所见为四川大学图书馆藏本,由江标在长沙刻成后,携归苏州,由察院场振新书社经印。此书共计唐人小集五十家,每种前面有独立的内封,标榜其底本是南宋书棚本。如第一种《王勃集》,内封宣称其版本是"南宋书棚本唐人小集,光绪二十一年乙未影刻于湖南使院,元和江标记"。清光绪年间,以黎庶昌《古逸丛书》为代表,兴起了影刻古书的风气,故江标编《唐人五十家小集》极力宣传其底本是宋书棚本,以引起人们的重视。但对其版本详加考订,可知江标所说完全是自欺欺人之论。诚如黄永年所说:"这《唐人五十家小集》虽云是仿宋刻,实际上并非依据真的宋本而只是用明嘉靖十九年朱警所刻《百家唐诗》的残本影刻的,因为到江标的时代哪还有这么多的真宋书棚本呢?"① 黄永年没有详细论证,只是根据常理来推断江标所处的时代不可能还有这么多书棚本存世,但这一结论无疑是正确的。

首先,如本文第一节所言,今日所存书棚本或宋刻十行十八字本唐人诗集只有22种,这与光绪年间存世的数量大致相同,但这些书棚本在当时分别由不同藏书家珍藏,以江标一人之力根本无法全部看到原书,更不用说影刻问世了。事实上,在《唐人五十家小集》中,与这22种书棚本或宋刻本相关的只有6种,即《朱庆余诗集》《唐李推

---

① 黄永年《关于〈唐女郎鱼玄机诗〉》,《藏书家》第七辑。

官披沙集》《李丞相诗集》《唐求诗集》《张司业乐府集》和《唐女郎鱼玄机诗》，以之与现存书棚本对比，更有惊人的发现，即除《唐求诗集》和《唐女郎鱼玄机诗》所用底本不详外，其余 4 种的底本根本不是书棚本，而是据明嘉靖刻本《唐百家诗》翻刻，缺字与嘉靖本相同，与宋刻本则完全不同。《唐女郎鱼玄机诗》卷末有"临安府棚北睦亲坊南陈宅书籍铺印"一行，字体临摹宋本，似乎是据书棚本翻刻，但该本在清代嘉庆前后曾有影刻本，其他影宋抄本流传也较多，疑江标所据非原刻。

其次，这 50 种唐人小集，除《唐求诗集》《唐尚颜诗集》《于武陵诗集》和《无名氏诗集》4 种不见于《唐百家诗》外，其余 46 种与《唐百家诗》重合。从选目来看，除初唐四杰诗集外，其他 42 种属于《唐百家诗》的中晚唐部分。黄永年认为江标得到的是《唐百家诗》的残本，现在可进一步确认为后半部分残本。特别有意思的是，上文提到《戴叔伦集》是明人伪本，而江标在翻刻嘉靖本时，竟然信誓旦旦地说其版本为"宋书坊本"，对读者来说，这真是严重的误导！

最后，《唐人五十家小集》中独有的 2 种诗集，即《唐尚颜诗集》和《无名氏诗集》，其来源分别是《唐僧弘秀集》和《才调集》。《唐尚颜诗集》与前面提到的《唐灵一诗集》《唐贯休诗集》《唐齐己诗集》一样，都是自李龏编《唐僧弘秀集》中辑录而出。至于《无名氏诗集》一卷，江标自称据南宋书棚本影橅，实际上并非单行本，而是辑录《才调集》卷二、卷一二无名氏诗 50 首，另从宋代笔记、诗话中辑录 5 首，合为 55 首。由此可见，《唐人五十家小集》是以嘉靖刻本《唐百家诗》残本四十余种为主，再拼凑数种而成五十之数。

自江标刻《唐人五十家小集》问世一百多年以来，"影刻宋书棚本"的标签为其获得了很多赞誉和追捧，但真相却是嘉靖本《唐百家诗》残本的翻刻本而已，在嘉靖本存世数量较多的情况下，其版本价值无疑要大打折扣。

(三) 其他明刻"十行十八字"本 6 种

在现存明刻"十行十八字"本唐人诗集中，上文未曾涉及的还有 6

种。先谈3种别集,即明正德十四年陆元大刻本《李翰林集》十卷、明弘治十一年韩明、李纪刻本和弘治十三年李克嗣刻本《刘随州文集》十一卷《外集》一卷、明刻本《樊川文集》二十卷《外集》一卷《别集》一卷。李白、刘长卿和杜牧,都属于唐诗大家,如果其底本是宋刻本或书棚本,似乎与陈起刻书内容不相符。但《李翰林集》是正德十四年陆元大所刻,而陆元大是明代中期开翻刻宋本风气之人,同一年还翻刻宋本《唐五家诗》六卷,故《李翰林集》很有可能也是据宋本翻刻。而《刘随州文集》,傅增湘曾藏明弘治十一年(1498)临洮太守李纪刻本,认为"此本行格为十行十八字,其出于书棚本无疑"①。虽然傅增湘的结论失之武断,但在没有其他有力证据可以反驳的情况下,是否出于书棚本,只能存疑。

另外3种属于唐诗选本,即唐元结辑《箧中集》一卷、唐佚名辑《搜玉小集》一卷、唐芮挺章辑《国秀集》三卷,这3种选本与上文提到的《中兴间气集》二卷、《河岳英灵集》三卷、《极玄集》一卷,在明嘉靖间被合编为《唐人选唐诗六种》十二卷,行款均为十行十八字、白口、左右双边,疑据书棚本翻刻。但南京图书馆藏清抄本《箧中集》一卷,丁丙跋称卷末有"临安府太庙前大街尹家书籍铺刊行"一行;清光绪年间,徐乃昌编《随庵丛书》亦据影宋抄本重刻。尹家书籍铺是临安府仅次于陈宅书籍铺的书坊,在目前所知尹家书籍铺刻书中,《箧中集》是唯一的一种唐人诗集,其余都属于子部书籍②。也许由于唐人诗集的畅销,尹家书籍铺也忍不住加入到竞争队伍中来,只是刊刻数量不多罢了。由于尹家书籍铺与陈宅书籍铺刻书风格接近,如果没有牌记的话,二家所刻相同部类的书籍很难区分开来,这就为书棚本的研究带来了新的困惑。

总之,明刻十行十八字本,相对于影宋抄本和明抄本,其可信度要

---

① 傅增湘《藏园群书题记》卷一一,上海古籍出版社,1989年,第586页。
② 按:顾志兴《浙江印刷出版史》著录尹家书籍铺刻书10种:《北户录》三卷、《春渚纪闻》十卷、《却扫编》三卷、《钓矶立谈》一卷、《渑水燕谈录》十卷、《曲洧旧闻》十卷、《述异记》二卷、《续玄怪录》四卷、《茅亭客话》十卷、《箧中集》一卷,第87—91页。

稍逊一筹。在没有更好版本的情况下，《唐百家诗》中的 21 种及其他明刻本 6 种，合计 27 种，可以作为准书棚本备考，但一定要持谨慎小心的态度。

结语

本章致力于考证书棚本唐人诗集的准确数量，但面对浩如烟海的文献，目前只是大致圈定了资料范围：存世宋刻书棚本唐人诗集有 21 种(另有《高常侍集》一种未见原书或图版，不能确认)；明抄本、影宋抄本唐人诗集中，除去与宋刻本重复的，还有书棚本的"摹本"68 种；明刻本唐人诗集中，除去与宋刻本、影宋抄本和明抄本重复的，还有准书棚本 27 种。以上三项合计 116 种，是目前所知书棚本唐人诗集及其影抄本、翻刻本的全部数量。至于更深入的研究，还有待于将来。可喜的是，与四灵诗、江湖诗派关系密切的贾岛《贾浪仙长江集》、姚合《姚少监诗集》、姚合编《极玄集》、赵师秀编《众妙集》《二妙集》等，都已发现有书棚本的仿抄本或翻刻本流传于世，可为相关研究提供最基本的资料。随着研究的深入，也许还有更多的惊喜在等待我们！

第四章

宋刻《南宋群贤小集》版本发微

南宋书商陈起(？—1255)及其子续芸,在都城临安府(今浙江杭州)棚北大街睦亲坊南开设书籍铺①,刊刻大量唐人诗集和南宋江湖诗人小集,俗称"书棚本",对宋末晚唐诗的传播与江湖诗派的发展贡献巨大。作为选本的《江湖集》,由于江湖诗祸遭到禁毁,早已散佚,经笔者辑录,现存诗人33家(含佚名及无名氏4家)、作品65首②;而陈起父子刊刻的各种江湖小集,在宋、元时期曾以《江湖前、后、续集》为名汇编在一起,明初编纂的《永乐大典》多有征引,明代中期《晁氏宝文堂书目》尚有记载③,其后下落不明。明、清之际的藏书家,如毛晋、曹寅、朱彝尊等,重新搜罗这些散佚的江湖小集,或为宋刻原本,或为影抄宋本,或为传抄本,多则数十种,少则几种,命名为《南宋群贤小集》《宋人小集》或《江湖小集》等。其中以曹寅旧藏宋刻本《南宋群贤小集》影响最大,该本在清代时隐时现④,1946年经上海来青阁书商杨彭龄售给国立中央图书馆,现藏台北"国家图书馆",是存世宋刻江湖小集的最大宗收藏。1972年,台北艺文印书馆影印出版,于学者

---

① 参见本书第一章。
② 参见本书第二章。
③ (明)晁瑮《晁氏宝文堂书目》卷上:"《江湖前、后、续集》,宋刻。"载冯惠民、李万健选编《明代书目题跋丛刊》,书目文献出版社,1994年,第737页。
④ 关于《南宋群贤小集》在清代的流传,参见费君清《〈南宋群贤小集〉汇集流传经过揭秘》,《绍兴文理学院学报》(哲学社会科学版)1999年第4期。

最为便利。但有关《南宋群贤小集》的版本及其与江湖诗派的关系，尚有若干问题值得探讨。

一、宋刻《南宋群贤小集》并非全是书棚本

《南宋群贤小集》58种95卷，台北"国家图书馆"定其版本为"宋嘉定至景定间（1208—1264）临安府陈解元宅书籍铺递刊本"，这一著录大致准确，但也存在一定问题。民国时期发现此书的书商杨彭龄在书后撰有长篇跋文，认为此书"十之八九为陈氏书棚刻本，十之一二则非其所刻也。如《方泉诗集》之字大悦目，《学诗初稿》之写刻精妙，与袁寒云氏影印之《友林乙稿》仿佛若出一手。此二种在邓氏影印之时，均将板匡缩小，与棚本相同，我人已无从识别之矣。而《亚愚江浙纪行集句诗》则'师孙奉直命工刊行'，为邓本之所无，而字体奇古朴质，尤世所未见者也"①。杨彭龄精通版本目录之学，他凭经验作出的判断无疑是正确的，但由于没有进行科学论证，故其真知灼见未引起学术界的重视，仍以为《南宋群贤小集》所收58种江湖诗集都是陈起所刻书棚本。

上文提到，陈起父子所刻书棚本的显著特征是有陈（解元）宅书籍铺牌记，或者行款为每半页十行十八字。以这两个基本条件来考察宋刻本《南宋群贤小集》，符合书棚本条件的有51种，与书棚本特征不符的有7种。现分作三组来讨论。

（一）有陈（解元）宅书籍铺牌记，且行款为"十行十八字"者13种

高翥《菊磵小集》一卷、戴复古《石屏续集》四卷、姜夔《白石道人诗集》一卷附二种、刘过《龙洲道人诗集》一卷、林尚仁《端隐吟稿》一卷、陈必复《山居存稿》一卷、毛珝《吾竹小稿》一卷、林希逸《竹溪十一稿诗选》一卷、林同《孝诗》一卷、刘翼《心游摘稿》一卷、武衍《适安藏拙余稿》一卷《乙稿》一卷、李龏《翦绡集》二

---

① 《宋椠南宋群贤小集》卷末杨彭龄跋，台北艺文印书馆，1972年，第3页。

卷《梅花衲》一卷、陈允平《西麓诗稿》一卷

以上 13 种宋人小集，既有陈（解元）宅书籍铺牌记（图 4-1），行款也是“十行十八字”（图 4-2），是最典型的书棚本。

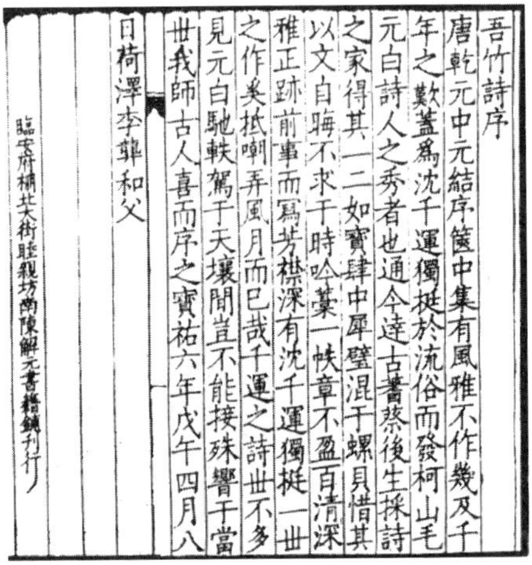

吾竹詩序
唐乾元中元結序篋中集有風雅不作幾及千
年之歎蓋爲沈千運獨挺於流俗而發柯山毛
元白詩人之秀者也通今達古書蔡後生採詩
之家得其一二如寶肆中犀璧混于螺貝惜其
以文自晦不求于時吟藁一帙章不盈百清深
雅正跡前事而寫芳襟深有沈千運獨挺一世
之作矣抵嘲弄風月而已哉千運之詩世不多
見元白馳軼駕于天壤間豈不能接殊響于當
世我師古人喜而序之寶祐六年戊午四月八
日荷澤李韡和父
臨安府棚北大街睦親坊南陳解元書籍鋪刊行

图 4-1　书棚本《吾竹小稿》序后牌记

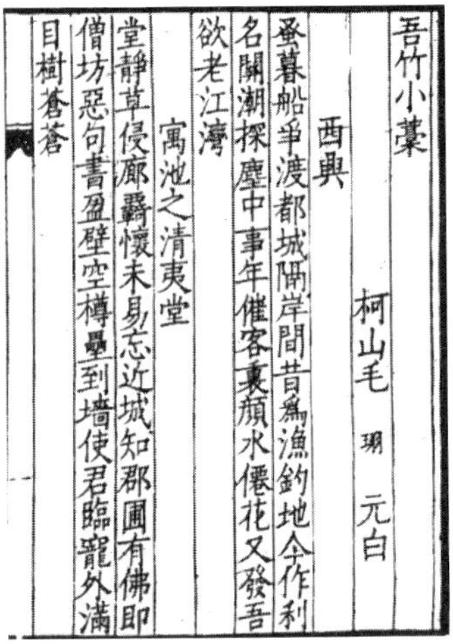

吾竹小藁
柯山毛　珝　元白
西興
蚤暮船爭渡都城隔岸間昔爲漁釣地今作利
名關潮探塵中事年催客裏顔水僊花又發吾
欲老江灣
寓沚之清夷堂
堂靜草侵廊爵懐未易忘近城知郡圃有佛即
僧坊惡句書盈壁空樽疊到墻使君臨寵外滿
目樹蒼蒼

图 4-2　书棚本《吾竹小稿》

（二）无陈（解元）宅书籍铺牌记，但行款是“十行十八字”者 38 种

邓林《皇荂曲》一卷、胡仲参《竹庄小稿》一卷、高似孙《疏寮小集》一卷、刘翰《小山集》一卷、张良臣《雪窗小集》一卷、俞桂《渔溪诗稿》二卷《乙稿》一卷、张弋《秋江烟草》一卷、叶绍翁《靖逸小集》一卷、危稹《巽斋小集》一卷、葛起耕《桧亭吟稿》一卷、李涛《蒙泉诗稿》一卷、余观复《北窗诗稿》一卷、释斯植《采芝集》一卷《续集》一卷、沈说《庸斋小集》一卷、陈鉴之《东斋小集》一卷、刘仙伦《招山小集》一卷、杜旃《癖斋小集》一卷、施枢《芸隐横舟稿》一卷《倦游稿》一卷、吴汝弌《云卧诗集》一卷、许棐《梅屋诗稿》一卷《融春小缀》一卷《梅屋第三稿》一卷《梅屋第四稿》一卷、葛天民《葛无怀小集》一卷、张蕴《斗野稿支卷》一卷、吴惟信

《菊潭诗集》一卷、敖陶孙《臞翁诗集》二卷、邹登龙《梅屋吟》一卷、赵希璐《抱拙小稿》一卷、朱继芳《静佳乙稿》一卷《静佳龙寻稿》一卷、赵崇铖《鸥渚微吟》一卷、黄大受《露香拾稿》一卷、王琮《雅林小稿》一卷、利登《骳稿》一卷、徐集孙《竹所吟稿》一卷、姚镛《雪蓬稿》一卷、何应龙《橘潭诗稿》一卷、陈起《芸居乙稿》一卷、释永颐《云泉诗集》一卷、陈起《增广圣宋高僧诗选》前集一卷后集三卷续集一卷、陈起《前贤小集拾遗》五卷

以上38种江湖小集和宋诗总集,虽然没有陈(解元)宅书籍铺牌记,但行款、字体都与书棚本相同,且其中有陈起本人著述3种,其余多种诗集也有与陈起交游唱和之作,可以基本确定为书棚本。

(三) 无陈(解元)宅书籍铺牌记,且行款不是"十行十八字"者7种

1. 王同祖《学诗初稿》一卷

王同祖,字与之,号花洲,浙江金华人,约生于嘉定十二年(1219)。嘉熙二年(1238)入金陵幕,嘉熙四年(1240)在建安郡斋编成《学诗初稿》,主要收录端平三年(1236)至嘉熙二年(1238)间所作诗。台北"国家图书馆"著录此集为临安府陈解元宅书棚本,但这显然是不正确的,理由有三:首先,书棚本的典型版式为"每半叶十行十八字,白口,左右双边,单黑鱼尾",目前所能见到的有陈(解元)宅书籍铺牌记的宋刻唐人小集10种、宋人小集14种,其行款都是"十行十八字",无一例外;但《学诗初稿》的版式为"每半叶八行十六字,白口,四周双边,双黑鱼尾",与书棚本完全不同,字体也不相似;其次,宋刻本《学诗初稿》的版心有两位刻工名:吴清、蔡庆,据王肇文《古籍宋元刊工姓名索引》,吴清和蔡庆都是南宋福建建宁地区刊工,二人多次合作刻书,如宋咸淳元年(1265)吴革刊本《周易本义》、宋咸淳间建宁府刻《陶靖节先生诗注》,都有二人的共同参与①。在古书版本鉴定

---

① 王肇文《古籍宋元刊工姓名索引》,上海古籍出版社,1990年,第108、194—195页。

中,刻工是最权威的证据之一;最后,《学诗初稿》卷末有王同祖自跋,署"嘉熙庚子月正元日金华王同祖书于建安郡斋",说明当时王同祖恰好在建安,而该地是福建刻书中心之一,王同祖不可能舍近求远去临安府刊刻。因此,据刻工和王同祖自序可定此书版本为嘉熙四年(1240)建安刻本。

2. 释绍嵩《亚愚江浙纪行集句诗》七卷

释绍嵩,号亚愚,庐陵人,绍定五年(1232)住嘉禾大云寺(旧址在今浙江省嘉兴市嘉善县)。《亚愚江浙纪行集句诗》是绍嵩于绍定二年秋,自湖南长沙出发,漫游江浙作所集句诗,绍定五年八月,与永上人共同编录而成。该书宋刻本"每半叶八行十六字、白口、左右双边、双黑鱼尾",版式与书棚本不同,字体古朴,刊刻精美(图4-3)。卷末有"嘉熙改元丁酉良月/师孙奉直命工刊行"二行,说明是嘉熙元年(1237)由其师孙(指弟子之弟子)奉直募工刊刻,地点应当是在嘉兴,故字体风格与临安刻本不同。

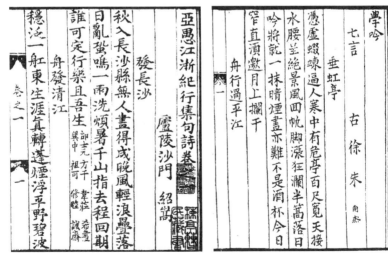

图4-3 宋刻本《亚愚江浙纪行集句诗》　　图4-4 宋刻本《学吟》

3. 朱南杰《学吟》一卷

朱南杰,丹徒人,嘉熙二年(1238)进士,淳祐十年(1250)为海盐监税官,二年后转市舶官。宋刻本《学吟》的版式为"每半叶八行十六字、白口、左右双边,单黑鱼尾"(图4-4),与书棚本不同,但接近《亚愚江浙纪行集句诗》,尤其是鱼尾的花样修饰,与之如出一辙,字体也很相似,疑为同一地区所刻。《学吟》卷末跋文自署"淳祐戊申中和节南杰书于澉川酒边",戊申是淳祐八年(1248),澉川为海盐县澉浦港地名,而澉浦是宋代市舶司之一,朱南杰曾任澉浦市舶官。由此可见,此集应当是淳祐八年前后朱南杰在海盐为官时所刻。海盐县也属于嘉兴,这就为《学吟》与《亚愚江浙纪行集句诗》版刻风格一致的原因找到了最合理的解释。

4. 周文璞《方泉先生诗集》三卷

周文璞,字晋仙,号方泉,山东阳谷人。宁宗庆元中为溧阳县丞,后官内府守藏史,以事去官,卜居苏州凤山。周文璞为江湖诗人中较年长者,卒于嘉定十四年(1221)。宋刻本《方泉先生诗集》版式为"每半叶八行十五字、白口、四周双边、双黑鱼尾",属于大字本,字体风格与书棚本完全不同。上文提到,杨彭龄跋称《方泉先生诗集》与《学诗初稿》的板框大于普通书棚本。由此可见,《方泉先生诗集》应当不是陈起所刻。至于该书刻工"陈祥、叶青、李生"等,在南宋前期、中期的几个不同地区出现过,目前尚不能准确考证其共同活动年代和地域。

5. 叶茵《顺适堂吟稿》甲集一卷、乙集一卷、丙集一卷;丁集一卷、戊集一卷

叶茵,字景文,笠泽人,居姑苏,约生于庆元六年(1200)。《顺适堂吟稿》按天干分五集,并非刻于同一时期。甲、乙、丙三集版式为"每半叶十行十八字,白口,四周双边,单黑鱼尾",笔画纤细,刊刻较草率,甲集有刻工"刘引",其活动地域不详;丁、戊二集稍有不同,行款为九行十八字,笔画稍粗,刻字工整。因此,《顺适堂吟稿》的版本存在三种可能:或者前三集是书棚本,后二集不是;或者都是书棚本;或者都不是书棚本,目前还很难下定论。

6. 薛嵎《云泉诗》一卷

薛嵎,字仲止,一字宾日,永嘉人。宝祐四年(1256)进士。有《云泉诗》一卷,卷首有淳祐九年(1249)五月赵汝回序。此集版式为"每半叶九行十七字,白口,左右双边,双黑鱼尾",与书棚本稍异,但字体风格与书棚本很相似。刻工有二名:周世昌、钟惟一,尚未查到二人有其他刻书记录。是否为书棚本,还有待考证。

7. 黄文雷《看云小集》一卷

黄文雷,字希声,号看云,江西南城人。淳祐十年(1250)进士,辟临安酒官。宋刻本《看云小集》行款为"十行十六字",但版式、字体皆与其他书棚本江湖小集相近。刻工"何允",暂未查到相关资料。黄文雷与陈起交情甚好,陈起去世后,黄文雷有《挽芸居》诗:"海内交游三十年,临分我到卧床前。西湖一叶西风落,泪尽秋风松下阡。"①《看云小集》有黄文雷自序:"芸居见索,倒箧出之,料简仅止此。自《昭君曲》而上,盖经先生印正云。"②据此,陈起曾向黄文雷索稿,并为之订正若干首诗,故《看云小集》可能被陈起刊刻过,但后来又增补了《昭君曲》以下的诗。这个增补重刻本,行款不同,目前难以确定是否为书棚本。

综上所述,台北"国家图书馆"著录《南宋群贤小集》为陈解元宅刻书棚本,但其中 7 种诗集的版本值得怀疑,尤其是《学诗初稿》《亚愚江浙纪行集句诗》《学吟》和《方泉先生诗集》4 种,可以确证不是书棚本。

二、江湖诗集刊刻与传播情况的新认识

陈起父子所刻大量江湖小集,在宋末至明初曾以《江湖前、后、续集》丛刊形式流传,自明末以来以《南宋群贤小集》《江湖小集》等汇编形式流传。笔者曾据《永乐大典》及相关材料,考证目前所知《江湖前、后、续集》丛刊至少收录 90 种小集③,其中有 30 多种见于宋刻本《南宋群贤小集》,故推测《南宋群贤小集》是在《江湖前、后、续集》散佚后重新汇集和命名的江湖小集丛刊。笔者目前仍然坚持这一观点,

---

① 《江湖后集》卷二一,《景印文渊阁四库全书》本。
② (宋)黄文雷《看云小集》,《宋椠南宋群贤小集》,第 1 页。
③ 参见本书第二章。

但由于新发现宋刻《南宋群贤小集》中混入了其他地区刻本,有必要进一步加以探讨。有意思的是,上文提到的7种诗集既见于宋刻《南宋群贤小集》,又见于《永乐大典》残卷引《江湖前、后、续集》,其中《云泉诗》《看云小集》属于《江湖后集》;《亚愚江浙纪行集句诗》《顺适堂吟稿》属于《江湖续集》;《学诗初稿》《学吟》和《方泉先生诗集》也见于《江湖集》丛刊。以《亚愚江浙纪行集句诗》为例,宋刻《南宋群贤小集》中的版本是嘉熙元年(1237)嘉兴大云寺僧奉直刊本,但现存《永乐大典》残本《江湖续集》征引绍嵩诗9首,其中《待舟西兴遣闷》一首明确标明出自《江浙纪行集句》,那么,《南宋群贤小集》中的《亚愚江浙纪行集句诗》与《江湖续集》究竟是什么关系呢？一种可能的假设是,嘉熙元年嘉兴大云寺僧奉直刊刻的《江浙纪行集句诗》是该书的最早刻本,行款为八行十六字,此书很快流传到临安府,引起江湖诗人关注,陈宅书籍铺重新刊刻为十行十八字本,编入《江湖续集》丛刊,但陈起刻本已经亡佚,仅见于《永乐大典》征引,明末清初藏书家汇编《南宋群贤小集》时,混入了嘉熙元年僧奉直刊本《江浙纪行集句诗》等少数其他地区刊刻的诗集;另一种可能是,《江浙纪行集句诗》等行款不同的其他地区刻本,没有在临安府翻刻,宋元时期的藏书家将不同时期和地点的宋刻江湖小集汇聚一起,编成《江湖前、后、续集》,绝大多数是十行十八字的书棚本,但混入了少数其他刻本,《江浙纪行集句诗》就是其中之一。

以上二种假设,使得我们能够重新认识江湖小集在南宋的刊刻与流传情况。在江湖诗派发展史上,陈起父子居功至伟,他们通过四十余年的努力,在临安府打造了一个编纂、刊刻、销售江湖小集的集散中心。但我们不能过分迷信"陈宅书籍铺"这块金字招牌,以免陷入认识误区:其一,误以为陈起父子所刻宋人小集都是江湖诗集;其二,误以为所有的江湖小集都是陈起父子所刻,忽略其他地区刻书者的贡献。关于前者,张宏生《江湖诗派研究》在考察江湖诗派名单时已经有所澄清,如岳珂《棠湖诗稿》一卷、郑清之《安晚堂诗集》十二卷,尽管都有陈宅书籍铺牌记,是典型的书棚本,但并不将二人视为江诗人①。至于后者,学界尚未引起足够的重视。以王同祖《学诗初稿》为例,现存宋刻本是嘉熙四年(1240)建安刻本,但长期被误认为书棚本。事实上,只有当建安刻本流传到临安之后被翻刻,才成为书棚本,最终被收入《江湖前、后、续集》丛刊。从商业竞争的角度来看,既然江湖小集很畅销,其他书商也会积极参与,陈起父子不可能形成行业垄断。尤其是那些很受欢迎的江湖小集,不可能只出版一次,必定会在不同的地区不断翻刻,从而传播得更加广泛和久远。

除了刊刻江湖诗人小集,建宁地区的学者和书商也编刻了一些与江湖诗风接近的选本,现存最主要的是《诗家鼎脔》。该集保存了一些重要的江湖诗人作品,有较高的文献价值。如宋张端义《贵耳集》载:"余有《挽晋仙诗》,载《江湖集》中。"②虽然《江湖集》早已散佚,但张端义《挽晋仙诗》完整地保存在《诗家鼎脔》中;又如,《永乐大典》卷九○三"诗"字韵引《江湖集》天台徐氏《偶题》,没有注明"天台徐氏"是谁,但此诗在《诗家鼎脔》署"天台徐似道渊子"。由此可见,《诗家鼎脔》与《江湖集》确实存在千丝万缕的联系。据卞东波考证,《诗家鼎脔》的性质是一部体现江湖诗派诗风的微型选本,且编者肯定与南宋福建的文化圈有关系(《诗家鼎脔》所选福建籍诗人约三分之一),有可能是建安人黄昇③。除此之外,浙江衢州的诗选家郑景龙,也曾编有《江湖诗续选》,该书已亡佚,仅见于方回《瀛奎律髓》引陆九渊《和鹅湖教授韵》异文一句④。结合本文考证的《学诗初稿》刊刻于建安,《学吟》刊刻于海盐,《亚愚江浙纪行集句诗》刊刻于嘉兴等,可以说,在江湖诗风最兴盛的时期,以临安府为中心,很可能已经形成遍布两浙东、西路和福建、江西的江湖诗集编选、刊刻、流通网络。从这个角度来看,宋刻《南宋群贤小集》的版本问题,对我们了解江湖诗集的刊刻与传播情况具有重要的认识价值。

---

① 张宏生《江湖诗派研究》,第315页。
② (宋)张端义《贵耳集》,第22页。
③ 卞东波《南宋诗选与宋代诗学考论》,中华书局,2008年,第61、62、69页。
④ 卞东波《南宋诗选与宋代诗学考论》,第274页。

II 版本目录学与宋元文献（下）
——元刻本与元人别集

◎ 第五章　清代私家书目二种考证
◎ 第六章　元刻元人别集调查与叙录
◎ 第七章　稀见元人别集版本研究

第五章

清代私家书目二种考证

清代是中国古代目录学发展最辉煌的时期。清代私家藏书目录不仅数量众多,而且书目类型非常丰富,既有简明目录,也有提要目录,还有各种藏书题跋汇编;既有普通古籍目录,也有宋元稿抄善本书目,还有著录书籍价格的目录。这些书目中著录的宋元刻本,是研究宋元文学与文献的宝贵资料。但有的私家书目未见出版,仅以稿抄本流传,在图书著录中往往发生种种讹误,因而有必要对其进行考证。

第一节 徐元文《含经堂藏书目》考

北京大学图书馆藏有一部抄本《含经堂藏书目》,该书前后皆无序跋,正文亦未署作者姓名,故《北京大学图书馆藏古籍善本书目》未著录其作者。经考证,其作者就是清初著名学者、藏书家徐乾学(1631—1694)与徐秉义(1633—1711)的三弟徐元文(1634—1691)。徐乾学《传是楼书目》和徐秉义《培林堂书目》在民国四年(1915)由王存善辑录为《二徐书目合刻》,因而得以广泛流传。而徐元文《含经堂藏书目》则非常罕见,来新夏《清代目录提要》(齐鲁书社,1997年)未予著录;范凤书《中国私家藏书史》(大象出版社,2001年)详列已知的清代私家藏书目录,也未能考知该书的下落;《苏州藏书史》也称该书目"今已难见"①。因此,很有必要对其进行考证和研究。

一、《含经堂藏书目》的作者即徐元文

北京大学图书馆藏《含经堂藏书目》,全书按经、史、子、集分为四卷,每书首列书名、卷数,次列册数,偶加小注,说明撰述情况或版本、纸张、藏书处和套数等。版本有新刊本、宋本、元本、抄本等,约一半未注版本。藏书中时间最晚的是康熙十七年戊午序刊本浦龙渊《周易辩》二十四卷,可以视作该书成书时间的上限。该书是民国二十五年(1936)常熟瞿氏铁琴铜剑楼抄本,经铁琴铜剑楼后人瞿凤起先生亲手校对,卷首押"铁琴铜剑楼传钞本""凤起手校""燕京大学图书馆"等藏书印。虽然抄写的年代很晚,却属于善本、孤本,具有很高的文献价值。

由于北京大学图书馆藏本《含经堂藏书目》没有作者署名,因而有必要结合相关史料对其作者进行考证和确认。

首先,查《清史稿》卷一四六《艺文志》著录有"《含经堂书目》四卷,徐元文撰"。徐元文,字公肃,号立斋,其先世居江苏常熟,后迁居昆山。他是明末清初杰出思想家顾炎武的外甥,与长兄徐乾学,二兄徐秉义号"三徐",皆中进士,且官居显要。尤其是徐元文,登顺治十六年(1659)一甲进士第一名,授翰林院修撰,累官文华殿大学士、户部尚书,掌翰林院事。兄弟三人皆喜购书,徐乾学有《传是楼书目》《传是楼宋元版书目》,徐秉义有《培林堂书目》。徐元文撰有《含经堂文集》三十卷,该集现已收入《续修四库全书》,正如其二兄徐秉义撰有《培林堂文集》和《培林堂书目》一样,我们很容易联想到徐元文的藏书楼是含经堂。《徐元文墓志铭》称他"独喜购书籍,手自校勘整比"②,可见徐元文不仅藏书,而且亲自校书、

---

① 叶瑞宝等《苏州藏书史》,江苏古籍出版社,2001年,第295页。
② (清)徐元文《含经堂文集》附录,《续修四库全书》据山东图书馆藏清刻本影印本。

编目。

其次，《含经堂藏书目》在目录体系上虽然遵从四部分类法，但在具体类目的安排上有很多大胆的突破与创新。例如，将传统分类体系中属于子部艺术类的"法书"和史部目录类的"金石文"归入经部小学类；在史部新设食货类，分宝货、食经、酒茗、器用等子目，而这些在传统分类体系中属于子部谱录类；把原属于史部的诏令奏议类归入集部等。这一独特的目录分类法，与徐乾学《传是楼书目》和徐秉义《培林堂书目》完全相同，可以想见出自徐元文之手无疑。

再次，《含经堂藏书目》在史部贡举类著录有"《顺治十六年进士登科录》一册，又六部、六册"，该书目著录的清代进士登科录仅此一种，而且多达七部，究其原因，徐元文是顺治十六年状元，他收藏该科的登科录便不足为奇了。因此，《含经堂藏书目》的作者只可能是徐元文。

二、《含经堂宋元版书目》辑录

我们知道，私家藏书目录是考察一名藏书家藏书数量和质量的最重要的凭据。过去，一般的学者只知道徐乾学传是楼和徐秉义培林堂的藏书情况，对徐元文含经堂藏书所知甚少，《含经堂藏书目》的发现正好可以弥补这一缺憾。据统计，《含经堂藏书目》著录有经部850部，12 624卷，不分卷47部；史部965部，33 231卷，不分卷95部；子部951部，17 464卷，不分卷85部；集部1 342部，28 585卷，其中不分卷171部。总计4 108部，91 904卷，其中不分卷398部。就藏书质量而言，徐元文含经堂有丰富的珍本、善本古籍，其中包括宋本110部，影宋写本17部，校宋本2部，元本87部，宋元本总计216部。这足可使徐元文跻身于古代一流的藏书家行列。鉴于徐元文《含经堂藏书目》从未有学者批露，而北京大学图书馆藏本为海内外孤本，故仿其兄徐乾学《传是楼宋元版书目》体例，辑成《含经堂宋元版书目》，以公诸同好。

含经堂宋元版书目[①]

经　部

朱熹周易本义十二卷,咸淳元年乙丑后学吴革序,宋本,六册,天上

朱熹易学启蒙一卷,淳熙十四年丙午序,元本,一册,天上

大易粹言十二卷,曾穜,温陵人,淳熙三年刊,宋本影写,二十一册

董楷程朱传义附录十八卷图说一卷,咸淳二年丙寅序,元本,六册,在京

胡一桂周易发明启蒙翼传三卷,一桂字庭芳,皇庆二年癸丑序,元本,三册,天上

钱义方周易图说一卷,义方字子宜,至正六年丙戌序,元本,一册

涂溍生周易经疑拟题三卷,涂号易庵,元人,元本,二册

尚书孔安国传十三卷,巾箱宋本,四册

邹季友书传音释六卷,元本,二册,缺五、六两卷

董鼎书传辑录纂注六卷,元本,六册

又,元本,二册,缺五卷

张泰编辑群英书义二卷,元本,一册,在京

李公凯尚书纂集、夏柯山句解三卷,公凯字仲容,元本,一册

韩婴诗外传十卷,至正十五年乙未钱惟善跋,元本,一册

魏了翁毛诗要义二十卷,宋本,三十册,在京

刘瑾诗传通释二十卷,元本,十五册,在京

林泉生诗义矜式十卷,泉生字清源,三山人,元本,一册,缺一卷至五卷

杨复仪礼图十七卷旁通图一卷,绍定元年戊子序,复字信斋,宋本,十六册,在京

敖继公仪礼集说十七卷,大德五年辛丑序,元本,七册

周礼疏五十卷,宋本,十六册,在京

林希逸考工记解二卷,宋本,一册

又,宋本,二册,在京

大戴礼记十三卷,吴文定丛书堂收藏,元本,一册

[①] 据北京大学图书馆藏1936年常熟瞿氏铁琴铜剑楼抄本《含经堂藏书目》辑录。

礼记郑氏注二十卷，宋板巾箱本，二十册，在京

陈澔礼记集说十六卷，元本，六册

聂崇义三礼图二十卷，宋本，一册

又，宋本影写，三册，在京

司马氏书仪十卷，宋本影写，一册，在京

陈祥道礼书一百五十卷，祥道字用之，元本，十册，在京

朱氏家礼五卷、附录一卷，宋本，三册

徐彦春秋公羊传注疏二十八卷，元本，四册

又，宋本，三套，三十本

杨士勋春秋谷梁传注疏二十卷，元本，六册

李廉春秋诸传会通二十四卷，至正九年乙丑序，廉字行简，元本，四册

又，至正十一年辛卯腊月崇川书府刊，元本，八册，在京

刘敞春秋权衡十七卷，宋本影写，四册，在京

刘敞春秋意林二卷，宋本影写，一册，在京

张洽春秋集注十一卷，宋本影写，五册，在京

齐履谦春秋诸国统纪六卷，元本，一册

唐明皇、司马光、范祖禹注孝经一卷，宋本影写，一册，在京

蔡节论语集说十卷，淳熙五年节上表进呈，淳祐六年丙午姜文龙序，宋本，五册

赵岐注孟子十四卷，宋本影写，□册，在京

陈旸乐书二百卷，元本，四册

朱熹四书集注二十六卷，元本，二十二册，在京

又，元本，□册，在京

赵惪四书笺义纂要十二卷、笺义纪遗一卷，泰定元年甲子刘有庆字志善号损庵序，致和□年戊辰自序，惪字□□，号铁峰，元本，四册

赵顺孙四书纂疏二十六卷，宝祐四年牟子才序，宋本，三十册，在京

程复心四书章图纂释二十二卷，元本，二十册

尔雅郭璞注三卷，元本，二册

杨雄方言十三卷,宋本,二册

班固白虎通德论二卷,大德九年乙巳严度、张楷序,元本,二册

又,元本,二册

张惟政编次四经四卷,宋本,四册

真德秀心经,朱熹孝经刊误,朱熹臣礼,真德秀政经

何士信小学集成十卷、图说一卷、纲领一卷,元本,二册

杨桓六书统二十卷,桓字武子,号辛泉,至大元年戊申倪坚序,元本,六册

杨桓六书溯原十三卷,元本,十四册,在京

许氏说文解字五音韵谱十二卷,元本,六册,在京

司马光类篇四十五卷,宋本影写,六册

韩孝彦五音篇十五卷,孝彦字允中著,其次男道昭字伯挥重编,目之曰五音增改异类聚四声篇,泰和八年丁卯乾道升序,元本,六册

大宋重修广韵五卷,前有敕牒、陆法言、长孙讷言、孙愐等序,宋本影写,五册

释文互注礼部韵略五卷,宋本,五册,在京

又礼部韵略五卷、韵略条式一卷,嘉定六年癸酉刊,宋本影写,三册,在京

毛晃增修互注礼部韵略五卷,绍兴三十二年三月拟表,元本,五册

熊忠古今韵会举要三十卷,忠字子中,元本,十册,在京

礼记释文四卷,宋本,二册

孙奭孟子音义二卷,宋本影写,一册,在京

以上经部宋本17部,影宋写本12部,元本37部,合计66部。

史　部

史记,宋本,二十册,在京

汉书,宋本,四十册,在京

后汉书,宋本,五十四册,缺志十一卷至十四卷、列传三十一至三十五

司马光资治通鉴二百九十四卷,宋本,八十六册,在京

司马光通鉴考异三十卷,宋本,六册,在京

又,宋本,十二册,在京

吕大著增节备注资治通鉴一百十二卷,宋本,□册,在京,四十四至五十三缺、七十三缺

李焘续资治通鉴十八卷,元板,四册

刘时举续宋中兴资治通鉴十五卷,元板,二册

陈桱通鉴续编二十四卷,至正十年庚寅序,元板,二十四册

朱熹资治通鉴纲目五十九卷,元本,五十九册

尹起莘通鉴纲目发明五十九卷,五十一卷以后缺,元本,七册,在京

范祖禹唐鉴十二卷,宋本,四册

汲冢周书十卷,孔晁注,至正十四年甲午刊于四明,黄玠序,元本,一册

元朝通制孔子庙祀仪式,元本,一册,在京

欧公本末,宋本,十六册

宋四朝名臣言行录,别集十六卷、续集十卷,宋本,十六册,在京

杜大圭宋名臣琬琰集一百七卷,宋本,□册

祝穆方舆胜览七十卷,元板,二十四册

三辅黄图,宋本,一册,在京

以上史部宋本12部,元本8部,合计20部。

子 部

文中子中说十卷,阮逸注,钱牧斋宋刻本校,有手跋,一册

张行成皇极经世通变四十卷,宋本,二十一册,在京

张镃仕学规范四十卷,宋本,六册,在京

苏辙道德经解二卷,宋本,一册

张湛注列子八卷、殷敬顺释文二卷,宋板,二册,在京

群仙要语纂录,元板,一册

雪窦明觉大师住洞庭语录一卷、瀑泉集一卷、咀英集二卷,元板,
　　一册

管子,房玄龄注,二十四卷,抄本,宋本校,七册

战国策,鲍彪注,十卷,元本,六册

淮南子二十一卷,高诱注,宋本,十二册

应劭风俗通义十卷,大元板,二册

张华博物志十卷,宋本,一册,在京

程大昌演蕃露六卷,宋本,二册,在京

叶适习学记闻五十卷,宋本,三十二册

王定国甲申杂记一卷

王定国闻见近录一卷

王定国杂手杂录一卷,以上三种宋本影抄,合一册

范摅云溪友议十二卷,宋本,四册

钓矶立谈一卷,宋本影写,一册

周辉清波杂志三卷,宋本影写,二册

赵善璙自警编,宋本,十二册,在京

陈傅良历代兵制八卷,傅良字君举,宋本,二册

王廷光珞琭子三命消息赋三卷,宣和五年八月序,元本,三册

黄帝内经素问十二卷,王冰注,元板,五册,在京

黄帝内经灵枢□卷,元板,二册

□温舒素问入式气论奥三卷,元板,一册

陈言三因极一病证方论十五卷,言字无择,淳熙元年甲午序,元本,二册

经史证类大观本草三十一卷,元本,二十三册,在京

寇宗奭本草衍义二十卷,宋本,在京

李仲南永类钤方四卷,元本,一册,不全,在京

杜思敬济生拔粹方二十卷,延祐二年序,元本,五册

危亦林世医得效方二十卷,元本,一册,不全,在京

曹氏必用方七卷,宋本,二册

史载之方二卷,宋本,二册

庞安时伤寒论六卷,宋本,三册

徐文礼卫济宝书,宋本,一册

邹铉寿亲养老新书四卷,元本,四册

杨辉田亩比类乘除捷法二卷,德祐元年序,元本,一册

杨辉续古摘奇算法一卷,元本,一册

杨辉算法通变本末三卷,元本,一册,右算

白氏六帖事类集三十卷,宋本,八册

太学新增合璧连珠万卷菁华,宋刻袖珍本,七十四册,前集八十卷缺六十一卷至八十卷、后集八十卷缺十一卷至二十四卷

吴黼丹墀独对十卷,元本,□册

以上子部宋本21部,影宋写本2部,校宋本2部,元本18部,合计43部。

集　部

楚词王逸章句十七卷,宋本,六册,在京

楚词朱熹集注八卷、楚词后语六卷、楚词辨证二卷,元本,六册

陶靖节集十二卷、附群辅录五卷,宋本,□册

又十卷,元本,四册

骆宾王集十卷,宋,二册,在京,第十卷缺

杜审言诗一卷

常建诗二卷,宋,合一册

王昌龄诗集二卷,宋,一册

王摩诘文集十卷,宋,四册,在京

李太白诗二十五卷,杨齐贤集注,元,三册,缺四卷至九卷

又,至元二十八年辛卯萧士赟序,元,一册

又翰林别集十卷,咸平元年乐史序,元,二册

又范德机批选李翰林诗四卷,郑霶编,元,一册

杜工部诗黄鹤补注三十六卷,元,二册

又九家注三十六卷,宋,二十四册

又二黄补千家注三十六卷,宋,十四册,在京

又千家注二十卷、又文集二卷,元,十册,缺诗集一卷至二卷

又蔡梦弼草堂诗笺五十卷、外集二卷,元,十六册,在京

又刘须溪评点诗二十卷、文集二卷,元,十册

又韩文音释三十卷、附传一卷、遗文一卷,宋本,十二册,一函

又增广注释音辨柳集四十三卷、别集二卷,元,十册

皇甫茂叔集二卷,宋,一册,在京

陆宣公文集二十二卷,宋,六册,在京

韦苏州集十卷,宋,三册

又十卷、拾遗一卷,宋,五册

刘宾客外集十卷,宋,二册,在京,缺第十卷

李商隐诗集三卷,宋本影写,三册,在京

许浑丁卯集,遗篇、拾遗、续补附,宋本影写,三册,在京

唐求诗集一卷,宋本,一册

范文正公文集二十卷、别集四卷、政府奏议二卷、尺牍三卷、遗文一卷、鄱阳遗事录一卷、言行拾遗一卷、年谱一卷、年谱补遗一卷,元本,八册

又,元本,六册

伊川击壤集十五卷,邵雍,宋本,□册,在京

河南先生文集二十七卷、附录一卷,尹洙,宋本影写,三册

欧阳文粹五卷,宋本,五册

南丰文粹十卷,宋本,四册,在京

临川先生文集一百卷,王安石,元本,二十册

王龟龄东坡诗集注二十五卷,宋本,十四册,在京

范忠宣公集二十卷,范纯仁,元,四册

豫章罗先生集十七卷,罗从彦,元,二册,在京

蔡幼学育德堂集,止奏议四卷、外制二卷至□卷,余缺,宋本,五册,在京

朱文公大同集十卷,宋本,四册,在京

施枢横舟稿

朱南杰学吟,宋本,已上合一册,在京

邓林皇华曲

陈允平西麓诗稿,宋本,已上合一册,在京

罗与之雪坡小稿二卷

张至龙雪林删余,宋本,已上合一册,在京

周弼端平诗隽四卷,宋本,二册,在京

张弋秋江烟草

杜旃癖斋小集

高九万菊涧小集，宋本，已上合一册，在京

叶茵顺适堂吟稿五卷，宋本，二册，在京

姜夔白石道人诗集，诗说附，宋本，一册，在京

邹登龙梅屋吟

徐集孙竹所吟稿，宋本，已上合一册，在京

芳庭斯植采芝集续稿，宋本，一册，在京

赵汝鐩野谷诗稿六卷，宋本，二册，在京

李龏梅花衲，宋本，一册，在京

又剪绡集二卷，宋本，一册，在京

赵崇鉘鸥渚微吟

陈鉴之东斋小集

胡仲参竹庄稿，宋本，已上合一册，在京

戴复古石屏续集四卷，宋本，一册，在京

许棐梅屋诗稿、融春小缀

又梅屋三、四稿

危稹巽斋集

叶绍翁靖逸集，宋本，已上合二册，在京

安晚堂诗，宋本，二册，在京

高似孙疏寮集

王琮雅林小稿

余观复北窗诗稿

毛珝吾竹诗稿，宋本，已上合一册，在京

沈说庸斋小集

敖陶孙臞翁诗集，宋本，已上合一册

六臣注文选六十卷，宋板，六十册

古文苑九卷，宋本，二册，在京

又注二十一卷,九卷以后缺,宋本,四册
真德秀文章正宗二十四卷,元本,二十四册
苏天爵元国朝文类七十卷,元统二年陈旅序,元本,二十六册
又,元本,十一册,缺十二卷至十七卷
吕祖谦评点三苏文选五十九卷,宋本,十二册,在京
郭茂倩乐府诗集一百卷,元本,十六册
左克明古乐府十卷,至正六年丙戌序,元本,一册
郝天挺唐诗鼓吹十卷,元本,一册
元好问中州集十卷、中州乐府一卷,元本,六册
孙存吾皇元朝野诗集五卷,后至元丙子谢升孙序,元本,二册
东坡长短句注十二卷,宋本,二册

以上集部宋本60部,影宋写本3部,元本24部,合计87部。

经、史、子、集四部宋本110部,影宋写本17部,校宋本2部,元本87部,总计216部。

从以上目录可以看出,徐氏含经堂不仅藏书丰富,而且具有鲜明的特色。在110部宋本中,集部就有59部,约占一半多,而集部的宋本又以江湖小集33种为最大特色。江湖小集是南宋末年杭州书商刊刻的南宋末江湖派诗人的诗歌丛刊。胡念贻在《南宋〈江湖前、后、续集〉的编纂和流传》一文中指出:"《江湖前、后、续集》流传到明清有两个宋本,一个是明末毛晋汲古阁的景钞本,一个是清曹寅藏本,这两个宋本都是六十家,但所收诗集互有出入。"①具体而言,曹寅本58家,汲古阁本60家,二家相同的53家,曹寅本中5家为汲古阁本所无,汲古阁本7家为曹寅本无,可共得江湖小集65家。而徐元文兼有二家之长,藏有33种宋本,又得抄本30家配齐,共63家,既涵盖了曹寅本58家,又藏有汲古阁本多出曹寅本的7

---

① 胡念贻《南宋〈江湖前、后、续集〉的编纂和流传》,《文史》1982年总第十六辑,第236页。

家中的5家,可以说是明末清初收藏江湖小集最多的藏书家,对于考察明末清初江湖小集的流传具有重要的文献价值。

希望本章能够抛砖引玉,使《含经堂藏书目》及《含经堂宋元版书目》的价值得到充分的挖掘和利用。

第二节　稿本《漱六楼书目》作者考实

上海图书馆藏有一部清代稿本《漱六楼书目》,原书未署作者姓名,但上海图书馆纸质卡片目录、电子目录均著录为"袁芳瑛藏并编",《中国古籍善本书目》《清史稿艺文志拾遗》以及最新出版的《中国古籍总目》著录相同①。笔者最初抱着研究袁芳瑛藏书的浓厚兴趣查阅《漱六楼书目》,但最终发现该书目的真正作者并非袁芳瑛,而是乾嘉时期与黄丕烈并称为"藏书四友"的苏州著名藏书家周锡瓒。虽未能一窥袁芳瑛藏书之全貌,但对周锡瓒藏书及其在乾嘉时期江南藏书史上的地位和影响,更添新的认识,可谓意外的收获。

一、袁芳瑛号"漱六"而周锡瓒有"漱六楼"

《漱六楼书目》不分卷,稿本,每半页十行二十字,小字双行、字数不等,白口、四周双边、单鱼尾。卷首书名原作《梦筼楼书目》,"梦筼"二字用墨笔改为"漱六",但版心仍作"梦筼楼"。藏书印有"缄庵收藏"(白方)、"上海图书馆藏"(朱方)。原书未署作者,上海图书馆将其著录为"袁芳瑛藏并编",这与咸、同年间著名藏书家袁芳瑛(1814—1859)的字号有关。通行的各种藏书家辞典均以"漱六"为袁芳瑛之字,如杨立诚、金步瀛《中国藏书家考略》②,郑伟章、姜亚沙《湖

---

① 《中国古籍善本书目·史部》,上海古籍出版社,1993年,第1406页;王绍曾主编《清史稿艺文志拾遗》,中华书局,2000年,第958页;《中国古籍总目·史部》,中华书局、上海古籍出版社,2009年,第4953页。
② 杨立诚、金步瀛《中国藏书家考略》,上海古籍出版社,1987年,第181页。

湘近现代文献家通考》①等，而民间家谱收藏家励双杰根据《湘潭石塘山袁氏族谱》详录其姓名字号及生卒年为："（袁）世矿，官名芳瑛，字挹群，号伯夸，一号漱六。……嘉庆十九年甲戌六月二十日生，咸丰九年己未九月初三日卒。"②据此可知，"漱六"实为袁芳瑛之号。由于袁芳瑛在近代藏书史上的知名度很高，故上海图书馆在著录《漱六楼书目》时，自然而然地联想到了他。但熟悉袁芳瑛藏书事迹的都知道，袁芳瑛的藏书楼是"卧雪楼"或"卧雪庐"，其藏书印为"古潭州袁氏卧雪庐收藏"白文方印。至于其藏书目录，据李日法考证，似乎并无完整定本，只有四册草簿，叶德辉、李盛铎等曾见过，后来不知下落③。遍查各种文献，虽然袁芳瑛号"漱六"，但史料中并无袁芳瑛有"漱六楼"或《漱六楼书目》的记载。与之相反，文献中记载该藏书楼与书目都共同指向乾嘉时期苏州著名藏书家周锡瓒。

周锡瓒（1742—1819），原名曰涟，字绮江，号漪塘，后改今名，字仲涟，号映川，又号香严居士，江苏吴县人。乾隆三十年（1765）副榜。乾隆三十九年（1774），周锡瓒在京城参加科考失利后，"扁舟南下，筑漱六楼，储藏载籍数万卷，多宋元刊刻及名钞秘本，手自雠校，虽寒暑未尝少辍"④，成为著名藏书家。周锡瓒与顾之逵、袁廷梼、黄丕烈四人，时称"藏书四友"，后人称"乾嘉四大藏书家"⑤。周锡瓒的藏书楼名号较多，早期有漱六楼，后有水月亭、琴清阁、香严书屋等，稿本《漱六楼书目》版心的"梦筠楼"应当也是其藏书楼，只是没有在其他文献中见到记载。清叶昌炽《藏书纪事诗》卷五"周锡瓒"诗后有王欣夫补正："香严有《琴清阁书目》，旧藏盛氏愚斋，今在约翰大学图书馆；又有《漱六楼书目》，今在瞿氏铁琴铜剑楼。皆硃墨涂乙，犹是手稿。"⑥上海圣约

---

① 郑伟章、姜亚沙《湖湘近现代文献家通考》，岳麓书社，2007年，第80页。
② 励双杰《〈湘潭石塘山袁氏族谱〉与袁芳瑛藏书》，参见 http://blog.sina.com.cn/s/blog_4b98a71f0100c6lg.html。
③ 李日法《湘潭袁氏卧雪庐藏书考》注25，《图书馆》1996年第3期。
④ 有关周锡瓒的字号与生平事迹，皆据其子周世敬《研六斋笔记》"小通津山房诗文稿"条记载，该书藏上海图书馆，稿本。
⑤ 详参瞿凤起《乾嘉中苏城四大藏书家》，《文献》1984年第4期。
⑥ 叶昌炽著、王欣夫补正《藏书纪事诗附补正》，上海古籍出版社，1989年，第513页。

翰大学在1952年院系调整中被裁撤,故王欣夫的这一记载当在1952年之前,其时常熟瞿氏铁琴铜剑楼尚藏有周锡瓒稿本《漱六楼书目》。值得注意的是,上海图书馆藏《漱六楼书目》卷首有"缄庵收藏"印,"缄庵"是晚清常熟藏书家李芝绶(1813—1893)之号,而李芝绶与瞿氏关系密切,经常切磋版本目录之学。瞿氏后人瞿凤起也是著名版本学家,在中华人民共和国成立后供职于上海图书馆。因此,或许可以大胆地作出这样的假设,即苏州藏书家周锡瓒稿本《漱六楼书目》在清末由常熟藏书家李芝绶获得,经瞿氏铁琴铜剑楼转入上海图书馆收藏。至于真实的流传经过与细节,则有待进一步发掘史料。

总之,周锡瓒有漱六楼,也编有《漱六楼书目》,但由于漱六楼是其早年藏书楼名称,不如后来的"香严书屋"经黄丕烈《士礼居藏书题跋记》多次提到而知名于世,且《漱六楼书目》只有稿本流传,知之者甚少,反而不如袁芳瑛号"漱六"那样知名,因而被上海图书馆编目者张冠李戴地与袁芳瑛联系在一起。最早纠正上海图书馆著录失误的是周少川《清代私藏书目知见录》,该文以表格形式著录清代私藏书目,在周锡瓒名下著录《琴清阁书目》和《漱六楼书目》两种,后者的备注中说:"稿本,藏上海。《中国古籍善本书目》题为袁芳瑛藏并撰,然漱六楼为周锡瓒之藏书处,故据以暂定之。"①但因为作者没有见到原书,也没有提供其他有力的证据,因而未能将这一推断坐实。

二、《漱六楼书目》与周锡瓒《琴清阁书目》的关系

相比于《漱六楼书目》的作者扑朔迷离,周锡瓒另一藏书目录《琴清阁书目》则流传有绪,不存在文献真伪问题。《琴清阁书目》现存至少有两种版本,一是稿本,藏复旦大学图书馆②;一是民国二十五年

---

① 周少川《文献传承与史学研究》,北京师范大学出版社,2011年,第58页。
② 华东师范大学图书馆卡片目录和电子目录著录有"《琴清阁书目》稿本一卷,抄本,一册,愚/史/1991",但咨询该馆工作人员后告知,该书"有目无书"。从索书号看,"愚"是指盛宣怀愚斋图书馆,愚斋藏书后捐赠给圣约翰大学图书馆,1951年调拨华东师范大学图书馆。而复旦大学图书馆藏稿本也有"盛宣怀愚斋图书馆"藏书印,应当是在1951年之前已经流散出去,为王欣夫所得,后捐给复旦大学图书馆。

(1936)常熟瞿氏铁琴铜剑楼抄本①,藏北京大学图书馆。复旦大学图书馆藏《琴清阁书目》一册,蓝丝栏抄写,每半页十行,每行字数不等,白口,左右双边,单鱼尾,版心下镌"香严书屋"四字,正文著录的每一部书上均钤"周曰涟漪塘印"白文方印,可知为周锡瓒稿本。从藏书印看,该书目先后经黄丕烈、汪鸣琼、赵元益、江标、盛宣怀愚斋图书馆、王欣夫、复旦大学图书馆等递藏,可谓流传有绪。该书扉页有王欣夫手书题跋,与《蛾术轩箧存善本书录》著录的《琴清阁书目》提要不同,极为珍贵,全文迻录于下:

> 吾吴四大藏书家只菦圃有目录及题识传世。此周漪塘藏书目,亦菦圃旧物。虽少宋元刊本,而钞本颇多珍秘者。目下批注价值,意售书时所为,亦士礼居所刻《汲古阁秘本书目》之比也。中如《津逮秘书》全部,经惠半农、松崖父子手批,真人间瑰宝。昔年曾得首函六册,有陶文毅公名印。是此书曾归安化,今复零落,不知其他各集尚在天壤间否?忆涵芬楼有卢抱经手校《古今逸史》全部,为周季贶物,惜付劫灰。然老辈读书精勤如此,令人低徊仰慕,不能自已。庚寅五月十四日王大隆。

王欣夫将《琴清阁书目》与《汲古阁秘本书目》相比,意在揭示该书目对于研究清代书籍价格的史料价值。他在《蛾术轩箧存善本书录》中有更详细的介绍:"每种上钤'周曰涟漪塘印'白文小长方印,似为核对所记。下注价值,则为求售者也。目中宋、元板虽不多,而旧钞则既富且佳。如宋板《通鉴纪事本末》一百册,十六两;元板《玉海》一百六十册,二十两;宋板《六臣注文选》四十册,三十二两;元板《国朝文类》二十册,六两;元板《豫章罗先生文集》三册,六钱;元板《丁卯集》二册,四钱;宋板《范文正公集》八册,四两;宋板《东莱吕太史文集》八

---

① 铁琴铜剑楼抄本应当是出自瞿凤起之手。瞿凤起《〈清绮斋藏书目〉跋》:"余酷好诸家藏书簿录,近所获者,如《行人司重刻书目》万历本、周香严《琴清阁书目》、周季贶《窳扩书目》两稿本,均得录副以藏。"参见仲伟行等编著《铁琴铜剑楼研究文献集》,上海古籍出版社,1997年,第155页。

册,三两;元板《朱子大全集》四十册,四两;元板《樵云独唱集》一册,三钱;元板《国朝名臣事略》五册,二两;而惠半农、松崖批《津逮秘书》一百三十一册,四十二两,为最巨。其他旧钞名校,每种均仅数钱,可以考当日书价。"①诚如所言,《琴清阁书目》著录图书672部,其中绝大多数标注有书籍价格,真实地反映了乾嘉时期江南地区书籍贸易情况,是非常珍贵的书籍史和经济史资料。

据王欣夫考证,《琴清阁书目》应当是周锡瓒"售书时所为",那么,《漱六楼书目》是出于何种目的编纂的呢?与《琴清阁书目》是什么关系?将这两种书目对读就会发现,《漱六楼书目》与《琴清阁书目》著录的书籍存在大量雷同。《漱六楼书目》按经、史、子、集四部编排,著录图书1 115部;《琴清阁书目》分元、亨、利、贞、甲、乙、丙、丁、戊、己、庚、辛、壬、癸14号,著录图书672部。二者虽然编纂体例不同,但著录相同的书籍多达563部。由此可见,《漱六楼书目》是周锡瓒的藏书分类目录,而《琴清阁书目》则是按柜号或箱号编排的。两部书目著录图书数量不同的原因,应当是《漱六楼书目》成书较早,著录的书较多,其后逐渐散出,到周锡瓒晚年亲手钤印、标价出售,已经所剩不多了。黄丕烈《荛圃藏书题识》著录"《刘子》十卷,旧刻本",跋云:"春初,香严主人殁,遗书分贮各房,有目录传观于外,余遂检向所见过者,稍留一二种。"《琴清阁书目》有黄丕烈藏书印,应当就是在周锡瓒卒后"传观于外"的书目。而《漱六楼书目》更能反映周锡瓒藏书的全貌,下文将具体讨论。

三、从周锡瓒藏书故实看《漱六楼书目》的真实作者

由于周锡瓒《琴清阁书目》和《漱六楼书目》都只有稿抄本流传,影响较小,因此,他在藏书史上的名声,主要是因为黄丕烈藏书题跋屡次提及而广为人知。周锡瓒比黄丕烈早三十年从事藏书活动,黄丕烈作为同乡后辈,经常向周锡瓒请教,并借阅图书以供版本校勘之用,对

---

① 王欣夫撰,鲍正鹄、徐鹏整理《蛾术轩箧存善本书录》辛壬稿卷二,上海古籍出版社,2002年,第527—528页。

于那些稀见的珍本,黄丕烈总是想方设法请周锡瓒割爱转让。根据《士礼居藏书题跋记》《士礼居藏书题跋续记》等文献统计,黄丕烈提到的周锡瓒藏书有73种,其中41种可与《漱六楼书目》《琴清阁书目》相印证。可以说,周锡瓒藏书中最有影响的部分珍本,绝大多数都是因黄丕烈的推崇而享誉于世。例如,《漱六楼书目》著录"宋板,《施注东坡和陶诗》二卷,二册",这是书史上非常著名的藏书。周锡瓒之子周世敬《研六斋笔记》"宋版《施注苏东坡和陶诗》"条亦有著录:"先君子旧藏宋椠《施注和陶诗》二册,黄荛圃主事曾借去临校一本,深悉是书之善,遂割爱赠之,因题数语于后云。"①此书在嘉庆十六年(1811)转让给黄丕烈,黄氏欣喜不已,先后四次题跋于后,并撰写四首绝句以歌咏其事。该书现藏中国国家图书馆,也是该馆众多善本藏书中的瑰宝②。此书著录于《漱六楼书目》,但《琴清阁书目》中不见著录,这就说明,《漱六楼书目》应当是编成于嘉庆十六年(1811)以前;而《琴清阁书目》成书较晚,其时书已售出,因而不再著录。

又如,《漱六楼书目》著录有"宋孙逢吉《职官分纪》五十卷,二十四册,抄本"。此书在乾嘉时期流传甚罕,为周锡瓒所珍藏,黄丕烈屡次借阅未果,后以三十银元获得。《荛圃藏书题识》详载其事:"余郡周丈香严,藏书甚富,与余最为莫逆。每请假观,必出书相示,或假归传录校雠,无有不遂余所请者。惟此《职官分纪》一书,余从钱少詹先生题跋中知香严有此书,乃往请观而未许。后因嘉禾友获一残本,亦知香岩有此书,并知余与香岩为最稔,浼余借钞,往请而仍不果,则此书之珍秘可知。今兹夏相遇于桃花坞中钱江会馆,少顷其仆携一包书来,询之,知从书贾处索归者。启包视之,乃即《职官分纪》也。问其直,需番饼四十金。时苦囊空,越三月始获之,减去四分之一,拜良友之赐多。"③尽管黄丕烈与周锡瓒关系密切,但获得此书的过程相当曲折,非常生动地再现了古代私人藏书家之间书籍流通的实况,藏书家

---

① (清)周世敬《研六斋笔记》,上海图书馆藏稿本。
② 参见《善本故事·施顾注苏诗》,《人民日报·海外版》2005年9月23日第7版。
③ (清)黄丕烈著、屠友祥校注《荛圃藏书题识》,上海远东出版社,1999年,第206页。

对孤本秘籍的珍视之情与趋利之心皆表露无遗①。

除了同时代人的著录,周锡瓒藏书在海内外各大图书馆中尚有零星收藏,可与《漱六楼书目》相印证。例如,《漱六楼书目》著录的"抄白,《汗简》七卷,宋郭忠恕著,冯己苍手抄,一册","抄白,《潜夫论》十卷,汉王符,冯己苍校,二册",以上二书现藏中国国家图书馆;"绵,《旧唐书》二百卷,后晋刘昫撰,六十四册,蒋杲校",现藏杭州市图书馆;"《津逮秘书》十五集、一百四十三种,明毛晋汇刊,一百三十册,惠半农暨松厓两先生手自评校本",现有残本分别藏于复旦大学图书馆、杭州市图书馆;"元刊,《吕氏春秋》二十六卷,惠松厓评,八册",现藏台北"国家图书馆",等等。以上名家批校本,都是独一无二的孤本,对于考察周锡瓒藏书源流及其藏书目录的真实性具有重要的价值。

此外值得注意的是,稿本《漱六楼书目》的天头有部分批注,真实地反映了周锡瓒藏书在乾嘉时期的借阅与流通情况。例如,《漱六楼书目》著录"抄本《东维子集》三十卷",天头有批注:"述庵借去未还。"又"宋宾王校本《王秋涧集》一百卷",天头原有"钱竹汀借去"五字,后被墨笔涂抹,而《琴清阁书目》有著录,但未提及"钱竹汀借去"一事。述庵即王昶(1725—1806),钱竹汀即钱大昕(1728—1804),皆与周锡瓒交往密切。钱大昕是元史专家,故向周锡瓒借阅重要元人文集——王恽《秋涧集》。《琴清阁书目》标明该书价格十二两,可见在当时非常珍稀。至于借书字样被涂抹掉,表明钱大昕后来如期归还了该书。而王昶所借杨维桢《东维子集》,似乎有借无还,故《琴清阁书目》未加著录。考袁芳瑛主要生活于道光、咸丰年间,他出生的时候,王昶、钱大昕都已去世,可见《漱六楼书目》绝无可能是袁芳瑛的藏书目录。

---

① 据台北"中研院"史语所陈鸿森先生口头告知,黄丕烈在藏书题跋中夸耀书籍之珍秘、得书之艰难、价格之昂贵,应有"广告"的嫌疑,目的是再次出售时抬高价格,并不一定是他购书时的真实价格。

第六章

元刻元人别集调查与叙录

　　传统的版本目录学研究重视宋元善本。清代以来,收藏宋元本较多的藏书家往往在藏书目录之外,另行编纂宋元善本书目。较重要的有徐乾学《传是楼宋元板书目》、黄丕烈《求古居宋本书目》《百宋一廛书录》、汪士钟《艺芸书舍宋元本书目》、杨绍和《宋存书室宋元秘本书目》、瞿镛《铁琴铜剑楼藏宋元本书目》、莫友芝《宋元旧本书经眼录》、朱学勤《结一庐藏宋元本书目》、潘祖荫《滂喜斋宋元本书目》、陆心源《归安陆氏旧藏宋元本书目》、李盛铎《木犀轩藏宋元本书目》、曹元忠《笺经室所见宋元书题跋》、潘宗周《宝礼堂宋元本书目》等。这些书目著录之宋元本,多则数百种,少则几十种,但大多仅限于一家所藏,著录范围不广。时至今日,这些珍贵的宋元善本绝大多数为公共图书馆所收藏,少量流散在民间。随着全国古籍普查的开展,尤其是各级珍贵古籍名录的建立,宋元本的家底越来越清晰;随着网络电子数据的传播,海内外宋元本的书影和全文图像也更容易获得。因此,全面调查宋元本存藏情况,予以详细著录,并开展宏观研究的时机已经成熟了。

第一节　海内外公藏元刻本古籍调查与著录

从2006年开始,以全面调查海内外现存元刻元人别集为契机,笔者搜集了大量元刻本的相关资料。数年来,穷搜遍览海内外公藏书目,结合实地考察,辅以网络书目数据库,基本上将元刻本的存藏情况调查清楚,编成《海内外现存元刻本分类目录初稿》,初步著录海内外公藏元刻本3 857部。至于私人所藏元刻本,由于很多尚未公开,难于统计,只能留待他日。兹将调查所得,择要介绍如下。

一、元刻本存世数量

元刻本的存世数量,目前还很难作出绝对精确的统计。以国内公藏来说,如果仅仅依据《中国古籍善本书目》,不参考近年来新编的各类馆藏善本书目,就会有很多遗漏。例如,《中国古籍善本书目》著录浙江图书馆藏元刻本30种,但《浙江图书馆古籍善本书目》则著录39种[1];著录北京师范大学图书馆藏元刻本22种,而《北京师范大学图书馆古籍善本书目》增至27种[2]。特别是某些藏书丰富的大馆,由于馆藏在不断增加,旧有的善本书目已不能全面反映馆藏善本情况。如中国国家图书馆,虽有1989年书目文献出版社出版的《北京图书馆古籍善本书目》,但近二十年来新增的善本只能通过卡片目录和电子书目数据库查询。而上海图书馆、南京图书馆等大馆,迄今没有出版完整的善本书目。庆幸的是,《国家珍贵古籍名录》已经公布了五批,不少省市也发布了省市级珍贵古籍名录,中国大陆公藏元刻本的家底逐渐变得清晰。大陆以外方面,经国内外学者的共同努力,台湾地区

---

[1] 浙江图书馆古籍部《浙江图书馆古籍善本书目》,浙江教育出版社,2002年。
[2] 北京师范大学图书馆古籍部《北京师范大学图书馆古籍善本书目》,北京图书馆出版社,2002年,第2页。

以及日本、美国的公藏已基本清楚①,而韩国、朝鲜、东南亚和欧洲的存藏情况虽取得了一定进展②,但还需要深入调查。

笔者对存世元刻本的调查,主要是广泛查阅各种善本书目,充分利用古籍书目数据库,同时对有条件的图书馆进行实地考察。据初步调查,海内外公藏元刻本古籍的数量,以书的种类计算,有723种,包括经部167种、史部91种、子部197种、集部178种、佛教古籍90种③;以版本品种计算,为990种(同一部书有几种版本,其中仅著录为"元刻本"者114种,还需要进一步确认是否为不同版本品种);以书的数量计算,不少于3 857部,其中包括较完整汉文佛教大藏经8部、残本8部、零本222部。对于上述统计数字,需要补充说明的是,某些大型丛书,如元刻《普宁藏》,无论整部或零种,都只算一种书;同一种书,经不同人重编、注释或评点,内容和卷数不同,则视为不同的品种;而书的部数,暂时只能以各图书馆的自然收藏状态为统计标准,丛书零种或单刻本的残本,只要图书馆以独立的索书号著录,则视为一部。这样处理,虽然导致某些书的复本部数增多,但不同的零种或残本,可能是不同时期的印本,或有不同的收藏来源,即使经过人为配补,也还是尊重其自然状态比较好。

从地理分布来看,除去汉文佛教大藏经及其零本,中国大陆藏元版书2 316部、台湾地区607部、日本627部、美国38部、韩国19部、

---

① 有关台湾所藏宋元本,可参看昌彼得《台湾公藏宋元本联合书目》,台北"国家图书馆",1955年;[日]阿部隆一《增订中国访书志》,东京汲古书院,1983年。日本所藏宋元本,可参看严绍璗《日藏汉籍善本书录》,中华书局,2007年;黄华珍《日藏汉籍研究——以宋元版为中心》,中华书局,2013年;同时尚可检索http://kanji.zinbun.kyoto-u.ac.jp/kanseki? detail(日本所藏中文古籍数据库);美国所藏宋元本,可参看卢伟《美国图书馆藏宋元版汉籍研究》,北京大学出版社,2013年,等等。
② 有关韩国所藏宋元本,可参看[韩]全寅初《韩国所藏中国汉籍总目》,首尔学古房,2005年;英国所藏宋元本,可检索"英国所藏中文书籍联合目录":http://www.bodley.ox.ac.uk/rslpchin/oldindex.htm;德国巴伐利亚图书馆所藏宋元本,可在"巴伐利亚国家图书馆东亚数字资源库"检索并下载数字图像:http://ostasien.digitale-sammlungen.de/cn/fs1/home/static.html。
③ 佛教古籍在传统四部分类法中属子部释家类,但现存宋元版佛教古籍,尤其是宋元版汉文大藏经的数量超过四部典籍,显然应当区别对待。

欧洲12部。可见在数量上,中国大陆独占鳌头,台湾地区与日本旗鼓相当,其他地区收藏较少。

从藏书单位来看,海内外共有266个机构藏有元刻本,其中收藏较多的有中国国家图书馆717部(另有大藏经零本24部)、上海图书馆335部(另有大藏经零本50部)、北京大学图书馆238部(另有大藏经零本12部)、南京图书馆117部(另有大藏经零本3部),太原崇善寺有元版《普宁藏》1部4 257卷;台北故宫博物院298部、台北"国家图书馆"262部(另有大藏经零本8部);日本静嘉堂文库159部、公文书馆98部、宫内厅书陵部80部,东京增上寺、浅草寺、京都东福寺、南禅寺、安国寺、奈良西大寺和滋贺园城寺藏有比较完整的《普宁藏》7部[①]。其他图书馆的元刻本收藏数量在50部以下,为免繁琐,不一一罗列。

二、元刻本存藏质量

孤本的数量是评价馆藏善本质量的重要尺度。在现存986种(不含大藏经)元刻本中,孤本有569种、582部(残本卷次互补者分别算1部),在种数上占全部版本品种的一半以上,也就是说,每两种元刻本中就有一种是孤本,这是元版书的精华部分。

目前,孤本元版书集中收藏在77家藏书机构中。从地理分布来看,中国大陆313部、台湾地区117部、日本137部、其他国家和地区15部。收藏数量名列前十的是中国国家图书馆162部、台北故宫博物院54部、台北"国家图书馆"51部、日本静嘉堂文库41部、上海图书馆36部、北京大学图书馆33部、日本宫内厅书陵部21部、日本国立公文书馆18部、日本御茶之水图书馆13部、台北傅斯年图书馆12部。另外,南京图书馆、山东博物馆、西安博物院和日本天理图书馆、尊经阁文库等五家分别收藏7部,湖南图书馆、日本东洋文库和石井积翠轩文库各藏5部,首都图书馆、天一阁博物馆、华东师范大学图书

---

① [日]梶浦晋《日本的汉文大藏经收藏及其特色——以刻本大藏经为中心》,《藏外佛教文献》2008年第11辑,第381—385页。

馆和俄罗斯科学院东方学研究所圣彼得堡分所(均为残页)各藏4部,辽宁图书馆、中国社会科学院文学研究所和韩国学中央研究院藏书阁等3家各藏3部,其余52家分别收藏1—2部。

日本及其他国家所藏152部元刻孤本,除宫内厅书陵部所藏已由北京大学安平秋先生主持影印出版,公文书馆、日本国会图书馆所藏元刻本已全部数字化,并在网上免费浏览和下载外,其余的在国内学界还很难广泛利用。其中日本所藏最有特色的是经部小学书、子部医书、类书和禅宗典籍四类,皆属通俗、实用的书籍,历来不受收藏家重视,在日本却有大量收藏,这也反映了日本吸收中国文化方面的特点。目前,文化部正在大力促成海外古籍善本的回归,这些存藏于海外的孤本,可以首先纳入数字化回归或影印出版的行列。拟另辑《海外藏元刻孤本古籍目录》一文,以供出版界、学术界参考。

与孤本相对的是传世较多的版本,现存元刻本数量最为巨大的是元刻明修本或元明清递修本,虽然只有140种版本,数量却多达1769部,约占现存元版书总数的二分之一,内容主要是十三经、正史、类书、名家诗文集等。这些书,由于卷帙浩繁,社会需求量大,其书版屡经递修,有的甚至从元代使用到清代中期,故存世的印本数量极多。如元后至元六年庆元路儒学刻元明清递修本《玉海》,现存各种完整印本或残本多达157部,为现存元刻本数量之最。又如元大德三山郡庠刻元明递修本《通志》,存世79部;元刻明修本《资治通鉴》,现存74部;元至正元年集庆路儒学刻明修本《乐府诗集》,存51部;元天历至正间褒贤世家家塾岁寒堂刻明修本《范文正公集》,存49部。其余多则二三十部,少则几部,比比皆是。而目前古籍善本拍卖会上所见元刻本,除佛经零本外,大多也是元刻明修本的残本。存世数量如此众多的元刻明修本甚至元明清递修本,不同地区、不同图书馆、不同书目对其等级的认定有很大不同。收藏宋元本较少的地区和图书馆,皆以珍贵古籍来对待,视若珍宝;收藏善本丰富的大馆,对某些品相不好的,则视作普通古籍来收藏,视同寻常。但作为行业标准的《古籍定级标准》似乎没有考虑到宋元刻本的递修与后印问题,将宋刻宋印本、元刻元印本和宋刻明修本、元刻明修本甚至三朝本笼统地归于一级甲等和乙等,这是并不科学的。特别是某些印于万历以后甚至清代者,其时宋元刻版已所剩无几,纸墨又不佳,其文物价值怎能与初印本相提并论?因此,除上述收藏有元刻孤本的图书馆外,各中小型图书馆所藏元刻本的整体质量并不高。

三、元刻本的著录问题

虽然海内外大多数元刻本都已记录在各种书目,但著录的质量和水平却参差不齐。大体来说,台湾地区、美国的重要图书馆编有善本书志,日本有各类贵重书解题目录,元刻本的版本信息已较为详细;而国内所藏除了简单的善本书目或图录外,罕见各大图书馆撰写详细书志,即使著录版本,大多也笼统地著录为"元刻本",于读者利用极不方便。由于不能详考具体版本,无法提供版本著录的证据,著录不准确的情况也就在所难免。笔者在编纂《海内外现存元刻本分类目录初稿》时,最棘手的问题就是要把这些著录为"元刻本"的版本具体落实,以便作为同一种版本还是不同版本处理。这项工作极为繁难,以个人力量很难在短期内完成,有赖于图书馆界和学术界的共同努力。

例如,《广韵》五卷,存世元刻本有33部,分别是元延祐二年(1315)圆沙书院刻本(3部)、元覆元泰定二年(1325)圆沙书院刊本(1部)、元至顺元年(1330)敏德堂刊本(2部)、元元统三年(1335)日新书堂刊本(2部)、元至正十六年(1356)翠岩精舍刻本(1部)、元至正二十六年(1366)南山书院刻本(6部)、元建安余氏双桂书堂刻本(2部)、元余氏勤德堂刊本(1部)、元覆宋刊本(1部),另有14部笼统地著录为"元刻本",分布在10家图书馆,包括国家图书馆3部、北京大学图书馆3部、重庆图书馆1部、重庆市北碚区图书馆1部、湖北省图书馆1部、台北"国家图书馆"1部、傅斯年图书馆1部、日本公文书馆1部、东洋文库1部、足利学校遗迹图书馆1部。要想将这14部"元刻本"的具体版本落实,必须搜集前述9种版本的书影,与之逐一比对,确定是上述版本中的某一种,或是新的版本品种。

据统计,海内外各大图书馆书目中仅著录为"元刻本"的古籍有436种、1360部,约占存世元刻本数量的三分之一。之所以著录为"元刻本",是因为反映具体年代信息的牌记、序跋已经亡佚。我们只能通过同一种书的其他有年代可据的版本来恢复这些信息,或者根据文献记载来推测其刊刻时间和地点。调查发现,在这些具体年代不明的书中,存有很多著录失误的情况。例如,台北"中央研究院"傅斯年图书馆藏元刊本《马石田文集》十五卷,乃清末民初南京藏书家邓邦述群碧楼旧藏,但日本学者阿部隆一《增订中国访书志》审订为明刻本[①]。中国国家图书馆所藏元刊本正文卷首题"石田先生文集",行款为十行十八字,左右双边,而傅斯年图书馆所藏题"马石田文集",十行二十字,四周双边,当为明弘治六年重刻本。又如,日本静嘉堂文库藏元程钜夫《雪楼集》残本,著录为元刊本,实为明洪武二十八年与耕堂刻本。据明洪武刻本《楚国文宪公雪楼程先生文集》卷末洪武二十四年秋宜阳彭从吉跋,《雪楼集》本有四十五卷,至正十八年揭汯复编为三十卷,元末付梓,但仅刊刻前十卷,适逢元、明易代,刘氏书肆被兵燹,后二十卷在四十年后才刊刻完毕。而静嘉堂文库藏残本为卷二二至二七,不可能是元刻本。

即使著录版本信息比较详细的书,也还有重新考订的必要。例如,日本杏雨书屋和静嘉堂文库著录元大德年间刊本《新编事文类聚翰墨大全》一百三十四卷,不用调查原书就知其著录失误,因为元大德十一年原刻本是二百零八卷,元泰定元年吴氏友于堂刊本删节改编为一百三十四卷,明初时建阳书坊刊巾箱本又重加改编,仍为一百三十四卷[②],故杏雨书屋和静嘉堂文库藏本绝非元大德年间刊本。又

---

① [日]阿部隆一《增订中国访书志》,第653—654页。
② 关于《新编事文类聚翰墨大全》的版本系统,可参考仝建平《〈新编事文类聚翰墨全书〉研究》,陕西师范大学博士学位论文,2010年,第38—43页。

如,台北"中央研究院"傅斯年图书馆著录有元至正刻本《道园学古录》,但查阅原书,应当是明嘉靖刻本的后印本;该书另一部元刻本收藏在日本大仓文库,但大仓文库珍藏古籍已售归北京大学图书馆,整理目录和出版图录时已更正为明景泰刻本①。类似的情况还很多,《海内外现存元刻本分类目录初稿》对元刻本的版本信息,将竭尽所能予以纠正或补充。

版本著录是版本鉴定结果的集中展示。虽然宋元刻本的价值已为世所公认,但宋元本的鉴定、著录与研究,还存在很多薄弱环节。随着国家古籍保护工作的开展,越来越多的宋元本得以影印出版或提供电子阅读,必将推动该领域的研究走向深入。

第二节 四十七部元刻元人别集书录

2006年9月,笔者有幸获得"北京大学研究生访学项目"的资助,在安平秋先生的指导下进行元刻元人别集的调查与研究工作,撰成访学报告《元刻元人别集编刻流传考》。调查结果表明,现存元刻元人别集总计44种109部,其中中国大陆31种63部、台湾地区17种21部、日本21种25部。而且主要集中于三大城市:北京藏31种47部(国家图书馆29种41部,北京大学图书馆藏5种6部),台北藏17种21部,日本东京藏21种23部。故此次访学,即以北京两大图书馆所藏元刻元人别集31种47部为考察对象。

本文著录的各书标题信息,系据《北京图书馆古籍善本书目》《北京大学图书馆藏古籍善本书目》著录,书目讹误之处,悉于文中补正。每书均亲眼所见,据原书记录书品、题跋、藏印等情况,并注明何种藏书目录中有记载,对于考察元人别集的刊刻、流传,有着重要的参考价值。

---

① 北京大学图书馆编《北京大学图书馆藏"大仓文库"善本图录》,中华书局,2014年,第76页。

1. 知常先生云山集五卷　元姬志真撰　元延祐六年（1319）李怀素刻本　章钰跋（1913年）　三册　九行二十字白口左右双边　存三卷　三至五

此本残存卷三至五，末有延祐己未一虚叟朱象先后序，附知常真人行实。

题跋："一部五本，洪武三十五年正月十九日朝天宫道士姚孤云进到。"（卷末夹纸）

"《云山集》收入《道藏》，嘉定钱氏据以补《元史艺文志》，卷数均误五为十。壬子冬间，残本三、四、五三卷流转都门厂肆，以明人墨书一行考之，知此书明初先入南京，后归北京……洪武三十五年实为建文四年，壬午六月十七日太宗即位，诏革除建文年号，仍称洪武，此行必系其时改书。长洲章钰识于津门侨寓。"（卷末）

藏印："侍儿寒云掌记""寒云主人""寒云秘籍珍藏之印"等。

著录：《北京图书馆古籍善本书目》。

2. 张文忠公文集二十八卷　元张养浩撰　元至正十四年（1354）刻本　十册

是本又题"归田类稿""云庄类稿"，卷首元统三年（1335）孛术鲁翀序，次云庄小像、至正十四年（1354）倪中画像记、鄱阳刘耳画像赞、张起岩撰神道碑铭，卷一赋，卷二至一〇诗，卷一一至二四文，卷二五至二七《牧民忠告》《风宪忠告》《庙堂忠告》（另以《三事忠告》单行），卷二八《经筵余旨》。此本元刊本罕见，《四库全书》本系以明季刊二十七卷本为底本，据《永乐大典》本校补重编，厘为《归田类稿》二十四卷，故与此本编次大异，且所收诗文篇目及文字互有出入。《四库全书》本多吴师道序一篇，云"公《云庄集》四十卷已刻于龙兴学宫，临川危素掇其关于治教大体者为此编"，但卷首孛术鲁翀序"《归田类稿》二十八卷"，《四库全书》本误作"三十八卷"。此本每半叶十行，行十八字，字画精好，为元刻上品。

藏印："春怡堂郁氏藏书印""泰峰""御赐抗心希古""寒云秘籍珍藏之印""吴兴刘氏嘉业堂藏书记""北京大学藏书"。

著录:《嘉业堂藏书志》卷四、《北京大学图书馆藏古籍善本书目》。

3. 又一部　附录一卷　元刻本[有抄配]　一函六册

此本品相不佳,多处漫漶不清。以之校北京大学另一藏本,缺卷首宇术鲁翀序,卷末附录张起岩撰神道碑并虞集等人题跋,但多有阙佚,断版处刻"张文忠公云庄之像记赞铭附"一行,以下阙页。

藏印:"檇李曹氏""莲泾""太原叔子藏书记""留真馆藏书印""北京大学藏"。

著录:《北京大学图书馆藏古籍善本书目》。

4. 秋堂邵先生文集□卷　元邵□□撰　元(1271—1368)刻本　二册　十行十六字细黑口左右双边　存四卷　二至五

是书为罕见之元人别集,作者生平不可考。据诗意,似曾官中书省掾,后辞官归隐。目录仅残存三行,前后均有阙佚。

藏印:"晋府书画之印""藏园秘籍""双鉴楼珍藏印""江安傅增湘沅叔珍藏"。

著录:《藏园群书经眼录》卷一五、《北京图书馆古籍善本书目》。

5. 庐山外集四卷　元释性空撰　元刻本[卷三至四抄配]一册①

是书《四库全书》未收,清顾嗣立《元诗选》亦未予辑录,殆为罕见元人诗集,北大所藏实为海内孤本。卷首泰定甲子(1324)夏庐陵龙仁夫序,称其"善学唐体,甚肖许浑",又延祐丙辰(1316)临川姜肃序。卷第一题"将仕郎前兴国路总管府知事兰陵岳延秀东山集点,佛智真觉圆明普照大师九江庐山释道惠性空撰"。《北京大学图书馆藏古籍善本书目》著录为"元延祐三年(1316)刻本",然卷首龙仁夫序已迟至泰定元年(1324),而卷二《己巳(1329)天下大旱》、卷四《庚午(1330)旱》等诗所载史实,稽诸《元史》,当在天历、至顺年间,故此本刊刻当

---

① 按:此书据北京大学潘建国先生考证,不是元刻本,而是日本五山版,参见潘建国《关于五山版汉籍〈庐山外集〉——兼证北大藏本非元刻本》,刘玉才、潘建国主编《日本古抄本与五山版汉籍研究论丛》,北京大学出版社,2015年。

不早于至顺年间。是本每半叶十行,行二十字。

藏印:"鹿王藏书""捡以""常熟翁同龢藏本""北京大学藏书"。

著录:《北京大学图书馆藏古籍善本书目》。

6. 松雪斋文集十卷外集一卷　元赵孟頫撰　元后至元五年(1339)沈伯玉家塾刻本　五册　十二行二十二字细黑口左右双边　存六卷　一至五　外集全

卷首至顺三年三月谥文,次大德戊戌仲春剡源戴表元序,又至元后己卯春三月朔长沙何贞立序,称是集乃其子雍所编类者也。目录后有"至元后己卯花溪沈氏伯玉刊于家塾"一行,卷二、卷五末有"吴兴沈氏华溪义塾刊行"牌记二行,外集目录后亦有"花溪沈氏伯玉刊于家塾"一行。

藏印:"元本""东吴世家""江城一曲""海盐张元济经收""涵芬楼""汪士钟曾读""毛褒之印""华伯氏""沈岱子华书画府印""涵芬楼藏""北京图书馆藏"。

著录:《涵芬楼烬余书录》《北京图书馆古籍善本书目》。

7. 赵子昂诗集七卷　元赵孟頫撰　元至正元年(1341)虞氏务本堂刻本　傅增湘跋　二册　十一行二十字黑口左右双边

赵孟頫有《松雪斋文集》十卷,为后至元五年沈伯玉家塾刻本,此本名《赵子昂诗集》,题"宜黄后学谭润伯玉编集",目录后镌有"至元辛巳春初建安虞氏务本堂编刊"牌记一行。卷一五古,卷二五律,卷三五绝,卷四七古,卷五七律,卷六七绝,卷七六言、杂著,编次与《松雪斋文集》大异,如卷三,《松雪斋文集》凡17题,此集14题,然有《松下露坐》《过牧废苑》《济南送刘端甫》三题为彼本所未收,文字亦时有异同。傅增湘曾据此本以校《松雪斋文集》,为之补诗141首,故此本虽为坊刻,亦不可轻视之。

题跋:"乙丑七月二十七日依元虞氏务本堂刻本校完,补沈氏本所无者凡诗一百四十一首。沅叔附志。"

著录:《藏园群书经眼录》卷一五、《北京图书馆古籍善本书目》。

8. 筠溪牧潜集七卷　元释圆至撰　元大德(1297—1307)刻本　清杨绍和跋(同治九年)　一册　十二行二十一字白口四周双边

卷首大德三年(1299)方回序,题"天隐禅师文集",卷末大德三年洪乔祖跋。此本不分卷,按文体分为七类,故日本静嘉堂文库本著录为一卷。

藏印:"海源阁""仪晋旧堂""臣和""协卿珍赏""秘阁校理""杨氏海源阁藏""杨氏海源阁鉴藏印""瀛海仙班""赐书楼""朴学斋""钱仁术藏书记""韩氏藏书""韩泰华印""小亭""小亭鉴定""玉雨堂印""子推""周暹""北京图书馆藏"等。

著录:《楹书隅录》《海源阁宋元秘本书目》《自庄严堪善本书目》《北京图书馆古籍善本书目》。

9. 静修先生文集二十二卷　元刘因撰　元至顺元年(1330)宗文堂刻本　八册　十三行二十一字黑口四周双边

卷首李谦序佚。卷一后有牌记"至顺庚午孟秋宗文堂刊"。

藏印:"士礼居藏""涵芬楼""海盐张元济经收""黄丕烈印""古曎挹百城楼主人珍藏书画印记""涵芬楼藏"等。

著录:《涵芬楼烬余书录》《北京图书馆古籍善本书目》。

10. 秋涧先生大全文集一百卷　元王恽撰　元至治元年二年(1320—1322)嘉兴路儒学刻明修本[卷首、目录、卷一至九、卷五十七配清抄本]　三十五册　十二行二十字白口左右双边　存九十七卷　一至九　十三至一百

卷首至大己酉王构序,序中误插入二页,其中有"至治壬戌罗应龙谨书集后"残页,又有"右计其工役,始于至治辛酉之三月,毕工于至治壬戌之正月,嘉兴路司吏杨恢监督,嘉兴路儒学学录余元第董工,前兰州州判唐泳涯校正"云云。又王士熙序,残阙甚多。次神道碑,次御史台咨文,次哀挽诗并序。卷一颂、赋,卷二至三四诗,卷六七、六八《翰林遗稿》,卷七四至七七乐府,卷七八至一百《承华事略》《玉堂嘉话》等杂著。卷末延祐七年庚申王公孺后序,又至治改元王秉彝后序。

藏印:"铁琴铜剑楼""海宁杨芸□藏书之印"。

著录:《铁琴铜剑楼藏书目录》卷二二、《北京图书馆古籍善本书目》。

11. 又一部　十二册　存六十六卷　一至七　十四至十九　二十六至三十一　三十九至四十九　五十五至六十三　六十六至八十四　九十三至一百

此本卷首序跋、目录并阙佚,惟卷末王公孺、王秉彝二后序尚存。所存六十六卷亦残阙甚多,字迹漫漶不清。然卷一至七可补国图另一藏本之阙。

藏印:"京师图书馆收藏之印""国立北平图书馆收藏""北京图书馆藏"。

著录:《北京图书馆古籍善本书目》。

12. 汉泉曹文贞公诗集十卷　元曹伯启撰　后录一卷　元至元四年(1338)曹复亨刻本　四册　九行十五字黑口四周双边

卷首张起岩汉泉漫稿序,次吕思诚序,次目录。此本字迹颇漫漶不清。

藏印:"铁琴铜剑楼""东海氏昆仑草堂记""王宠履吉""陆氏子渊""虞山瞿绍基藏书之印""瞿秉清印""瞿启文印"等。

著录:《铁琴铜剑楼藏书目录》卷二二、《北京图书馆古籍善本书目》。

13. 又一部　四册

卷首总录,其中御史台咨文,赵期颐撰谥议,欧阳玄序,提调、刊板、校勘、誊写等官士姓名,此本俱缺。次后至元三年张起岩序、至元五年苏天爵序、至元四年吕思诚序。卷之一题"文林郎江南诸道行御史台管勾男复亨类集,国子生浚仪胡益编录"。卷末至元后戊寅吴全节后序。此本乃大字本,书法秀丽,类松雪体,雕刻亦精,为元刻上品。

藏印:"涵芬楼""海盐张元济经收""茂苑香生蒋凤藻秦汉十印斋秘笈图书""费氏家藏""叶伯寅图书""南阳叔子苞印""二泉"。

著录:《秦汉十印斋藏书目》《涵芬楼烬余书录》《北京图书馆古籍善本书目》。

14. 清容居士集五十卷目录二卷　元袁桷撰　元（1271—1368）刻本[卷二十七至二十九、三十七至三十九、四十七至五十配清抄本]　三十二册　十行十六字细黑口左右双边

　　此本先后为文徵明、朱之赤、张元济等藏，涵芬楼曾据以影印入《四部丛刊》初编。张元济根据卷中文字避家讳，推定为袁氏家刻本，且为元刊元印，称之为"恐海内无第二本"。《涵芬楼烬余书录》云："上海宜稼堂郁氏藏有元本，曾据以覆刻。后附札记，所云漫灭之字，此皆清朗，似印本犹在郁本之前。郁本嗣归皕宋楼，今已转入日本静嘉堂文库。"则此本犹胜静嘉堂文库本。

　　藏印："文徵明印""朱之赤鉴赏""朱卧庵收藏记""朱之赤印""卧庵所藏""休宁朱之赤珍藏图书""长州卢氏家藏图书""长州卢氏""杜氏允胜""执璧""子孙保之""侍儿寒云掌记""寒云如意""完颜景贤精览""寒士精神""莲子峰樵""茶庵主人""绿天馆主""卖衣买书志亦迂爱护不异随侯珠有假不归遭神诛子孙鬻之何其愚""涵芬楼""海盐张元济经收"等。

　　著录：《涵芬楼烬余书录》《北京图书馆古籍善本书目》。

15. 蒲室集十五卷书问一卷疏一卷　元释大䜣撰　笑隐和尚语录不分卷　元释廷俊等辑　元后至元（1335—1340）刻本　八册　十行二十字细黑口四周双边

　　卷首后至元四年虞集序。卷一至一五为文集，然正文与目录相比，卷一五增刻《祭蒋棣轩提举文》一篇。《四库全书》本仅收文集十五卷，此本文集后尚附有大䜣著作多种，皆无卷数。第五册首行题"蒲室集"，次行题"书问"，有目录，共计书信70通，附元叟和尚答信1通，卷中以空行隔开，似分二卷；第六册首行题"蒲室集目录"，次行题"疏"，共计116篇，似分二卷。此后版心皆题语录，首《中天竺禅寺语录》，门人中孚等编，次《大龙翔集庆寺语录》，门人崇裕等编，次真赞43首、偈颂56首、铭3首、序4首、题跋23首，末署"笑隐和尚语录终"，次《笑隐和尚住湖州路乌回禅寺语录》，门人廷俊等编，次《杭州路禅宗太报国寺语录》，门人慧昙等编。卷末虞集撰《䜣公行道记》，黄溍《䜣公塔铭》。是书版心下有刻工名"施克明""张弘毅""陈君佐""朱""史正之刊"等,皆元末金陵刻工。

藏印:"涵芬楼""海盐张元济经收""北京图书馆藏"。

著录:《涵芬楼烬余书录》《北京图书馆古籍善本书目》。

16. 梅花字字香二卷　元郭豫亨撰　元至大(1308—1311)刻本　清杨绍和跋(同治九年)、云石轩士题签　一册　七行十四字白口左右双边

此集为集句诗。卷首至大辛亥腊八日郭豫亨自序。

题跋:"钱遵王《读书敏求记》云豫亨《梅花字字香》刊于至大记误作正辛亥,字画古劲……近时仁和胡君珽得五砚楼袁氏钞本,刻入《琳琅秘室丛书》,其跋云:'遵王所藏元刊已归内府,世少传本。'此本为怡邸旧物,即至大原刊,纸墨古雅,信遵王所评不虚也。胡刻舛误颇多,如每诗标原作姓名后,皆随所集之序次,故一诗之中一人集至数句,亦必重书,其偶未注出者则以空格或墨钉间,而胡刻一概连写,遂令序次混淆,诗与人均抵牾不合,且莫辨漏注者为何句,非见此原刊,几无从是正矣。前集诗五十首,后集诗四十八首,豫亨序言百首,盖举成数。《四库总目》作二百首,二乃衍字耳,余藏韦珪《梅花百咏》亦元刊,与此恰堪璧合,皆仅见之书也。丙寅冬购,庚午六月二十三日东郡杨绍和勰卿识之。"(卷末)

藏印:"安乐堂藏书记""明善堂书画印记""杨绍和""海源阁藏书""杨绍和印""东郡宋存书室珍藏""周暹""东郡杨绍和字彦合藏书之印""瀛海仙班""杨绍和读过"等。

著录:《楹书隅录》《海源阁宋元秘本书目》《自庄严堪善本书目》《北京图书馆古籍善本书目》。

17. 太平金镜策八卷　元赵天麟撰　元(1271—1368)刻本　二册　十三行二十五字黑口左右双边　存四卷　三至六

此本存卷三至六,旅顺博物馆藏有卷七至八,实为同一部书,均有"徐潍之印"。《四库存目丛书》即据之配齐影印出版,然尚缺卷一、卷二。台北故宫博物院有此书元刻足本传世,并附《答策秘诀》一卷。

藏印："徐潖之印""北京图书馆藏"等。

著录：《北京图书馆古籍善本书目》。

18. 又一部　清孙原湘跋　三册　存三卷　四至六

此本仅存卷四至六，然书贾挖改"卷之四"为"卷之上""卷之五"为"卷之中"，"卷之六"之"六"字则脱落，盖欲以残本充全本也。

题跋："是书向藏张子和家，予与□如前辈先观于小娜嬛福地，子和下世，中郎书籍散为烟云，是书得归蒋伯生明府。嘉庆丙子正月偶遇□园，见而题此。孙原湘观。"（卷末，押"心青居士"印）

"孙星衍观。"（卷末，"孙原湘观"题款前）

藏印："虞山蒋伯生所藏""闽中陈翰图书""郋园秘籍""观大意""北京大学藏书"。

著录：《秦汉十印斋藏书目》《郋园藏书志》《北京大学图书馆藏古籍善本书目》。

19. 石田先生文集十五卷附录一卷　元马祖常撰　元后至元五年（1339）扬州路儒学刻本［卷二至三、十四至十五、附录配1933年徐宗浩抄本］　徐宗浩校跋并题诗（1934年）　十册　十行十八字细黑口左右双边

卷首后至元五年己卯王守诚序，又苏天爵序、陈旅序。次目录，次虞集撰《桐乡阡碑》，次神道碑，次后至元五年扬州路总管府牒文。末有徐宗浩所撰正误表。此本字画精好，为元刻上品。

题跋："癸酉十一月叔弢先生新得元刊《马石田集》，属补其阙佚，以原书笔意与余相近也。尽三月之力补札文三叶、附录八叶、卷二三十五叶、卷三二十七叶、卷十四十五叶、卷十五八叶，所据之本颇多讹误，为正误表四叶，都百十叶。惟原书精雅，余何敢望其百一，兹务全文而已，工拙弗之计也。甲戌二月石雪居士徐宗浩识。"（卷末）

"补书《马石田集》竟赋呈叔弢先生哂正……甲戌春日石雪居士徐宗浩呈稿。"（同上）

藏印："元本""平阳汪氏藏书印""士钟""阆源印""郁松年印""泰峰""周暹""安贫乐道""弢翁珍玩""建德周氏藏书""姑苏城外

人家"等。

著录:《艺芸书舍宋元本书目》卷二、《自庄严堪善本书目》《北京图书馆古籍善本书目》。

20. 雍虞先生道园类稿五十卷　元虞集撰　元至正五年(1345)抚州路儒学刻本　九册　九行二十字黑口四周双边　存三十八卷　一至二十　二十五至二十七　三十三至四十三　四十七至五十

卷首至正六年二月欧阳玄序,系据墨迹上板,遒劲有力,末刻"欧阳文学世家""原功""深山野人"三印。次至正五年宪司牒文。此本乃大字本,字迹为颜体,虽是残本,不失为元刻上品。

藏印:"景南图书""京师图书馆收藏之印"。

著录:《北京图书馆古籍善本书目》。

21. 又一部　元刻本[卷十七至二十配抄本]　清耿文光跋、傅增湘跋　三十六册

卷首欧阳玄序,序为宋体字,无欧阳玄印章,次宪司牒文。

题跋:"《道园类稿》行本甚多,此本元刻元印,求之数年始得,以卅金购之,甚不惜也。耿文光识。"(插页)

"此书余购自文德堂韩大头。缺第十七至二十,凡四卷,据北平馆藏元刻残本照钞补完。各卷钤有'濮阳李廷相书屋记''梁清远印''述之''梁先植印''西村书隐''字奋修号牧夫''耿文光印''星垣'各印。顷见董授经所藏,纸墨视此为精,乃有'蕉林梁氏'印。此刻极罕秘,而昆仲聚于一门,亦足异矣。藏园记,乙亥二月。"(插页)

藏印:"濮阳李廷相书屋记""耿氏珍藏"等。

著录:《万卷精华楼藏书记》卷一二一、《北京图书馆古籍善本书目》。

22. 道园遗稿六卷　元虞集撰　元虞堪编　鸣鹤余音一卷　元虞集等撰　元金天瑞辑　元至正十四年(1354)金伯祥刻本　四册　十一行二十字细黑口左右双边

此本为虞集从孙虞堪编。卷五后有至正十四年虞堪识语,卷首有至正十九年杨椿序、至正二十年正月十日金华黄溍序。但黄溍卒于至正十七年,且黄序又见载于明朱存理的《珊瑚木难》卷二之黄溍《虞先生诗序》,手迹原作"至正十五年正月十五日金华黄溍序",故《道园遗稿》卷首之黄序是伪题,或是书坊所挖改。

藏印:"曾在赵元方家""无方审定""曾居无悔斋中""无悔斋藏""赵闲闲""钫"等。

著录:《北京图书馆古籍善本书目》。

23. 又一部　傅增湘跋　三册

此本空白处多有明人墨迹,然与此书无关,盖藏书家阅读时杂抄或偶记者,如卷首杨椿序后有跋六行,署"嘉靖癸亥五桥识";纲目中空行有佚名抄齐东野语十五行;卷六眉端有佚名抄陆游诗及黄庭坚词等。

题跋:"癸丑二月谒木斋师,获见此本,因请借校一过,傅增湘谨记。"(插页)

藏印:"结社溪山""家在黄山白岳之间""金星轺藏书记""文瑞楼""太原叔子藏书记""王印闻远""声弘""莲泾""李印传模""木犀轩藏书""李盛铎印""北京大学藏"等。

著录:《文瑞楼藏书目录》卷七、《木樨轩藏书题记及书录》《北京大学图书馆藏古籍善本书目》。

24. 伯生诗续编(又题伯生诗后)三卷　元虞集撰　题叶氏四爱堂诗一卷　元虞集、吴全节等撰　元后至元六年(1340)刘氏日新堂刻本　清黄丕烈跋(嘉庆十二年)、张裕钊题款(同治八年)、叶昌炽跋(光绪十一年)、高野侯款(光绪十二年)、清钱恂题词、清邵章题词、清金兆蕃题诗、王国维跋(1936年)　二册　十行十五字黑口左右双边

此本藏印累累,递经名家题跋于后,具有很高文物、艺术价值。

题款:"同治己巳二月三日武昌张裕钊观。"(目录卷上,押"廉卿"印。)

"虞道园所制诗文极多,《道园类稿》《道园学古录》《道园遗稿》《翰林珠玉》《伯生诗续编》共五种,余次第收录皆备……此元刻《伯生诗续编》三卷,余与残宋刻《白氏文集》得诸顾五痴家……嘉庆丁卯冬

十二月十一日黄丕烈识。"(卷末,押"黄丕烈印""荛圃"。)

"此为士礼居旧藏,今归海宁查氏……今复从翼甫道长处得展此卷。光绪乙酉初夏长洲叶昌炽。"(卷末,押"颂鲁眼福"印。)

"《伯生诗续编》三卷,后至元庚辰刘氏日新堂刊。按文靖《道园学古录》刊于至正元年,《道园遗稿》刊于至正十四年,《翰林珠玉》未详刊刻时代,然已分《在朝稿》《归田稿》,当在《学古录》之后,现存虞诗中以此刊为最古矣。编中诗见于《学古录》者惟卷上《送家兄孟修还江南》、卷中《商德符幽篁古木》,卷下《题织锦回文》三首,余并未见,至虞胜伯堪编遗稿始多收之,疑即据是编,然如卷上《送熊太古下第归》《牧牛歌》《卢峰秋夕》三首,卷中《谢人惠棕雨笠》二首之一,卷下《金丹五颂》《题能静斋》《明皇出游图宫词》《西湖景手卷偶题》共十首,并《遗稿》所未载,恐胜伯别有所据,未必见是编矣。卷末附《叶氏四爱堂诗卷》并文靖序,此卷亦载《皇元风雅》后集卷四,以校是编,多太玄天师、太乙子詹、原斋、吴月湾、彭孟圭、李绚斋、吴讷山诸人题咏,而此编谢草庭诗前有小序,亦《风雅》所未载,盖各从原卷选录。《风雅》虽刊于至元丙子,在此刻前四年,此却非从《风雅》抄出也。文靖一序,《学古录》亦不载,惟《钱梅野诗序》,则《遗稿》收之耳。此刻虽出坊肆,而字画清劲,可与蒋易《国朝风雅》相伯仲,在元季刊本中实为上驷。觐圭兄弟以其为先世旧物,展转购得之,更不当以寻常元刻论也。丙寅仲冬观堂王国维观于近春园并识。"

"《宫词》一绝见萨天锡集,杨瑀《山居新话》亦以为天锡诗,宜胜伯不收入《遗稿》中也,又记。"(卷末,押"观堂""静安""王国维"三印。)

"丙戌夏五高野侯敬观于沪西月邨。"(卷末)

"调寄《浪淘沙》即应观圭姻兄雅属……念劬钱恂。"(押"归安钱恂""积跬步斋"二印。)

"《虞伯生诗续编》曾由罗叔言影印入于《云窗丛刻》中,校阅乃荛翁所得第二本也。此第一本,钞配较少,为海昌蒋氏旧藏,昔已赠嫁查氏,展转流传,仍为观圭仁兄所得,属题简末,因寄《贺新郎》归之……

甲子夏始仁和邵章伯褧敬观于万松兰亭斋。"（押"邵章私印""章""伯褧填辞"三印。）

"甲子夏日题奉观圭九兄、子撰十兄雅正……瓯山金兆蕃。"（押"金兆蕃印"。）

藏印："黄丕烈印""荛圃""士礼居藏""燕绪""高野侯""野侯审定""陈氏从周经眼""陈彰经眼""江山刘履芬观""大隆审定""北京图书馆藏"等。

著录：《荛圃藏书题识》卷九、《北京图书馆古籍善本书目》。

25. 又一部　[有抄配]　无跋　一册

此本阙页用影元抄本补配。

藏印："云轮阁""木犀轩藏书""木斋宋元秘籍""荃孙""李盛铎家藏文苑""胡惟善氏""李盛铎印""木斋审定""子孙永保""木斋读过""李滂""麐嘉馆印""艺风堂藏书""北京大学藏"。

著录：《北京大学图书馆藏古籍善本书目》。

26. 范德机诗集七卷　元范梈撰　元后至元六年（1340）益友书堂刻本　五册　十一行二十字黑口左右双边

此本纲目后有"至元庚辰良月益友书堂新刊"牌记一行。卷之一题"临川葛雕仲穆编次，儒学学正孙存吾如山校刊"。

藏印："铁琴铜剑楼""曾藏汪阆源家""平阳汪氏藏书印""绍基秘籍""恬裕斋镜之氏珍藏"等。

著录：《艺芸书舍宋元本书目》卷二、《铁琴铜剑楼藏书目录》卷二二、《北京图书馆古籍善本书目》。

27. 揭曼硕诗集三卷　元揭傒斯撰　元后至元六年（1340）日新堂刻本　傅增湘抄补缺叶并跋（1939年）　二册　十行十九字黑口四周双边

卷之一题"门生前进士燮理溥化校录"。

题款："己卯七月二十有七日补写讫,藏园傅增湘识。"（卷三末）

"曼硕诗集以元至元本为最古,然遍检诸家藏目,皆属旧钞……甲子岁,余游厂市,偶获此本,半叶十行,行十九字,黑口四周双栏,字

体婉秀,有松雪意,间有补板,则殊为拙滞……岁在己卯中秋节江安傅增湘。"(卷三末)

藏印:"增湘""藏园""双鉴楼"。

著录:《藏园群书经眼录》卷一五、《北京图书馆古籍善本书目》。

28. 渊颖吴先生集十二卷附录一卷　元吴莱撰　元末刻本　四册　十三行二十三字黑口左右双边

卷首至正十二年门人金华胡翰序,又刘基序、胡助序,目录后有其子士谔识语,云"先公之殁至是盖二十六年矣……思有以刻诸梓",考吴莱卒于后至元六年(1340),则此本最早刻于至正二十六年(1366)。识语后又有"金华后学宋璲誊写"一行,盖此本为其门人宋濂所编,嘱其子摹写上版,故字画精好。《中国古籍善本书目》著录上海图书馆亦藏此元末刻本,然"上海图书馆古籍书目数据库"更改为明洪武(1368—1398)宋璲写刻本,不知何所据。

藏印:"盐官蒋氏衍芬草堂三世藏书印""臣光焴印""寅昉""张敦仕印""葆采""阳城张氏省训堂经籍记""铁琴铜剑楼""北京图书馆藏"等。

著录:《铁琴铜剑楼藏书目录》卷二二、《北京图书馆藏古籍善本书目》。

29. 又一部　八册

藏印:"盐官蒋氏衍芬草堂三世藏书印""臣光焴印""寅昉""北京图书馆藏"。

著录:《北京图书馆藏古籍善本书目》。

30. 金华黄先生文集四十三卷　元黄溍撰　元刻本(贡师泰序中文字经挖改,盖以残本充全书)　宗舜年跋、清钱大昕跋(乾隆五十八年)　十册　十二行二十四字黑口左右双边　存二十三卷　一至十三　二十二至三十一

此本为黄丕烈旧藏,钱大昕曾借读并题跋,后归铁琴铜剑楼。卷首贡师泰序"四十三卷"被挖改为"三十一卷","四十卷"被挖改为"廿八卷",欲使人误认为原书足本即三十一卷。

题跋:"曩在都门,从友人许借读《黄文献公集》十卷,乃明仙居张俭存礼删本,病其去取失当,而附笔记、碑状、谥议于第七卷末,尤乖剌不伦。兹于吴门黄孝廉荛圃斋见元椠《金华黄先生集》不全本,纸墨精善,始快然莫逆于心也。考宋景濂撰公行状,述所著书有《日损斋初稿》三、《续稿》三十卷、《义乌志》七卷、《笔记》一卷,此编排次自卷一至卷三十一,初稿三,续稿一至廿八,虽无日损斋之名,其为一书无疑,但阙续稿十一至十八、廿九至三十耳。贡师泰序称初稿临川危素编次,续稿门人王生、宋生编次,所云王、宋二生即子充、景濂也,而每卷首但列临川危素名,盖太朴在元季负重名,王、宋皆后进,不敢与杭行也。行状云《续稿》三十卷,今贡序云廿八卷,盖作伪者洗改痕迹宛然,廿八必三十之讹,并初、续稿为三十三卷耳。癸丑九月十有五日竹汀居士钱大昕识。"(卷末)

"此书寒家所藏元刊残本贡序未经挖改,廿八卷系四十卷,竹汀所跋当有误,宗舜年记。"(卷末附笺)

"第一行四十三卷挖改三十一卷;第二行四十卷挖改廿八卷。"(同上)

藏印:"铁琴铜剑楼""汪士钟藏"。

著录:《艺芸书舍宋元本书目》卷二、《铁琴铜剑楼藏书目录》卷二二、《北京图书馆古籍善本书目》。

31. 又一部　傅增湘跋(1942年)并补抄缺叶　三册　存八卷　八至十二　十四至十六

此本仅存八卷,其中缺叶经傅增湘补抄。

题跋:"世传黄文献集以题'金华黄先生集'者为佳本,其卷次文字与《文献集》本颇有不同,余昔年得残册为卷十四至十六,昨秋文友堂收残本一册,持以归余,为卷八至十二,与旧藏差相衔接,通存八卷,得全集四之一。其书风摧雨渨,古色黝然,望而识为内阁大库之蠹余……各卷缺佚五叶,据元刊手写补入,凡三夕而讫事。按虞山瞿氏藏有此本,中缺九卷,竟无元刊可以钞补,近者涵芬楼取此本印入《丛刊》,凡瞿氏所缺者假诸日本文库,幸而得完,可知此刻流传绝罕……

岁在壬午元月十日藏园老人书于企麟轩。"(插页)

藏印:"傅沅叔藏书印""藏园缮写""双鉴楼藏书记""增湘""藏园""江安傅忠谟晋生珍藏"。

著录:《藏园群书经眼录》卷一五、《北京图书馆古籍善本书目》。

32. 又一部　元刻明修本　一册　存二卷　三十一至三十二

此本仅存卷三一至三二共两卷。

藏印:"涵芬楼""北京图书馆藏"。

著录:《涵芬楼原存善本草目》《北京图书馆古籍善本书目》。

33. 黄文献公集二十三卷　元黄溍撰　元(1271—1368)刻本　十二册　十四行二十五字黑口四周双边

此本字迹多处模糊不清。

藏印:"继涵印""茳谷""南宫邢氏珍藏善本""邢之襄印""宁""逵"等。

著录:《北京图书馆古籍善本书目》。

34. 又一部　元刻本[卷十八至二十三配清抄本]　清徐康跋　十二册

此本卷末有正统戊午杜桓后序,云:"板刊置学宫,盛行于世,垂及百年矣。正统丁巳夏四月,学毁于火,郡教授庐陵王君乐孟躬率郡庠生傅宁、姜约从烈焰中亟挟文集板出,得弗毁,既而检阅阙板百余,其集弗成帙矣。金华县大夫章贡余侯顾而叹曰……乃捐己俸以工刊补之,委郡庠生宗祉取完本详加校勘,补其阙遗,至旧板字或残脱漫灭者悉补入。"据此,则此本当为元刻明正统补修本。

题跋:"……有书友从荡口载书鬻,皆□□汪氏艺芸书舍宋元刻旧本及旧抄本,有数百余种……因拾旧刻精抄宋元明人集部百种,价亦极廉,倾药囊以购之……辛丑二月朔海鸥客。"(插页,押"徐康"印。)

"此集系有元刻本,非明初刊本。"(同上)

藏印:"平阳汪氏""汪士钟藏""闲吟阁""严蔚私印""严蔚豹人""片玉山房""海上浮鸥""阳湖陶氏涉园所有书籍记""四明张氏约园藏书之印"等。

著录:《艺芸书舍宋元本书目》卷二、《约园藏书志》、《北京图书馆古籍善本书目》。

35. 又一部　元刻本　五册　存十四卷　一至三　十二至二十二

此残本,卷首宋濂序并目录尚存,正文存十四卷,然亦残阙甚多。

藏印:"京师图书馆收藏之印""国立北平图书馆收藏"。

著录:《北京图书馆古籍善本书目》。

36. 又一部　元刻本　三册　存六卷　一至六

此本仅存卷一至六,首阙序,无印记。

著录:《北京图书馆古籍善本书目》。

37. 又一部　元刻明修本　八册

卷首宋濂序称:"先生薨后之五年,家藏《日损斋稿》共二十五卷,县大夫胡君惟信恐其埋没,亟取锲梓以传,谓濂尝从先生学,俾为之序。"卷第一首题"临川危素编",卷三末署"门人傅藻校正",卷七、十末署"门人刘涓校正",卷第十一首题"门人王祎编",卷十四、十六末署"门人宋濂校正",卷第十七首署"门人宋濂、傅藻同编"。

藏印:"安乐堂藏书记""明善堂藏书画记"等。

著录:《怡府藏书目》《北京图书馆古籍善本书目》。

38. 柳待制文集二十卷　元至正十年(1350)浦江学官刻递修本　十二行二十字黑口四周双边　存六卷　十至十五　一册

此本前后均阙佚。考上海图书馆藏有元至正十年浦江学官刻明永乐四年柳贵补修本,卷首至正十年余阙序,阙首二页;又苏天爵叙,称是集乃其门生宋濂、戴良所汇次,浙东佥宪余阙命浦江监县阿年八哈刊刻;又危素序。卷末有至正十一年宋濂跋,又有永乐四年金华府儒学教授柳贵修版后序。逐一比勘,发现此本与之为同版。

藏印:"国立北平图书馆收藏"。

著录:《北京图书馆古籍善本书目》。

39. 顺斋先生闲居丛稿二十六卷　元蒲道源撰　元刻本　七册　九行十五字白口左右双边　存十三卷　十四至二十六

此本虽残阙过半,然递经名家珍藏。上海图书馆藏有此书足本,著录为元至正十年(1350)刻本。卷首至正十年黄溍序,卷之一题"男蒲机类编,门生薛懿校正"。附录其弟道铨撰哀辞、其子机撰墓志,皆《四库全书》本所无。

藏印:"季印振宜""沧苇""谦牧堂藏书记""谦牧堂书画记""藏园""傅增湘""双鉴楼""沅叔审定""江安傅增湘沅叔珍藏""双鉴楼珍藏印""北京图书馆藏"。

著录:《藏园群书经眼录》卷一五、《北京图书馆古籍善本书目》。

40. 陈众仲文集十三卷　元陈旅撰　元至正(1341—1368)刻明修本[卷八至十三配清抄本]　清黄丕烈跋(嘉庆七年、十四年)、清钱天树跋(道光十四年)、清李兆洛跋(道光十五年)、清王振声跋(咸丰七年)、清季锡畴跋、清程恩泽题款(道光十年)　黄丕烈、钱大昕、瞿熙邦填补缺字　六册　十行二十字黑口左右双边

此本封页"元刊陈众仲文集"为钱大昕题签,押"钱大昕观"印。卷首张翥、林泉生二序。每卷标题行款不一,如卷一题"陈众仲文集卷第一",卷二题"陈众仲文集第二卷",卷四题"陈众仲文集卷之四",卷六首题"安雅堂集卷第六",末题"陈众仲文集卷第六终",因疑此本至少由两种以上刻本配齐。

题跋:"嘉庆戊寅八月石韫玉假读。"(卷一后)

"此元刻《陈众仲文集》七卷,潜研堂藏书也。辛楣先生于辛酉岁与明翻元刻本同以遗余……壬戌秋七月荛翁黄丕烈识。"(同上)

"己巳正月下澣二日海宁陈仲鱼来访,云有同邑吴槎客所藏残元本《陈众仲文集》携在行箧,越二日往观,遂假归补此本缺失,糊涂处吴本印较先,殊胜此刻,惜止四卷,未能补此所缺……复翁。"(同上)

"吴本失张序,止存林泉生序,脱第二叶前半页。"(同上)

"按《千顷堂书目》……兔床记。"(卷一后贴纸,张蓉镜抄录)

"《元百家选诗》小传……按此亦兔床所记。"(同上,张蓉镜抄录,押"蓉镜珍藏""张伯元别字芙川"二印。)

"《众仲集》十三卷,《四库书目》所载同此本,元刻甚精,而止于七卷,又其中漫漶不可辨者甚多,荛圃自记云,辛楣先生并明翻本见遗,何不照翻本补足,岂明本亦止七卷耶? 芙川敩敩宝藏古书,真不易得,予就此本录存之,拟从文澜阁四库本补足焉。道光十五年七月望李兆洛识。"(卷一后)

"元椠《陈众仲集》只存诗三卷、序记共四卷,为琴川张君芙川所藏,虽一麟片甲亦已不可多得矣……道光十四年甲午仲夏嘉兴钱天树识于味梦轩。"(同上)

"《陈众仲集》余求之有年,仅得钞本于浙中,又讹舛不可读……兹从芙翁假得元刊本覆校一过,虽止七卷,然可读者已过半,获益良不浅矣。昔吴兔床所藏仅有四卷,近闻塘栖劳氏亦有之,然亦止七卷,是则江浙藏书家未必有胜于此者矣,其可宝贵何如哉! 咸丰丁巳良月文村王振声谨跋。"(同上)

"《众仲集》明刻作《安雅堂集》,文十卷,编次略同,惟诗三卷全异元刻,编年诗亦较多,明则分体,原注亦多漏落,此元本之所以足贵也。季锡畴。"(同上)

"道光庚寅三月古歙程恩泽借观此元人集之罕见者,芙川兄其珍护之。"(卷六前)

"钱少詹所赠。"(卷七后夹纸,押"丕烈"印。)

"己巳春校海宁吴兔床残元刻初印本四卷。"(同上)

藏印:"铁琴铜剑楼""瞿秉清印""瞿秉渊印""子孙永保""蓉镜珍藏""张伯元别字芙川""秘殿绸书""杨希钰印""叔子砚培""大昕""小琅嬛福坠""蓉镜""钱氏竹汀"等。

著录:《铁琴铜剑楼藏书目录》卷二二、《北京图书馆古籍善本书目》。

41. 又一部　明沈麟跋(嘉靖十五年)、清吴骞跋、傅增湘跋(1924年)、清叶昌炽题款二册　存四卷　一至四

卷首明沈麟手录《国史·本传》。前序缺,至正辛卯林泉生序亦有残阙。各卷标题如下:"陈众仲文集卷第一"("第一"二字稍大,当系修补),"陈众仲文集第二卷","陈众仲文集卷第三","陈众仲文集卷之四"。

题跋:"众仲集不多见,嘉靖丙申偶得此元朝旧本,因手录其传于前,以识岁月,七十二翁竹东沈麟书。"(卷首《国史·本传》后。)

"岁在甲子,江安傅增湘从周叔弢兄假观,留藏园者数月,取黄荛圃所藏钞本诗三卷对勘一过,荛翁手校正从兹刊出,两书离析已百四十年,一旦复合,置几按间,亦一段因缘也。还瓿之暇,喜而志之。"(卷二末)

"按《千顷堂书目》……兔床记。"(卷四末)

"月前承顾,简亵为罪,面恳将尊藏宋元版书抄一细目,以便为所见古书录附编之助,蒙允录寄……祈惠借一校,即交陈简庄带付,更便也。草此奉候,即请兔床先生日安。黄丕烈。"(卷末夹简,"芝兰堂"笺)

"计开抄补卷数:一卷、八十一卷到八十九卷。"(同上)

"日前在尊寓叙谈半日,极为良朋聚首乐事,所借槎翁元刊《陈众仲文集》与旧储少詹所赠本同,印却在先,藉此可填补磨灭之字,喜极,竭半日之力已校毕矣。惜钱本尚多三卷,八到末失之。弟虽有明本全者在,然未敢取补也。奉还槎翁。□□问拜经楼中尚有别本完全者否?弟于古书,总是以缺者补全为快,而又不敢以他本相补,故遇之为难。今得见此,何快□之。吴本脱首张翥序一首,失林泉生序半叶,卷中破碎不一,是可以钱本补也。不识槎翁有意成全之否?兹□□查收,归舟想尚有待何日顾我一谈,当煮茗以待,寿阶晤否?其议论若何,便希及之。□简庄二兄先生。弟丕烈手启。廿七日。"(卷末夹简,"芝兰堂"笺,押"兔床经眼"印。)

藏印:"曾在周叔弢之所""周暹""徐嘉炎印""吴兔床书籍记""燕绪"等。

著录:《自庄严堪善本书目》《北京图书馆古籍善本书目》。

42. 又一部　二册　存七卷　一至七

卷首至正九年张翥序,又辛卯林泉生序。前四卷标题与拜经楼藏本同,盖皆经明代修补者。此本残阙甚多。

藏印:"国立北平图书馆收藏"。

著录:《北京图书馆古籍善本书目》。

43. 滋溪文稿三十卷　元苏天爵撰　元(1271—1368)刻本　一册　十行二十字细黑口四周双边　存五卷　二十六至三十

此本无藏印,亦罕见著录。然书法娟秀,似欧体,虽残本,亦为元刻上品。

著录:《北京图书馆古籍善本书目》。

44. 师山先生文集十一卷　元郑玉撰　元至正(1341—1368)刻明修本　二册　十行二十三字黑口间白口左右双边　存九卷　一至四　六至七　九至十一

卷首至正丁亥三月望日婺源程文序,又至正庚寅三月朔郑玉《余力稿序》,次《元史·忠义传》。此本阙卷五、卷八,卷一一后亦有阙页。

藏印:"元本""季振宜读书""长洲顾沅湘舟收藏经籍金石书画之印""蒋祖诒读书记""周暹"。

著录:《自庄严堪善本书目》《北京图书馆古籍善本书目》。

45. 梧溪集七卷　元王逢撰　元至正明洪武间(1341—1368)刻景泰七年(1340)陈敏政重修本[卷一至四及它卷缺叶配清初毛氏汲古阁影元抄本]　清陆贻典校并跋(康熙十六年)　六册　十三行二十二字黑口四周单边

卷首至正丙戌夏新安汪泽民序,又至正己亥仲秋番阳周伯琦序。卷末景泰七年南康府知府钱塘陈敏政重修后序,称是书前六卷未殁时所刊,第七卷则既殁之后其子掖所刊行,至正统间,板已失脱不少,故为之修补。

题跋:"虞山觌庵陆贻典校补于汲古阁,丁巳九月下浣。"(后序下)

藏印:"元本""甲""毛晋""毛晋之印""毛氏子晋""毛晋私印""子晋书印""子晋""士礼居藏""铁琴铜剑楼"等。

著录:《铁琴铜剑楼藏书目录》卷二二、《北京图书馆古籍善本书目》。

46. 梅花百咏一卷　元韦珪撰　元至正(1341—1368)刻本　清黄丕烈跋并题诗(嘉庆十三年、十七年、二十三年)　一册　九行十六字黑口左右双边

卷首至正五年杨维桢序,又干文传叙,又韦珪自序。目录题"梅吟百题",正文题"梅花百咏",版心刻"梅吟"二字,末有天台胡世佐识语,又有《补骚》一篇。此本仅二十二页,然字画绝佳,类松雪体,为元刻上品。

题跋:"庭前黄梅花盛开,戊辰元旦试笔,适检及此《梅花百咏》,因附录于卷端……复翁。"(插页,押"黄丕烈印"。)

"韦珪《梅花百咏》传本绝少,元刻尤稀,此本出杭人姚虎臣家,海宁陈仲鱼为余购得者……嘉庆壬申春季十有三日,黄丕烈识。"(卷末,押"复翁"印。)

"越岁戊寅冬十月三日重观……复翁。"(押"黄丕烈印"。)

"此书世鲜传钞,忆惟王莲泾家《孝慈堂书目》有之,而未之见收……戊寅冬十月四日复翁又记。"

藏印:"东郡杨氏宋存书室珍藏""海源残阁""宋存书室""周遟""彦合""杨以增印""至堂""汪士钟藏""黄丕烈印""复翁""瀛海仙班""东郡杨绍和彦合珍藏""杨承训印""四经四史斋""聊城杨承训鉴藏书画印""北京图书馆藏"等。

著录:《楹书隅录》《海源阁宋元秘本书目》《自庄严堪善本书目》《北京图书馆古籍善本书目》。

47. 新刊丽则遗音古赋程式四卷　元杨维桢撰　元(1271—1368)刻本[序、卷一至二配清嘉庆二十三年黄氏士礼居影元抄本]　清黄丕烈校并跋(嘉庆二十二年)　一册　十三行二十三字黑口左右双边

封页题签署"竹浯手摹",旁押"陶复庵"印。卷首至正二年杨维桢自序,目录后有至正癸未(三年)正月三日牌记告语,故可定此本为至正三年(1343)刻本。卷之一题"丁卯进士绍兴杨维桢廉夫著,丁卯同年邵武黄清老子肃评"。卷末至正元年门生钱塘陈存礼跋云:"其

《太常》《无逸图》二赋,程文已见,兹得先生私拟又凡三十有二篇,不敢私有,遂命之梓,以广其传。"此书为世上仅存之孤本,前半部幸赖黄丕烈从周香严处借得汲古阁旧藏元刻本影抄,摹写甚精,几可与元刻媲美。

题跋:"往从香岩周丈借观《丽则遗音》,叹为精妙绝伦……既而玄妙观前骨董铺刘希声持残本仅存三四卷来示余,而卷中有黄氏珍藏印,识是家陶庵先生故物,因急收之,复从周氏借本传录,于周本储藏之印、标题之签无不影摹逼肖,而字体之一笔一画,纤悉无讹,又不待言矣。惟传录时字旁评点不尽摹入,盖非所急也……丁丑春朝荛翁记。"(卷末,押"丕烈""士礼居"二印。)

"元刊十七番,钞补二十三番。"(卷末)

藏印:"元本""毛晋""汲古主人""曾藏汪阆源家""毛扆之印""斧季""汪振勋印""楳甲""黄氏珍藏""黄淳耀""蕴生""铁琴铜剑楼""北京图书馆藏"。

著录:《艺芸书舍宋元本书目》卷二、《铁琴铜剑楼藏书目录》卷二二、《荛圃藏书题识》卷九、《北京图书馆古籍善本书目》。

第七章

稀见元人别集版本研究

存世元人别集的数量约在400家左右（含易代之际作家别集），很多重要作家的别集版本尚未进行系统梳理，而部分稀见元人别集的版本，更是无人问津。本章以韩璧《云樵诗稿注释》和杨翮《佩玉斋类稿》为中心，揭示稀见元人别集版本存在的问题及其文献价值。

第一节 元人别集《云樵诗稿》及其注释的发现与文献价值

笔者在南京图书馆发现一部稀见元人别集——韩璧《云樵诗稿》。之所以说它稀见，一是因为该书很少见于历代书目著录和典籍徵引：清钱大昕《补元史艺文志》、今人雒竹筠《元史艺文志辑本》、周清澍《元人文集版本目录》等书皆未见著录；《全元文》遍稽群书，也没有辑录该集所附录的韩璧遗文；杨镰《元诗史》是近年来元诗研究的力作，该书专门论述了元末的"赴难诗人"，但这个有330多首诗作传世的重要"赴难诗人"却没有进入其研究视野。二是因为该书传本稀少。除南京图书馆藏本外，检国家图书馆、上海图书馆、北京大学图书馆等大型图书馆,均未见收藏。故南京图书馆所藏虽为清嘉庆刻本,却为存世极少之善本。现综述相关史料,试对该集作一初步考察,希望引起元代文史研究者的关注。

一、《云樵诗稿》的编刻流传情况

元韩璧撰《云樵诗稿》,今仅存清王朝瑞校注本,题《云樵诗稿注释》,嘉庆十九年(1814)王朝瑞刊刻。该书共四册,八卷,每半页九行,行二十字,白口,四周双边(图7-1)。该书卷首有嘉庆十九年江西督学使王鼎序,嘉庆十六年(1811)贺维锦序,又有嘉庆十一年(1806)王朝瑞序,称自元末韩璧赴难后,“阅今四百余年矣,邑里间从未有举其名氏者。乙丑(1805)孟夏,予偶就兄子里塾焚余废簏中捡得一编,楮墨率有残阙,则先生遗诗也”,于是加以考订笺注,刻梓流传。该书湮没了四百多年,因其乡人在“里塾废簏”中发现,由隐而显,颇具传奇色彩,这与明末号称“井中奇书”的宋代遗民郑思肖《心史》的发现非常相似,不同的是,《心史》在明末从古井中挖出之后即被爱国文人们所捧读,而韩璧的著作仅仅在乡里宗族之间流传。据卷首《例言》,王朝瑞所得抄本是康熙十年(1671)韩璧十二世孙初晨所录,已非全本,仅存诗330多首,可惜的是,该抄本已经亡佚。诗中有原注,王朝瑞认为系韩璧手定。至于注释本的成书刊刻经过,《例言》中有详细记载:嘉庆十年(1805)初夏,王朝瑞从里塾废簏中获得该书后,先是独自玩赏;嘉庆十一年(1806)正月开始注释,与季弟王朝榘相与参订,这一年完成初稿;嘉庆十二年(1807)馆于郡城周祠,借得诸书注释成编,修订完毕;嘉庆十三年(1808)携入京城,得

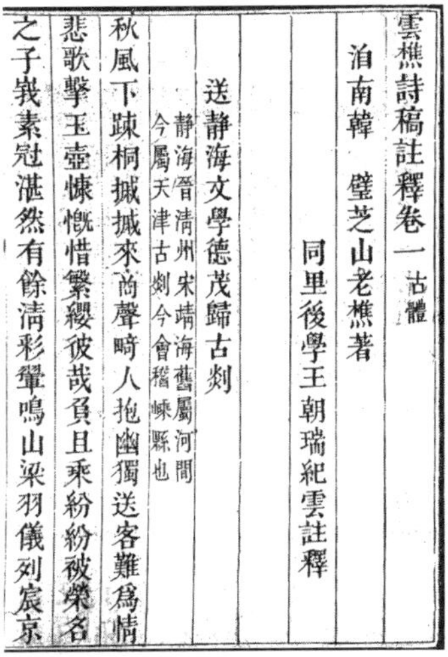
雲樵詩稿註釋卷一 古體
洎南韓　璧芝山老樵著
同里後學王朝瑞紀雲註釋
送靜海文學德茂歸古剡
靜海晉清州宋靖海舊屬河間
今屬天津古剡今會稽嵊縣也
秋風下踈桐摵摵來商聲畸人抱幽獨送客難爲情
悲歌擊玉壺慷慨惜縶纓彼哉負且乘紛紛被榮名
之子戢素冠湛然有餘清彩鸞鳴山梁羽儀列宸京

图7-1　云樵诗稿注释

到两外甥的经费资助，准备刊刻问世，但直到嘉庆十九年(1814)才刻成。该书不仅在刊刻问世前罕为人知，刊刻之后也流传稀少，因而有必要对其编刻流传经过及真伪作一番考察。

王朝瑞整理、刊刻该书的动机是为了表彰乡贤、保存文献。王朝瑞，字纪云，号式台，江西万年人，乾隆四十二年(1777)举人，任义宁州训导，著有《毛诗探源》《易学辨疑》等①。他注释并刊刻韩璧《云樵诗稿》的起因有二：一是景仰其人。韩璧是江西乐平人，元末官至松江推官，至正二十七年(1367)城破时偕一子赴水死，本应名列《元史·忠义传》，但据编者称，明正德《乐平县志·忠节传》虽载其事迹，但讹其朝代为宋季，且四百年间乡里不知有其人，很有必要加以表彰。二是喜爱其诗。《例言》中说"独为爱玩者累月"，自序中说"伏读之，惊叹称奇，觉其不减少陵诗史"。这样一个有气节、有才华的诗人，作为同乡后学，王朝瑞不忍其遗诗就此湮没无闻，故笺释授梓，以广其传。

该书的文献来源比较可靠。该书卷首有《例言》，详细说明了是书的文献来源、编纂体例和刊刻经过，并对诗人生平作了大量考证，对其作品加以补辑。涉及的史料，除了正史、文集外，还征引了许多乡邦文献，如正德《乐平县志》、各种韩氏族谱(家谱)等，现在都已罕见。卷末附录的《韩公元璧墓志铭》，是元代著名文人杨维桢所撰，虽不见于杨维桢文集，但编者在跋中说明了其文献来源：嘉庆十四年(1809)十月，王朝瑞的侄儿王植槐寄来一封信，说是他的门人韩叙彝从鄱阳《韩氏宗谱》中抄录而出。但该志的款识为："有元李黼榜第二甲赐进士会稽杨维桢撰并书。时十二月十有三日雪霁劲冷，以九泉交义，不以指僵笔冻为辞，韩氏子孙永其保哉！余齿今七十有八矣。"而杨维桢生于元成宗元贞二年(1296)，卒于明洪武三年(1370)，只享年七十五岁。韩璧卒于至正二十七年(1367)四月，墓志铭作于本年冬十二月，其时杨维桢七十二岁。对于这一失误，编者刊刻时并没有加以掩

---

① (清)项珂修、刘馥桂纂《(同治)万年县志》卷六《人物志·儒林》，清同治十年(1871)刻本。

饰,而是如实地指出,用怀疑和审慎的态度来对待它。因此,从刊刻出版本身的角度来考察,王朝瑞注释本《云樵诗稿》在版本方面是可靠的。

诗稿本身的内容也可以作为该书真实不伪的有力内证。例如,元陈基《夷白斋稿》卷十有《寄夏仲信太守、韩璧翁经历、姚伯升照磨》一诗。陈基字敬初,元末官江浙行省郎中,"璧翁"是韩璧的别号,时任杭州路经历。《云樵诗稿》卷八有《和陈敬初郎中淮安见寄韵》,二诗皆七律,所押韵脚相同,当为往来唱和诗,这就为《云樵诗稿》之文献可靠性提供了重要的证据。此外,《云樵诗稿》中大量的即事诗,皆可与元代相关史料印证(下文详论)。

至于杨维桢所撰墓志铭,由于它可能是有关韩璧生平的最重要的史料,有必要对其真伪作详细的考辨。从文献来源看,《云樵诗稿注释》附录的《韩公元璧墓志铭》,是从鄱阳《韩氏宗谱》中抄录的,虽然有落款时间的纰误,但从墓志中所涉史实及撰写人与墓主的关系看,题杨维桢所撰还是比较可信的。以下几例可以证明:

(一)《云樵诗稿》中有《和杨廉夫秋兴五首》《题干山壁用杨廉夫韵》《三月一日禁酤三首》等作品是与杨维桢唱和的。杨维桢晚年隐居松江,而韩璧是松江府推官,可见二人在松江当常有往来。

(二)韩璧曾去钱塘求杨维桢为其父韩思恭撰墓志铭,该志收在《东维子集》卷二五,题作《元故用轩先生墓志铭》。杨维桢称赞韩璧"清明好学,有仕才"。其中所叙韩璧兄弟名字与《云樵诗稿》卷四《到鄱阳会诸弟,时故里有沧桑之变,感而赋此,示以敬侄》一诗所记吻合。

(三)元末明初释寿宁编《静安八咏集》,请杨维桢作序并评点。杨氏对韩璧《沪渎垒》和《涌泉》二诗颇有好评,评前者"五字老辣",评后者"五字有余,妙句!"。

(四)从墓志本身的内容来看,墓志不仅可与《云樵诗稿》中所载诗人的行迹相印证,而且与相关文献中所载韩璧零星资料相吻合。如前面提到的陈基《夷白斋稿》卷一〇有《寄夏仲信太守、韩璧翁经历、姚伯升照磨》一诗,《六艺之一录》卷一一一所录孟昉《杭州路重建庙学记》也提到杭州路"奉直知事韩元璧","璧翁"是韩璧的别号,"元璧"是韩璧的字。据墓志,韩璧确实曾任杭州路知事和江浙行省经历。

综上,笔者认为,杨维桢所撰《韩公元璧墓志铭》是真实可靠的。而前面提到的杨维桢自书年岁的失误,很可能是宗谱在传抄时将"二"误作了"八",或者是好事者根据墓志内容附加了这段跋语,但这并不影响墓志本身的真实性。现据杨维桢《韩公元璧墓志铭》以及《云樵诗稿注释》卷首所附王朝槼《韩云樵传略》,简单归述韩璧生平如下:

韩璧(1300—1367),字元璧,又字奎璘,号云樵,一号璧翁,别号芝山老樵,江西乐平县丰乐乡甓灶里(今属万年县)人。元末至正初由荐举入太学。四年(1344),以国子生赍御香至鄞。游广东,留岭南教授,以内忧归。制阕,举漕吏,年满调金坛典史。后除钱塘清管长勾,徙升杭州路知事,取充江浙省掾史,相府承制荐升经历。至正十八年(1358),奉江浙行省丞相之命招谕江西,被执送陈友谅,慷慨不屈,羁留两岁,始被放回。至正二十二年(1362)敕授承仕郎、松江推官。至正二十七年(1367)松江城破,偕一子赴水死。

二、《云樵诗稿注释》的文献价值

《云樵诗稿注释》共八卷,其编纂体例,据王朝瑞《例言》所说,系根据残稿按古、近体重新分类编排的,而分体之中又大致以年代为序。其中五、七言古体诗各二卷,近体诗中以七律最多,约三卷有余。五律仅一首,绝句也很少,残阙的很可能就是这一部分。如元末明初释寿宁编纂的《静安八咏诗集》就录有韩璧五言绝句《静安八咏诗》8首,不见于此集。尽管如此,该集尚存韩璧各体诗339首,是近年来元佚诗文献寻访的收获之一。其文献价值于以下三方面可略见一斑。

第一,可订正《元诗选》之讹误。

清康熙年间，顾嗣立穷数十年之力编纂《元诗选》，但于韩壁一家颇多讹误。《元诗选癸集》于"癸之己下"录有"韩壁"《静安八咏》，小传称："壁字壁翁，饶州人。"① 又于"癸之辛下"录有题"芝山老樵韩元壁"作的《题破窗风雨图》，小传称"元壁字□□，□□人。自号芝山老樵"②。二者实为一人，皆韩璧之误。前者之"璧"作"壁"，系沿袭明刻本《静安八咏诗集》之误。至于《题破窗风雨图》，应当是辑自书画文献。《珊瑚木难》卷二、《赵氏铁网珊瑚》卷一五皆录有《王彦强破窗风雨卷》，其中就有署名"芝山老樵韩元璧题"的七言古诗一首。《元诗选》也许是根据不同的传抄本致误。杨维桢《东维子集》卷二五《元故用轩先生墓志铭》称其有"子男三，璧、璠、璿"，这与《云樵诗稿》卷四《到鄱阳会诸弟，时故里有沧桑之变，感而赋此，示以敬侄》所述其兄弟名字相吻合，可见韩璧之"璧"字不当作"壁"。

　　《元诗选三集》在宇文公谅《纯节先生集》中重收了《题王叔明破窗风雨图》一诗，并注云："此诗一见《王立中破窗风雨图卷》，题名韩元璧，诗亦小异。"③ 这应当是源于《式古堂书画汇考》卷五一所录《王叔明破窗风雨图并题卷》，杨镰根据董其昌跋，从作品风格断定该卷为伪作，认为画是仿王蒙《听雨楼图》作，画后题跋则是由于抄录《王立中破窗风雨图卷》致误。④ 其实，如果考察一下卷中人物的交游，就可以下一确切的结论了。王立中，字彦强，阆中人，至正末知松江府，工诗善画。而韩璧于至正二十二年（1362）官松江推官，为王立中下属同僚。《云樵诗稿》卷二有《和王太守行水见寄十五韵》，卷五有《陪王太守游西湖二首》《陪王太守游灵隐》《陪王太守游阿育王寺》，卷八有《和王彦强太守视水感怀见寄二首》，可见二人交往甚多。杨维桢晚年也居松江，故作《破窗风雨记》，与韩璧诗同载于《王立中破窗风雨卷》。据此，《元诗选》重收之宇文公谅《题王叔明破窗风雨》诗乃韩

---

① （清）顾嗣立、席世臣《元诗选癸集》，中华书局，2001年，第874页。
② （清）顾嗣立、席世臣《元诗选癸集》，第1325—1326页。
③ （清）顾嗣立《元诗选三集》，中华书局，1987年，第359页。
④ 杨镰《元代文学编年史》，山西教育出版社，2005年，第567页。

璧所作,应该是没什么疑问了。

第二,可补《全元文》之阙。

《云樵诗稿注释》卷末有王朝瑞补编的韩璧遗文两篇:《积善堂序》和《刘隐君活人记》,皆是应刘润芳之请所作。据韩璧《积善堂序》,刘润芳,名琮玉,鄱阳人,为乡里名医。遗文后有王朝瑞跋云:"右韩云樵先生所作序记二首,癸酉(1813)七月,余门人方干臣藉韩君叙彝寄到,云从郡城刘氏族谱内录呈,刘为润芳先生后裔……干臣刘之自出,留传笔墨自真,因为附刻于后。"可见这两篇遗文的文献来源是可靠的。《全元文》辑有元文作者达三千多人,韩璧之文未见收录,正可为之补阙。

第三,可补史志之阙。

首先,《云樵诗稿》为我们提供了有关韩璧生平、交游与思想的最详细可靠的资料。《元人传记资料索引》记载韩璧生平仅寥寥数语:"韩璧,字元璧,饶州乐平人,思恭子。"①所引资料也不过《元诗选癸集》和《元诗纪事》二种。而《云樵诗稿》的发现,不仅为我们提供了杨维桢《韩公元璧墓志铭》和王朝榘《韩云樵传略》两篇传记材料,而且可据诗歌来考察其生平行迹。如卷二《豫章纪事四十韵》记载了韩璧一生中最光辉的壮举:"至正十八年(1358)戊戌春,余奉江浙丞相便宜之命,招谕番易,事不偶,被执送江西陈友谅,力陈大义,慷慨不屈,陈曰:义士也。以礼优容,宿留兼旬。"据卷六《与程邦民同舟赴江东招谕二首》、卷七《寄京师胡士恭助教二首》自注可知,作者是与程国儒(字邦民)同往江西招谕的,拟于当年五月回杭,却在江西羁留了二年。卷四有《传闻》一首,其序称"至正十九年(1359)己亥秋,余羁留江西",可见至正十九年秋尚在江西。卷七有六首纪行诗,是韩璧从江西经福建,由海路回杭的实录。诗人抑制不住大难不死的喜悦,如《题建阳驿》中道"节旄零落贼中来",《题叶坊驿》云"节旄零落喜生还",《福州志喜》云"象豹鳌犀俱入贡,闽中浑似太平年"。至于回杭

---

① 王德毅等编《元人传记资料索引》,中华书局,1987年,第2043页。

的具体时间,《舟发三山》也有记载:"二月南台上海船,三山城郭静朝妍。"可见韩璧从福建入海上船,已经是至正二十年(1360)春了。从至正十八年春到此时,正好两年整。

韩璧在江西被执,威武不屈;后松江城破,英勇就义,是元末重要的赴难诗人之一。诗中对樊执敬、董抟霄、泰不华、李黼、余阙、韩邦彦、的斤苍岩等慷慨赴国难的英雄无不尽情抒写悲歌,如卷一《题董参政诗卷》《梦中代李江州作》,卷二《的斤苍岩守信州,围久无援,刺血书檄,求救于铅山,为贼兵所获,再遣使,其一得至焉》,卷三《樊参政哀辞》,卷四《信州城哀苍岩也,受围六月,粮尽援绝,民心不离,士气愈奋,城陷而死,功烈冠当世,故作是诗以哀之》《韩邦彦元帅哀辞》《信州裨将蒋广哀辞》《题李希颜通守所藏余廷心参政手帖》等,仅从这些诗题就可感受到诗人的满腔热血,了解他忠君爱国的一贯思想。

其次,《云樵诗稿》保存了许多元代重要诗人的作品及其生平事迹。虽然韩璧在元末并不知名,但他交游唱和的元代重要诗人有杨维桢、贡师泰、陈基、周伯琦和张光弼等,这些诗人的部分事迹和作品赖《云樵诗稿》而得以保存。如卷二《陪左辖伯温先生园亭胜集,酒酣联句,不能终篇,僭续成十五韵》一诗,是诗人与周伯琦的联句,不见于周伯琦《近光集》《扈从诗》等,可补其诗集之阙。又如卷六《陪贡侍郎寓吴兴玄妙观二首》其一云"经筵进讲中官惧,谏院陈谟四海闻",作者自注:"公在经筵,尝极论君子小人,言甚激切,左右辟易,上为动容,嘉叹久之。顾问者数四,反复辩析,丞相亦加敬服。及拜御史,时台臣有忤旨者,将置诸法,公力言不可失大体,取奏章删定,众皆为公危之,及奏,上怒稍霁,丞相亦感悟,言者获免,故诗中及之。"王朝瑞指出:"原注所称,贡公本传俱未叙及,云樵诗注正足补史传所未及,云樵固诗史哉。"

王朝瑞注释《云樵诗稿》时,在韩璧的作品后附录了刘彦昺、吴存、叶兰、杨维桢、王逢、董寿民、鲁志敏、刘润芳等八人的15首诗作。其中刘彦昺、吴存、叶兰三人之诗采自《鄱阳五家集》;杨维桢、王逢为元末重要诗人,其诗集亦流行较广;而董寿民的诗集较为罕见,今仅见

《中国古籍善本书目》著录其《懒翁诗集》二卷;至于鲁志敏、刘润芳二家之诗,历代著述中罕知其人、罕见其诗,恐怕其诗集早已亡佚了,幸亏《云樵诗稿注释》中保留有其遗诗各2首,并为我们提供了二人生平事迹和诗集流传的宝贵资料。

《云樵诗稿注释》卷首《例言》云:"余家所藏幽潜著作,是编外如德兴董寿民、乐平鲁卧雪两先生诗稿,并出元纪。"由此可见,王朝瑞家藏元人罕见诗集,除现存的《云樵诗稿》、董寿民《懒翁诗集》外,尚有鲁志敏(号卧雪)诗集。他在注释《云樵诗稿》时,所附鲁志敏诗应当是采自家藏鲁志敏诗稿。据《云樵诗稿注释》卷四《掉头翁歌》注,鲁志敏,名修,号卧雪,本姓许,其祖嗣于鲁,故改姓,乐平人。元李存《俟庵集》卷二〇有《送鲁志敏北游序》,称"乐平鲁志敏甚好作诗,尝过余,出其编,余读之,有以深见其工且勤也"。《鄱阳五家集》卷一五刘炳《春雨轩集》之四《百哀诗》云:"鲁志敏,讳修,乐平人。雅志乎学,尤攻于诗,屡陈策于辕门,欲澄清而匡世,白首哀咏,徒厪忧国焉。有《卧雪轩集》。授校官。"可惜的是,鲁志敏《卧雪轩集》虽然嘉庆年间尚存,但现在已经下落不明。至于刘润芳诗稿,王朝架《韩云樵传略》后附有跋语:"闻周雪坡、刘润芳遗集尚在人间,愿得博取而互校之。"可见嘉庆年间王朝架也只是听闻而已,现在恐怕早已荡然无存了。《云樵诗稿注释》为我们提供了这一重要线索,可补《元人传记资料索引》和《补元史艺文志》的阙漏,并意外地为元诗文献增添了两名作者和4首佚诗。

再次,《云樵诗稿》作者具有比较自觉的"诗史"意识,如卷二《豫章纪事四十韵》序所云:"得历访城陷时事,因作诗纪事,以备史官采择焉。"其中的即事诗以"诗史"的形式再现了元末农民战争中动荡不安的社会现实。诗人长期任职江浙行省幕僚,先后奉命招谕张士诚、陈友谅,出使平江、鄱阳、山东等地,得以亲历战乱之苦,感受民生之艰,在思想上和艺术上都以杜诗为宗,因而具有很高的文学和史料价值。如《纪事一百韵》,以一千字的长诗忠实地记录了至正十二年(1352)七月徐寿辉兵袭杭州一事,既有对战争给杭州带来的灾难的如实描写,也有对战争失利的深刻反思,更有对英勇战死的官军的由衷礼赞,堪称诗、史结合的典范之作。五言古诗《舟发兴化,见积尸满河,慨然赋此》、七律《舟师发兴化》写的是至正二十一年(1361)诗人奉命出使山东、途经兴化的见闻,令人惨不忍睹。而在艺术方面具有较强感染力的当推《自京还杭纪事一首》,该诗描述了战乱中诗人从京还杭的艰难险阻:"衣冠弃沟壑,蓝缕奔涂泥。夜行避烽燧,昼伏听马嘶。匍匐过略彴,欹倾眠蒟藜。眼花迷远近,足茧失高低。矮树似人立,惊心转河堤。野燐照骷髅,悲风夜凄凄。归来恍如梦,妻子相对啼。生还成偶然,造物岂我挤。"情景历历在目,动人心弦。

希望本章能够抛砖引玉,使《云樵诗稿》这一湮没了六百多年的诗集得到应有的重视。

第二节 元杨翮《佩玉斋类稿》的版本问题

杨翮,字文举,上元(治所在今南京市)人。其父刚中,字志行,元大德间仕至翰林待制,有《霜月稿》四十卷,今佚。杨翮初官江浙行省掾,至正六年(1346)官休宁主簿,历江浙儒学提举,迁太常博士。元末战乱,还金陵。约洪武年间卒。所著《佩玉斋类稿》,刻于元末,陈旅、虞集、杨维桢等为之序。此集通行本是《四库全书》本,收录各体文章97篇。然《四库全书》本不是足本,南京图书馆和台北"国家图书馆"所藏清抄本中有3部属于另一传抄系统,比通行本多出27篇文章。目前,国内学界在使用《佩玉斋类稿》时,仍然认为该集只有通行本这一种版本,完全忽略了另一版本系统的存在。例如,《全元文》所据底本就是《四库全书》本,失收足本中的集内文27篇。因此,有关《佩玉斋类稿》的版本问题,实有必要加以深入考察,以期引起学术界的关注。

一、《佩玉斋类稿》编刻流传考

《四库全书》本《佩玉斋类稿》卷首依次有后至元二年(1336)九月陈旅序、至正八年(1348)春虞集序、元统三年(1335)三月吴复兴跋、至正八年(1349)十二月二十二日杨维桢序,均未提及《佩玉斋类稿》的刊刻情况。此外,清朱彝尊《潜采堂元人集目录》著录《佩玉斋类稿》有后至元二年曾棨序,此序今已不见。考杨翮至正六年(1346)官休宁主簿,集中文章皆作于休宁主簿任上及以前,从虞集、杨维桢二序可见是集的编成刊刻时间大约在至正八年(1349)左右。由于元末战乱,此集在明代罕见流传。翻检现存20余种明代公私书目,皆未见著录。直至清初钱曾《读书敏求记》才著录有元刻本《佩玉斋类稿》,然该元刻本已经亡佚,明清两代没有翻刻,故此书仅以抄本流传至今。

由于《佩玉斋类稿》不分卷,以文体分类编纂,在流传过程中随意合并或者分割,造成了卷数上的差异,人为地导致了版本的复杂。据调查,除去《四库全书》本外,海内外现存《佩玉斋类稿》抄本8部,主要有十卷本、十三卷本、不分卷本等分卷方式。

1. 十卷本(甲)

《四库全书》中收录的《佩玉斋类稿》来源于"两淮马裕家藏"本,是十卷本,即卷一至二记、卷三至八序、卷九论、卷十题跋、乐歌、启、笺,共收文97篇。此本在民国时编入《四库全书珍本初集》,与《景印文渊阁四库全书》本成为目前最通行的版本。但黄虞稷《千顷堂书目》已著录《佩玉斋集》十卷,可见此种分卷方式来源甚早,刘兆祐认为"疑是明以后重编者"[①]。

2. 十三卷本

《佩玉斋类稿》十三卷本,现存两部,即上海图书馆藏清康熙抄本和南京图书馆藏清抄本。十三卷本与十卷本(甲)在内容、篇目顺序上完全一致,不同的是将十卷本(甲)的第十卷析为四卷,题跋、乐歌、

---

① 刘兆祐《四库著录元人别集提要补正》,台北私立东吴大学,1978年,第179页。

启、箴各为一卷。但这种分卷方式并不合理,因为题跋3篇,乐歌、启和箴各1篇,每卷篇幅与前面九卷极不平衡。

上海图书馆藏清康熙抄本二册,半叶九行十九字,左右双边,无框格,钤印有"谦牧堂藏书印""谦牧堂书画记""徐乃昌读"。沈津有专文介绍,认为"此康熙抄本当为现存最早之本"[1]。南京图书馆藏清抄本著录于《善本书室藏书志》,有丁丙跋,称"写缮极精,可供参校"[2]。

此外,清王闻远《孝慈堂书目》、汪远孙《振绮堂书录》也著录有十三卷本抄本,惜已亡佚。

3. 不分卷本

钱曾《读书敏求记》著录有元刻本,不分卷。由于元刻本已佚,目前所知仅有钱曾简短的描述:"翻,字文举,以文类其稿,不分卷帙,元刻中之佳者。"[3]陆心源《皕宋楼藏书志》卷一〇八著录有影写元刊本,今藏日本静嘉堂文库,未见。从《皕宋楼藏书志》所录四篇序文的次序来看,应当与《四库全书》本是同一版本系统。

复旦大学图书馆藏清道光抄本,《中国古籍善本书目》著录为十二卷,误。此本分体编排,每卷卷端题"佩玉斋类稿",次行题"上元杨翻文举",次行题文体名,如"记""序"等,与十三卷本编次完全相同,但未标卷数。卷末有诸成璋跋:"右元杨文举《佩玉斋类稿》共一本,毛生翁借得,倩友人抄者。原写本业经刘良弼校过,尚多错误未改正。兹复检出,摘书于上。其可疑者,阙之。他日得善本,再校一过,庶无讹尔。道光十八年七月十八日璞崦诸成璋识。"钤印有"旧山楼""非昔居士"等,为赵宗建旧藏。

此外,上海博古斋2008年秋季大型艺术品拍卖会古籍善本专场第1288号拍品为旧抄本《佩玉斋类稿》不分卷本,半叶十三行二十三字,无边框界栏。此本与复旦大学图书馆藏清道光抄本编次相同,未标卷数。

---

[1] 沈津《书城挹翠录》,上海社会科学院出版社,1996年,第228页。
[2] (清)丁丙《善本书室藏书志》卷三四,《续修四库全书》本。
[3] (清)钱曾《读书敏求记》卷四,《续修四库全书》本。

4. 十卷本（乙）

由于《四库全书》本十卷本（甲）、清抄本十三卷本和不分卷本在内容和编次上都基本相同，因此，人们极容易忽略一个重要的事实：同样是十卷本，另一种清抄本与《四库全书》本相比，在内容和编次上存在很大差异。有趣的是，南京图书馆藏有两部清抄本，分属两种版本系统：十三卷本与《四库全书》十卷本相比，虽然卷数不同，内容则完全相同；而另一种清抄本，虽然卷数相同，但内容和编次有很大不同。由此可见《佩玉斋类稿》在版本上的复杂之处。

《佩玉斋类稿》十卷、《补遗》一卷，清劳权抄校本，清丁丙八千卷楼旧藏。半页八行二十一字，无边框界栏，二册。内封贴纸，有丁丙跋，已载《善本书室藏书志》，此不赘录。副页抄录《四库全书》本《佩玉斋类稿》提要，钤"四库著录""八千卷楼丁氏藏书印""学林堂"三印。卷首为虞集、杨维桢、陈旅三序。正文卷端题"佩玉斋类稿"，次行题"元太常博士上元杨翮撰"。钤"劳权之印""平甫"二印。卷一论、碑，卷二至三记，卷四至八序，卷九书、启、说、颂、赞，卷十箴、铭、题跋、墓志铭、祭文、乐歌，收文124篇，比通行本多27篇，内容相同的部分在编次上也稍有不同。卷末有吴复兴原跋。又有劳权跋，并过录朱绪曾跋。最后为《补遗》一卷，录文7篇、诗7首。卷中有朱、绿、黑三色批校，出于劳权之手。劳权跋云：

> 此从朱述之先生借钞。阁本缺逸，已据别本补完。述翁拟刊行其乡前辈遗集，此乃其一也。钱遵王有元刊本，不分卷数，乃是原本。传钞本类皆随意分析，故两本次第不同耳。平夫记。

朱述之即朱绪曾（1805—1860），字述之，号北山。上元人，与杨翮为同乡。清道光二年（1822）举人。藏书甚富，有《开有益斋读书志》六卷、《续志》一卷。此本过录朱绪曾跋云：

> 丁酉春，从文澜阁借钞。孟秋，又得旧钞本，因补足阁本之缺。旧钞本以阁本第九卷为首卷，今从之。碑、书、说、颂、赞、铭、墓志、祭文，俱阁本所缺。朱绪曾跋。

丁酉为道光十七年（1837），所谓"旧钞本"，来源于武原马氏，《开有益斋读书志》有更详细著录："余见《佩玉斋类稿》凡三本：初从文澜阁传钞；继假汪氏振绮阁本十一卷，文无加增；后得武原马氏旧钞十卷，以论为首，较前两本多十之三。余更采《上虞水利序》《白云稿序》《续复古编序》《杭州府学及嵊县学宫碑》《陈少阳集跋》，《雅颂正音》所载诗，附录于后，而未已也。"①武原马氏即马玉堂，字笏斋，海盐人，道光元年（1821）副贡。藏书斋名"汉唐斋"，庋藏孤本秘册甚多。

《佩玉斋类稿》元刻本不分卷，南京图书馆藏清劳权抄校本虽已改编卷数为十卷，但应当是目前最接近元刻本的一种抄本。台北"国家图书馆"藏有同一版本系统的二部抄本，其中之一为邓邦述旧藏，系据劳权抄校本传抄，卷末过录有朱绪曾、劳权跋，又有邓邦述手书题记②，邓邦述《寒瘦山房鬻存善本书目》卷四有著录。邓邦述为民国时南京藏书家，与朱绪曾一样，皆曾计划刊刻《佩玉斋类稿》而未果。

综上所述，《佩玉斋类稿》的元刻本已经失传，在流传过程中形成了两个版本系统：《四库全书》本和武原马氏藏旧抄本。前者是通行本，为残本；后者是稀见本，也是足本。与《四库全书》本（十卷）属于同一系统的有上海图书馆藏清康熙抄本、南京图书馆藏清抄本（以上为十三卷本），日本静嘉堂文库藏清影写元刊本、复旦大学图书馆藏清道光抄本、上海博古斋2008年秋拍卖旧抄本（以上为不分卷本）；属于武原马氏藏旧抄本系统的有南京图书馆藏清劳权抄校本、台北"国家图书馆"藏清抄本和旧抄本（以上为十卷本）。

二、《佩玉斋类稿》足本的来源与真伪

《佩玉斋类稿》足本来源于武原马氏藏旧抄本，有关该本的更早来源，目前尚未见到相关文献记载。但研究表明，该本比通行本更接

---

① （清）朱绪曾撰、宋一明整理《开有益斋读书志》卷五，上海古籍出版社，2015年，第135页。
② "国家图书馆"特藏组《"国家图书馆"善本书志初稿（集部）》，台北"国家图书馆"，1999年，第98页。

近元刻本的原貌,内容更为完整,文献真实性也没有可以质疑的直接证据。

首先,从序跋与正文的编排次序来看,足本比通行本更接近元刻本的原貌。如前所述,通行本卷首有三序一跋,依次为后至元二年(1336)陈旅序、至正八年(1348)虞集序、元统三年(1335)吴复兴跋、至正八年(1349)杨维桢序,序与跋皆置于卷首,又没有统一的编排次序;而足本的序在卷首,依次为虞集《〈佩玉斋类稿〉序》、杨维桢《〈杨文举文集〉》、陈旅《〈杨文举文稿〉序》,吴复兴跋位于卷末,这是符合序跋编排体例的。虞集为元代文坛巨擘,与杨翮之父刚中为好友,且《〈佩玉斋类稿〉序》几乎是虞集绝笔之文,在元代刊刻出版时理当置于卷首。至于正文的篇目编排,足本也更加整齐有序。通行本以《祈门县重修社坛记》为首,并无深意;足本以《汉高祖论》为首,包括5篇史论,与科举考试有着密切关系。其次为碑、记,是叙事性文字;序、书、启、说以议论为主;颂、赞、箴、铭为韵文;墓志铭、祭文和乐歌与死者及祭祀有关,这样的编排顺序符合各种文体的特点,也符合宋元时期的文章学思想。当然,足本和通行本一样,也有共同的缺点,即改编了原书卷数。《佩玉斋类稿》原本不分卷,足本和通行本都人为地改编为十卷,终究不是该书最原始的面貌。只不过相对而言,足本比通行本更接近元刻本的原貌。

其次,足本比通行本多出的27篇文章,应当是来源于元刻本。《全元文》搜辑有元一代文章,征引大量文献资料,没有收录这27篇文章中的任何一篇。笔者在元明清三代的文章选本、地方志、石刻文献、书画题跋、笔记中,也没见到相关文章被收录与转引。与此相对,朱绪曾所辑《〈佩玉斋类稿〉补遗》一卷,补杨翮集外文7篇,其中《〈桧亭集〉序》《朱右〈白云稿〉序》《戴九灵画像赞》已为《全元文》辑录,分别来源于丁复《桧亭集》卷首、朱右《白云稿》卷首、戴良《九灵山房外集》;另外4篇,虽然《全元文》失收,却也能查到文献来源,如《陈恬〈上虞县五乡水利本末〉序》,来源于陈恬《上虞五乡水利本末》卷首;《杭州路重建庙学碑》来源于《杭州府志》。因此,可以排除这27篇文章是后人重辑的可能性。那么,它们从何而来?《佩玉斋类稿》通行本只收记、序、论、题跋、乐歌、启、笺等7种文体,而足本编录论、碑、记、序、书、启、说、颂、赞、笺、铭、题跋、墓志铭、祭文和乐歌等15种文体,比通行本多8种文体。据《佩玉斋类稿》卷首杨维桢序,至正八年,杨翮"获见予吴门次舍,示所著碑、铭、叙、志、笺、颂、论、赞,凡若干卷"①。杨维桢序中所提及的碑、铭、颂、赞4种文体,不见于通行本,而武原马氏藏旧抄本则完整收录,可见该本就是这27篇文章的最早出处,其文献来源只可能是元刻本。

至于是否存在后人作伪的问题,目前尚未发现任何直接证据提出有力的质疑。该本作为一个流传有绪的善本,来源于武原马氏,很可能据元刻本传抄,经朱绪曾、劳权、劳格、邓邦述等著名藏书家、学者鉴藏,其真实性应当可以肯定。而且从这些文章所涉及的元代史实及其与杨翮的关系来看,伪本的可能性很小,下文将详述。

三、《佩玉斋类稿》足本的文献价值

《佩玉斋类稿》足本虽然并不是特别珍贵的文物性善本,但它的存在具有很高的文献价值和学术意义。它提醒我们,面对各种书目著录和各大图书馆收藏的同一部书的同一版本,如果没有逐一翻检原书,不能轻易断定它们在内容和版本上的异同。将这些看似相同、实则不同的版本的价值揭示出来,是学术界与图书馆界的共同任务。

《佩玉斋类稿》足本的重要文献价值,主要体现在以下几方面。

1. 可为《全元文》辑补杨翮文31篇

《佩玉斋类稿》通行本编录杨翮文97篇,足本有文124篇,而《全元文》所据《佩玉斋类稿》的底本为《四库全书》本,完全忽略了足本的存在,因而失收集内文27篇:卷一《建德县三皇庙碑》,卷九《上王廉使书》《上元宪副书》《与吴录事书》《上张中丞求铭墓书》《上王敬伯侍御书》《魏彦明更名说》《杜母颂》《嘉则颂》《家庆图赞》《玉函图

---

① (元)杨翮《佩玉斋类稿》卷首,《景印文渊阁四库全书》本。

赞》《墨赞》《瑞竹赞》,卷一〇《有恒心斋铭》《潘以道古镜铭》《鉴铭》《万金铭》《瑞竹铭》《容安斋铭》《府判孙公墓志铭》《孔门冢妇杨氏墓志铭》《唐子文墓志铭》《祭太常博士韩公文》《祭罗与可文》《祭陶止善文》《祭府判孙公文》《祭李国瑞文》(代作)。另外,朱绪曾所辑《补遗》7篇中的4篇也为《全元文》失收,分别是:《陈恬〈上虞县五乡水利本末〉序》《嵊县学记》《钱舜举〈太湖赋〉跋》《杭州路重建庙学碑》。以上合计31篇文章,约15 000字,可补《全元文》之阙。笔者拟全文辑录,另予发表,以供学术界参考。

2. 为研究杨翮的家世生平提供新的史料

由于元末战乱,流传至今的杨翮家世生平资料极为匮乏。《佩玉斋类稿》足本中的部分文章,正好可以补充相关史料。关于家世,据《孔门冢妇杨氏墓志铭》,杨翮高祖始从浙江处州之松阳流寓金陵,占籍上元。祖公溥,宋乡贡进士,赠奉训大夫、徽州路婺源州知州、飞骑尉,追封上元县男。父刚中,以文学起家,终翰林待制、承务郎、兼国史院编修官。关于姻亲,据《府判孙公墓志铭》,杨翮之妻为集庆路总管府判官孙怡老之长女;据《孔门冢妇杨氏墓志铭》,其妹嫁龙兴路儒学正孔友益(为孔子后裔)。生平方面,虽然目前尚无法考知杨翮的生卒年,但《佩玉斋类稿》足本提供了重要线索。杨翮兄妹三人,同出吴氏,杨翮为长,杨牖次之,妹柔胜最幼,后至元六年(1340)卒,年三十一,据此可推其妹生年在至大三年(1310)。因此,杨翮之生年应当约在大德(1297—1307)年间或大德以前。仕履方面,杨翮历官江浙行省掾、休宁主簿、江浙儒学提举、太常博士,但具体任职时间,除官休宁主簿是在至正六年外,其余都不清楚,而《补遗》中的《陈恬〈上虞县五乡水利本末〉序》署"至正二十二年龙集壬寅十二月朔,从仕郎、江浙等处儒学提举杨翮序",《嵊县学记》作于至正二十四年九月丁卯,所署职名同前,可见至正二十四年(1364)杨翮还在江浙儒学提举任上,其时距元亡仅四年,故杨翮官太常博士应当是在这四年中。杨基《悼杨文举博士》言:"白发苍髯老奉常,乱离终喜得还乡。"诗中之"奉常"即指杨翮官太常博士。至于其卒年,约在洪武年间,《四库全书总目》

之《佩玉斋类稿》提要有考证,此不赘述。

3. 可增补元人传记资料的阙略

《佩玉斋类稿》足本中的 3 篇墓志铭,可以增补《元人传记资料索引》的缺漏,为元史研究提供新资料。除杨柔胜外,还有孙怡老、唐林二人。《元人传记资料索引》据《至顺镇江志》卷一六和《至正金陵新志》卷六,记载孙怡老传记为:"孙怡老,至大二年任丹阳县尉,迁句容主簿。"①除此之外,没有别的传记资料。但《佩玉斋类稿》足本有《府判孙公墓志铭》,载其生平甚详:孙怡老,字友诚,占籍当涂。父炳文,登宋进士第,入元累授朝列大夫、江州路治中,改忠州知州。孙怡老以父荫补授漳州路盐仓副使,以忧去官,服除,再授丹阳县尉,调宁国路税使,升进义副尉、句容县主簿,迁平江路平准库使,转忠勇校尉、同知归州事,官终忠武校尉、集庆路总管府判官。至正五年(1345)卒,年六十有九,据此可推其生年为至元十四年(1277)。唐林是元代画家唐棣之弟,然而《元人传记资料索引》虽有二人同名"唐林",但与唐棣之弟不是同一人。据《佩玉斋类稿》足本中的《唐子文墓志铭》,唐氏三兄弟之长为唐棣,字子华;仲为唐材,字子才;季为唐林,字子文。唐林卒于至正七年(1347),年五十二,可推其生年为元贞二年(1296)。唐林好作诗,有《冰壶集》,已佚,可补钱大昕《补元史艺文志》与雒竹筠《元史艺文志辑本》之阙。

除墓志铭外,其他文章也可提供一些传记资料。例如,杨翮之父刚中,《元人传记资料索引》仅称其"卒年七十四",不知具体年份,而据杨翮《上张中丞求铭墓书》可知,杨刚中卒于后至元四年(1338)戊寅秋,可推其生年为宋咸淳元年(1265)。又据《建德县三皇庙碑》,辛淑,字仲刚,汶阳人,后至元五年(1339)由江浙行中书省掾曹任建德知县,《元人传记资料索引》未收录其人,等等。

总之,《佩玉斋类稿》足本具有重要的文献价值,其文献真实性也无可置疑。朱绪曾称"翮集传元代金陵之文献"②,揭示的是《佩玉斋

---

① 王德毅等《元人传记资料索引》,第 879 页。
② (清)朱绪曾撰、宋一明整理《开有益斋读书志》卷五,第 135 页。

类稿》对于元代南京文献研究的重要价值。随着研究的深入,其各方面的价值定能得到更加充分的发掘与利用。

第三节 《全元文·杨翮卷》佚文辑补

《全元文》卷一八四二至一八四五据《四库全书》本《佩玉斋类稿》辑录杨翮文,另辑得集外文5篇,分为4卷。由于没有注意到足本的存在,漏收集内文27篇,漏收朱绪曾辑补文4篇。杨翮佚文31篇,具有一定的文学价值和史料价值,但查阅不便,因而有影印或点校的必要。现据南京图书馆藏清抄十卷本标点整理,以供学术界参考。

1.《建德县三皇庙碑》

至正元年春,池属邑建德县三皇庙告成。邑父老将树石庙门,以著经始,来告,俾为文纪焉。走以尝善其邑大夫辛侯,去年秋,过其县,知侯治邑状,且闻方议庙事。今庙成,固宜书,不可让。

谨案开辟之初,鸿荒肇判,帝太昊始画八卦,神农氏播种百谷,轩辕黄帝制为宫室衣裳,开万世之利,有功于生民甚厚,其道至大,邈乎不可述已。历代报祀,传至于今。我际国家,定叙礼秩,致尊隆之义,俾率土有邦,无间遐迩,皆得立庙,著在甲令,故三皇之庙遍天下州郡。建德县有庙在公署右,当泰定丙寅,邑宰刘君蒇焉,前未尝有也。天历乙巳火,两庑为墟,独礼殿岿然仅存。至元五年,汶阳辛侯由江浙行中书省掾曹来为县,视事之三日,虔谒庙廷,顾瞻有惕,曰:"惟三皇之道,丕阐上古,功在天下,万世利泽,垂于无穷。凡厥有生,得遂蕃息之性者,皆圣神是赖。报以庙祀,若之何其可弗恭?今予以长民之职令斯土,而圣神之宫蒇焉不治,安之非所以隆古先、敦本始也?予其亟图焉!"明年三月三日,遵承故事,用币牲于庙。于是官于医学者曰教谕邓文瑞,率其徒奔走执事。礼成,遂用前诸生而语之故。举酒劝徕,众皆悦喜。得愿助之士若干人,为钱若干缗。材植孔良,工用具集。粤自九月庚申始事,内则治开天之殿,新东、西庑,又绘十大医像于其中;

外则作仪门五栋,旁翼两阿,又峙三轙鞋于其前。环以墉垣,如壁斯立;甃以砖甓,如砥斯平。丹垩之焕,榮载之严,举以程度。又明年三月休功,规制始称,皆侯之绩也。先是,兰溪吴先生正传宰是邑,用文儒饬吏治,强毅有为,日以诗书惠化,陶其俗,邑人爱慕之如父母。侯曩时尝受业先生,及为县,实踵其后。故其始至,既惟先生之旧是率,而更以兴废补币为事。首致力于学宫,继则大修城隍祠宇,复为屋以居鳏寡孤独之民,筑馆以候王人、上官、宾客之至者。于是迎谒至于社坊公宇,丽谯之楼,莫不完好可书。独作庙事,章章较著,是尤宜书,不可让。侯名淑,字仲刚,以父任得官,所至奕奕以廉敏著,于是庙之成概可见矣。系之诗曰:

> 维古圣神,继天立极。俾我生民,贵出群物。弥亿万年,曷赞其德。於皇天朝,崇祀有秩。凡有民社,莫敢不式。繄此建德,池阳之邑。邑侯孔仁,仲刚氏辛。圣神是钦,惠此邑人。大营新宫,庸报本始。皇居谧清,烜赫峻伟。瞻敬有严,式称完美。玉峰盘合,兰水清漾。奉时春秋,祯祥止止。丽牲有石,刻辞是纪。昭示来者,敬嗣成轨。

(以上南京图书馆藏清抄本《佩玉斋类稿》卷一)

2.《上王廉使书》

月日诸生杨翩谨再拜奉书大参廉使相公阁下。伏惟阁下以阀阅才知,谋谟庙堂之上。丰功伟业,既已铭旗,常勒鼎彝,炳炳乎不可诬已。然海内之士,瞻望诵说,独推尊阁下之文以为高,诚以夫功近而道大也。盖道高于言而为文,惟能者然后工之,工之然后识之。故愚不诚,愿有陈焉。人闻长安之乐,则出门向西而笑;知肉味美,则过屠肆而大嚼。耳目口腹之欲,于人至浅也,而好且嗜之,若是快意当前,有不知其然者耳。况夫所谓道者,使海内之士而得闻之,则其所为愿乐者,曷可喻哉!今翩之于阁下,愿乐之深,盖亦犹夫笑且大嚼者矣。然阁下之所以得此于人者,道在焉故也。春秋之时,季札历聘中国,至鲁见叔孙穆子而说之,于齐说晏平仲,于郑见子产,如旧相识,适卫说蘧瑗、史狗、史鰌、公子荆、公叔发、公子朝,适晋说赵文子、韩宣子、魏献子以及叔向。当是时,中国之大夫若此数人者信贤已,而季札于一见之间说之,如是者,诚以其道同故也。道在乎是,则人以之而重,岂功业之为哉?功业者,非道之所系也。非道之所系,夫苟自力者皆可为。至于文,非道无以充之。此海内之士所为独推尊阁下之文也。夫文章之誉,公卿大夫得之于士者盖寡,而阁下得之于天下若固然者,亦尝惑焉。至于阁下之来江东,得观德谊之光华,见阁下于一介之士,苟一言之几乎道,虽久而不忘。然后知阁下之见称于天下,又不待以其文也。翱不才,不能有以自见,独于言语文字之间窥其一二。窃以为创九筵之室者,其析桱之绳墨必精;铸百钧之鼎者,其范围之规度必密。工者作之,则不工者莫辨矣;能者作之,则不能者莫测矣。今焉自通于阁下,一道其所欲言者,岂徒然哉!以阁下之于是,能且工焉故也。然阁下之位于朝数十年,南行且数千里,亦尝有以道见说于阁下者乎?伏望赐之末座,而幸教其万一,不宣。

3.《上元宪副书》

古之君子,修诸己,不求人知,而人无不知。或者立身行道,以希天下末世之誉,而天下来世有知有不知者焉。其下言不必文,行不必达,同流合污而莫能自表于众庶,遂至于无所可知,宜其人不足以显今而垂于后已。故曰:"上士忌名,中士立名,下士无名。"然观自古以来得其时者,或称道之于其前,或赞美之于其下,因其名而求其人,若无以复加焉者,要其实无有也,何其幸欤?亦有力善好修之士,进无所附以为之主,退无所托以为之归,有其实而道不获用,终其身而名不克称,又何其穷也?呜呼!事之大缪有如此者,可不为之太息乎?

翱之幼而学,壮而欲行。窃自谓其才虽未试而可用,气虽未完而可充;闻见虽未博也而亦足以资其设施,器识虽未宏也而亦足以恢其权度,文章虽未雄也而亦足以粉饰乎太平;至于字书之能取法乎篆隶,诗歌之能比迹乎风雅,是皆自信而不疑者。然而,处则有父兄之闻望著乎乡,出则有贤卿大夫之德业光华昭乎庶位,是以区区之名蔽焉而莫或彰。辟之适鲁者,咸知夫泰山之为高,彼其凫、绎、龟、蒙,非不截然大也,而见称者寡矣。大木之下,丰草为之不殖。何则?有所蔽故也。夫翩之蕴蓄积累,郁郁而不获伸,有年于兹矣。于是奋发刻厉,庶此中之耿耿者,得以自见。早夜以思,未得其术若是而又不号呼于人,以幸其或察。则虽有兼人之智、绝伦之能、经济天下之略,亦将遏抑顿挫,穷无所合,以至于没没不闻而已。可胜叹哉!

阁下之为御史,为奉常,为郎官,论议风节,焜耀乎当世,昭赍乎后来,其名盖亦显矣!阁下其亦垂意于斯乎?今阁下持使节,司风纪,则又执名实之权者也。于此有人焉,潜心乎道义,笃意乎事功,而阁下亟然称之,则力善好修之士不幸而无名者寡矣;于此有人焉,违道以干誉,立异以为高,而阁下默之屏之,无所假借于辞色,则夫得其时而侥幸以有名者亦寡矣。夫如是,则自今以始,苟得阁下片言之褒,可不为至荣也哉!庸是以书自通于阁下,惟阁下亮其狂斐。不宣。

4.《与吴录事书》

七月日建康杨翩谨奉书录事先生执事。士盖有居天下之穷约而不损,处天下之荣达而不加,任天下之烦猥琐屑而不挫。仕不忘学,贵不忘贱,不简不傲,而后不变于其初,是其中必有甚异而不凡者。呜呼!此天下士也,执事其亦然之乎?执事以时才茂德,起于科目而吏于州县,诗书为政事,礼义为法律,严明为儆吏之方、锄奸之用。且其宦习之气不有,而儒素之惧固存。则夫所谓天下士者,非耶?若执事者,真无负于科目矣。夫自汉唐以来,国家之所以取士,而士之所以自进也,多由于科目。国家之意,亦不甚美,而士大夫之由是以进者,亦可谓近正矣。然科目之名,岂足以尽天下之贤?而由是以进,岂必皆方正廉洁之士哉!国家以夫仕之进以他歧者,非必方也,非必贤也,非必廉且能也。故合天下之士,考其一日之长而遽俾之以政。上无循资叙考之烦,而其致宠也厚;下无积日累月之久,而其取名也华。以一介之布衣,而登九品之通籍。轻若举毛,易若拾芥。秩足以荣其身,禄足以优其家。所宜竭力尽忠图报其上,不得以他歧进者比也。然而孱弱不职者有焉,深刻自怵者有焉,通贿财、败官箴者有焉。其视夫进以他歧者,率不少异,而反过之。求其为循良岂弟,自别于其间,如执事者无几。此翮之所愿见于执事也。翮也斐陋无似,生二十有四年,未尝有寸禄及其身,然私窃自念异日之所以处己制事,当有以异乎寻常之人之所为者。其身之进也,不必其由于科目,而深愿以出于科目者自效。岂区区之志,偶有与执事之所为者合,而执事之所为,诚士君子之所当尔者欤?此翮之所为愿见于执事也。侧闻执事以政事之余,日与贤士大夫接。其交也,无异态、无矫容。商论义理文章,无夸大之言、固执之论。昨观执事之文,亦诚有若此者,盖似其为人也。庸是以书自达而道其愿见之意,并录所为古赋、杂文十篇,以为谒见之贽。惟恕狂简,幸甚,不宣。

5.《上张中丞求铭墓书》

月日诸生杨翮斋沐端拜奉书于中丞相公大人先生阁下。翮不才,幸以先人受知以左右,故间者得拜阁下于金陵。今兹自金陵挈舟,绝江淮,由洸泗,历齐鲁之境,不远数千里,北至京师,伏谒阁下之门,愿有请于阁下,阁下幸垂听焉。

翮闻之,古者大贤君子之爱人也,不惟导扬德美荣贲于其平生,又必惓惓焉为之发其潜、阐其幽,振耀于其既没。是以存有荐誉之章,亡有诔谥之辞。古者大贤君子之爱人如此其厚也。故窃以为士大夫之于世,生不徒生,死不徒死。其生也,必期有以自立,苟不得而见之行事,而其志亦未尝不存;其死也,必欲其生平之大节,章章较著,莫不显白。是以于圹有志,于墓有表,于神道有碑,明可征也;系之以诗、以词、以铭,明可尚也。于是乎刻之琬琰,树之印隧,而终始之道备矣。然必求之宗工巨儒之能言者,而后足以信后世而垂无穷。今之文章,其可信后世而垂无穷者,舍阁下为谁?昔苏氏称欧阳公为今之韩子,翮亦以为阁下今之欧阳公也。何也?翮之先人,以一介之士,老于江左。阁下官南台时,屈台宪之重,时复枉驾过从,且谓其文章可传,辱为之序,遂使先人之文,传播四方,不终掩翳。虽苏氏之遇欧阳公,殆将无以远过。不幸先人以戊寅之秋,一疾不起,小子翮等以其年闰月八日奉葬祖茔。然至于今,墓道之石犹未立也。初,先人之将终,顾谓小子翱曰:"人固多我爱,顾知我莫如张侍御。我即死,汝能求侍御公铭,我虽死,犹不死也。"当是时,阁下既已还朝,继而复闻太夫人弃养,阁下丁艰归济南。翱方斩然衰绖之中,不得去几筵,从事道路,以故弗果即往所铭。及阁下起持使节,廉问燕南,而翱适在祥禫之余,奔走旧役,来趣京师,谓可假道镇定,庶几获见阁下。属阁下复拜南台中丞,过家上冢,于是请铭之事又不克谐。切以先人之遗言未酬,凤夜念此,不遑宁居,以为墓道之石未立,则是虽葬犹未葬也。故今伏谒阁下之门,愿有请于阁下,阁下幸垂听焉。

惟先人起身儒学,上之未尝居朝廷为显官,下之未尝历州县有惠政。苟其一二言行,不以托乎宗工巨儒之笔,将泯没无传是惧。况先人之为文章,其铭人之墓者多矣,可以身既没而其墓反不得铭之乎?铭之者必在阁下,盖阁下知先人最深。先人平生刻意圣贤之学,故其操履,规规绳墨,无一发外矩度。是于心术之纯,议论之正,小子翱不敢过伪浮辞溢美,以微欺妄之罪。然其立身行己之大概,阁下固已素知之。惟阁下笃大贤君子之量,追其存而不遗其亡,念其死而不异于其生。则岂惟小子翱他日有以复先人于地下,而先人之灵亦将怀德于九原矣。汉蔡中郎自谓于郭有道碑为无愧。今阁下之文章,真可以上下伯喈;先人之于林宗,什一倘可并哉?谨以南临主簿李恒所撰行状缮写成帙,并圹志、祭文、哀诔等述附其帙中。顿首百拜,呈之左右,幸阁下采择,不宣。

6.《上王敬伯侍御书》

月日诸生杨翱再拜奉书侍御相公大人阁下。翱尝观我夫子之称畏大人、畏天命、圣人之言,并列为三,无轻重之等,何其慎于礼也,而孟子乃曰"说大人则藐之"。窃以为士之于大人,宁无所说尔,敢不畏乎?故翱之为诸生也,凡名公巨卿之至于是邦,翱未尝不造门请见,瞻望光仪,以尽乎为士之礼。今敬以书,道所以谒阁下指意,阁下幸垂览焉。

往年阁下佥江东宪府时,翱之先人以掌故之职获与末属,辱知最深,翱因得以童子拜坐下。三十年间,阁下之历中外,位日高,望日重,天下皆以诵阁下之名。翱虽于阁下为故人子弟,而以僻处南方,徒负其惓惓向慕之诚,莫由是达。及阁下之来官南台,宜当奔走上谒执事者于下车之初,其所为久之而弗敢进见者,则有由矣。盖闻士之于公卿,固有可见之礼,及其一旦有职于抱关击柝之事,则为公卿者必将以势分临之。翱驽下不材,此因先人余荫,得一九品官。复以奔走之役给事浙省,既终,更猥受鄙小县主簿在徽之休宁。虽未即上,然自是竟不敢一迹至乎公卿之门,以犯不韪之罪。因是杜门不出,以其闲暇,日理先人旧业。诚以名在有司之至微,于台宪上官有势分之严。虽阁下名当世大人,士之所当畏,且于翱为世契之尊,翱又在诸生之列,终不得以平昔之礼进见者,职此故也。属者闻之道路,谓阁下有省辖之命,且将于是邦无旬月淹。翱因私念,幸以先人之故,在童子时获承下风。既而倾仰积年,不得一遂总见。今阁下又当远去是邦,不于此时图自叙列,以求识察,岂惟不近人情,亦当获罪于执事者。于是幡然决意,径造墀下,藉诸生自名,用故人子弟之礼见。惟阁下进退之。不宣。

7.《魏彦明更名说》

宣魏彦明更名以蔑,而征其说于予。予按春秋之世,晋有先蔑,鲁有仲孙蔑,字书以为人劳则蔑然也。晋、鲁二大夫之所以名,莫可知已。若彦明者,殆其劳于学也。夫彦明之言曰:"彦明,人所字我也;蔑,我所自名也。我始名晣,继名粲,惧其明之或过也,则以蔑更焉。吾盖将潜其光以内融,而使夫昔之晣者不外彰也;敛其辉以中察,而使夫昔之灿者不遐烛也。用其晦以自蔽,而使夫今之蔑然。昔渊乎其不华,戢乎其不扬,隐乎其不费,炫而遐射也。夫若是,人几不吾忌,而吾知免矣。"予退而思其言,深有感焉。若斯言者,殆其进于道也。夫盖自居以明者,有时而穷;而不以明自耀者,未必非真明也。彦明自幼修洁,治《尚书》,学《春秋》,劬研谨切,既力以勤,信乎其劳于学者。今果能不以名自耀,而以其所自名者,自轨以求,造乎敦厚笃实之归,则于道诚进矣。若夫举天下之事,蔑弃而不为;合天下之人,蔑视而不与者,则人之所甚忌也,岂彦明志哉?

8.《杜母颂》

杜侯义方母氏太夫人秩登九十,充泽康裕,耳彻微听,目达遐观,人以为积善之应。夫期颐之寿,世固鲜有,而夫人之嘉式柔范,又曷可以弗彰乎?乃为之颂曰:

泰和畅淳,世奥邃古。大朴混融,耆耄接武。俗漓质散,民寿靡长。或克培之,始臻懋昌。烝矣夫人,允备天禄。振淑中闺,作妣茂族。蓝田玉暖,凌室冰辉。柔质维恭,德容以徽。服饰静闲,志尚楚雅。勤以主中,和以穆下。春缫秋纑,执此妇功。爱礼爱度,以人以躬。三嗣翔英,二杰竞爽。腾躐清华,超绝辔鞿。崇崇高年,安受佚享。荣养有加,炫奕焜晃。迄以子贵,命封显登。象服辉辉,瑶佩玲玲。燕处高堂,出乘雕轩。令德盈门,嘉言在庭。岁时宴觞,孙子蓁茂。玉酿珍庖,光映斑绣。泽流后昆,蔚为哲母。我思古人,孰克并耦。三迁教成,厥惟孟氏。蜀陈鼎贤,慈训攸俾。夫人烝矣,是则是似。耋艾康强,斯乃人瑞。春晖气温,晨旭颜和。天道明明,福善靡他。自兹多祉,允硕且那。我作颂辞,以播声歌。

9.《嘉则颂》

汉刘向《列女传》,其所善者,非必皆绝世独贤,而众人之所难能者也。盖凡只言微行,有神名义者,莫不显书而并录之,以为善劝。余于是有取,已后千数百年,当有元之世,而得历亭郭侯之夫人焉。郭侯之夫人曰张,归郭氏时年二十,舅已死,善事其姑及姑之冢妇、处妇,似间无违礼间言。又极敬勤于所事,用能相侯,以儒起家,克有树见。子能勖之学,女能训以礼。奉时祀,能洁丰有加;外宾至,能在中善馈以饮食。接卑遇下,皆能一以平恕,不色辞忿嫉。以侯官得封宜人。侯之伯氏曰达卿、善卿、良卿,皆前死,三氏之遗孥,夫人悉能以侯议收畜之。达卿、善卿无嗣,则皆以子后之;良卿有子二人,复能俾之迪教有立。初,郭族弊于从军,岁费莫支,因与侯议曰:"吾家固与族从军,今族贫不能从军,而吾家能从军,曷尽输费以纾族乎?"乃独任从军。夫人性贤素,能攻劳作苦,乐澹泊,不尚珍美文绣,而于所当务,独能施舍无靳容。葬郭氏高祖以下丧三十余,衣衾纩袭,皆手自缝也。至顺元年,从侯于太平路推官,当易封命未下,以二年疾死寓邸,年六十三。平时尝戒诸子曰:"若父之能官,皆伯父之力也。若等宜毋忘。"且死,又戒之曰:"若先世以诗书世其业,至于今。我死,若兄弟处事,宜如礼恭,且友宜弗失,勿贻人议也。"遂死。故侯之德谊行于家、廉明昭于时者,夫人佐之也;诸子之济济悌让、质文相宣者,夫人诲之也。呜呼!夫人之言行若此,可贤也已。然岂必皆众人所难能哉?以余观夫人之事,大抵措立一本于节俭,而培埴深厚矣。夫人幼时,属母杜氏寝疾,乃刲臂肉和药进,因获愈。念以其类,夫众人所难能也。故不著若诸事之奕奕可纪者,非可为善劝也夫?作《嘉则颂》。颂曰:

> 於惟夫人,有匡有秩。女训是饬,柔德孔硕。温温祁祁,嫔于士家。悬帨孔华,眉不令嘉。载承其姑,亶其勋劬。靡或不共,逊于娣姒。有子有子,以续伯氏。孤胤是鞠,既煦既燠。式用淑之,匪莫伊夙。言专从征,以麻尔族。执彼酒浆,以从烝尝。烝畀寝庙,苾其芬香。祖考来享,率时是常。用还咨度,繄侯是若。后生烝烝,彝诚有作。矢言申申,垂裕振振。永昭厥闻,维妇之绳。

10.《家庆图赞》

《家庆图》者,浙西宪府之行人蔡氏君俊,乐其家之盛而图之也。蔡氏世居江阴,君俊之祖母太夫人徐氏,与其父桧岩君,皆及见其孙、曾之茂。盖自太夫人而下五世矣。岁时燕集,一家之庆蔚如也。猗欤休哉!惟天默佑善人、繄有德者。昌惟余庆,不可以艾。故著者益远,而远者益蕃。图之而侈,其盛其畴,曰弗宜传。以示后之人,则匪文曷赖。乃拜手以赞曰:

> 炜矣高门,善有攸积。衍其迢源,休嘉靡匹。五世斯回,百禄是袭。耆耋在堂,孙曾有奕。穹堂静闲,穆穆雍雍。谁处其中,发雪齿童。子孙孙子,骈立拱从。或彩而嬉,或祛而并。和洽孔耽,光耿交映。以承慈欢,式恭以敬。载其乐只,为家之庆。烨烨丹

青,缥缃煌煌。巨图爰张,如跻其堂。一门之嘉,众人所望。期艾康佚,绪叶演迤。奕世之光,华谍之侈。匪绘孰观,匪颂孰美。述此赞辞,览者兴起。

11.《玉函图赞》

医经始于黄帝、岐伯问难之书,五运六气为之本,其说盖因乎六甲之所属,以见夫天人之相一者。然而辞旨之浑灏秘奥,殆难测识。至唐广成先生杜光庭,述其义,作《玉函经》,而复运气之说亦显。钱唐医士戴德夫,复取《玉函经》画为三图,瞭焉其可指而得、策而推也。非有以括其要者欤?学者诚能明是而用之,斯亦进乎其技矣。不有赞辞,曷以贻久?因缵其义,而赞之曰:

蘩民之生,参两天地。负抱阴阳,孰究其秘。罼罼三坟,著揭渊邃。名义豁启,昭矣运气。六甲有次,载环载循。乃立命基,乃觉痼瘵。功在万世,自古圣神。维寒维暑,维燥维湿。胜复变化,可按而测。侯辛侯甘,侯苦侯涩。宣道补助,可坐而得。轩辕之谟,广成有述。揭揭绳绳,式度以秩。卓哉戴子,爰制为图。厥图伊何,图方异区。宿次比置,支干载敷。八卦咸位,九州莫居。河洛之文,阴阳之律。因理生数,按方命物。八风有自,六脉有经。五邪异候,庶征殊名。正变以著,标本以明。推而索之,方技乃精。胡彼缪庸,察病以竟。孰方而施,自以为智。固胶于末,大末攸废。盍亦求斯,以拯以济。有开群蒙,时图之功。指掌而融,触类而通。若键有枢,若水有宗。跻民寿域,式康疲癃。作此赞辞,以示无穷。

12.《墨赞》

番阳董元辅造墨甚良,余惜其制作之弗古也,乃使更其范模,因为著赞。赞曰:

有蔚者松盘魏巅,神坢未液明膏烟。絪缊上腾纷附悬,突弗及黔夫岂然。惟光辅氏艺独贤,剂和成质侔椠铅。砺之洮石端歙琬,黝焉光泽垂简编。漆书不得作美前,何百千年尚尔玄。

13.《瑞竹赞》

至正六年,有竹生于光泽令居墙堵中,圮漫深固,弗能邑远,而其不颖然外见。令见而异之,命疏剔焉。然后节干柯叶,始得以去土壤之梏,而承雨露之华,人或庆其有遭也,遂以为瑞。呜呼!士盖有负凌云之志,而或不幸偃蹇卑屈,滞身下僚,曾不得以信其直气者,岂少哉?及其一旦获遇知己拔擢而振起之,俾其才业名誉章章然表见于当时,其视夫终身汨没污贱之中而无所遇者,奚啻穹壤?则其幸而获遇,顾不大可庆乎?予因是而有感也,作《瑞竹赞》。赞曰:

> 生理本直,惟物之天。夭矫抑郁,或则使然。有挺其节,孰得而析。其析伊何,势弗可揜。不有君子,恻然于中。为一引手,孰通其穷。其穷其通,畴可较计。穷则为孽,通始为瑞。夫以瑞名,斯岂其情。愿赞元化,咸遂有生。

(以上南京图书馆藏清抄本《佩玉斋类稿》卷九)

14.《有恒心斋铭》

有恒心斋者,当涂潘庭坚叔闻燕居之室也。其先府君去华先生命之其友上元杨翮铭之。铭曰:

> 凡民蚩蚩,先事育也。礼义之生,由富足也。茫无立锥,乃逐逐也。放辟邪侈,害滋笃也。卓兮离伦,惟士独也。箪瓢屡空,不谋夙也。壁立磬悬,何艺畜也。彝性则存,纯懿淑也。久约而安,弗丧梏也。人之无恒,徒自辱也。巫医犹然,类可触也。南人之言,经圣录也。子子叔闻,群誉属也。揭名斋居,言可复也。抑人初终,难预卜也。先贞之吉,或后黩也。感物而迁,征利欲也。毫厘之污,素守覆也。我虞其然,是用告也。子克靡偷,告斯渎也。铭子轩楹,弗朽读也。

15.《潘以道古镜铭》

齐金炼百液无滓,四神分踞兽其使。阴缦吉色光烨斐,款识漫灭几可指。太平之元诞作此,以道氏潘宝兹媺。刮鬲垢蚀莹绝比,妍者靓焉犹鉴水。邪恶远遁弗敢睨,肝腑洞射目寒泚。慎勿翳昧昏厥理,女庸顾谌昭德只。上章敦牂岁成瓯,畴其铭者佩玉子。

16.《鉴铭》

惟明昭昭,毋或昏之。孰妍孰蚩,洞照不遗。用明有时,在瓯有宜。辟彼察察,尤忌则来。尚监于兹,时惟尔规。

17.《万金铭》

至元六年,临海陈子临来金陵游,诸公闻有贤名。岁中,其伯兄子褰移书自越教敕之,其要领一本于敬慎。子临既拜受则置之怀袖中,如获重宝。古语谓家书可抵万金,不信然哉?予雅与其兄弟交,嘉其友爱,乃掇其书辞指意为《万金铭》。铭曰:

噫!予手予足,女游女独。凤夜谁诏,女曷自勖。其予言是笃。孰为心官,其神孔治。故虑弗虑者,得失之歧也。女其戒之,必审于思。孰为裪门,其机莫御。故善弗善者,荣辱之主也。女其戒之,必谨而语。君子之动必有常,而视履斯考其祥;君子之进必由道,而发身斯忌其暴。女其戒之,毋率毋躁。瞖子褰氏之言,告女临矣。其何以俾,譬犹万金矣。我述为铭,式铭乃心矣。

18.《瑞竹铭》

竹之生,至于翦伐矫揉,不可复生矣。而能生于不可复生之余,凡物之瑞,曷以尚兹。是用作铭,以遗肃夫氏。铭曰:

瞻彼箓竹,猗猗其美。维生以植,有戕则已。如何既戕,保此生理。生理之存,其瑞侪拟。孰观其生,有斐君子。

19.《容安斋铭》

海阳朱仲玉名其所居斋室"容安",盖君子惟能容天下之物,是故物与我皆相安于无事,不独居处之地为然也。作《容安斋铭》。铭曰:

溟渤溟溥百川受,巨灵众错靡不有。海若一或厌污垢,震荡翻覆曷可久。不拒而绝廓浅陋,天地清宁终古寿。朱叟仲玉歉者耇,长居一室小若斗。此室殆弗能容叟,其心休休畴克偶。嗟彼褊隘徒纷糅,君子致安厥有道。有容之度固以守,万汇不齐我悉围,使为彼容冥足取。诶人作铭书座右,容安著名永不朽。

20.《府判孙公墓志铭》

忠武校尉集庆路总管府判官孙公,讳怡老,字友诚。其先汴人,中徙和之含山。国初有从宦渡江而南来当涂者,后遂占当涂籍,葬当涂。至公,始再世。曾大父讳某,大父讳某。考讳炳文,来当涂者也。登宋进士第,官至天朝,累授朝列大夫、江州路治中,改忠州知州。公用荫补授漳州路盐仓副使。以忧去官,服除,再授丹阳县尉,调宁国路税使,陞进义副尉、句容县主簿,迁平江路平准库使,转忠勇校尉、同知归州事。至正五年秋七月,命下,授令官。八月视事,十月沿檄督所部输赋龙湾广运仓,未几,疡发于趾,即厌事,遂移书告老。十有二月乙丑卒龙湾寓邸,年六十有九。明年正月己酉,归葬当涂□乡金山之原朝列府君墓侧。太夫人□氏、莫氏。夫人吴氏,芜湖县尉岜之女。男二人,曰锁,曰镕;女三人,嫁上元杨翱、当涂李寿孙、庐江吴思佐。思佐,夫人之侄也。孙男三人,曰元葆、曰兴寿、曰尘寿;女一人,尚幼。

公为人慈祥岂易,早岁好朋友过从,日从事觞酒燕乐,衎衎适意,尝达夜不休。郡守豪贤,无不与之交欢焉。晚乃务为节俭,所居室庐圮甚,终不一撤新之。度不可居,则挈其家远去城郭,视僮客耕牧姑溪西,栖栖田舍中,处之晏如也。及宾客亲旧,时至相劳问,则必留款尽醉始罢去。凡当赴官,则强起漫为之,尝以退休为意。其居官,尚宽恕,不矜峻刻;待同寮,极和厚,雅恐少伤其情。人以是多之所至,常树思意。故善誉流闻,莫可胜记。有闻其没者,嗟人亡矣。呜呼!是皆宜铭者。翱在子婿之列,习文辞,谨著铭藏诸墓。铭曰:

> 孙氏昔蕃,覃于淮濦。逮至朝列,家徒始贵。起自儒冠,称擅才吏。革命之后,宦业弗堕。有迪忠武,克缵其世。从仕四方,靡耀靡替。善人之泽,可焘来裔。永固以安,网此玄窀。

21.《孔门冢妇杨氏墓志铭》

杨氏女嫁孔氏讳柔胜者,余妹也。呜呼!余妹之质,端婉以明,读书通大义,寡笑言,其幽闲渊雅,实出天性。盖自其幼时,父母昆弟皆已贤之矣。生二十三年而嫁，嫁九年，以至元六年庚辰七月甲子，卒于溧阳永定坊，年三十一。其伯兄翮，走哭其葬，而为之志曰：

杨氏之先，自高祖知县府君由处之松阳流寓建康，因家焉，世用儒著。祖讳公溥，宋乡贡进士，赠奉训大夫、徽州路婺源州知州、飞骑尉，追封上元县男。考讳刚中，以文学起家，终翰林待制、承务郎、兼国史院编修官。孔氏为东鲁圣人之裔，其五十三世孙讳潼孙者，去永嘉来江东，后辟建康路儒学教授，故亦家建康。又二世，而余妹归之，实为上元县尹承事公之家妇、龙兴路儒学正孔友益之妻。既归，而上下咸宜，继嗣以立。其夫又倜然卓特，能承其家之丰盛，而已独弗克永年其命矣。夫葬之卒之年九月甲寅，祔其姑沈夫人墓，在溧阳西吴山。子三人，女曰闺奴，男曰定生，其幼未弥月而失其母，因育于仲父，可哀也已！惟余兄弟二人及余妹，皆同出吾母上元县君吴氏，独妹为最幼而早亡，距吾父丧犹未再期也。余惧无以释吾母之情，遂假圹石而铭之，且志其哀于幽壤焉。铭曰：

关西世胄显且光，曲阜圣绪宏以昌。文儒簪绂炳相望，姻娅门阀式克当。姬嫔于子率厥常，结缡为妇宜姑嫜。出由寒素居浩穰，自视曾弗加毫芒。允若固有何卑昂，嗟彼外物何与邛。不矜其盈量汪洋，谓享遐厚畴可亢。逸哉天道胡茫茫，降年之啬弗永长。仅逾五六奄殒亡，西吴之原玄宫藏，尚大而胤绵余庆。

22.《唐子文墓志铭》

至正七年冬十月，休宁县尹唐君子华哭其季弟子文，将以某年某月某日葬之某所，乃序其行，属予铭。予受而为之述曰：

惟唐氏代为吴兴人，其先世执德树善，盖有自来。至赠归安尹讳清者，特好施与。尝因岁祲，发谷数万斛赈郡饥；又尝作屋剖田，立义塾，延明师，以教郡之秀俊。其能承父志以成之者，子文也。子文名林，曾祖焕、祖藻，皆处不仕。归安之子三人：伯曰棣子华，仲曰材子才，子文实归安之季子。妣沈氏，赠恭人。归安有义方之训，以故昆弟三人者，卒同居食，郁然无间言。子文早业进士，郡再以其名荐，就试行省，不利，遂弃之。又博通当世译书，会有故人之在朝者，召之，使试翰林，复辞不往。平生雅嗜道家言，喜剂善药拯病者。尤好作诗，其诗号《冰壶集》。为人无郭郭，勿事表暴，人不见其有违行，竟以是终其身。初，子华既思走京师，与公卿大夫士游。子文与其仲氏，因归安之资绪积累而恢治之，济以俭勤，家业益饶裕。故子华能不以私累其心，一意进取，用以成其名。子文常时遇子华所与善相过从，无问识不识，子华适他往，率敬礼之。佐子才，款洽供馈，尽欢乃已。子华之友有仕吴兴而丧其母者，时子华仕旁郡，不得奔走其事。子才力为经营，使得归葬，无少之阙，实子文赞之。令子华之名闻彰彰于世者，岂惟子华能自致哉，亦其弟之贤，左右弥缝，而归美于兄也。及子才既没，子华以强直不阿，与他官有隙，他官以公事挤之，不遗余力。子文卒能致贵显有权势者援解，迄无纤芥祸，且谋用深至，不使其兄知之，以动其念。观此，则子文之友爱为何如也？卒于九月甲子，享年五十有二。娶陈氏，无子，以子华仲子当孙为嗣，才七岁。子华宦游三四十年，方绾章绶，宰百里。其家日向昌盛，将有以被其荣于一门。而子才遽死，未再期而子文之讣又至，故哭之哀。铭曰：

惟迪其考，穰穰乎家之亨；惟辑其兄，奕奕乎门之宏。有继尔世绵不堕，我铭斯邱终古贲，帱尔后人引勿替。

23.《祭太常博士韩公文》

往年公就养于江西，而贱子侍家君客寓兹土，未获拜公于席下，而公以疾弗起矣。乃辱与公之二子游，又得娶公之爱女为室家，故虽不得见公之容貌于平生，而稔闻公之梗概于既没。盖公之风流，慷慨伟焉。中原之故家遗俗，惜其时之弗遘。以是仕不能达，名不克显，而材不及施。至于严义方肃，闺门则偭然毅然，非常人之所能及乎万一。是皆得于公之女者云尔。若其嘉言善行，遗轶而弗闻，妇人女子之不能记述者，奚啻什百于此乎？今闻新承赠典职为太常博士，于是知公之施德厚而享报丰矣。旅榇之前，用陈薄奠。惟公有灵，鉴此诚意。

尚飨！

24.《祭罗与可文》

呜呼与可！遽止于斯。如何不吊，竟死于羁。仅或得者，亦已皓首。曾未十年，连历三考。人皆谓公，仕与时偶。子亦教职，孝弟忠厚。租入既赢，陈粟积锶。避来金陵，使彼先上。予时与公，日夕还往。一旦别去，钱塘遨嬉。嗟公长者，胡不期颐。公长我年，再纪有奇。百家群史，涉猎无遗。公间语我，我苦嗜学。寻绎故艺，欲与众角。自兹文事，一是屏却。贯串何有，奚用浩博。今此奄逝，厥故显灼。门阀融昌，可卜其将。道途跋涉，来登公堂。德业之茂，奕世所基。人为儒官，终世奔走。公由此科，久弃弗取。赴调京师，殊未淹久。公与介弟，笃爱且友。人谓公门，师儒渊薮。闻公之至，多士慕仰。公之风节，可厉躁妄。饵剂沓进，针砭屡施。谓公即来，可遂追随。贤则宜寿，天孰可稽。屈己女我，实惟我师。作为词章，葩藻华滋。勖书纂言，靡怠益恪。忽焉遘疾，耗损胶削。予闻此言，识公愿悫。已或侥幸，名第高擢。公有令子，竟爽不弱。不亡者此，宜勿永伤。大宏厥家，子孙祁祁。一命不沾，比比而有。脱除邑校，聊复往就。出典郡庠，期近勿守。俱被敕书，辉映先后。北固学官，浩有腴壤。公于交承，乃极崇让。防至旅居，忽婴微恙。会其少愈，杯酒交持。公旋倾谢，才几何时。予惟念此，重为公悲。公治春秋，敦礼说诗。矢笔成文，极工骈俪。诏兴贤能，心实踊跃。心血槁干，不可去药。世之取应，采摭糟粕。公过勤笃，厕瘶由作。箕裘克绍，急义磊落。交友之谊，曷其能忘。酌兹朋酒，荐以羔羊。写词寓哀，涕泗其滂。

25.《祭陶止善文》

古人有言："一死一生，乃见交情。"盖有激而云尔。谓薄俗之可憎，若夫君子之契谊，则乌可以生死而重轻？昔君于我，友道实厚。岂幼交之日浅，亦廿年之故旧。何相暌之十载，曾不获以一觏。虽契阔之固然，曷瞻溯之敢后。比知迁擢，复起久间。巨航载家，作簿香山。邈因岛而为邑，渺炎海之四环。何慷慨之不惮，乃远宦于其间。予深为之助喜,亦切虑其险艰。近者沿檄,言迈洪省。遇番禺之士友,即风土而叩审。谓民俗之清夷,又瘴疠之廓屏。可终秩于兹土,将晏然而无警。来至湖阴,闻君已仙。遘微疾而不起,既旅梓之久旋。始听言而惊悼,遣涕泗之涟涟。感念平昔,心口相语。属兹东归,曷可决去。庶犹及其未葬,遂来哭于君宇。陈奠几筵,荐熟在俎。庶羞则无,亦有清醑。文以写哀,实附鸡絮。

26.《祭府判孙公文》

惟公先公,与先祖契。先子知公,属翱为婿。公之于翱,恩意笃至。令女虽没,眷与不替。凤承公德,铭腑刻肺。公宦四方,每趋公旁。念独秭归,省谒未尝。岂不欲往,道阻且长。亦送公行,至于武昌。逮其官升,实翱之乡。日夕函丈,公善洋洋。如何不吊,倏焉殒亡。灵轴旋归,我怀摧伤。属有薄宦,言当治装。远送弗能,中心皇皇。闻公之葬,寝处不遑。奔走来会,再拜公堂。登肴实酒,载馨载香。敬陈俎奠,有涕其滂。

27.《祭李国瑞文》代作

锡福惟五,自天之祜。林林生民,畴克备具。何因瑞公,独享全裕。岂彼造物,遍界特赋。盖公绝群,累善有素。勤能自力,俭弗逾度。于财乐施,急义若赴。与人善交,倾盖如故。凡经亲承,咸极爱慕。谓公长者,可赖可附。积久遂融,即公之躬。大昌厥家,奕乎弥隆。产殖之丰,称雄郡中。俯拾仰取,居积寝充。良田沃畴,阡陌衡纵。跨都历邑,膏腴齐同。巨艘相衔,嵯南莽东。或藉其赀,何远弗通。栋甍连属,第宅之崇。人趋于门,多如蚁蜂。纳质价贷,波涛澎冲。日入万钱,飞蚨憧憧。母盛子赢,生息不穷。黄金红粟,椟盈廪穹。利及数世,拟于素封。寿秩有永,逾七逮八。子孙孙子,蕃衍杂沓。孝敬惟谨,环拥骈列。义方所训,曾弗丽法。康强之年,殊折井井。登于籍书,多寡实允。生有余乐,殁无遗恨。一疾弗瘳,以考终命。惟我从女,嫔公之门。我子女夫,又实公孙。姻娅重迭,情犹弟昆。契谊绸缪,握手笑言。如何奄忽,公没我存。咸怀平生,黯其销魂。良辰不留,爰就窀穸。灵轮既迈,重见无日。白头亲交,曷胜恸盡。庶教维馨,清酌在后。写哀一奠,已矣长辞。尚飨!

(以上南京图书馆藏清抄本《佩玉斋类稿》卷一〇)

28.《陈恬〈上虞县五乡水利本末〉序》

士君子有天下国家之责,则当思所以利乎天下国家;无天下国家之责,而能思所以利其乡者,其贤亦可尚已。而况所利不在于一时,而有以及于后世之远而且博哉。上虞陈晏如以五乡之水利具有本末,不徒辑而为书,又必刻而传之,以垂永久,是其思以利其乡于后世之意何如也。盖夏盖、上妃、白马之为湖,于上虞旧矣。幸而不为田,则其乡之利甚厚;不幸而不为湖,则其乡之害有不可胜言者。利害之分,较然明著。奈何细人之肤见,往往没于小利,率倒施之,可为浩叹。此晏如所为凤夜惓惓,欲使后世长享厚利,而毋蹈遗害焉。予见其书,而悲其意,曰:"今而见士君子不任天下国家之责,而能思于其乡贻后世之利如斯人者。"遂为题其首简,俾后世览者于是乎尚其贤。至正二十二年龙集壬寅十二月朔,从仕郎江浙等处儒学提举杨翮序。(原注:见《上虞五乡水利本末》)

29.《钱舜举〈太湖赋〉跋》

往时吴兴赵翰林最善词章,而天下独称其善书;同郡钱舜举善写生,尤善绝句,然世之称舜举者,第以其画,亦莫之重其诗。今观蔡仲观氏所藏《太湖赋》,步骤音节,跌荡铿鎗,则舜举之长又不特诗、画尔。予因求其生平大节,殆所谓澹然与物无竞者,其人品何如哉?乃知绝艺之工者,恒足以蔽其他善,故君子不欲以一善成名。(原注:见《具区志》)

30.《嵊县学记》

嵊县儒学教谕项君昱谒告来杭,请于予曰:嵊属绍兴为县,其治在四山之间,庐井富盛,素号乐土。比岁□□□壤不时突来,至正二十一年,悉罹荡毁。学居县西南陬群峰之麓,亦复延燎,独论堂。自是以来,释奠无所□□靡托。昱初至官,不遑宁处。会浙东元帅周侯绍祖,以江浙行省平章政事光禄李公之命来县抚绥,谓县尹邢君雄曰:"今庠序遍天下,国家以之崇圣教育,人才乃兹。嵊学久废不治,厚伦美化之原,殆且榛塞,其曷可已也,我其图之。"顾惟□□□□足以周用,则身为之倡,出俸稍以神之,于是士类输费,翕然劝趋。侯为选于籍儒,取其能者,俾董其□,构堂□□五间,左右翼以两岸,设主堂上,以行朔望春秋之礼。左序以教诸生,右序以为学官之所寓,又别□□□□□昌像而祠之。始事于二十三年十二月甲子,至明年八月庚申休工,县尹实相其成。侯所经画,一不□民□□□以立,侯之言曰:"吾笃志于斯,甚至殚其力而为之,以时之不易也。故其所成就仅若此,后乎今兹□□□□拓而宏大之者,此为之权舆也。"昱以侯之在嵊,适当兵燹之余,而能作兴儒学,斯文赖幸,请为文以纪其□刻之□□。予惟古有学而无庙,故皆祀先圣先师于学,后世先圣先师之祀为庙而立像焉,非古也。今嵊县之学,虽诚草创,然深有合于祀先圣先师□□之义。学者尊尚圣人之道,顾岂在于崇侈哉?周侯之见,殆可谓卓然者已。嵊自周侯之至也,流亡日□□□□□庐舍日完,商贾日集,而士君子独以嵊之有学,为侯治绩之最,原侯之得展布其材者,不由于光禄公□□□□欤。初,侯尝作刘宠庙于钱清,在嵊未几起废二戴书院,新王贞妇祠,其于名教,盖惓惓焉也。嵊之学者□□□□斯时不以庠序为缓,其亦思所以兴起于学乎?圣人所谓造次颠沛必于是者,予愿为嵊之学者□之□□□□继先陈台人。是岁龙集甲辰九月丁卯记。(原注:见《越中金石记》,题"从事郎江浙等处儒学提举杨翮撰并书"。按光禄李公者,吴张氏将李伯昇也。)

31.《杭州路重建庙学碑》(《成化杭州府志》二十三)

古者王宫国都,一皆祀先圣先师于学,无庙也。至于后世,有学而又有庙,士之所籍以为讲肆修习之所,与夫致严于先圣先师者,由是始备。我国家混一朔南,向用文治,久之,天下郡县学庙寝以盛隆。杭在前代为都会,国社既墟,而其京学遂为郡庠,凡再新之,连毁于火。至正二十三年,总管夏侯思忠方议重作,因定以庙居中,其西为学,东为教官之署,拓其前及左,视先有倍。江浙行省左丞相太尉达公,捐金发粟,以应所需,所部富室翕然向风。侯遂戒属吏以任供亿,选曹吏以司簿书,合群工,鸠众役,同兴并举,无有后先。既俾僚佐分庀专总,侯旦暮程督,劳徕有常,举栋之日,观者如堵。太尉躬率僚属,来致犒助,行台御史亦与浙西、江东二道司宪之官犒助有差,境内有司不约而会。规模就绪,光显尊崇,仪像俨然,涂绘有度。至于执事诸生,赞礼之服,作乐之器,靡不咸新,式称明祀。会侯以迁官去郡,而高侯礼来代,策厉所司,毋替嘉业。凡庙学之宜有而未完者,一切全美,无少阙遗。经始于壬寅岁冬,迄工以又明年五月。教授达里月沙、学正姜让请所以载侯者,将刻之石。

惟夏侯之为杭守,适当兵革之余,而能笃意教化,所出真可谓知务者哉。乃若用圣贤之道,训于学者,救其弊而纳之中,则职教者之责矣。而今而后,诸君子游观于高明广大之居,可不思所以兴起乎？夫气习之凡近也,在恢之以见闻；器量之鄙陋也,在廓之于义理。是皆为士者所当急,不可以不图者。见其新而弗敢安乎其旧,侯盖于诸君子望之。然而养之之厚,斯可以责其教之之专,侯盖又有望于后之任师帅之职者焉。予以董学为官,因教官之请,特为论次兴作本末,并以学者见治所宜,告于吾党之士,复系之以诗,曰:

> 於昭皇元,稽古建学。释奠有庙,圣哲若是。大邦惟杭,庙学有硕。冠于东南,昔守所作。夏侯戾止,勗厉有数。闵伯弗仁,欻尔肆虐。嗟我多士,靡寓靡托。侯曰噫嘻,教寔治本。自灾初罹,夙夜炳炳。我其图之,曷敢弗勔。顾惟学储,枵匮乏窘。乃吁乃劝,资用若禀。乃经乃营,面势则审。工如素朝,速甚响景。不爽不衍,人叹其敏。礼殿桓桓,德容雍雍。不显其光,冕旒山龙。惟此王宫,山□穹崇。有戟在门,有黉在旁。佩袗游歌,其乐无终。作兴惟谁,时侯之庸。闽有常衮,蜀有文翁。夏侯于杭,颉颃其踪。侯之去矣,高侯缵功。肆我杭士,文化日隆。声教所暨,四方同风。视兹为准,咨尔庶邦。

（原注:《成化志》五十八"碑碣目":"《杭州路重建庙学碑》,江浙儒学提举杨翮撰。"）

（以上南京图书馆藏清抄本《佩玉斋类稿》补遗）

Ⅲ 虞集诗文著述辑考

◎ 第八章 伪《杜律虞注》考
◎ 第九章 《全元文·虞集卷》佚文篇目辑存
◎ 第十章 《虞集全集》补遗

第八章

伪《杜律虞注》考

旧题虞集撰《杜律虞注》,选注杜甫七言律诗149首,流传颇广。然自明人曹安、陆深等开始已质疑其伪,而《四库全书总目》辨之尤详,其为伪书已无疑问。现代学者如余嘉锡《四库提要辨证》、程千帆先生《杜诗伪书考》①、郑庆笃《杜集书目提要》②、周采泉《杜集书录》③、冯建国《〈杜律虞注〉伪书新考》④、刘振琪《〈虞注杜律〉之作者争议及其板本介绍》⑤等论著进一步详考,证据更加充分,结论更加可信。但有关该书作伪的方式与原由,仍有不少模糊不清的地方,须深入考证。

一、从杨、黄二序比较看伪《杜律虞注》之由来

郑庆笃等编著的《杜集书目提要》在谈到伪《杜律虞注》时说:"诸本序跋互有增减,唯杨士奇一序均载。"又说:"杨士奇序为作伪者张目,故为刊行者必不可少。"⑥但明正德三年(1508)罗汝声刊本《杜律

---

① 程千帆《古诗考索》,上海古籍出版社,1984年,第345—365页。
② 郑庆笃等编著《杜集书目提要》,齐鲁书社,1986年。
③ 周采泉《杜集书录》,上海古籍出版社,1986年。
④ 冯建国《〈杜律虞注〉伪书新考》,《中国古典文学论丛》第三辑,人民文学出版社,1985年。
⑤ 刘振琪《〈虞注杜律〉之作者争议及其板本介绍》,《中州学报》第9卷,1997年。
⑥ 郑庆笃等编著《杜集书目提要》,第61页。

虞注》卷首的杨序与通行本颇不相同,不仅前后文意重复,且间有语句不相接之处;除了杨序外,正德本还有黄淮序一篇。黄淮序与通行本杨序有一段文字相同,现分列对照如下。

通行本杨士奇序	正德本黄淮序
百年之前,赵子常、虞伯生、范德机诸公皆擅近体,亦皆宗于杜。伯生尝自比汉庭老吏,谓深于法律也。又尝取杜之七言律为之注释。伯生学广而才高,味杜之言,究杜之心,盖得之深矣。观其《题桃树》一篇,自前辈已谓不可解,而伯生发明其旨,了然仁民爱物以及夫感叹之意,非深得于杜乎? 或疑此编非出于虞,盖谓欧阳原功所撰墓碑不见录也。伯生以道学文章重当世,碑之所录,取其大而略其小,故录此未足以见伯生,然必伯生能为此也。①	百年之前,赵子昂、虞伯生、范德机诸公皆擅近体,亦皆宗于杜。伯生尝自比汉庭老吏,谓深于法律也。又尝取杜之七言律为之注释。伯生学广而才高,味杜之言,究杜之心,盖得之深矣。观其《题桃树》一篇,自前辈已谓不可解,而伯生发明其旨,了然仁民爱物以及夫感叹之意,非深得于杜乎? 或疑此编非出于虞,盖谓欧阳原功所撰墓碑不见录也。伯生以道学文章重当世,碑之所录,取其大而略其小,故录此未足以见伯[生]。学者由此而求之,则思过半矣。②

  正德本杨士奇序没有以上这段文字,而是为作伪者张目说:"文靖以雄才硕学为当代儒宗,其注释……因辞演义,深得少陵之旨趣,然而未有刻本,所传不广也。江阴朱熊维吉近京都录而得之,持归将锓诸梓,求二杨少傅先生序以冠其端。维吉之伯父善继暨乃父善庆尝承庐陵杨公之命刊刻单复《读杜愚得》,维吉今于此复能致力,逾月而告成。"在篇末又说:"此编旧未有刻本,江阴朱善庆尝刻单阳元《读杜愚得》,其子熊得此编,又请于父而刻之,吾闻熊有孝行,固其克承父志与!"③这两段文字明显语意重复。而且,在"此编旧未有刻本"这一段之前,有"生然必伯生能为此也"这样一句与前后文意不相衔接的话。考通行本杨序中有"故录此未足以见伯生,然必伯生能为此也"之语,和前面的文意相合,则"生然必伯生能为此也"很可能是摘自这

---

① 《杜工部五七言近体合刻赵虞合注》,南京图书馆藏清代查氏写刻本。
② 《"国立中央图书馆"善本序跋集录》别集类,台北"中央图书馆",1994年,第105页。
③ 《"国立中央图书馆"善本序跋集录》别集类,第103页。

段话,只不过是作伪的手段不甚高明,把上一句的"生"字也摘抄进去了,从而露出了破绽。

台北"国家图书馆"藏有明成化七年朝鲜刊本《虞注杜律》,卷首和正德本一样,并载杨士奇、杨荣、胡濙及黄淮等人的序,此外又载有正统八年(1443)林靖序和成化七年金纽跋,由此可以推断,正德刊本是与正统、成化刊本一脉相承的。这几个《杜律虞注》的早期刊本都有黄淮序,其文字应该与正德刊本相同。而正德本确切地将"百年之前"这段话归于黄淮名下,因此,要么是通行本的杨士奇序是伪造的,要么是黄淮序是伪造的,二者必居其一。

但正德本杨序还是为我们提供了考查作伪者的重要线索,"江阴朱熊维吉近于京都录而得之,持归将锓诸梓",这和杨荣序、胡濙序所述基本相同。杨荣、黄淮和杨士奇序都没有署明年岁,只有胡濙序题作"宣德九年冬十月既望资善大夫礼部尚书郡人胡濙序"[1]。从这几篇序中我们可以清楚地知道,《杜律虞注》在宣德九年之前并没有刻本,是江阴朱熊从京都"抄录"回来,请他的父亲朱善庆刻板刊行。在此之前,朱熊的伯父善继和父亲善庆刚好刻完单复的《读杜愚得》,这个刊本至今尚存。由此可见,江阴朱氏实为专门刻书的书贾。"逾月而告成",朱氏刻书的速度不可谓不快矣。天顺元年(1457)黎近为《杜律演义》作序时即讥称:"近时江阴诸处以为虞文靖公注而刻板盛行,谬矣!其《桃树》等篇、'东行万里'等句,复有数字之谬焉。"[2]不仅刊刻速度快,应邀作序的名人也很多,分别是"荣禄大夫、少傅、兵部尚书兼华[盖]殿大学士"杨士奇,"荣禄大夫、少傅、工部尚书谨身殿大学士"杨荣,"资善大夫、礼部尚书"胡濙,"荣禄大夫、少保、户部尚书兼武英殿大学士"黄淮,兵部、工部、礼部、户部四部尚书都请出来了,这实在算得上是刻书史上的"今古奇观"!因此,抛开这些序的真伪暂且不论,即使全部是真的,朱氏的用心也是值得怀疑的[3]。事

---

[1] 《"国立中央图书馆"善本序跋集录》别集类,第103页。
[2] 《"国立中央图书馆"善本序跋集录》别集类,第108页。
[3] 按:周采泉《杜集书录》已怀疑二杨及黄淮三序为朱熊倩人代笔,而盗诸巨公之名以欺世者。参见周采泉《杜集书录》,第281页。

实的真相极有可能是,朱熊伪造了虞集《杜律注》,只得借助这些名人的官衔来为自己虚张声势,使人们相信确实是虞集所撰,从而达到获利的目的。

二、伪《杜律虞注》的内容

《杜律虞注》虽然是伪书,但作伪者并不是简单地把张伯成的《杜律演义》改头换面,题为虞集所撰。因此,无论把《杜律虞注》看作虞集还是张伯成所撰,都是不符合事实的。那么,二者究竟有什么异同呢?

首先,二书在目次的编排上大同小异。《杜律虞注》上卷分"纪行、怀古、将相、宫殿、省宇、居室、题人屋壁、宗族、隐逸、释老、寺观和四时"等12类;下卷分"节序、昼夜、天文、地理、楼阁、眺望、亭榭、果实、舟楫、桥梁、燕饮、音乐、禽兽、虫类、简寄、寻访、酬寄、送别和杂赋"等19类。《杜律演义》也分为前、后集,分别刻有目录。前集分"雨旸、山川、时序、花果、禽鸟、宫殿省宇、居室、隐居"8类;后集分"楼阁桥梁、寺观、音乐、将帅、宗族、释子、纪行、述怀、怀古、游宴眺望、简寄酬赠、寻访送饯和杂赋"等13类。至于每类所含篇目,《杜律演义》的楼阁桥梁类收诗10首,包括了《杜律虞注》的楼阁、亭榭、桥梁三类;《杜律虞注》的纪行类收诗10首,《杜律演义》的纪行类只收诗2首,这2首加上述怀类8首正好与《杜律虞注》的纪行类篇目等同;《杜律演义》的游宴眺望类收诗6首,包括了《杜律虞注》的燕饮、舟楫、眺望三类;《杜律演义》的简寄酬赠类收诗20首,《杜律虞注》中则析为简寄、酬记两类;《杜律演义》的寻访送饯类收诗17首,《杜律虞注》中也析为寻访、送别两类,以上分类虽有小异,但无论是分还是合,篇目都完全相同,只不过是在分类上《杜律虞注》分得更细罢了。

其次,在注释和解题的编排上,《杜律演义》把注解和解题都放在每首诗的后面,先训释词语意思,再阐述作诗之意旨,中间以一个圆圈隔开;而《杜律虞注》则将注移置到了诗中,在诗后阐发诗的意旨。

最后,也是最重要的一点,即二者在内容上有同有异。从整体上说,《杜律虞注》的解题部分和《杜律演义》除了个别字句有文字出入外,内容则完全相同;而注释部分,往往是虞注详而张注简。这正像程千帆先生所预见的:"然私意所存,终疑二注或相剿袭,未必雷同","故二者若相剿袭,自虞袭张;若相雷同,亦张不出虞"。① 由于篇幅关系,仅各举一例如下。

(一) 解题部分基本相同之例

以下两栏分别是《杜律演义》和伪《杜律虞注》中《蜀相》篇的解题:

《杜律演义》之《蜀相》篇	伪《杜律虞注》之《蜀相》篇
此公初至成都访诸葛庙而赋之也,起句问祠堂之在何处可寻,接句自答在城外古柏阴森之处也。次联咏祠堂之景,"自春色""空好音",幽闃之地,少人经过也。因睹此景,追感当时先主之顾草庐,至再至三,如是频繁者,屈己求贤以为恢复天下之计也。武侯既出,遂以讨贼为己任,开基济业,历事两君,其言曰"竭股肱之力,效忠贞之节,继之以死,此老臣君之心也"。先主之计若此之大,武侯之心若其其忠,惜乎渭滨之师,马懿怯战自守,未见大捷而武侯死矣,乃千载之遗恨,所以长使英雄之士思之而泣也。前四句咏祠堂之事,后四句咏武侯之事。②	此公初至成都访诸葛庙而赋之也,起句问祠堂之在何处可寻,接句在城外古柏阴森之处是也。次联咏祠堂之景,"自春色""空好音",幽闃之地,少人经过也。因睹此景,追感当时先主来顾草庐,至再至三,如是频繁者,屈己求贤以为恢复天下之计也。武侯既出,遂以讨贼兴复为己任,开基济业,历事两君,其言曰"竭股肱之力,效忠贞之节,继之以死,此老臣忠君之心也"。先主之志若此之大,武侯之心若此之忠,惜乎渭滨之师,司马懿怯战自守,故未见大捷而武侯死,乃千载之恨,所以长使英雄之士思之而泣也。前四句咏祠堂之事,后四句咏武侯之事。③

可以看出,伪《杜律虞注》中《蜀相》篇的解题基本上剿袭了《杜律演义》,但文字错误及脱落情况明显要多于《杜律演义》。笔者以《杜律

---

① 程千帆《古诗考索》,第363页。
② (元)张伯成《杜律演义》后集,南京图书馆藏明嘉靖十六年王齐刊本。以下所引《杜律演义》正文皆出于此,不再一一注明。
③ 旧题(元)虞集《杜工部七言律诗》,《四库全书存目丛书》影印北京大学图书馆所藏明刻本。以下所引《杜律虞注》正文皆出于此,不再注明。

演义》后集所载84首诗的解题①,逐字与《杜律虞注》相应的篇章进行比勘,情况基本上与《蜀相》篇一样。因此,可以断定,伪《杜律虞注》的解题完全抄自《杜律演义》。

(二) 注释张简虞详之例

至于注释部分,伪《杜律虞注》明显较《杜律演义》详细。试以《诸将》第五首"锦江春色逐人来"一诗为例:

《杜律演义》	伪《杜律虞注》
锦江,城若锦城,其江若锦水。仆射,中丞严武也。朝廷之使台在成都之北,公为严参谋,故共迎中使也。	锦江,濯锦江,又曰浣花溪也,《方舆胜览》云:"成都锦江桥之水,濯锦则鲜明。"巫峡,见前《愁》诗注。望乡台,在成都之北,隋蜀王秀所筑。严武镇蜀,辟甫为参谋,时甫随武登台以迎中使也。三持节,两为节制镇蜀,一为刺史绵州。永泰元年四月,严武薨。

其他诗篇的注释情况基本上与此类似,大多是伪《杜律虞注》有极为详细、甚至是繁琐的注解,而张注则极其简明扼要。显而易见,伪虞注是在张注的基础上增补而成的。《徐氏笔精》卷三就谈到:"张本编次与虞本大异,其中训诂,张简而虞繁,必后人以张之旧稿稍增益之,伪为伯生所注。盖伯生位极人臣,而张宦不达故耳。"②以上两方面的比较可以证明徐氏所言不虚。但也许有人会说,既然张简虞繁,也可以反过来说,张注是在虞注的基础上删节而成的呀,为什么就不会是《演义》剿袭了《注》呢?

其实,尽管《演义》大致与《注》的内容相同,但它还是有一个特殊的标记可以证明自己的"身份"的。这就是"演义"的名称——区别于《杜律虞注》的最显著的地方。嘉靖本《杜律演义》正文前面的题名是

---

① 南京图书馆藏明嘉靖十六年王齐刊本《杜律演义》只有后集,故未能把前集也进行比勘。
② (明) 徐𤊹《徐氏笔精》卷三,《景印文渊阁四库全书》本。

"京口石门张性伯成演"。为什么叫"演义"呢？杨慎《升庵集》卷五批评伪《杜律虞注》(亦即批评《杜律演义》)说："杜诗可以意解,而不可以辞解,必不得已而解之,可以一句一首解,而不可以全帙解,全帙解必有牵强不通,反为作者之累。"[①]这正好可以作为"演义"一词的注脚,说明张伯成的《演义》不同于一般的注本,其特征是因"辞"推演"全帙"的意旨,故《演义》的注释部分很简明,而"演义"部分则很详尽。《演义》的注多处有"鹤曰"的字眼,说明他采用的底本很可能是宋代黄鹤的《补千家集注杜工部诗史》。举一个例子,《演义》在《即事》诗("天畔群山孤草亭")的标题下注曰："鹤曰:'诗云未闻细柳散金甲,当是指大历二年九月吐蕃寇邠灵州,京师戒严时也。'"在解释"三寸黄甘犹自青"时注道："师曰:'甘以三寸者入贡。'"这里的"甘"字,与黄鹤《补注》一样,注解的内容也一样[②]。而在《杜律虞注》中,这个"甘"字则改作了"柑"。《杜律演义》既以黄鹤《补注》作为底本,又简明扼要地摘录了底本的一些注释,这也说明了《演义》的目的并不是"注",而是以"演"为主。伪《杜律虞注》正是在这里犯了大错,作伪者照例抄袭了《演义》中"演"的部分,但由于《杜律演义》早已刊板问世,不能再取同样的书名了,所以改名为《杜律注》。但《演义》的注太简单了,所以又增补了很多注,并将位置移到了诗句中间。这就是《杜律虞注》作伪的基本手段。作伪者自以为很高明,但令人值得怀疑的杨士奇序还是露出了马脚。正德本《杜律虞注》的杨士奇序说《杜律虞注》是"因辞演义",这正与杨慎批评伪《杜律注》所说的"杜诗可以意解,而不可以辞解"的说法一致,其实都是为张伯成《杜律演义》的"演义"一词所作的注释。尽管伪《杜律虞注》改了个名字,希望能够掩人耳目,但"杨士奇"还是道出了《杜律虞注》的特点是"因辞演义"。这正好为我们辨别《杜律演义》和《杜律虞注》的真伪提供了最有力的内证。

尽管《杜律虞注》在很大程度上因袭了《杜律演义》,但它的注释

[①] (明)杨慎《升庵集》卷五,《景印文渊阁四库全书》本。
[②] 参见(宋)黄鹤《补千家集注杜工部诗史》,《景印文渊阁四库全书》本。

部分要比《演义》多得多,有时甚至要多出好几百字,这是一个无法忽视的事实。从这个角度而言,伪《杜律虞注》和《杜律演义》并不是同一本书。

进一步考察伪《杜律虞注》注释部分的来源,我们会发现,伪《注》大部分内容是抄袭《集千家注杜工部诗集》而成的。之所以说它抄袭,是因为伪《注》把《千家注杜》中注者的名字删掉了,而文字则基本上摘自《千家注杜》。以《拨闷》为例,《千家注杜》和伪《注》分别是这样注解"闻道云安麹米春"的:

《千家注杜》	伪《杜律虞注》
梦弼曰:云安县属夔州,今为云安军。《东坡志林》:退之诗曰:"百年未满不得死,且可勤买抛青春。"《国史补》云:"酒有郢之富水、乌程之若下,荥阳之土窟春,富平之石冻春,剑南之烧春。"杜子美亦云:"闻道云安麹米春,才倾一盏即醺人。"裴铏作《传奇》,记裴航事,亦有酒名松醪春,乃知唐人名酒多以春,则抛青春亦必酒名也。①	云安县属夔州,今为云安军。东坡云:退之诗曰:"百年未满不得死,且可勤买抛青春。"《国史补》云:"酒有郢之富水、乌程之若下,荥阳之土窟春,富平之石冻春,剑南之烧春。"裴铏作《传奇》,记裴航事,亦有酒名松醪春,乃知唐人酒多以春,则抛青春亦必酒名也。

在伪《杜律虞注》产生之前,《千家注杜》早已广泛流传开了,作伪者肆无忌惮地抄袭了它而没有被揭发出来,明人学问之空疏于此可见一斑。

有了这样一番追根溯源的考察,我们可以得出结论:《杜律虞注》是一部杂抄张伯成《杜律演义》和《集千家注杜工部诗集》而成的伪书,它的解题部分完全抄自《杜律演义》,而注释部分则主要抄自《集千家注杜工部诗集》。

三、伪《杜律虞注》之影响

由于《杜律演义》自问世以后即为罕见之古籍,知之者甚少,故伪

---

① 《集千家注杜工部诗集》,《景印文渊阁四库全书》本。

《杜律虞注》自宣德九年问世以来,迅速地流行于各地,并被不断再版翻刻,甚至远播海外,产生了巨大的影响,几乎使得《杜律演义》濒临湮没的境地。这实在是一个有趣的文化现象。

　　现存《杜律虞注》的版本,据《中国古籍善本书目》的著录,仅明代就有各种刻本达13种。其中,题名为《杜工部七言律诗注》或《杜律虞注》的单行本也有9种,分别是宣德九年朱熊刻本、正统石璞刻本、正德三年罗汝声刻本、嘉靖三年张祐刻本、万历五年苏昆孙桐花馆刻本、万历十六年书林郑云竹刻本、万历十六年吴怀保七松居刻本、邓秀夫刻本和王同伦刻本①。此外,据《"国立中央图书馆"善本序跋集录》著录,台北"国家图书馆"藏有明成化七年朝鲜刊本《虞注杜律》二卷,则该书早在明代前期即已传播到海外,这种传播速度实在令人吃惊。不仅如此,该书在明代还流传到了琉球王国。《明文海》卷二一三载谢杰《杜律詹言序》云:"余使琉球,见彼国所读书,独无经,而以《杜律虞注》当之。"②此外,在明代还出现了一批摹仿它的著作,如陈与郊的《杜律注评》、赵统的《杜律意注》和颜廷榘的《杜律意笺》等。《杜律虞注》版本之多、流传之广、影响之大,在古代的杜诗评注本中是极为罕见的。由此可见,无论评价者称伪《杜律虞注》成书如何"草率",其注解多么"肤浅",它在元明清文学史上所发挥的实际作用还是应该得到客观的评价的。自宋以后,注杜者号称"千家",而仅取杜甫七律加以笺注的,首创之功当归于张伯成。但在很长一段时间里,人们只知道虞集的《杜律注》,而不知道《杜律演义》。伪《杜律虞注》抄自于《杜律演义》的解题部分,具有浅显易懂的特点;它的注又是删节《千家注杜》而成,内容丰富而又篇幅适当,具有其他杜诗注本不可替代的作用,因而被初学者奉为学习杜律的指南③,得以广泛流传开来。

---

① 参见《中国古籍善本书目·集部》,第74—76页。
② (清)黄宗羲《明文海》卷二一三,《景印文渊阁四库全书》本。
③ 例如,明人颜廷榘《杜律意笺》卷首有《状》云:"元虞集伯生之注,至我朝杨文贞公所为序则疑其注之赝,而世之读杜律者犹以为指南。"(《景印文渊阁四库全书》本)

第九章

《全元文·虞集卷》佚文篇目辑存

《全元文·虞集卷》（凤凰出版社，2004年）以《元人文集珍本丛刊》本《道园类稿》及《四部丛刊》本《道园学古录》为底本，共收录集内文852篇①，辑录佚文147篇。此147篇佚文，误收者11篇，误析者1篇，重收者6篇，故《全元文》共辑录虞集佚文129篇。此外，笔者根据闻见所及，又辑得《全元文》漏收虞集佚文47篇，于将来虞集诗文之全面整理②，或许稍有裨益，错误之处，敬祈指正。

兹略述本文体例如下：

---

① 按：此852篇，一篇见于《道园遗稿》，其余见于《道园学古录》和《道园类稿》。其中有五篇当合并成一篇：《全元文》卷九三〇之《皇后修建黄籙大斋斋意》《正荐文》《孤魂榜》《风伯文》《雨师文》等五篇应当合并成一篇，后四篇皆是《皇后修建黄籙大斋斋意》之子目。《正荐文》有句云"鼎湖弓堕，俄兴臣妾之悲；丹阙礼成，既得基图之托"，正是代皇后言修建黄籙大斋之用意。而据虞集撰应制祝文之文例，《风伯文》《雨师文》并非独立之文章，乃隶属于总题之下。故此五篇当合并成一篇。有二篇当析成五篇：《全元文》卷八一四《封燕卜怜知院祖明里制》当另析出《封燕卜怜知院祖母制》《封燕卜怜知院父制》二篇。《全元文》卷九〇二《醮星文》，又见于《四部丛刊》本《道园学古录》卷二六，在《金神》与《元辰天刚》间有"九月十四日，高昌王大夫传旨作醮星文"等十六字，且《四部丛刊》本《学古录》之目录，即将此篇著录为二篇。又漏收2篇：《道园学古录》卷六《本德斋送别进士周东扬赴零陵县丞诗序》，《道园学古录》卷三一《曹文贞公文集序》。故集内文之总篇目为853篇。另外，《道园类稿》卷二九《思远亭记》有目无文，其存佚待考。

② 按：虞集之文，集内文853篇，外加《全元文》所辑佚文129篇及笔者所辑47篇，《虞集全集》新辑9篇（总计16篇，其中6篇与笔者所辑相同，1篇重收），总计1 038篇。此外当尚有阙漏。

（一）本文编序一依《全元文》，注明篇目所在《全元文》卷数及文献来源，以便覆勘。

（二）《全元文》多以《四库全书》本为底本，本文未能一一注明更早出处。

（三）《全元文》有文字疑误者，稍加按语；其误收、重收、漏收者，详作考订。

（四）为反映虞集文章全貌，本文附录了《虞集全集》①新辑佚文篇目，以资参考。

一、《全元文》所辑佚文篇目校正

（一）《全元文》所辑佚文篇目无误者校正②

《条陈疏》(《全元文》卷八一六，《辽海丛书》本《盖平县志》卷下)

按：此文最早见于元欧阳玄《圭斋文集》卷九《雍虞公神道碑》。《历代名臣奏议》卷二六〇、《元朝典故编年考》卷七皆作《屯田东京之议》，文字颇有出入。

《上学校疏》(《全元文》卷八一六，明崇祯本《二十一史文选》卷六四)

按：此文最早见于元欧阳玄《圭斋文集》卷九《雍虞公神道碑》。《虞集全集·前言》认为以上二疏文字过于零星破碎，不能作为"单独"篇幅，然此二疏内容相对完整，又是有关虞集一生事功和思想的重要文字，故仍旧收入。

《上状总管大尹相公》(《全元文》卷八一六，《文渊阁四库》本《赵氏铁网珊瑚》卷五)

按：此帖又名《即辰帖》，有真迹传世，现藏故宫博物院，与陈基、杨维桢等合卷称《行书诗札》，黄山书社 2008 年有影

---

① （元）虞集撰、王颋点校《虞集全集》，天津古籍出版社，2007 年。
② 按：《全元文》所辑佚文篇目无误者共计 136 篇，为节约篇幅，此处仅摘录需要校正者。

印本。

《答书》(《全元文》卷八一六,《文渊阁四库》本《俟庵集》卷三一;明永乐本《番易仲公李先生文集》卷三一)

  按:此为答李存书,当拟题为《答李仲公先生书》。

《重刻礼乐书序》(《全元文》卷八二八)

  按:《全元文》未注明文献来源。《虞集全集》失收,不知何故。

《佛祖历代通载序》(《全元文》卷八二九)

  按:《全元文》未注明文献来源,当是据《佛祖历代通载》辑入。

《端禅师序略》(《全元文》卷八二九,民国八年本《余杭县志》卷六一三)

  按:《余杭县志》误题,《全元文》亦从之。据文意,径山住持端禅师元叟作《四会语录》,该寺第一座正印过临川山中,求集为之序,当改题为《端禅师〈四会语录〉序》。王颋《虞集全集》据《中华大藏经》本《径山元叟端禅师语录》抄录全文。

《正道净明忠孝全书序》(《全元文》卷八二九)

  按:《全元文》未注出处,据《虞集全集》,当是来源于《道藏》本《净明忠孝全书》卷首。

《鹤斋诗序》(《全元文》卷八三〇,《文渊阁四库》本《珊瑚木难》卷七)

  按:此篇《虞集全集》以其篇幅过于零星破碎,未收,姑仍其旧。

《武当嘉庆图序》(《全元文》卷八三〇,1964年重刻《襄阳郡志》;《正统道藏》本《玄天上帝启圣灵异录》)

  按:《虞集全集》失收,不知何故。

《虞伯生学士跋》(《全元文》卷八三六,《四部丛刊》本《存复斋文集》卷六;《文渊阁四库》本《赵氏铁网珊瑚》卷一三)

　　按:此乃跋元朱德润所藏《睢阳五老图》,当拟题曰《跋〈睢阳五老图〉》。

《诛蚊赋跋》(《全元文》卷八三六,清道光二十八年本《仁寿县新志》卷七;《文渊阁四库》本《赵氏铁网珊瑚》卷五)

　　按:此跋真迹现藏故宫博物院,参见《中国古代书画图目》京1—702。

《书堂邑张令去思碑后》(《全元文》卷八三六,明崇祯本《古文澜编》卷二〇)

　　按:此文最早见于《元文类》卷三九,当据此本录入。

《书玄玄赘稿后》(《全元文》卷八三六,清宣统本《涵芬楼古今文钞》卷二一)

　　按:此文亦最早见于《元文类》卷三九,当据此本录入。

《跋赵汸对江右六君子策》(《全元文》卷八三六,明万历三十七年本《新安文献志》卷三八)

　　按:此文附于明赵汸《东山存稿》卷二,当据此本录入。

《跋曹娥碑》四篇(《全元文》卷八三六,《文渊阁四库》本《石渠宝笈》卷一三;1986年中国书店影印《三希堂法帖》)

　　按:虞集《跋曹娥碑》真迹现藏辽宁省博物馆,参见《中国古代书画图目》辽1-001。

《题李伯时画》(《全元文》卷八三六,《文渊阁四库》本《清河书画舫》卷八)

　　按:《虞集全集》失收,不知何故。

《世美堂记》(《全元文》卷八五五,清同治十一年《余干县志》卷一六;清同治十一年《饶州府志》卷三)

按：《虞集全集》失收，不知何故。

《姚忠肃公神道碑》(《全元文》卷八八九，清同治四年石印本《稷山县志》卷八，清光绪二十七年本《山右石刻丛编》卷三四)

按：国家图书馆藏有拓片。

《段氏阡表并铭》(《全元文》卷八九〇，清同治四年石印本《稷山县志》卷八)

按：此文又见于金段克己、段成己《二妙集》附录，题作《河东段氏世德碑铭》。

《朱宜人吉氏墓碣铭》(《全元文》卷九〇一，《四部丛刊续编》)

按：此文又见于元朱德润《存复斋文集》附录。《虞集全集》失收，不知何据。

《吏部员外郎郑君墓碣铭》(《全元文》卷九〇一，清宣统本《涵芬楼古今文钞》卷七八)

按：此文最早见于《元文类》卷五五，当据此本录入。

(二)《全元文》所辑佚文有误者18篇考订

1.《与朱万初》《道园经说》《薛玄卿辟路建馆记》《跋徐金书御制后》《题斗酒集》《李宗明诗跋》《跋文丞相与妹书》《跋胡刚简公奏稿》《跋文信公封事》等9篇误收，当删。

《全元文》卷八一六《与朱万初》辑自明天启本《翰苑琼琚》，实为虞集《道园学古录》卷二九《送朱万初诗四首》第一首之尾跋，不当作为单篇文章收录；且4首诗后皆有跋，如要收录，当兼收4篇，否则于体例不合。《虞集全集》未收。

《全元文》卷八三八《道园经说》辑自《四明丛书》本《宋元学案补遗》卷九二，本是摘引虞集文中的残章断句而成，不应独立成篇。《虞集全集·前言》同此说。

《全元文》卷八五七《薛玄卿辟路建馆记》辑自《赵氏铁网珊瑚》卷六,全文云:"至正四年之秋,江东龙虎山左右诸峰洪水一时发,漂屋庐数里间,大小龙以百数,悉挈云而去。其蛟蜃不能去者,死山石下,若腐木然。吁!亦异矣。明年,玄卿化去。筱岭,在贵溪县中道,玄卿辟路建馆其上,以憩行者。虞道园作记。"按:此文乃他人对薛玄卿"辟路建馆"一事之述略或小注,编者误以为虞集之文,殊不可解。《虞集全集·前言》同此说。

《全元文》卷八三六据清康熙二十二年本《江西通志》卷五四、道光五年本《吉水县志》收入虞集《跋徐佥书御制后》《题斗酒集》《李宗明诗跋》《跋文丞相与妹书》《跋胡刚简公奏稿》《跋文信公封事》等6篇,据王颋《虞集全集·前言》,皆系吴澄作品,见于成化刊本《吴文正公集》卷二八、卷二九、卷三一、卷二七,其说甚确,当删。

2. 《元高唐大中大夫临江路总管程公之碑》与《程思温墓碑铭》当合为一篇

《全元文》卷八九〇《元高唐大中大夫临江路总管程公之碑》与《程思温墓碑铭》皆辑自清乾隆本《武城县志》卷五二,前者无铭,后者无文,实为同一人之墓志与铭,当合二为一。

3. 《燕坐像赞并序》《南浦驿记》《青霞观记》《飞步像赞》《说法像赞》与《唐国师希微先生吴法通赞》等6篇重出,当删。

《全元文》卷八六五《燕坐像赞》,本属赞类,又重收入序类,载卷八三〇,题作《燕坐像赞并序》;《全元文》卷八五五《南浦驿记》辑自《南昌府志》,实载《道园类稿》卷二六,又载《全元文》卷八四八,题作《龙兴路新作南浦驿记》;《全元文》卷八五八《青霞观记》辑自嘉庆《湖南通志》卷一九〇,又见于卷八八八,题作《青霞观碑》,辑自《古今图书集成·艺文部》;《全元文》卷八六五第149页《飞步像赞》与第147页《吴宗师画像赞》重(文字稍有小异,一篇有小序,一篇无);卷八六五《说法像赞》与八六三《吴宗师画像赞》重。又,《全元文》卷八六五《唐国师希微先生吴法通赞》,系辑自清康熙抄配本《江南通志》卷六六,据《虞集全集·前言》,与同卷《三茅山四十五代宗师赞·第十七代》重。

4.《宪典总序》和《禁令篇序》两篇不符收录体例,当删。

《全元文》卷八三〇据《文章辨体汇选》卷三一二辑录虞集文《宪典总序》,据《御定渊鉴类函》卷一二六辑录《禁令篇序》,二文皆见于赵世延、虞集所纂《经世大典叙录》,属合撰文字。《全元文》卷六七五既已作赵世延文收录,又以零篇辑入虞集文,于例未合,当删。

二、《全元文》漏收佚文篇目辑存

《学士院劝清竹居可公长老住持圣寿禅寺为国开堂老疏》(民国二十六年中华书局铅印本《壮陶阁书画录》卷八)

《乞解职请马祖常自代疏》(《四库全书》本赵汸《东山存稿》卷二《虞文靖公行状》)

　　按:首尾完整,当是据原文抄录。

《对关中大饥疏》(《四库全书》本赵汸《东山存稿》卷二《虞文靖公行状》)

　　按:此文又见于《历代名臣奏议》卷二四八。

《奉复子牧孝廉贤侄书》(中华书局1980年点校本明叶盛《水东日记》卷二〇)

　　按:文中有"集记事奉复子牧孝廉贤侄"之语,故以为题。

《致柯九思书》(台北故宫博物院1971年影印本《石渠宝笈》续编"重华宫藏"卷八《元人行书尺牍》)

　　按:真迹现藏台北故宫博物院,著录为《虞伯生不及入阁帖》。

《致白云法师书》

按：此帖真迹现藏故宫博物院，题为《虞集行书致白云法师帖》，参见《中国古代书画图目》第19册京1-699。

《中原音韵序》(《四库全书》本《中原音韵》卷首)
《法书考原序》(《四库全书》本盛熙明《法书考》卷首)

按：《法书考》，元盛熙明作。《道园学古录》卷三有《题东平王与盛熙明手卷》一诗，小序云"至顺三年三月八日，熙明属欧阳玄记其事于左方"，可见虞集确曾与盛熙明有交往，为之作序，并无可疑之处，不知《全元文》因何故未收。又按：《虞集全集》已收。

《杜工部诗范德机批选序》

按：此序载台湾大通书局影印元刊本《杜工部诗范德机批选》卷首。明洪武间，高棅《唐诗品汇》卷七曾引及该序及该书；明正统间《文渊阁书目》卷一〇亦著录《杜诗范选》，虞序或可信①。

《景霄雷书后序》(影印《正统道藏》第29册《道法会元》卷一〇八)
《玄玄棋经序》(人民体育出版社1988年版元窦天章《玄玄棋经》卷首)
《鸣鹤余音叙》(《北图古籍珍本丛刊》本《道园遗稿》卷六《鸣鹤余音》卷首；影印正统《道藏》九卷本《鸣鹤余音》卷首)

按：《虞集全集》已收。

《题叶氏四爱堂诗卷序》(《北图古籍珍本丛刊》本虞集《伯生诗后》附录)

按：《虞集全集》已收。

---

① 详参张健《元代诗法校考》附录一《范德机批选李白、杜甫诗批语》，北京大学出版社，2001年。

《题胡古愚纪行集》(《四库全书》本顾瑛《草堂雅集》卷一三胡助《龙门行》诗后)

《题范德机书》(《四库全书》本傅与砺《傅与砺诗文集》附录)

> 按：《虞集全集》已收。

《跋赵孟頫书道德经》(台北故宫博物院1971年影印本《秘殿珠林》初编卷一六)

《跋海天旭日图》(《四库全书》本王士禛《居易录》卷二〇)

《跋薛绍彭临兰亭叙》(成都古籍书店1985年影印本明汪砢玉《珊瑚网》卷六)

《跋文敏书高上大洞玉经》(成都古籍书店1985年影印本明汪砢玉《珊瑚网》卷八)

《跋马远三教图》(成都古籍书店1985年影印本《珊瑚网》卷二九)

《跋宋李公麟画揭钵图》(台北故宫博物院1971年影印本《秘殿珠林》卷九)

《跋赵孟頫题耕织图诗》(台北故宫博物院1971年影印本《石渠宝笈》初编卷三)

《跋宋燕肃春山图》(台北故宫博物院1971年影印本《石渠宝笈》初编卷一四)

《跋柯九思晚香高节图》(台北故宫博物院1971年影印本《石渠宝笈》初编卷一七)

《跋何澄〈陶渊明归庄图〉》(《中国书画全书》本《式古堂书画汇考》卷四五)

> 按：真迹现藏吉林省博物馆，参见《中国古代书画图目》第16册吉1-008。

《跋黄山谷书释典卷》(《中国书画全书》本《式古堂书画汇考》卷一一)

> 按：此卷为元祐九年(1094)四月戊申黄庭坚书赠蒋叔震真迹。

《跋王大令鸭头丸帖》(《中国书画全书》本《式古堂书画汇考》卷六)

按：真迹现藏上海博物馆，参见《中国古代书画图目》第 2 册沪 1‑0002。

《题吴瓘画梅竹》(台北故宫博物院 1971 年影印本《石渠宝笈》续编"重华宫藏"卷六)

《奉敕跋定武兰亭真本》(台北故宫博物院 1971 年影印本《石渠宝笈》三编"延春阁藏"卷四四；故宫博物院影印本《定武兰亭真本》)

《跋赵子昂行书灵隐大川济禅师塔铭》

按：此帖真迹现藏上海博物馆，参见《中国古代书画图目》第 2 册沪 1‑0172。

《题李成寒林采芝图》(《中国书画全书》本庞元济《虚斋名画录》卷七)

《题米芾萧闲堂记帖》(清末陈氏摹本《渤海藏真帖》卷四)

《书马祖常题云江所藏李息斋墨竹图后》(《中国书画全书》本高士奇《江村销夏录》卷二)

《跋赵子昂画张公艺九世同居图》(台北故宫博物院 1971 年影印本《石渠宝笈》续编"养心殿藏"卷三)

《跋宋李公麟书前代故实》(台北故宫博物院 1971 年影印本《石渠宝笈》三编"延春阁藏"卷一一)

按：《虞集全集》已收。

《跋宋郭忠恕雪斋江行图》(台北故宫博物院 1971 年影印本《石渠宝笈》三编"乾清宫藏"卷九)

《跋蒋山寺碑》

按：此跋载《石渠宝笈》三编"延春阁藏"卷四一《元人杂书一卷》第 5 幅，标题为笔者所拟。其后附录诗 5 首，其中 3 首载《道园学古录》和《道园遗稿》。

《跋吴兴公手书黄素黄庭经》(《中国书画全书》本张丑《清河书画舫》卷一〇下)

《跋赵孟頫行书陶靖节诗帖》

> 按：此跋真迹现藏故宫博物院，参见《中国古代书画图目》第 19 册京 1-645。

《跋唐临右军二帖子昂补》(《中国书画全书》本吴荣光《辛丑销夏记》卷一)

《跋松雪翁画图》

> 按：此跋载台北故宫博物院藏赵孟頫《鹊华秋色图》卷尾，参见台湾学海出版社 1971 年版李崇贤主编《书画题跋录》。跋云："吴兴公早岁戏墨，深得物外山水笔意……至正甲申十二月朔。"据同卷钱溥跋尾，此文并非虞集题《鹊华秋色图》原跋，乃钱溥自他处移录，可拟题为《跋松雪翁画图》。

《跋二祖调心图》

> 按：此跋真迹载日本东京国立博物馆藏佚名摹石恪画《二祖调心图》卷尾。

《秋祀祠堂记》

> 按：此文载江西乐安县牛田镇流坑村所藏明万历四修《董氏族谱》①。

《豆腐三德赞》(《四库全书》本《赵氏铁网珊瑚》卷五)

> 按：《虞集全集》已收。

《论历代宫阙》②(中华书局 1958 年点校本明陶宗仪《辍耕录》卷二一"历代宫阙"条)

《忠肃董公神道碑铭》(《石刻史料新编》本《常山贞石志》卷二三)

《刘垓神道碑》(黄山书社 2008 年影印本)

> 按：此碑真迹现藏上海博物馆，参见《中国古代书画图目》

---

① 参见黄建荣《揭傒斯佚文两篇及其考证》，《江西师范大学学报》1999 年第 1 期。笔者未能亲见原文。

② 按：此文疑为《经典大典》佚文，然别无佐证，姑存其目于此。

第 2 册沪 1-187。

《元史·虞集传》称虞集"为文上万篇,稿存者十二三",虞集门人李本在编辑《道园学古录》时,已有"泰山一豪芒"之叹,称"先生在朝时为文,多不存稿,固已十遗六七;归田之稿,间亦放轶,今特就其所有者而录之"①。《全元文》以宏规巨制,辑得其佚文 129 篇,而笔者以闻见之浅,拾其零落于残编断简,幸有所获,又得 47 篇,然尚不敢称完备,盖有待于将来也。

【附记】本章最初是笔者硕士论文《虞集年谱》的附录,定稿于 2005 年 5 月,后来发表于《古典文献研究》第八辑(凤凰出版社,2006 年 1 月),其时王颋《虞集全集》(天津古籍出版社,2007 年 4 月)尚未出版。此次修订,增入了《虞集全集》中的最新成果,并稍加取舍,特此说明并致谢!

《虞集全集》据《全元文》补入集外文 121 篇,另辑佚文 16 篇(重收 1 篇),除 6 篇与笔者所辑篇目相同外,仍有 9 篇为笔者所漏辑,特将篇目附录于后。

《好古斋铭》(《虞集全集》第 315 页,《周秦刻石释音石鼓文》,《四库全书》本)

《石鼓序》(《虞集全集》第 596 页,《周秦刻石释音石鼓文》,《四库全书》本)

《程氏四书章图序》(《虞集全集》第 597 页,《经义考》卷二五五,《四库全书》本)

《金蓬头先生画像赞》(《虞集全集》第 339 页,《铁网珊瑚》卷一五,《四库全书》本)

《乡试策问》(《虞集全集》第 370 页,《东山存稿》卷二,《四库全书》本)

《题宋燕穆之山居图》(《虞集全集》第 464 页,《书画题跋记》卷二,《四库

---

① 《四部丛刊初编》本《道园学古录》附录李本识语。

全书》本)

《岭南十景序》(《虞集全集》第599页,《(弘治)休宁县志》卷一九,原刊本)

《送监邑鲁元起序》(《虞集全集》第600页,《(道光)崇仁县志》卷二三,原刊本)

《□□崔氏世德碑铭》(《虞集全集》第1034页,《元史论丛》第10辑《蒙元真定崔氏碑传资料杂考》,中国广播电视出版社,2005年)

第十章

《虞集全集》补遗

虞集有《道园学古录》《道园类稿》《道园遗稿》《翰林珠玉》和《伯生诗续编》等五种诗文别集,皆刊刻于元代。去除重复,共有集内诗1 524首、集内文853篇①。王颋《虞集全集》②辑录集内诗1 529首,重收10首,遗漏集内诗5首,辑录集外诗31首;辑录集内文855篇③,重收2篇④,遗漏集内文1篇⑤,据《全元文》补录集外文121篇,另辑16篇(其中1篇与集内文重收)⑥。

笔者在2003年撰写硕士学位论文《虞集年谱》时,就开始对虞集的集外诗文进行辑佚。举凡别集总集、古籍序跋、金石书画、

---

① 按:《密都统些》《思鲁琴操》《钓雪操》三篇据《全元文》视作文。
② (元)虞集撰、王颋点校《虞集全集》,天津古籍出版社,2007年。
③ 按:《皇后修建黄籙大斋斋意》《正荐文》《孤魂榜》《风伯文》《雨师文》等5篇当合并为1篇,皆是《皇后修建黄籙大斋斋意》的子目;《大龙翔集庆寺正殿小上梁文》《大龙翔集庆寺正殿上梁文》《吾殿小上梁文》《吾殿上梁文》等4篇是《上梁文》的子目;《叶宋英自度曲谱序》2篇分别是同一篇文章的原稿和修订稿,另一篇仿效《全元文》体例作为附录即可。以上《虞集全集》皆作单篇辑录。此11篇仅统计为3篇。
④ 《先君砚铭》(第313页)与《紫微堂砚铭》(第311页)重收;《跋晦翁书后》(第459页)与《跋朱文公晦翁与刘晦伯书》(第422页)重收。仅文字稍有不同,重收的一篇作为参校即可。
⑤ 《道园学古录》卷三八《浩然楼记》漏收。
⑥ 《虞集全集》根据成化刊本《吴文正公集》卷四八辑录的《题吴草庐先生登抚州新谯楼诗后》(第461页),与根据《道园类稿》卷三四、《道园学古录》卷四○辑录的《跋吴先生新登谯楼诗后》(第435页)重收。

山经地志、佛道二藏,无不勤加搜检。数年以来,所获颇多。兹据敝箧所抄,补《虞集全集》之遗,计得诗62首、文44篇。附编于此,以资参考。

诗(62 首)

四言古诗

题王洽泼墨富春垂钓卷
(清金瑗《十百斋书画录》丑集,《故宫珍本丛刊》本)

一竿挺节,六龙中兴。天地文叔,日月子陵。片饷云台,千载富春。有功名教,我怀斯人。

款识:虞集题。

七言古诗

题 渔 村 图
(虞集《道园学古录》卷二八,《四部丛刊》本)

黄叶江南何处村,渔翁三两坐槐根。隔溪相就一烟棹,老妪具炊双瓦盆。霜前渔官未竭泽,蟹中抱黄鲤肪白。已烹甘瓠当晨粲,更撷寒蔬共荏席。垂竿何人无意来,晚风落叶何琶琶。了无得失动微念,况有兴亡生远哀。忆昔采芝有园绮,犹被留侯迫之起。莫将名姓落人间,随此横图卷秋水。

华阳洞南便门崇寿观铭诗
(元蒋易《皇元风雅》卷一一,《宛委别藏》本)

大茅南垂元气积,阴关阖扉阳洞辟。曲穴流泉保灵宅,任君来饵黄赤石。天一召锡太元册,曲阿受养良有择。构宫方严自王伯,清跸临止灵响格。虚林森爽化赫奕,福乡帝子发甘液。不食何年器遗甓,白云映空武清客。开元全盛烦百役,持节旁午致繡璧。尔来萧条世代隔,石镫刻文土漫画。谁其启之规古昔,句曲外史美冠焉。研书千卷视贞白,□□□□□□。天真景随元系泽,玉室金堂万无斁。

题李公麟十八学士图
(《石渠宝笈》续编卷五三"宁寿宫藏"一○,
台北故宫博物院1971年影印本)

志同道合君臣义,千载风云喜相际。宸游黼黻效忠良,献纳从容无少替。研精至理夜忘眠,为育斯民天下计。九州人共乐雍熙,几百年来延世系。遂令拟作登瀛仙,画史图□远追企。往事咨嗟不可攀,于今复睹皇元治。登庸庶府尽贤才,岂特唐朝十八士。

款识:至元四年戊寅冬,虞集。

钤印:虞集。

赵仲穆画马歌
(《石渠宝笈》续编卷六五"淳化轩藏"四,
台北故宫博物院1971年影印本)

良马之德比君子,画图往往形骸似。昔传韩干曹将军,继有龙眠李居士。宣和御府多选收,一纸不惜千金求。龙颅凤颈今莫见,□尘黯淡沙场秋。当代吴兴赵荣禄,笔精墨妙惊流俗。有时游戏写花骢,骨力追风蹄削玉。小年我识淮阴龚,天闲十二藏胸中。云间亦有任公子,俊伟相持声价同。吴兴可嘉相继者,仲穆声名绝潇洒。凝思作意扫骅骝,妙处超出诸公下。时时落纸云雾生,膝如团趋双眼明。一日千里飞腾志,与龙为友长嘶鸣。蒺藜荒苑霜风冷,舐笔秋窗吊形影。更从伯乐传相经,倜傥雄奇势如骋。塞翁见之还叹嗟,我亦疑此来渥洼。为怜妙技阅清峻,新图森爽真雄夸。柔心劲骨合天德,神骏高骧岂称力。愿君写图德蕴心,举足轩然凌八极。

款识:虞集伯生题。

钤印:伯生。

五言律诗

奉寄都运大参相公,聊致久别企仰之万一,采览幸甚

（虞集行书《奉寄都运大参相公帖》,故宫博物院藏）

计相淮南重,幨帷海上还。频烦纡智略,周虑及疲孱。调鼎公宜早,归耕自得闲。常携相赠策,扶老向江山。

按：明朱存理《珊瑚木难》卷八著录,作《虞邵庵诗一帖》。

五言排律

次韵蕙亩游何氏庄

（虞集《道园遗稿》卷二,元至正十四年刊本）

至治初元日,高秋大有年。结庐思近竹,赐炬忆分莲。昔有乘轩者,真能脱屣然。明时谢簪绂,晚岁事林泉。拟践前贤迹,还从隐者旋。振衣千仞表,命鹤万松颠。绝磴容飞步,清流任枕眠。随缘宁择地,知命敢违天。种树留桃核,观花觅藕船。讵知无胜事,可以继高仙。

次韵贡仲章题城南书隐

（虞集《道园遗稿》卷二,元至正十四年刊本）

南郭浮沉过,西山卧起看。云深开径晚,日落闭门寒。食菊收丛束,除瓜抱蔓蟠。海图龙仿佛,山鼎翠巑岏。十载孤茅屋,三秋一弊冠。旧游迷去骆,衰梦失回鸾。愁绝烟销玉,吟成月堕盘。清尊留客易,白发向人难。未厌过从乐,时时共一箪。

题宋李公麟君明臣良图

（《石渠宝笈》卷二四,台北故宫博物院1971年影印本）

汉业崇藩屏,姬亲重本支。藉茅因割土,剪叶总分珪。卫叔空申誓,荆元雅好诗。只云联萼秀,岂若豫章奇。瓜瓞绵何远,椒聊实在兹。有蹄皆汗血，无羽不长离。公族夸隆准，诸孙擅白眉。银潢虽九派，玉树已千枝。竞采春华藻，争摘月露词。五车元半摭，二酉秘全窥。帝赏东平颂，人传北海碑。萧郎能画扇，魏俗盛弹棋。礼乐群居讲，貂蝉对坐垂。曳裾纷后乘，飞盖拥南皮。处处开宫苑，家家集屡綮。河间榻乍扫，碣石骑先驰。赋雪停兰阪，歌风侍雁池。舞筵熏瑇瑁，药碗进琉璃。争旦猿啼早，鸣阴鹤和迟。佳人工妙伎，才子善微辞。并以风流命，俱将意气推。未忘耽弋猎，宁止应堧篪。车怠无安辔，途穷屡泣歧。鲁丘家不远，楚服世尝疑。欲识司空锷，来寻孺子祠。龙沙惊谷贸，滕阁怆星移。幸努千秋力，无烦十日期。醒惭行处设，书借枕中披。旅食随芳草，乡愁乱子规。匡山云树近，好与慰相思。

款识：蜀郡虞集识。

七言律诗

送杨拱辰诗

（虞集《道园学古录》卷三三《送杨拱辰序，有诗》，《四部丛刊》本）

一襟寒碧忠臣血，二百余年翳草莱。故国丘墟遗庙在，荒城霜露远孙来。黄鹂碧草无时尽，白日青天后死哀。亦有先祠临采石，每曾挥泪棹船回。

落齿一首录奉见心上人

（明释来复《澹游集》卷上，《续修四库全书》本）

此齿生来七十过，忽离龈腭奈渠何？晨鸣法鼓惟空响，夕咽灵泉满旧科。食粥正宜生理拙，传经莫怪语音讹。石人具口无饥想，壁观寥寥老达磨。

画虎图赠贞一先生

（明孙原理《元音》卷五，民国八年董氏诵芬室刊本）

猎猎霜风木叶干，月明曾过越王山。青龙久待蟠仙鼎，赤豹相呼守帝关。终岁采芝茅阜曲,丰年收谷杏林间。谁家稚子能为御,长与桃椎共往还。

琉 璃 观 音
(明孙原理《元音》卷一二,民国八年董氏诵芬室刊本)

化身千百亿无穷,却入琉璃世界中。金色光中观自在,玉毫影里现圆通。一尘不染慈悲像,万劫难逃幻化工。要识本来真面目,除非打破大虚空。

龙 卵
(《诗渊》第4册第2726页,书目文献出版社1984年影印本)

径寸端①如颔下珠,始知神物降生殊②。淋漓③犹带元气湿,混沌终会太极初。雨施云行待时至,海涵春育有神扶。明当一跃天池去,何限④恩波及涸鱼。

鹤斋诗,有序
(明朱存理《珊瑚木难》卷七,《景印文渊阁四库全书》本)

茂宏薛君,临以朱公本初高第弟子也。公至顺庚午如《还道中》诸诗,盖无愧杜工部《石壕吏》《无家别》诸篇。茂宏为予诵之,为之感激,有少陵慕元使君之意。茂宏清雅善学,其师尤工于诗,旨趣不异,自名其斋曰"鹤"。昔薛少保画鹤动众,虽久泯没,每诵杜句,慨然有凌云之思焉。故以是望吾茂宏也,乃赋诗赠之:

每吟少保郑郊篇,画鹤仍为世所传。羽翮已超千仞表,风骚远轶六朝前。儿孙有志翔寥廓,妙句相贻起静便。今日名斋深属望,雪丝云锦看冲天。

---

① 径寸端,《元音》卷一二作"入眼圆"。
② 此句《元音》卷一二作"也知灵物化生殊"。
③ 淋漓,《诗渊》作"满儹",文义不通,据《元音》卷一二校改。
④ 何限,《元音》卷一二作"滂沛"。

款识：青城山樵虞集。

九月一日访鹤斋于上清别馆，拟邀小酌，适其生朝有出，戏书此，为明日之约

（明朱存理《珊瑚木难》卷七，《景印文渊阁四库全书》本）

蓬莱宫中寻薛涛，芙蓉城里去游遨。常骑仙人两脚鹤，何处阿母一蟠桃。菊花邀客易成晚，竹叶于人安所逃。步虚一起且归去，明日与君持蟹螯。

款识：青城山樵虞集。

题方椿年仙山楼阁图

（清金瑗《十百斋书画录》巳集，《故宫珍本丛刊》本）

观阁嵯峨起日边，春云叆叇倚层巅。天低青海一杯水，山落齐州九点烟。百尺长松神阙外，千秋灵柏古坛前。遨游尽是蓬山侣，瑶草金芝不记年。

款识：雍虞集谨题。

  按：明张泰阶《宝绘录》卷六作"邓文原题《吴道玄五云楼阁图》"，然《宝绘录》是伪书，不足为据。此诗是否为虞集所作，尚待考证。

五言绝句

天 冠 山 诗

（清吴升《大观录》卷九《赵文敏四家合书诗卷》，《续修四库全书》本）

龙口岩
喷薄细成雾，噫嘻忽为风。孰知生死关，在此呼吸中。

洗药池
隐芝生肥水，飞根潄灵泉。流香到人世，饮者寿千年。

丹　井
古丹深藏井,晨光发崖谷。有能下取之,锡以两环玉。

玉簾泉
神仙不爱宝,万古玉为簾。愿遣天风约,当明弄海蟾。

长廊岩
细雾不湿衣,落月见长影。缓引步虚吟,尽此秋衣冷。

金沙岭
昔踏金沙滩,今陟金沙岭。向来琐骨观,即是太阳鼎。

飞升台
绝景断尘情,寥寥入太清。何须台百尺,更待羽翰生。

逍遥岩
昔诵逍遥游,长忆藐姑射。百世待神人,瘦影落寒石。

灵　湫
澄空如不测,为谷廓能容。沙石俱成宝,龟鱼总是龙。

寒月泉
无尽山下泉,普供山中侣。各持一瓢来,总得全月去。

长生池
竹根飞赤鲤,荷叶戏灵龟。不道神仙宅,长生别有池。

道人岩
断崖穷鸟道,绝顶出秋旻。能此高居者,谁非有道人。

老人峰
冠颠风披披,垂领云浩浩。诸峰罗儿孙,独得老人号。

雷公岩
神物时时出,人间皆震惊。谁知崖上看,才是小儿声。

月　岩
岩围径尺雪,天堕第二月。岂无凌虚人,飞行广寒阙。

仙足岩
失脚落人间,一往不复收。遂令学步者,只循行迹求。

鬼谷洞

开阖云无定,纵衡石作关。任渠名鬼谷,亦未离人间。

风　洞

浑浑复浩浩,刁刁仍泠泠。空洞几如许,蓄此无边声。

石人峰

何人餐石髓,屹立照清波。如此成终古,长生亦为何。

学堂岩

翩翩学仙子,群居此山颠。定无书可读,姑以声相传。

凤　山

圣神千古上,风雨九疑空。只有山中竹,旋为十二宫。

馨香岩

潭水下深黝,日星隐文章。鼓云出石气,洒雨作龙香。

钓　台

危石上嶔歆,清风百尺垂。故人恐多事,莫道钓翁谁。

磝　潭

未始满盈过,何曾波浪兴。众皆资善利,此独保无能。

三　峰

三山可飞度,舟楫不能通。莫执兹峰石,攀缘浪费功。

五面石

一石作五分,何者是其面。拄杖试敲看,莫作点头见。

小隐居

深潜避世尘,长恐与名亲。故是绝知者,谁言无隐人。

一线天

太空谁是碍,峡径事幽行。天体元无外,通君一线明。

款识:予赋此诗时,以小字书之,袁伯长学士、礼部王继学尚书、赵承旨先后同赋,杂书同一卷,后云失去,复得赵公书如前,而求书其后。偶阅故纸,得稿草余纸,漫录之。虞伯生甫。

钤印:虞集。

按:此28首诗与赵孟𫖯、袁桷、王继学诗合卷,盖一时唱和之作。明汪砢玉《珊瑚网》卷九、明郁逢庆《续书画题跋记》卷七、清卞永誉《式古堂书画汇考》卷二〇皆有著录,流传颇为有绪。赵孟𫖯书《天冠山诗》有拓本存世,惜未见其余三家之书迹。

题管道升画竹

(《石渠宝笈》卷八,台北故宫博物院1971年影印本)

魏公书画工,夫人巧书画。睠兹庭上竹,双双玉相亚。
款识:道园虞集。

六言绝句

题郭熙树色平远图

(宋郭熙《树色平远图》,美国纽约大都会艺术博物馆藏)

白石漱水弥洁,青松递云转高。为问郭公画里,何如施氏东皋?

七言绝句

题约腩为谭无咎赋
其 二

(虞集《道园学古录》卷三〇,《四部丛刊》本)

检束精神不外驰,天光融彻入初曦。飞尘不碍晴虚景,意识空从一管窥。

  按:《虞集全集》据《道园类稿》卷一一辑录,仅3首,而《道园学古录》卷三〇同题诗有4首,此其二。

浣花醉归图

(元蒋易《皇元风雅》卷一一,《宛委别藏》本)

浣花溪上青山远,万里桥头绿水深。红湿锦宫春气重,篮舆何日却相寻。

云锦溪棹歌

(元蒋易《皇元风雅》卷一一,《宛委别藏》本)

其 一

云锦溪头春水生,桃花为屋柳为城。却骑赤鲤渡溪去,手把芙蓉朝玉京。

其 二

云锦溪头秋水清,劝郎来此濯冠缨。白沙见底众鱼静,黄叶满林双鹭明。

题晋顾凯之洛神图

(晋顾恺之《洛神赋图》真迹,故宫博物院藏)

凌波微步袜生尘,谁是当时窈窕身。能赋已输曹子建,善图惟数锡山人。

款识:仙井虞集。

按:《石渠宝笈》卷三六著录。

题宋葛长庚足轩铭卷

(宋葛长庚草书《足轩铭》真迹,故宫博物院藏)

前壶不浊后壶清,不脱蓑衣醉月明。箬笠蒲葵将底用,人间风口太愁生。

款识:虞翁生题。

按:此诗为虞集晚年书迹,因得眼疾,末句"风"字后原脱一字。

题宋苏文忠公乐地帖

(宋苏轼《乐地帖》真迹,上海博物馆藏)

叩舷发棹湘波碧,卷舒翰墨淋漓湿。似有江东孤鹤来,唤起苏仙游赤壁。

款识：虞集。

按：清陆时化《吴越所见书画录》卷一著录。

十一月壬辰，明复真人约华阴杨廷镇、闽中潘子文、四明王安道，谈道话于徐中孚丹房。微雪洒空，尘静云晏，遂复终日，即事杂诗

（明汪珂玉《珊瑚网》卷一〇《虞文靖诗卷真迹》，成都古籍书店1985年影印本）

其 一

白云护窗雪护竹，地炉深深火初熟。樵客晨来午未还，真人自与烧黄烛。

其 二

炉中丹汞轻千乘，窗外日月飞两萤。尚有度生情未断，侍人长跪授黄庭。

按：共计4首，后2首已见《道园遗稿》卷五，作《题明复庵二首》。

题宋李公麟画维摩不二图

（《秘殿珠林》卷九，台北故宫博物院1971年影印本）

大千世界归方丈，不二门庭见作家。但有纤尘皆是妄，莫教病眼见空华。

款识：延祐五载四月吉日，平章大慈都命书。

寄吴郡郭开元、光公乡友

（《石渠宝笈》三编"延春阁藏"四一《元人杂书一卷》第五幅台北故宫博物院1971年影印本）

其 一

文成进入金銮殿，□幸亲承点定余。小草几年怀宿雨，不辞拙笔不中书。

其 二

□□□时春雨多,钟山归已及清和。若有乡□□□,庐山江上一渔蓑。

款识:仙井虞集。

题宋徽宗御笔画猫图

(清翁方纲《石洲诗话》卷五,人民文学出版社1981年版)

御笔制猫毛毰奇,画师虽巧亦难齐。中原麟凤知多少?未得君王一品题。

款识:至正五年夏,仙井虞集。

按:此诗为翁方纲据《宋宣和画猫卷》真迹过录。

题宋米元章山水大轴

(裴景福《壮陶阁书画录》卷四,学苑出版社2006年版)

年来历访米颠拜,近日获兹若偿债。拜画是侬石是翁,翁原拜者我奚怪。

款识:虞集题。

送吴上卿归安仁

(清娄近垣《重修龙虎山志》卷一三,《藏外道书》本,巴蜀书社1994年版)

云锦溪上雪盈盈,彩船归去双羽旌。行过梅花一万树,却登高阁看云生。

文（44篇）①

疏

学士院劝清竹居可公长老住持圣寿禅寺为国开堂老疏

（清裴景福《壮陶阁书画录》卷八，民国二十六年中华书局铅印本）

千岩竞秀，鹫停丹峤之云；双迳通幽，龙护宝函之月。宜驻飞行之锡，高标殊胜之幢。可公和上妙契心宗，深弘法海。风声鹤唳，普闻虚谷之传；水流花开，俨在灵峰之会。遂启三元之密，还推五位之隆。手提金玉以弥缝，大合鼓钟而振作。青青翠竹，是名开士之居；郁郁苍松，永祝圣人之寿。

款识：天历二年八月日，奎章阁侍书学士、翰林直学士、中奉大夫、知制诰、同修国史兼经筵官虞集。

乞解职请马祖常自代疏

（元赵汸《东山存稿》卷二《邵庵先生虞公行状》引，
《景印文渊阁四库全书》本）

臣集猥以疏远，仰荷圣恩。拔诸凡庶之中，置在清华之列。参侍书帏之顾问，仍同史馆之编摩。儒者至荣，叨承过望。乃者目生内障，今岁弥深。文字不分，视瞻如隔。或蒙召对，每惧颠跻。敢因求退之诚，切效荐贤之报。伏见治书侍御史马伯庸，高科进士，昭代奇材。已被简知，扬历台省。观其退食之暇，手不废书。每期上接于古人，不肯敬安于常见。其制作刻之金石而无愧，其雅颂被之弦歌而有余。揆诸等伦，允为超异。切见本阁学士，多以近臣、宰辅兼职。如以本官兼代微臣侍书职事，使之出赞清台之振肃，入陪秘殿之论思，黼黻皇猷，实惬众望。以闲局而拔要职，或贻诮于众人；以君子而有多能，固宜兼于数用。庶几贤人，毕效谋为。而臣得以桑榆，遍求医药。稍全目力，可

---

① 另有《秋祀祠堂记》一文，载江西乐安县牛田镇流坑村所藏明万历修《董氏族谱》，未见，暂阙。

竭心思。追寻末学之微,歌咏圣朝之盛①。

按:此疏首尾完整,可作单篇文章收录。

书

致柯九思书

(虞集《不及入阁帖》真迹,台北故宫博物院藏)

集顿首再拜,集伏审博士学士荣上,适苦创,不及入阁奉贺,千万勿罪。二画赞托经筵掾持上,望为分付,幸甚!明日观游城,恐院中难聚,更告为请假一二日,拜赐多矣。集顿首再拜丹丘博士公左右。

按:《石渠宝笈》续编卷三一"重华宫藏"卷八《元人旧迹一册》著录。

致白云法师书

(虞集行书《致白云法师帖》真迹,故宫博物院藏)

集顿[首]奉记,白云法师和上乡契。去年过访,足仞至情。别后极深怀系。大墓甚感用情,亲戚同不知首尾,不知归附以来,又六十余年,先参政之所经理遗意。老者今秋遣女后方可出。秋深要来,能来为妙。竹深旧相识,如来说可奉承。兹因俞伯康山长还吴,略得布此。秋冬间能来住一两月,同出亦好也。大墓事已一并嘱丹阳,以先世委用之意,必蒙相体。此行亦修路侯一书,托伯康言之凡可。幸熟议,勿停恩,勿误事,则区区不肖之望也。植舟及小儿偶出,不及致问。溪山在斋,教两小儿如常也。伯婉受助后,月日未到未上,已尽达雅意矣。道人处传语诸亲,知都为寄声为妙。眼昏,写字不多整齐,勿罪。比相见好不及。虞集上记。

---

① 按:此句明抄本作"望廷之罕"。

奉复子牧孝廉贤表侄书
（明叶盛《水东日记》卷二〇引虞集帖，中华书局1980年点校本）

集记字奉复子牧孝廉贤表侄。前年别后，正以不得一信，常在怀抱。敬仲来，知克襄大事，而又有季父之感，何庆门之连有变故如此？出蜀万里，诗书门户之托不轻。窃惟节哀自强，以副故人亲友之望。君怀令叔远馆，时节方一归。去年丧母、丧女、丧媳妇，更自贫苦，然老人夫妇却粗安耳。此后有便，真情相问，不必作为文章，但得时相知，足慰老怀也。地远无由相见，贤昆仲各宜保爱。不宣。集再拜。

题跋

奉敕跋柯九思藏定武兰亭五字损本
（《定武兰亭真本》墨迹，台北故宫博物馆藏）

天历三年正月十二日，上御奎章阁，命参书臣柯九思取其家藏《定武兰亭》五字□损本进呈。上览之称善，亲识斯宝，还以赐之。

款识：侍书学士臣虞集奉敕记。

按：《石渠宝笈》三编"延春阁藏"四四著录。

奉敕跋鸭头丸帖
（晋王献之《鸭头丸帖》真迹，上海博物馆藏）

天历三年正月十二日敕赐柯九思。

款识：侍书学士臣虞集奉敕记。

跋宋燕肃春山图
（宋燕肃《春山图》真迹，故宫博物院藏）

吴郡之地，广袤沃衍，远于崇山峻岭。拙上人禅居高闲，罕事杖履，时独手燕侍郎墨画于明窗之下，以自托其登临高远之意，信夫天台、衡岳往来者之良劳也。

款识：虞集题。

按：《石渠宝笈》初编卷一四著录。

跋赵孟頫行书陶靖节诗

(赵孟頫行书《陶靖节诗帖》真迹,故宫博物院藏)

我朝书法当以松雪斋书为第一,今观所书陶靖节诗,笔力痛快,无一点尘俗气,继羲、献之后者,其在斯人与？呜呼！主人为予宝之。

款识：蜀人虞集。

跋赵子昂行书灵隐大川济禅师塔铭

(赵孟頫行书《灵隐大川济禅师塔铭》真迹,上海博物馆藏)

集之生也晚,又最后来钱唐,弗获见前代丛林诸宿,为之慨叹！及观子昂学士所书《灵隐大川禅师塔铭》,俨然东南法社,流风余韵,犹未泯也,观喜无量,遂为之识。

款识：至正壬戌夏五月,蜀郡虞集书。

跋何澄归庄图

(宋何澄《陶潜归庄图》真迹,吉林省博物馆藏)

京师人贵重何翁,当其时,每一卷出,不惜千金争售之。官昭文馆大学士,年九十余而终,其画益贵数倍。张畴斋自尊重其书,多藏古帖,亲见前朝内府故事,所用研、墨、纸、笔,一一上品,如法乃书。官翰林学士承旨,年几八十而终。姚牧庵先生意气魁岸,而乐道人善；吴兴赵松雪公鉴裁精严,而不与物忤。今皆不可复见,独邓祭酒岿然。书翰之美,今惟此耳,可不慨然！

款识：泰定乙丑二月既望,虞集书。

按：《式古堂书画汇考》卷四五著录。

题松雪翁画图

(赵孟頫《鹊华秋色图》卷尾,台北故宫博物院藏)

吴兴公蚤岁戏墨,深得物外山水笔意。虽一木一石,种种异于人者,且风尚古俊,脱去凡近,政如王谢子弟,倒冠岸帻,与天下公子斗举止也。百世后,可为一代规式,士大夫当共宝秘之。

款识:至正甲申十有二月朔,虞集谨识。

> 按:据同卷钱溥跋尾,此文并非虞集题《鹊华秋色图》原跋,乃钱溥自他处移录。钱溥跋云:"昔虞文靖公题松雪翁画图,简约精妙,可谓两绝。友人徐尚宾见而爱之,求余录入《鹊华秋色图》内,以足其美。噫!尚宾其好古君子乎?"故拟题为《题松雪翁画图》。

跋二祖调心图

(佚名摹石恪画《二祖调心图》卷尾,日本东京国立博物馆藏)

荀卿子以人心之危,道心之微。故宋之高士石恪以超逸之笔,形容二祖调心之迹。夫是心非以无主而为调之可也。人之一心,可以载万物,而不可以有一物窒焉。有一物衡于其中,则其物物不得不调耳,而况于佛氏之心空无碍者乎?而更使猛兽狰狞之心,亦能而少息哉。此君子托物劝人,营营而不得休心者,深意蓄焉。但栖神导气,所以延年,吾儒固不可废也。不学鲁男子之不可,而欲为柳下惠之可乎?三复是卷,深有感于斯图者。戒慎恐惧,以益其慎独哉。

款识:邵庵虞集伯生跋。

钤印:邵庵、玉堂学士。

> 按:日本学者角井博从书法风格考证此跋非虞集手书[1],然内容是否伪托,尚待详考,姑录于此,以供研究之需。

---

[1] [日]角井博《二祖調心図〈伝石恪画・重要文化財〉に付属する虞集跋の問題》,《東京国立博物館研究誌》1984年7月号,第22—34页。

题纪行集后

(元顾瑛《草堂雅集》卷一二胡助《龙门行》诗附录,
民国七年贵池刘氏玉海堂影元刊本)

集仕于朝三十年,以职事至上京者,凡十数。驱驰之次,亦时有吟讽,不能如吾古愚往复次舍,所遇辄赋,若是其周悉者也。集老且病,将乞身归田,竹簟风轻,茅檐日暖,得此卷诵之,能无天上之思邪?卷中《龙门》后诗尤佳,欧阳元功亦云。

款识:至顺庚午十月廿八日,虞集题。

题李伯时画

(《全元文》卷八三六,第 26 册,凤凰出版社 2004 年版)

右李伯时所画前代故实,毫发纤备,真若想见古人风度,意节高远,岂徒世玩哉!识者当珍袭之。

款识:青城山樵者虞集。

按:《全元文》据明张丑《清河书画舫》卷八辑录。

跋薛绍彭临兰亭叙

(明汪珂玉《珊瑚网》卷六,成都古籍书店 1985 年影印本)

唐人摹拓钩临最精,今晋帖存者,多唐本也。宋人遽不能精,相去远甚,惟薛、米两家,独擅其能。宋南渡后,言墨帖多米氏手笔,而薛书尤雅正,禊序帖临拓最多,出其手,必佳物,然世亦鲜也。

款识:雍虞集伯生书。

跋赵孟頫书高上大洞玉经

(明汪砢玉《珊瑚网》卷八,成都古籍书店 1985 年影印本)

昔华阳洞中仙经,多杨、许二君手书,结字画符之妙,所以为洞天千载秘宝。近世吴兴赵公子昂书法,毕绝编,善小楷,又尝亲受洞诀于茅山刘真人,所以书此,其可宝不愧古人矣。仆参学以来,忽焉老至,得隐地于临川华盖浮丘坛东麓仙人茅公修行故处,将结龛诵经。得见此卷,犹记是年与赵公同在京师,今廿三春。公与刘君,各已仙去,溯瞻回风,俯仰慨然。

款识:大洞三境弟子虞集书。

跋马远三教图

(《珊瑚网》卷二九,成都古籍书店 1985 年影印本)

近年吴兴赵公子昂,常自称三教弟子,惜此公已去世,不及题此卷。

款识:虞集书。

跋黄山谷书释典法语

(明郁逢庆《续书画题跋记》卷六,《景印文渊阁四库全书》本)

余在翰林时,暇日同曼硕揭公过看云堂,吴大宗师以古铜鸭焚香,尝新杏,因出示黄太史真迹。适松雪赵公亦至,谓山谷公得张长史圆劲飞动之意。今观此卷,信不诬矣!余以老病空山,安得与诸公同一赏玩耶?临风执笔,益重怀贤之思云。

款识:青城山樵者虞集谨识。

跋海天旭日

(清王士禛《居易录》卷二〇,清康熙间刻本)

小李将军笔绝无仅有,得赵文敏公书《海赋》匹之,可称合璧。

书东平王士熙次韵马祖常题云江所藏息翁风竹后

(清高士奇《江村销夏录》卷二《元李息斋墨竹图》,《景印文渊阁四库全书》本)

清奇相颉颃,真一时二妙也,故并书之。

款识:延祐丁巳冬十一月既望集记。

按:虞集手书马祖常、王士熙二诗于李息斋《墨竹图》,前诗题"天山马雍古祖常题云江所藏息翁风竹,蜀郡虞集书",后诗题

"东平王士熙次韵"。故拟题如上。

跋赵孟𫖯耕织图诗

(《石渠宝笈》初编卷三,台北故宫博物院1971年影印本)

右吴兴赵文敏公奉敕所撰《耕织图诗》小楷字迹,向藏奎章阁中。臣集近以纂修史事,备员中禁,曝书之暇,因得纵观。窃见公以弘博敏妙之才,为文学侍从之选。此诗歌咏民间农桑勤苦,备尽田家景物气象,与《豳风·七月》之篇何异?且属应制,上陈黼座,以备乙夜之观览,与寻常他作不侔,真当昭彝鼎而寿金石,匪特为耳目近玩已也。集何意视草之余,睹斯奇迹,诚平生快事!

款识:至正改元岁辛巳十有二月,前奎章阁侍书学士、翰林侍讲学士、通奉大夫、知制诰、同修国史臣虞集谨题。

跋柯九思《晚香高节图》

(《石渠宝笈》初编卷一七,台北故宫博物院1971年影印本)

敬仲此幅,清楚出尘,真平日合作也。
款识:奎章阁侍书学士虞集题。

跋宋李公麟画揭钵图

(《秘殿珠林》卷九,台北故宫博物院1971年影印本)

《宝积经》所载鬼子母宾迦罗故事,无所稽考,而龙眠此图,俨然逼似,令览者忘其事之有无,岂画间有神助乎?非也!龙眠腕中秉至理,胸中具邱壑,故能尔尔,不识后之鉴者以为何如?
款识:蜀郡虞集记。

跋赵孟𫖯书道德经

(《秘殿珠林》卷一六,台北故宫博物院1971年影印本)

《道德经》,老子言道德之蕴。赵承旨与贵和道谊甚笃,故为书此。亦自神妙,与之相称,诚可作万世之宝也。

款识：青城山樵跋。

跋赵孟𫖯画张公艺九世同居图

（《石渠宝笈》续编卷一八"养心殿藏"三，
台北故宫博物院1971年影印本）

夫图画之理，未可尽言，皆法古而变今也。立万象于胸中，传千态于毫墨。子昂承旨，具有天纵，学力俱充，戏弄片楮，生气盈溢。况此卷布景位置，种种匠心。天表之姿，龙威凤臆，羽林骑卫，云合景从，问者、对者、窥者、听者，如入寿张之境，履公艺之庭。妙哉！技至此极矣！若得展玩，深宜精别也。

款识：蜀人虞集。

钤印二：虞集、伯生。

题吴瑾画梅竹

（《石渠宝笈》续编卷二九"重华宫藏"六，
台北故宫博物院1971年影印本）

"梅花易写极难精，全在胸中一片清。香恐风前真奋发，影嫌月下未分明。自从仁老初为祖，更说杨家后有甥。鬓与梅花俱白尽，它时之子可无名。"此江山月赠写梅许梅谷诗，余喜其景联属对既切而巧，每天诗人知画梅之来历者，举似之，无不击节！

款识：甲子季秋，因笔偶书，虞集。

钤印二：虞集、伯生。

跋宋郭忠恕雪斋江行图

（《石渠宝笈》三编"乾清宫藏"九，台北故宫博物院1971年影印本）

郭恕先画工于界画，笔力轩举，精采焕发。楼阁殿亭、车马舟辑之类，无不凌空结撰。米海岳称为能品，观此洵不虚耳！

款识：虞集。

钤印：虞集。

跋赵子昂补唐临右军二帖

（清吴荣光《辛丑销夏记》卷一，《续修四库全书》本）

观补者之难能，则知临者之不可及。观临者之不可及，则知想象所临者，如飞仙、神龙之不可测识矣。

款识：蜀郡虞集题。

钤印：虞集。

题宋李咸熙寒林采芝图

（清庞元济《虚斋名画录》卷七，《续修四库全书》本）

端月廿又五日丁丑之吉，上御奎章阁阅图书，嘉阁参书臣柯九思精深鉴别古学渊源，特择内府所收李咸熙著色《寒林采芝图》赐之，俾臣集题。臣尝窃读李成《山水诀》云："画山水须先立宾主之位，次定远近之形。然后穿凿景物，布置高低。落笔不可太重，重则浊而不清；不可太轻，轻则燥而不润。上下云烟，取秀不可太多，多则散漫无神；左右林麓，铺陈不可太繁，繁则拍塞不舒。"又曰："乔木竦直蟠屈者，一株两株；乱石礧堆奇怪，三块两块。间著人物，必于眸子颊毛求精神于阿堵中，然又必须其人天资超卓，性行和畅，潜心六法，精究三昧者，始可与言画道也。"今观其画，山石林泉，布置得宜。宾主远近，不漫不越。烟云澹荡，笔有尽而意无穷；人物生动，吻欲声而步欲移。各臻极妙，翰墨难宣，契其立言，毫厘不爽，宜乎其于开宋之世，居大家第一，讵非所谓千百年后为山水之宗匠者欤？

款识：奎章阁具位侍书学士、翰林直学士、亚中大夫、知制诰、同修国史、兼经筵讲官、国子祭酒臣虞集奉圣旨敬书。

题米芾萧闲堂记帖

（宗典《柯九思史料》，上海人民美术出版社1963年版，第94—95页）

右《萧闲堂记》及诗一卷，此元章以二杨私为图赞，天启有相知一语，故不胜喜快，叙咏其事，是以语多感慨，笔势飞动，异乎常时，而心手交悦之状,宛在纸墨,得于情者深矣。观此则知右军修禊有感而作,诚非他书所能及也。嗟夫! 言书而至于性感具其服者谁乎? 知其说者又谁乎? 第尝一检米集,自以贻子孙已下尚有八十许言,然以全篇再读一过,似为添足,当是入集时增益此段耳。上有其子元晖鉴定。跋尾有绍兴小玺及睿思殿印,是思陵秘府物,后归贾平章家。最后沦于一兵子,且将与锥楮同障纬萧,余惊叹乞之,业已裂为三矣。因以十千相贸,物因有幸不幸哉。

款识:至顺庚午五月十一日,虞集记。

按:此文系宗典据《渤海藏真帖》卷四辑录。近人张伯英撰、李天马编《张氏法帖辨伪》第371甲条云:"米之《萧闲堂记》及米友仁、虞集、柯九思跋,一手赝书。……鸿堂易义虽伪,尚有纵横跌宕气概,此记宁有一笔可取? 诸家题跋出自一手,一览可知。甫伸以精鉴自命,此帖曾经香光审定,乃有如此恶札,殊可异。"(齐鲁书社,1987年,第156—157页)据此,则虞集跋出于他手,然内容是否伪作,尚待考证,姑附录于此。

序

赠一公藏主归蒋山序
(《石渠宝笈》三编"延春阁藏"卷四一《元人杂书》,
台北故宫博物院1971年影印本)

至顺初,集奉诏撰《蒋山寺碑》,且命之书。文成,进入御前,颇有更定。本遂留中,集盖不知未付外也。三年夏,扈从上都,上问久不立碑之故。始知其文犹留阁下,亟取以授尚书王公。未几,鼎□天堕矣。集乃识其后云:"此本经御览者。"明年,集以老病去国,不及书。元统甲戌二月,蒋山主人始遣一公藏主来临川山中求书。集目力愈困,已不复能执笔。感遇兴怀,勉强作字,以复蒋山,殊恐不中也。藏主归,欲赠言,因随赋数句如下云:"昔礼岩中诺讵罗,愿香犹在石盘陀。上人几岁离金雁,海月江云弄碧波。"一公汉州人,故宋时,集先世多尝守汉,最后曾□□开国守郡,祷于尊者,得秘监叔祖,小字曰汉,实□□,今百一十年矣。延祐丙辰,集过金雁,欲礼诺公,以王事不果留,今亦廿年矣。

按:标题为编者所拟。诗载《道园遗稿》卷五,《虞集全集》已收,标题作《延祐三年,过金雁,欲访诺公,以王事不果,今二十年》,然无赠序,故补录于此。

重刻礼乐书序

(《全元文》卷八二八,第26册,凤凰出版社2004年版)

自古帝王之为治,礼乐其具也,政刑所以辅其成者欤?仲尼之言为邦,夏时也,殷辂也,周冕也,韶舞也。放郑远佞,其政刑之所以行欤?故先儒之言曰:"有《关雎》《麟趾》之化,而后可以行《周官》之法度。"《周官》之法度,政刑也。《关雎》《麟趾》之意,其礼乐之本欤?秦汉而下,有天下者于礼乐乎何有?而所谓政刑者,岂必出于天理人心之中正者哉?是以昔人深叹乎百世之无善治也。

我皇元太祖皇帝,受天命以兴,列圣继作,至于世祖皇帝一统天下,立朝廷,定制度,以御万方。郊庙社稷之祀享,朝廷之会同,斟酌前代衣服鼎俎之制,金石羽佾之节,以奉于天地神祇祖宗,以合其宗王臣邻百官及四方之来宾者,骎骎乎礼乐之殷矣!然而丧乱既久,生息未复,旧染之俗未尽变通。用建郡县,置守令,托之以民社,统之以方伯连率,联络周密,治法循明。而又寄耳目于御史之台,分中外为廿四道。稽诸近代,置提刑按察之官。盖将约其民,而使尽协于中者矣。后又易提刑为肃政,其意岂不欲刑错不用,率之以正,而民无不正焉。噫!礼乐其在是矣。

闽为东南文物富庶之邦,其部置宪,逾六十年,吏民之所共识者。其长贰数有儒臣来居,以治教之所以仰体圣心于行事之闲者,亦莫不尽其思矣。今皇上如天之仁,覆育寰宇,功成治定,殷荐崇配,固其时乎耳!曰:亲切之司,岂有内外之间哉?去年,佥宪前进士赵君承禧宗吉，始欲发明其微而推充之。乃得故宋太常博士陈祥道所著《礼书》，与其弟旸所进《乐书》，送郡学官刻而传之。方鸠工，而赵君移节浙右。于是经历前进士达理惟实可行、知事前国学贡士张君汝遴允中相与雠校，而完成之。二君与赵君之意，所以见宪府设官之本旨，而欲赞成圣治于今日者也。用使郡儒学训导韦泰，访集于临川山中，而使之叙焉。

　　夫礼乐之事大矣，三君子之心至矣，集何以言之哉？切尝论之，历代之史，载其所谓礼乐者，略可见焉。唐开元礼盛矣。宋承五季之后，祸乱粗息，乃敕刘温叟、李昉等，损益开元之书，为《开宝通礼》。嘉祐治平，开姚辟、苏洵修太常检讨以成，而陆佃、张璪之所定也。议者以为简繁失中，又或以为杂出众手，其论盖未定也。而陈氏之言曰：学六艺百家之文，以究先王礼乐之迹，辨形名度数之制，发仁义道德之蕴，凡廿年而后成，可谓勤矣。进书在元祐更政之初，其有待而发者欤？或曰：陈氏之为书，因聂崇义之图，辨疑补阙，采绘尤精，书存绘本，不甚传于世，为可惜也。方是时，濂洛、关西诸君子之言具在，学者得其说，而有考于陈氏之书，则道器精粗兼备矣。若夫乐之为说，尤有感于陈氏之言焉。其曰："中则和，过则淫。"斯言也，先王复兴，不可易也。宫、商、角、徵、羽，五声之正也。角之于徵，羽之于宫，其间音节既远，故上下之间，有变宫变徵之设。二变之终，不复可生。是以二变不可无，而七均备矣。十二律，各有宫、商、角、徵、羽之调，而非二变不足以成。自然之理，殆不可易。是故宋之议乐也，急于中声之求，而士均以成调者，无所议也。旧法以黍定尺，以尺定律。王朴用纵黍定尺，而管之容黍为有余。胡瑗用横黍定尺，而管之容黍为不足。且黍之生，丰凶大小不可齐也。故范镇之为雅乐，亦不可定。然则中之不可得，而过不及之差，诚有如陈氏之所忧者。而陈氏之说，独于二变四清之声是去者，其必有特见矣哉！盖其书见于建中靖国之年，时君方自圣以声为律，而身为度，二变之外，四清之余，不复可理，怨思哀怒之交作，无以为国。而陈氏之说，孰与之施行哉？此又大可慨者也。二书之出，学士大夫好古博雅者，必将致其问学焉。国家有大制作，将有征于诸生。二书不虚作,而三君之志得矣。是为叙。雍虞集书。

武当嘉庆图序　壬子,皇庆元年正月十日

(《全元文》卷八三〇,第26册,凤凰出版社2004年版)

天之高不可知也,日月星辰之象,吾得而观焉;地之厚不可度也,山川草木之形,吾得而察焉;神之妙不可测也,变化感应之迹,吾得而拟仪焉。是道也,洞囦张先生知之,其《武当嘉庆图》是已。其言曰:"武当之为山也,七十二峰,皆奇伟怪绝。所谓紫霄峰者,又七十二峰之中峰也。然则其能出云雨,见灵怪也固宜矣。"又曰:"其帝而神者曰玄武。玄武者,在天为虚危之宿,在地托龟蛇之灵,于五行为水,于五色为玄,而其数则一也。夫一之为一也,虽数而言之则一,固造化之所由分。即数而言之,则一固十百千万之所由起也。然其寓夫地之中,而行乎天之一,非天下之所谓至神者欤?"洞囦曰:"自是而上,吾不可以言喻也;自是而下,吾犹得以迹言之。"于是与其徒唐中一、刘中和,取其灵异显著者图而传之,将使天下观者动心目,必有以启夫敬畏感慕之意焉。予从玄教大宗师、嗣宗师知洞囦之有功于武当也,曰:洞囦居武当,攻苦食力三十有余年,梯危架险,经营缔构宫室,以奉香火。以穷山幽谷而比壮丽于通都大邑,则洞囦规画运量,其可以浅浅窥哉!其佐而成之者,同栖岩壑之士也。会予弟佐邑,在武当为近,故得详而言之。

> 按:《全元文》据1964年重刻《襄阳郡志》辑录,参校《正统道藏》本《玄天上帝启圣灵异录》。

中原音韵序

(元周德清《中原音韵》卷首,中华书局1978年影印本)

乐府作而声律盛,自汉以来然矣。魏晋隋唐,体制不一,音调亦异,往往于文虽工,于律则弊。宋代作者,如苏子瞻,变化不测之才,犹不免制词如诗之诮。若周邦彦、姜尧章辈,自制谱曲,稍称通律,而词

气又不无卑弱之憾。辛幼安自北而南,元裕之在金末、国初,虽词多慷慨,而音节则为中州之正,学者取之。我朝混一以来,朔南暨声教,士大夫歌咏,必求正声,凡所制作,皆足以鸣国家气化之盛。自是北乐府出,一洗东南习俗之陋。大抵雅乐之不作,声音之学不传也久矣。五方言语,又复不类。吴、楚伤于轻浮;燕、冀失于重浊;秦、陇去声为入;梁、益平声似去;河北、河东取韵尤远;吴人呼饶为尧,读武为姥,说如近鱼,切珍为丁、心之类,正音岂不误哉?

高安周德清工乐府,善音律,自著《中原音韵》一帙,分若干部,以为正语之本、变雅之端。其法以声之清浊,定字为阴阳,如高声从阳,低声从阴,使用字者随声高下,措字为词,各有攸当,则清浊得宜,而无凌犯之患矣;以声之上下,分韵为平仄,加入声直促,难谐音调,成韵之入声,悉派三声,志以黑白,使用韵者随字阴阳,置韵成文,各有所协,则上下中律,而无拘拗之病矣。是书既行,于乐府之士,岂无补哉?又自制乐府若干调,随时体制,不失法度,属律必严,比事必切,审律必当,择字必精,是以和于宫商,合于节奏,而无宿昔声律之弊矣。

余昔在朝,以文字为职。乐律之事,每与闻之。尝恨世之儒者,薄其事而不究心,俗工执其艺而不知理由,是文、律二者不能兼美。每朝会大合乐,乐署必以其谱来,翰苑请乐章,唯吴兴赵公承旨,时以属官所撰不协,自撰以进,并言其故,为延祐天子嘉赏焉。及余备员,亦稍为隐括,终为乐工所哂,不能如吴兴时也。当是时,苟得德清之为人,引之禁林,相与讨论,斯事岂无一日起余之助乎?惜哉!余还山中,眊且废矣。德清留滞江南,又无有赏其音者。方今天下治平,朝廷将必有大制作,兴乐府以协律,如汉武宣之世。然则颂清庙,歌郊祀,摅和平正大之音,以揄扬今日之盛者,其不在于诸君子乎?德清勉之。

款识:前奎章阁侍书学士虞集书。

> 按:此序最后一段与《道园类稿》卷一九《叶宋英自度曲谱序》基本相同。考《叶宋英自度曲谱序》有两篇,可能是同一篇序的草稿和修订稿,另一篇见于《道园学古录》卷三二,没有上述文字。姑存疑俟考。

杜工部诗范德机批选序

（元刊本《杜工部诗范德机批选》卷首，
台北大通书局影印《杜诗丛刊》第一辑）

豫章郑萧鼎夫编次范德机氏批点杜工部诗，凡六卷，其用心勤矣。夫杜公之诗，冲远浑厚，上薄风雅，下陵沈宋，每篇之中，有句法、章法，截乎不可紊。姑以《赠韦左相》一篇观之，前辈以为布置最得正体，如官府甲第，厅堂房室，各有定处，不可乱也。至于以正为变，以变为正，妙用无方，如行云流水，初无定质，出于精微，夺乎天造，是大难以形器求矣。公之忠愤激切，爱若忧国之心，一系于诗。故尝因是而为之说曰：三百篇，经也；杜诗，史也。诗史之名，指事实耳，不与经对言也。然风雅绝响之后，唯杜公得之，则史而能经也。学工部则无往而不在矣。

皇元混一以来，出而鸣治世之音者，浦城杨载仲弘、清江范椁德机其人也。德机之诗，雅丽典则，尤合乎杜工[部]三尺者。生于数百载之下，能求心法于数百载之前，分章析理，发其奥典，犁然当乎人心。观德机《送济南张希孟诗》，忠君爱国，情见乎辞，所谓"居庙堂之高，则忧其民，处江湖之远，则忧其君"之心，唯其有之，是以似之，德机之谓矣。吴文正公称其清修苦节，有东汉诸君子之风，信矣！鼎夫承德机之教，以所选杜诗分类编次，深得二公之意，非用心之勤者乎？及观鼎夫该正而有则，又得范公之三尺矣。且鼎夫尝为校官，其以游从所闻，力追雅颂之音，他日春容赓歌，出以鸣国家之盛。传曰："诗可以兴，可以观，可以事君。"于鼎夫见之。雍虞集序。

按：此序似据手书上版，末镌二印：虞伯生印，虞雍公世家。明洪武间，高棅《唐诗品汇》卷七曾引及该序及该书；明正统间杨士奇所编《文渊阁书目》卷一〇亦著录《杜诗范选》，流传颇为有绪。然《杜诗范选》是否为书贾伪托范椁批点，此序是否出于虞集手笔，仍有待考证。

景霄雷书后序

（《道法会元》卷一〇八，《正统道藏》本）

尝见陶隐居登真隐诀，知晋、魏间学仙之士，皆亲与古昔仙真接对而有所授受。唐人吕洞宾，既已为仙者，数百年时时游戏人间，世人亦时得见之，皆有所征信，非茫昧恍惚也。辽相刘海蟾亲得其传；汴宋之末，王重阳遇之甘河；张紫阳得之西蜀，至于今，端绪灼然。南丰王侍宸亲遇火师，亦今人所共知者也。近年，洪之西山，许旌阳降于刘玉真家，亦著闻于代，不可轻也。琼琯白玉蟾先生系接紫阳，隐显莫测，今百数十年，八九十岁人多曾见之江右，遗墨尤多。宋晚有河南子乌阳者，亦玉蟾之流亚欤？

吾方外友有浦云吴君者，为上清道士，得坐致雷雨、役使鬼神之法，不自以为功，已而去之，北游燕、赵诸郡，得《景霄雷书》于异人，而未尽通其说。闲居京华，幽坊静室，与学者数人居。香火清夜，玉蟾降其室，亲为校正其疏略，剖析其精微，内以自修，外以救世，粲然朗耀，莫逆于心。浦云告于玉蟾曰：天不爱道，地不爱宝，请以所定书藏诸名山，以俟来者，如何？玉蟾肯之。自江浙湖海归，间以语予，求书其端云。吾闻道可受而不可传，上古圣神之心法，寄诸图书而已。后世有得之者，则存诸其人矣，岂必图书为然哉！且吾闻善藏书者，宜以梓木，为觚为方，为版为册，以笔注漆而书之，最为可久。虽然，其所以久者文，不在于斯也，托其迹可也。浦云曰：诺。命其徒书之，如吾之说。浦云方致虚守静，修其得于玉蟾者，他日道成，当与蟾翁一笑于千载之外乎？芸阁退吏虞集撰。

玄玄棋经序

（元窦天章撰、王汝南编《玄玄棋经新解》卷首，
人民体育出版社1988年版）

昔者尧舜造围棋，以教其子。或者疑之，以为丹朱、商均之愚，圣人宜教之仁义礼智之道，岂为傲闲之具、变诈之术，以益其愚哉？余窃

意不然。夫棋之制也，有天地方圆之象，有阴阳动静之理，有星辰分布之序，有风雷变化之机，有春秋生杀之权，有山河表里之势。世道之升降，人事之盛衰，莫不寓是。惟达者能守之以仁，行之以义，秩之以礼，明之以智。夫乌可以寻常他艺忽之哉！

余在天历间，尝仕翰林，侍读奎章。先皇帝以万机之暇，游衍群艺。诏国师以名弈侍御于左右，幸而奇之，顾语臣集："昔御家虞愿尝与宋明帝言：弈，非人主之所好。其信然耶？"臣谢曰："自古圣人制器，精义入神，各以致用，非有无益之习也。故孔子以弈为'为之犹贤乎已'，孟子以'弈之为数'为'不专心致志则不得'。且夫经营措置之方，攻守审决之道，犹国家政令出入之机，军师行伍之法。举而习之，亦居安虑危之戒也。"帝深纳其言，遂命臣集铭其弈之器。集故有"周天画地，制胜保德"之喻。自待罪来，退休江南，老于临川之上，今十有余年矣。名弈之士，苟造余门者，未尝不与之追论往事。

今年秋，客有自庐陵来者，为言故宋丞相元献公之诸孙晏天章，与其乡人严德甫，俱以善弈称。对弈之暇，各出其家之所藏。举凡耳目之所注，心手之所得，新闻异见，奇谋最画，可以安危而决胜者，辄图而识之，分其局势。既纪之以名目之殊，又叙之以法度之要。其为谱诀，注详且备，真棋经之大成。手录以传，命曰《玄玄集》。盖其学之通玄，可以拟诸老子众妙之门、扬雄大易之准。且其为数，出没变化，深不可测，往往皆神仙豪杰玩好巧力之所为。故其妙悟，传之者鲜。惟汉之班固、马融善赋其事，唐之张说、李泌善论其理，他非所可及也。近代以来，棋经之说独多，棋经之妙独少。今晏、严二君子，乃有会诸家之要，成一代之书。其于古者圣人制作之初意，必有以深求其故，而非泥于区区智巧之末者。昔象山陆先生之于观弈，不云乎"河图洛书，正在里许"？尧舜之作，岂徒然哉？或者以为纵横之术者，非知道者也。余故辨而明之。然则动静方圆之妙，因是而悟，精义入神，则又存乎观者。是书之传，讵无补乎？至正七年岁在丁亥秋九月朔，邵庵老人虞集序。

论

论历代宫阙制度

（陶宗仪《辍耕录》卷二一"历代宫阙"条，中华书局1958年点校本）

尝观纪籍所载，秦汉隋唐之宫阙，其宏丽可怖也。高者七八十丈，广者二三十里，而离宫别馆，绵延联络，弥山跨谷，多或至数百所。嘻！真木妖哉！由余有言："使鬼为之，则劳神矣。使人为之，则苦人矣。"由余当秦穆公之时为是，俾见后世之侈，何如也？虽然，紫宫著乎玄象，得无栋宇有等差之辨，而茅茨之简，又乌足以重威于四海乎？集佐修《经世大典》，将作所疏宫阙制度为详，于是知大有径庭于古也。方今幅员之广、户口之夥、贡税之富，当倍秦汉而参隋唐也。顾力有可为而莫为，则其所乐不在于斯也。孔子曰："禹吾无间然矣。"卑宫室而尽力乎沟洫，重于此则轻于彼，理固然矣。

按：前有"史官虞集曰"五字，或为《经世大典》遗文。

记

浩 然 楼 记

（虞集《道园学古录》卷三八，《四部丛刊》本）

临川郡幕长赵君师舜，为其表兄周世珍伯仲求予记其所谓"浩然楼"者，予久而未有以为言也，而其请至于五六而不倦。师舜于其中表弟兄，思所以激昂而发挥之，其情不亦厚乎？乃为之言曰：

求之书传，得孟子之言浩然者二：其一，则将去齐，而谓其归志之言也；其一，则为门弟子言，言养其气，而至于浩然者也。世珍兄弟方盛年，未为禄仕也，未有远游也，其不出于归志必矣。昔其先君从宦于闽，早归乎钟阜句曲之麓，岂识其先志，则予尝已书诸其墓矣。

今夫海内宴安，金陵为东南之胜，才智之士，怀艺抱器而待用焉，则登高望远，俯仰今古，论说形势成败之迹、人物臧否之异。四方游士为之宾客，浮大白以迎长风，发长歌以送皓月，而世之所谓浩然有如此者,岂不去流俗千百十一哉?

然予观子之楼,有浩然之题,而窃有概于予衷者矣。始予之壮也,父名之,师教之,名之曰集,而字之曰生。盖孟子之言曰:"是气也,是集义所生,非义袭而取之也。"义也者,万事万物之当,而无有不善者也。集之者,辨于善恶义利之几,慎诸应事接物之际。日出而作,日入而息,不敢有一时之间也。幼而学之,壮而行之,不敢有一事之失也。于是,退自省焉,酬酢万变,无有不中,反求诸心,无所亏欠。故曰:"非义袭而取之也。"及其久也,庶几所谓浩然者生焉。嗟夫! 仆之愚陋不敏,奉遗训于兹,五十有余年。战战兢兢,而未有充乎父师之意,是以睹斯楼之名而重有慨焉。夫将有告于人,不以其素所尊信而亲切者告之,同于予心有所未尽也。或以为迂阔于事,亦所不辞矣。是为记。

世美堂记

(《全元文》卷八五五,第26册,凤凰出版社2004年版)

故宋南渡,阻江以为国,番之余在江南东西之间,重湖之表。郡完地博,土沃而民安,去临安近而无险,是以贵臣大家多居之。轩盖门戟相接,至于今旧名犹存,过者式之。故宋相忠定公,与燕懿王十一世诸孙之家皆是也。忠定之孙吏部尚书必愿事穆陵,尝书其堂曰"世美"以赐之。国亡堂毁,书匾不知所在。燕邸之孙由忠,始得旧匾于他姓,筑堂于白云城之居,而奉其亲焉。仍揭旧匾,皆公族也,是以宜之。既成,介其友临川乐大成来求为之记,则至正七年之三月也。余闻而叹曰:"昔宋亡于汴,举族北辕,其为祸也甚矣!"我世祖皇帝,奄有东南,赵氏入觐,所以待其君臣者有礼,深仁厚泽,前代未之有也。事定,又收其贤者而用之。文敏公家居吴兴,召拜兵部郎中,诹问典故,甚见宠接,历成宗、武宗、仁宗之世,以翰林承旨归老于乡。其先固已爵一品,至是又以一品恩封三代。文敏自刻石以表之曰:"臣孟𫖯幸以肤敏,受知列圣,荷国厚恩,世世子孙不敢忘也。"

由忠父子兄弟,虽未任于朝,然耕田凿井,仰事俯育,诵诗读书,得以保族宜家，七八十年于兹者，沐浴涵煦，复有以世济其美，而自勖焉。老老幼幼之余，与耆宿宾客，歌颂太平之化于湖光山色之间，岂非千载一时之盛哉？余尝为其兄由德记"怡云阁"，已略及之。今闻"世美"之旧题，复见忠定公之手笔数帖，余重有感焉。嘻！此吾朱子所以有《楚辞集注》之作也。寥寥千载，孤忠炯然。夫臣之道一也，无古今异代之间。不然，何以见于今之盛世乎？孔子曰："吾观夏礼，杞不足征。吾观殷礼，有宋存焉。"二恪之传，岂无礼乐之遗哉？时王之政教不行，无以作新其人故也。我国家雨露草木，凡沛然得遂其生成者，皆吾君之赐也。苟有善者，将无来征乎？《传》曰："美在其中而畅于四肢。"美有不在中出者乎？居斯堂者，尚慎之矣。

  按：《全元文》据清同治十一年《余干县志》卷一六、清同治十一年《饶州府志》卷三辑录。

墓碣铭

朱宜人吉氏墓碣铭

（《全元文》卷九〇一，第 27 册，凤凰出版社 2004 年版）

  征东行省儒学提举朱德润，常为集言其母吉宜人之孝也，祖母施夫人甚爱之。至元甲午十二月，吉宜人将就馆，而施夫人疾病，叹曰："吾妇至孝，天且赐之佳子，吾必及见之。"既而疾且亟，治后事，其大父卜地阳抱山之原，使穿圹以为藏。施夫人曰："异哉！吾梦衣冠伟丈夫来告云：勿夺吾宅，吾且为夫人孙。"既而役者治地深五尺许，得石焉，刻曰："太守陆君绩之墓。"别有刻石在傍曰："此石烂，人来换。"石果断矣。其祖命亟掩之，而更卜兆。施夫人又梦伟衣冠者复来曰："感夫人盛德，真得为夫人孙矣。"德润生，其大父字之曰顺孙。而施夫人没，人以为孝感所致。

  吉宜人不惟妇道成于家也，而又好施。大德丙午之饥，吴民多以子女易食者。吉宜人闻其邻之有此也，脱簪珥易以归而食之者数人。及岁熟，其人亦稍成大，悉以归其父母，女子择善良嫁之。吉宜人又以其家之素从兵也,尝恐其子不事儒学,则常诲之曰:"惟朱氏,睢阳五老兵部公之后,门户不轻矣。非学其何以自立乎?"今德润起家为提学使者,稍足以慰宜人之志。延祐丁巳之三月,宜人没而不及见,今十有一年矣。悲夫!因又请曰:"大人亦知德润之于先生,有一日之从也,命德润曰:盍图尔母之不朽者乎?敢以铭请。"

吉宜人,睢阳人,其大父处仁,故宋淮西兵马提督官。其父受,始家于吴,而宜人归廷玉氏。子四人:德润、德宁、德懋、德玄。女囗人。铭曰:

积善在门,有子孔文。不延其躬,以待吉逢,吁嗟乎幽宫!

神道碑

大元故奉国上将军行中书省参知政事广东道宣慰使都元帅刘公(垓)神道碑铭

(虞集楷书《刘垓神道碑铭》真迹,上海博物馆藏)

翰林待制、儒林郎、兼国史院编修官虞集撰并书。

元帅讳垓,字仲宽,河南邓州穰县人。故骠骑卫上将军、中书左丞、淮西等路行中书省事、赠龙虎卫上将军、中书右丞武敏刘公整之第五子也。武敏先事宋,仕至右领军卫上将军、东川观察使、泸州安抚使,大有战功威名。画守江之策,上下数千里间,要害陁塞深浅,远近缓急之势,备御屯战之宜,舟骑粮草之数,纤悉不遗,而专制跋扈之臣,内外共为疑沮。发愤率所统十五州官吏、籍泸州户十数万,自归于我世祖皇帝,悉献其策,上受之。及丞相忠武王以重兵渡江取宋,武敏师次襄阳以卒。元帅于诸子最幼,最先贵矣。

中统三年,武敏归国之明年也,始移新附民匠于成都,元帅年十三,已受宣命,领其众。至元元年,从武敏战泸州紫金城,有功。三年,武敏入朝,以元帅见佩金虎符,领武敏旧军,为万户。四年,筑眉、简、征守嘉定、泸、叙等州,攻破五获、石城、白马、资江等寨,元帅又有功。

五年,过马湖江,战泸川县,又有功。六年,战龙坝,又有功。九年,元帅入备裕宗东宫宿卫。十年,出从武敏于襄,战樊城,又有功。十一年,蜀省奏元帅仍以万户还成都,围嘉定,战之,又有功。十二年,奉武敏之丧,葬于穰。六月还,收嘉定、紫云、叙、泸等千五百余里,以其帅及蛮部首领入见。天子嘉劳,敕有司若曰:武敏之子,当世其官。重庆事毕以闻,拜都元帅,还蜀。是时,宋已亡,唯蜀犹未全服。枢密院谓泸武敏旧所治,奏以元帅领之,筑万达寨,战又有功。大军围重庆,元帅给馈饷,谨巡戍,抚老弱,又有功。十四年,克泸之珍珠堡,降其将,元帅遂镇泸州。四川平。十六年,入见,拜同知四川北道宣慰使司事。廿年,同知四川南道宣慰使司事。廿一年,丘德祖、赵和上谋乱,元帅定之,又有功。廿三年,入朝,以子乃麻台见。天子宠赉有加,于是有诏若曰:"伯颜奏功,宋将来归者皆重任,独刘整后。"命元帅数其人。即奏曰:"先臣在襄阳,以吕安抚来归,今为右丞;在泸州,以管安抚来归,今为左丞。臣在西川,以昝安抚来归,亦为左丞。"上即诏以左丞命元帅,为参政土鲁华所格而止。元帅乃言曰:"江南既平,臣不敢自言先臣功,唯上念之。"上曰:"朕未尝忘尔父也。"会大臣多以为言者,即拜镇国上将军、陕西、四川等处行中书省参知政事,未上,改佥四川等处行中书省事。廿四年,改行尚书省事。廿九年,拜辅国上将军、四川等处行中书省参知政事。未几,病,留成都里第。十余年,廷臣又以元帅为言。大德八年,拜奉国上将军、行中书省参知政事、八番、顺元等处宣慰使、都元帅,佩金虎符。蛮酋南列等归化,拜弓矢衣甲之赐。至大三年,移镇广东,上言:"土军服习水土,宜分守远地,稍移中原之来戍者于内。"事闻,朝廷以为然,即命元帅往潮州移其军。行之日,遽卒,皇庆二年五月十一日也。年六十四。宪司官来哭之,问其帑,才中统钞四百卅五贯,观其封识,月奉之余也。广州有祠,祠廉吏,即奉元帅祠焉,而归葬于穰。

夫人彭氏,先卒。后夫人蒙古氏,亦先卒。生子二人,长乃麻台,武德将军、平阳万户,先卒。孙敏国不华,袭其职。次曰威,荫授承务郎、同知常熟州事,移无锡州事。元帅世有战功,又卒官。或言:威不当止在常调。威,慷慨伟然丈夫也。俯首授职,不出一辞,以廉直闻,识者韪之。至治二年,使来告曰:威将刻石神道,敢请铭。

集尝待罪太史,见武敏世家,未尝不叹其谋略奇壮。钦惟世祖皇帝知人善任,使故能尽当其用哉!两世爵禄,虽未足当其功多,然闻尝赐之玺书曰:"其子子孙孙,永保宝贵。"国家之报功,其在兹乎?铭曰:

於皇世祖,受命于天。群雄效功,一定九埏。维时武敏,南国之勇。彼自殴之,来致我用。籍兵归朝,莫如其先。岂若力穷,窘而求全。皇受其策,十用一二。天兵所临,有服无贰。独镇于襄,卒弗及闻。不有元帅,孰继有勋。维昔造攻,坤维其首。糜战不回,国亡犹守。仡仡元帅,束发在军。何战不前,何役不勤。二十余年,既克底定。大政是参,身已告病。剑履申申,时多福人。起乘两边,竟殒其身。天子所命,我敢自爱。廉吏之祠,可以千载。穰城有茔,万夫所营。孰役万夫,严诏有程。其茔额额,多松多柏。元帅来复,神气精白。百尔子孙,来拜墓门。思孝思忠,视此刻文。

大元冀国忠肃董公神道碑铭

(《常山贞石志》卷二三,《石刻史料新编》本)

奎章阁侍□学士、翰林侍讲学士、通奉大夫、知制诰、同修国史虞集撰;

集贤侍讲学士、通奉大夫、兼国子祭酒苏天爵书;

翰林学士承旨、荣禄大夫、知制诰、兼修国史张起岩篆额。

至正六年夏四月,大驾时巡上京,命荣禄大夫、御史中丞董公守简留居大都。五月庚子,以疾薨于位。省台以闻,上为震悼,赐钱二万五千缗给丧事。以六月癸酉葬于真定藁城九门之先茔。公卿大夫相吊于朝,士庶交叹于其里。亲戚故人,近则聚哭,远则以书相慰唁,无间言也。故事:大臣既葬,则载其功德行事岁月于金石,表诸墓道。礼也。

昔在我太祖□宗时,□兴朔方,中州离□□□尤甚□□□□□□□□氏□□□□光禄大夫、司徒、赵国宣懿公昕,其子曰赠推忠翊运效节功臣、太傅、开府仪同三司、上柱国□□□□□□其众来归,其岁□□右【阙十二字】虎卫上将□行元帅府□□□副元帅□□□□其□□□□□□九子皆笃。其长曰资德大夫、中书左丞、金枢密院事、赠宣忠佐运开济功臣、太尉□□□□□上柱国、赵国忠献公讳文炳【阙十四字】旨、资德大夫□□制诰□□□国【阙十七字】国忠穆公□文用;其□曰资德大夫、金枢密院事、典瑞卿、赠体仁保德佐运功臣□□□□同三司、上柱国、赵国正献公□文忠,□□□□在□□□□□资政大夫、御史中丞□□□肃政功□□□□府仪同三司、上柱国、□国清献公□士珍之第五子也。

我国家之法,信尚勋旧子孙之□□□□□以□而论之,则存乎□人矣。【阙十七字】帝□□□□□分□其大者【阙十六字】左丞率师取□□□成功忠穆公文学□□狗□论□为时师表,正献公渊亮宏□□□□□方符宝非纯【阙廿八字】股肱心腹【阙廿三字】【原注:以下空】

　　□□□□门□□□□□□□至□□□之□□□一二【阙十四字】本有如董氏之□者也。御史中丞之位,公家居之者六人。在□□□□□□公,在大德则忠献公□子忠宣公士选【阙十六字】皆□□□中丞【按以下阙廿八字】其纯□□□□□□□以他族罕比也。

　　国家禁卫之□□□□□□国□至如【阙廿四字】不【阙廿九字】其年【阙十六字】亦如之。延祐中,公□□□□□□□虽成□如【阙十一字】大【阙二十字】不知【阙二十字】弟得以【阙十八字】臣兄守中是□□□□□□□闲□俱□初置集□□□□□□义以辅□圣□臣实【阙卅五字】以公【阙卅九字】勿【原注:缺,下空】

　　□□□止【阙三十字】以【阙四十七字】姓而□名其第,亦异数也【阙卅一字】曰:臣有父师,【阙四十六字】反,复命,上曰:来何迟?公【阙卅二字】上曰:卿朕之汲【阙廿八字】为政平易□有□民□□□□□不能□公一日尽按而除之,民□□□□大旱【阙廿七字】即【阙卅四字】其【阙十一字】寿□此□□故处【阙卅八字】用矣【阙四十七字】以至□□□□□□雨【阙卅二字】留之【阙十八字】以【阙卅一字】不□有【阙九十五字】不能【阙卅二字】以【阙四十六字】政□□□□□民□公如自【阙卅一字】以【阙四十六字】母□□江□□□都总管□□重【阙七十八字】而□□□曰：朕深知卿，淮汴之政【阙七十五字】官【阙十字】而□有凌不【阙九十二字】后必【阙八十五字】奉不以□为【阙八十八字】祖父之【阙九十三字】雨大【阙九十六字】国【阙廿五字】之人而【阙七十二字】曰【阙十五字】之以□□公【阙六十七字】重。上曰：□□□□□【原注：缺，下空】

世祖□□□□大功大□□且弓矢岂独以汉人□之□□□□□□□□人皆得执弓矢【阙六十二字】中书方□其用□且□者。上曰：□□□□朕□□□□□□还中书未晚也。【阙七十六字】【原注：缺，下空】

□□□□□□上□□□□□□□世□□有大【阙十字】志，其进阶荣禄大夫【阙四十字】上之属□□公者方□也。公感激□□心以□□□□□也□而□丁□□□□岂非天乎？公率子□与诸□□国夫人柴氏子清□公【阙四十字】宾其□□□□□征起其瑞也。□□得之□□天□为□甚□□者，与□第九十□也。□以□国家臣见之，皆礼敬孚感以文【阙十五字】公□□氏□□□□□女□□□□人□□□□□经□□家教子有法。次夫人王氏，克守□□子二人：长曰铖□□保□先训在□宿卫，先公卒；次曰铠□□□立。女二：长适秘书监丞郑郊，次适□□丞张【阙十一字】臣□冀国公□□忠【阙十四字】旨遇祭祀则致以□婚丧皆有所给。

公□□书而□□□所□□人□□多士大兴于□淮汴□□□□□三皇之庙。家居训子，必延硕师，里中【阙十一字】师之所用，公尽资之。□□□□□□□余□以遗□□□□士大夫必以礼待乡□亦以其敬。富贵之气，未尝少见于辞色。公将属纩，召铠告之曰：先清献公神道之□未立，我深念之。在中书时，有□□命翰林学士承旨欧阳公玄、张公起岩、姚公庸□□□□□我不讳，汝趣成之，我死，见先人于地下，用无愧矣。无一言及其家事。得年五十有五。

公葬，铠即伐石树清献公碑，卒成公之志。董氏先茔在九门东五里高里村。集早以诸生受知忠宣公馆□其□旬□□一谒清献公，公进而与之坐□□□则□□大臣之言□□其子靖献公□仲游，每叹其言直廉简温，有古昔世家之度。集后以文史经谊待罪馆阁，一二君子天下□□其□□□□者，二十年来，去世尽矣。集庸讵知耄耋之齿，后死穷□而复执笔书中丞公之事乎？用□铭以□之。其辞曰：

於皇圣明，中立覆载。至仁至诚，天与同大。□□如阳，无间内外。高厚悠久，以据元会。睠求元臣，代我天工。天职天禄，□为大公。顾□□□，自我祖宗。六世百年，文言武功。有懿孙子，□在百□。□袭甲胄，进退出入。清慎如一，众氏莫及。简在上心，匪私匪亟。惟中丞公，忠厚粹淳。温温其恭，惟惟其真。惟国惟家，于心于身。今之纯臣，古之德人。史占执法，□□嵩极。□我皇心，堂□太息。归礼其家，有□有棘。求忠实来，其□□□。言观藁城，□于九门。阴阳流泉，往来风云。□□□林，君子之文。我辞□之，以相后昆。

按：此碑漫漶不清，全文四千余字，可辨者仅一千余字。因别无他本可校，姑录于此，以待博闻君子，为之补阙。

Ⅳ 元人诗文总集研究

◎ 第十一章　释明本《梅花百咏》考辨
◎ 第十二章　《青云梯》和《新刊类编历举三场文选》所录元代江浙乡试赋题考
◎ 第十三章　清人编元诗总集二种研究

第十一章

释明本《梅花百咏》考辨

释明本(1263—1323)是元代著名高僧,其诗文集、语录《天目中峰和尚广录》三十卷,早在元代就被奉敕编入《大藏经》中,有《碛砂藏》本,明代的《洪武南藏》《永乐南藏》《永乐北藏》《嘉兴藏》均予以收录,流传颇广。但释明本在文学史上影响最大的还是他与冯子振(1257—?)唱和《梅花百咏》,该书被《四库全书》收录而广为人知。释明本与冯子振的《梅花百咏》唱和,一直是元代诗坛富有传奇色彩的佳话。流行的版本大致是说释明本与赵孟頫友善,但赵孟頫的友人冯子振因他是僧人,颇为轻视。赵孟頫促成二人见面后,冯子振出示《梅花百咏》,明本一览,走笔和成,又出《九字梅花歌》以示,子振大惊,遂与定交。由于《四库全书》本《梅花百咏》既有二人唱和七言绝句一卷,又附有释明本七言律诗一卷,因此,《四库全书总目》说:"是编所载七言绝句一百首,即当时所立和者是也;后又附'春'字韵七律一百首,则仅有明本和章,而子振原倡已不可复见矣。"①在四库馆臣看来,释明本与冯子振的唱和有两次,先是七绝一百首,后有七律一百首。但追根溯源地考察这组诗的本事就会发现,四库馆臣的说法是误读文献所致。实际情况是,释明本与冯子振的唱和只有一次,是释明

---

① (清)永瑢等《四库全书总目》卷一八八《梅花百咏》提要,中华书局,1965年,第1707页。

本用"百篇同韵"的七言律诗酬唱冯子振的"百题"七言绝句,出奇制胜,令冯子振折服。而明清时期的笔记、诗话辗转传抄,或语焉不详,或以讹传讹,或添油加醋,造成了很多误解。这些误解又借助《四库全书总目》的权威话语而广为传布、影响深远。时至今日,学术界仍然广泛使用《四库全书》中收录的释明本《梅花百咏》七言绝句[①],因而有必要对这一问题加以厘清。

一、《梅花百咏》的起源

以梅花为题材的咏物诗,在中国诗史上占有很大比重。唐代以前单篇作品较多,宋代以后出现了大量咏梅组诗,有十咏、五十咏、百咏、千咏等不同名目。对于一般文士来说,十咏、五十咏没有太大挑战性,千咏则难度太大,因此,"梅花百咏"或"百梅诗"就成为南宋以后最受欢迎的咏梅组诗。

目前所知最早撰写"梅花百咏"的是南宋诗人李缜(1109—1164),刘克庄曾读过他的咏梅诗,认为"下字清新,用事精巧,音节流丽,有二宋、王仲至、晏叔原之风"[②],并表示当效仿李体另作百首,可惜没有成功。南宋绍兴年间又有彭克《玉壶梅花百咏》,宝祐年间陈宗礼(1203—1270)任职于秘书省时曾移文命其乡郡抄录副本,藏于秘阁,元初学者刘埙也藏有刻本[③]。南宋后期,在诗坛掀起唱和《梅花百咏》高潮的是刘克庄。淳祐十年(1250)十二月,刘克庄妻兄林公遇之子林同、林合,各以所撰梅花绝句向刘克庄请教,刘克庄先以《梅花十绝》答赠二林,继以二选、三选,直至十选,统称《百梅诗》或《梅花百咏》[④]。刘克庄其时退居家乡莆田,由于他的诗名很大,莆田一带和者

---

① 例如,孙昌武在《元代的僧诗:中峰明本的僧风与诗作》一文中说:"明本有与冯子振唱和的咏梅诗七绝、七律各一百首。"并以《古梅》《老梅》为例说:"明本的和作赋予咏物更甚一层意趣,也体现禅师的本色。"(《中华文史论丛》2012年第4期,第296—297页)但这两首诗是元人韦珪所撰,见元至正刻本《梅花百咏》。又如,最近出版的《全元诗》,也全文收录释明本《梅花百咏》。参见杨镰主编《全元诗》,中华书局,2013年,第20册,第164—199页。
② (宋)刘克庄《梅花十绝答石塘二林》,《后村先生大全集》卷一七,《四部丛刊》本。
③ (元)刘埙《水云村稿》卷四《吴用章传》,《景印文渊阁四库全书》第1195册,第371页。
④ 程章灿《刘克庄年谱》,第244—245页。

众多。程杰据《后村集》和《爱日斋丛钞》考证出唱和者20人：林仲嘉、吴尧、赵志仁、赵时愿、何谦、方元吉、方楷、王庚、林天麟、方至、方蒙仲、陈珽、袁相子、陈汝一、黄祖润、黄珩、徐用虎、江咨龙、陈迈高、魏定清①。其中赵志仁与赵时愿是同一人，志仁是赵时愿之字②；陈汝一应当是徐汝一之误③；还可补充赵克勤一人④。因此，目前所知刘克庄《梅花百咏》唱和者的总人数仍然是20人，与刘克庄所称"和余百梅绝句者二十余家"⑤的记载基本吻合。程杰又考证南宋后期独自撰写"梅花百咏"的还有楼考甫(楼槃)、吴元叔、陈公哲、赵时寒、李龙高、刘辰翁、方回等7人。除此之外，宋末元初撰写"梅花百咏"的还可以补充5人：释静宾、杨公远(1228—?)、王惟肖、刘洪父、王朝卿⑥。

从现有资料来看，南宋至元初的"梅花百咏"并没有固定不变的

---

① 程杰《中国梅花审美文化研究》，巴蜀书社，2008年，第415页。
② 据《南宋馆阁续录》卷七，赵时愿，字志仁，玉牒。绍定五年徐元杰榜进士及第，治诗赋(《景印文渊阁四库全书》第595册，第511页)。
③ "陈汝一"来源于《爱日斋丛抄》卷三："于总管陈汝一云：'和者肩摩似堵墙，君侯殿后独轩昂。'"(《景印文渊阁四库全书》第854册，第651页)但在刘克庄交往的友人中并没有陈汝一，只有徐汝一。《后村先生大全集》卷三七《总管徐侯汝一和余梅百咏辄课七言一章以答来贶》的首句是"和者肩摩似堵墙，君侯殿后独轩昂"，与《爱日斋丛抄》所引诗句相同。据冯登府《闽中金石志》卷一〇，咸淳三年《陈淳祖等乌石山题名》中有"三衢徐汝一伯东"(《续修四库全书》第912册，第487页)；又据《(雍正)浙江通志》卷一七四，徐汝一，字伯东，衢州人，景定二年(1261)以战功敕授武翼郎、福建路左马步军副总管(《景印文渊阁四库全书》第523册，第564页)。由此可知，"陈汝一"实为"徐汝一"之误。
④ (宋)刘克庄《后村先生大全集》卷一一〇《江咨龙注梅百咏》："昔为梅百咏，和者十余人，如袁相子、赵克勤、方仲仲、王景长，皆已物故。"除袁相子、方蒙仲、王庚(字景长)外，尚遗漏赵克勤。据《后村先生大全集》卷一五八《赵克勤吏部墓志铭》，赵克勤原名时敏，改名时焕，字文晦，以旧行役。
⑤ (宋)刘克庄《后村先生大全集》卷一〇八《黄户曹梅诗》。
⑥ (明)张丑《清河书画舫》卷七上附文嘉《严氏书画纪》："释静宾《百咏梅花诗》一，诗、字皆佳，静宾宋末僧也。"(《景印文渊阁四库全书》第817册，第264页)(元)杨公远《野趣有声画》卷上《隐居杂兴十首》之十："集句曾赓百咏梅。"(《景印文渊阁四库全书》第1193册，第731页)又《览镜》："诗清百咏梅。"(同上，第740页)可见杨公远曾撰写集句《梅百咏》。此外，(元)王义山《稼村类稿》卷六《子惟肖和后村梅花百韵序》(《景印文渊阁四库全书》第1193册，第41页)，(元)张之翰《西岩集》卷一八《题刘洪父梅花百咏后》(《景印文渊阁四库全书》第1204册，第503页)，(元)刘诜《桂隐文集》卷二《百咏梅诗序》(《景印文渊阁四库全书》第1195册，第160页)，皆有相关记载。

题目和形式。如南宋彭克的《玉壶梅花百咏》,一半是集句,一半是自作;刘克庄《梅百咏》是在《梅花十绝》的基础上,反复迭和而成;楼槃《梅花百咏》应当是词集,词牌为《霜天晓角》;元人刘洪父《梅花百咏》是七律,有《太极梅》《六经梅》等名目,等等。现存最完整的宋人"梅花百咏"是李龙高《梅百咏》七绝,《全宋诗》据《诗渊》和《永乐大典》辑录93首,但误辑《苔梅》七律一首①,另有《黄香梅》重出,而《和任比部忆梅》虽是李龙高所作,但应当不属于《梅百咏》,或者是《忆梅》诗的附录。因此,目前可知李龙高《梅百咏》实为90题。以之与冯子振百题相比较,同题的只有35题。李龙高《梅百咏》特有的55题,较关注与梅有关的历史人物、故事、古迹、日常用具等;而冯子振《梅花百咏》特有的65题,主要有三方面的特色:一是与梅有关的人事活动较多,增加了梦梅、寻梅、问梅、索梅、观梅、评梅、歌梅、别梅、惜梅、鬻梅、浴梅、浸梅、簪梅、妆梅、移梅、补梅等;二是题目更加纤巧,如担上梅、杖头梅、隔帘梅、照镜梅、照水梅等,都是前人较少吟咏的题目,体现了作者对生活的细致观察;三是所咏梅花的种植场所更具隐逸情怀,如西湖梅、孤山梅、书窗梅、琴屋梅、棋墅梅、钓矶梅、樵径梅、僧舍梅、道院梅、蔬圃梅、药畦梅等。

总之,从南宋至元初,目前可知撰写"梅花百咏"的诗人至少有35家。遗憾的是,上述诗人的百咏诗都没能完整无缺地流传下来。因此,元人冯子振、释明本的《梅花百咏》就成为年代最早、保存最完整的梅花百咏诗,对后世的影响也最大。

二、释明本、冯子振《梅花百咏》唱和本事考

释明本与冯子振唱和《梅花百咏》的本事,由于当事人没有留下文字记载,因此,后人的记述都是出自传闻,时间一久,难免有模糊或

---

① 《全宋诗》卷三七六三,北京大学出版社,1998年,第72册,第45377—45388页。按:《全宋诗》辑李龙高《梅百咏》皆为七绝,只有《苔梅》一首是七律,该诗见于《诗渊》(书目文献出版社,1986年,第2册,第1181页),未署作者名,因前后都是李龙高作品,故被《全宋诗》误辑。此诗见于元人谢宗可《咏物诗》(《景印文渊阁四库全书》第1216册,第631页),题目与内容皆相同。

失实之处。明清时期较通行的版本大多来源于田汝成(1503—1557)《西湖游览志余》:"明本善吟咏,赵子昂与之友,学士冯子振甚轻之。一日,子昂偕明本访子振,子振出示《梅花百韵诗》,明本一览,走笔和之。子振犹未以为然,明本亦出所作《九字梅花歌》以示子振,子振竦然,遂与定交。"①田汝成主要活动于嘉靖年间,与故事发生的大德、延祐年间约有三百年的时间差距,因此,记载比较模糊,没有明确指出二人的唱和是七言绝句还是七言律诗。同时代姜南《蓉塘诗话》卷一七、万历年间蒋一葵《尧山堂外纪》卷七〇记载的内容与田汝成基本一致,说明这是明代中期以后最流行的故事版本。根据这三种文献记载,释明本与冯子振的唱和都只有一次,而真正让冯子振折服的是《九字梅花歌》。但进一步追溯元末明初人的记载,赵孟頫和《九字梅花歌》也是后人追加的故事情节。

元末明初诗人凌云翰(1323—1381)年幼时曾听说过这一传闻:"余幼时闻先辈言,海粟冯子振作文最为汗漫,一日,袖咏梅长句凡百首,谒中峰本公,寻和之,冯大惊异。及详观二作,则知冯以正胜,本以奇胜,皆非末学所能至也。"②释明本卒于至治三年(1323),凌云翰在这一年出生,他在元代生活了四十六年,入明十三年,他幼年所闻必定是在元代,距故事发生的时间最近。根据凌云翰的记载,释明本与冯子振的唱和只有一次,既没有赵孟頫的出场,也没有《九字梅花歌》,释明本直接以和作令冯子振折服。明初学者周瑛(1430—1518)说:"梅为诗一赋百绝,自冯海粟始;一赋百律,自僧中峰始。近学诗君子皆追和之,其思健矣。"③王偊也说:"胜国时翰林冯海粟尝以《梅花百咏》过江访本中峰于临安山中,中峰不逾日而尽和之。冯诗仅绝句

---

① (明)田汝成《西湖游览志余》卷一四,上海古籍出版社,1980年,第278页。
② (明)凌云翰《柘轩集》卷四《和梅诗序》,《景印文渊阁四库全书》第1225册,第831页。
③ (明)周瑛《翠渠摘稿》卷二《敖使君〈和梅花百咏〉序》,《景印文渊阁四库全书》第1254册,第75页。

尔,本百首皆律。"①这就将二人唱和的基本情况与创作特色叙述得非常清楚。上文提到,自南宋至元初创作"梅花百咏"七绝的至少有35家。因此,冯子振《梅花百咏》在体例上的继承多于创新,而《梅花百咏》七言律诗则是明本的创制,其特色和难点是"百篇同韵",即每首诗的韵脚都固定押"神、真、人、尘、春"五字,并在短暂的时间内演绎出百篇。这就是凌云翰所说的"冯以正胜,本以奇胜",比较而言,明本和作的难度更大,无怪乎能够在才艺上压倒冯子振,令其折服。

从明人对冯子振、释明本《梅花百咏》的追和情况来看,释明本的七律也比冯子振的七绝更受欢迎。现存最早有明确年代依据的是洪武二十一年(1388)王达(1350—1407)《和中峰和尚梅花百咏》。王达在自序中说:"翰林冯海粟渡江以《梅花百咏》示师,师谈笑间不逾日而尽答,又可见师之才艺足以服于人矣。然虽有其诗,余未之见也。洪武戊辰四月望日,余与曹公恕、俞公海宿于东林之精舍,主僧实公出示所谓《百咏》者。披览之际,余甚乐焉。于是濡毫陈纸,和而成集。……但不见冯诗为恨耳。"②王达唱和的是七言律诗,可见他从东林寺僧那里得到的《中峰和尚梅花百咏》必定也是七律。可以作为佐证的是,《永乐大典》保存了王达《梅花百咏》的大量序跋,其中署"锡山某识"的题跋似乎暗示冯子振《梅花百咏》是沿袭前人正体:"夫梅之百咏非难,以一字而百变为难也。冯公非难,中峰和之为尤难也。逮夫达善再为和之,讵不难之而又难乎?"③既然在冯子振之前已有数十人写过"梅花百咏"七绝,那么,哪怕冯子振的创作成就再高,也不具备太大的挑战性,相反,中峰和尚"以一字而百变",确能显示他的才艺更胜一筹。

释明本的"春"字韵七言律诗,为诗人们展示才艺提供了极好的机会。因此,从元末至明末的二三百年间,唱和《中峰和尚梅花百咏》

---

① (明)王俦《思轩文集》卷七《〈梅花百咏诗〉序》,《续修四库全书》第1329册,第474页。
② (明)解缙等《永乐大典》卷九〇九"诗"字韵,中华书局,1986年,第9册,第8606页。
③ (明)解缙等《永乐大典》卷九〇九"诗"字韵,第8607页。

七言律诗者至少有 20 人次,现简述如下。

1. 董子复

明董斯张《始祖仁寿公石船》:"始祖仁寿公……曾和中峰梅花诗百首,嘉靖中惜毁于火。"①按:董子复为梅林董氏迁居湖州始祖,约生活于元末明初。

2. 王达(1350—1407)

明洪武二十一年(1388)唱和,今存万历三十六年(1608)王化醇辑《百花鼓吹》本。

3. 朱樉(1361—1425)

据周是修《刍荛集》卷五《郡王和本中峰梅花百咏诗后序》记载,朱樉于洪武三十年(1397)阅中峰禅师与王达《梅花百咏》七言律诗,"问侍臣曰:'百篇同韵,若二者之和,果难乎?'左右咸曰:'非有充裕之才,而精通于诗道者,诚不可以易言也。'越二日,召儒臣示以所和百篇,流诵未竟,莫不惊骇嗟羡,以为天资神助,迥非举世所谓能诗者比也"②。惜已亡佚。

4. 骆象贤(1371—1461)

今存清嘉庆十年木活字本《梅花百咏》一卷。

5. 朱权(1378—1448)

今存明嘉靖三十二年(1553)朱宸淓刻《梅花百咏》本。

6. 朱有燉(1379—1439)

明宣德五年(1430)唱和。今存明宣德刻本《诚斋梅花百咏》一卷。

7. 于谦(1398—1457)

今存明万历三十六年(1608)王化醇辑《百花鼓吹》本。

8. 张楷(1398—1460)

明杨守陈《南京右佥都御史张公行状》:"和本中峰《梅

---

① (明)董斯张《吹景集》卷二,《续修四库全书》第1134册,第23页。
② (明)周是修《刍荛集》卷五,《景印文渊阁四库全书》第1236册,第68页。

花百咏》。"① 明魏复《和梅花百咏》自序:"(张楷)所和《梅花百咏诗》词极清丽,其诗本以海粟冯公之题,次以中峰释老之韵。"②

9. 魏复

明宣德八年(1433)依张楷唱和之作再和。今存抄本《和梅花百咏》一卷,有丁丙跋,藏南京图书馆。

10. 晏铎

明高儒《百川书志》著录"《青城梅花三百咏》三卷",并说:"大明翰林锦城晏铎著,次中峰一韵百律;品题古今人物,用韵二十七律;并和海粟百题及《梅花赋》。"③今已亡佚。

11. 周恭

明张大复《昆山人物传》:"所著有《和中峰梅花诗》一卷。"④已佚。

12. 敖毓元(？—1504)

今存明天启三年刻本《梅花百咏诗》不分卷,为重庆图书馆藏孤本。

13. 朱憨易

明王傲《梅花百咏诗序》:"至国初锡山王达善先生则尽取中峰之韵和之,一夕而成。顷者吾友朱君憨易又追和其韵,自晨起握笔濡墨疾书,若不经意者,盖晷不屡移,而诗亦成矣,何其速也? 其门人赵昌龄以锓诸梓。"⑤按:其书约刊刻于成化年间,今佚。

14. 周正

今存明万历三十六年(1608)王化醇辑《百花鼓吹》本,残存62首。

---

① (明)杨守陈《杨文懿公文集》卷七,《四库未收书辑刊》,北京出版社,1997年,第5辑第17册,第460页。
② (清)丁丙《善本书室藏书志》卷三六,《续修四库全书》第927册,第605页。
③ (明)高儒《百川书志》卷二〇,上海古籍出版社,2005年,第306页。
④ (明)张大复《昆山人物传》卷五,《续修四库全书》第541册,第614页。
⑤ (明)王傲《思轩文集》卷七,第474页。

15. 童琥

今存明刻本《和梅花百咏诗稿》二卷,有正德四年(1509)自序。

16. 孙锦

高儒《百川书志》著录"《斯存和梅稿》一卷",云:"皇明镇常孙锦著百律,次韵中峰也。"①

17. 昭明禅僧

载万历三十三年(1605)王思义辑《香雪林集》卷一〇,原刻200首,选刻20首。

18. 蒋大禄

载《香雪林集》卷一〇,选刻30首。

19. 庸斋

载《香雪林集》卷一〇,选刻30首。

20. 无名氏

今存明万历三十六年(1608)王化醇辑《百花鼓吹》本。

由此可见,释明本《梅花百咏》七言律诗对明代诗坛的影响非常巨大。与之相反,明人对冯子振《梅花百咏》七言绝句的唱和屈指可数,流传较广的只有文征明、周履靖、朱之蕃、顾起元四家。这大概是因为七言绝句不足以炫才耀学吧。明人为了超越释明本,又别出心裁地增加创作的难度:既采用冯子振七言绝句分题标目,又使用释明本七言律诗的相同韵脚。从目前掌握的资料来看,创始人是骆象贤《梅花百咏》。其裔孙骆问礼(1527—1608)说:"夫冯学士倡和梅花百绝,天目僧随以一韵为百律酬之,一时之奇也。自后步其响者,无虑数十家。然押韵者未必分题,而分题者未必次韵。独我溪园公以僧韵押学士题,而复增其所未备。"②在骆问礼眼中,冯子振原倡是七绝,中峰和尚酬答的是七律,这原本就非常清楚。释明本七律虽然百首同韵,但

---

① (明)高儒《百川书志》卷二〇,第306页。
② (明)骆问礼《万一楼集》卷三七《三和梅诗序》,《四库禁毁书丛刊》,北京出版社,1997年,集部第174册,第468页。

从头到尾都没有分题,还能够自由发挥;骆象贤进一步将冯子振的分题与释明本的同韵结合,受到的限制更多,也更能展示才艺,因而有不少追随者,如宣德年间的张楷和魏复、清初的查嗣莶等,都采用这种方式。

总之,无论是根据明代笔记、诗话的记载考察本事,还是从明人的唱和情况来看,冯子振首倡《梅花百咏》七绝,释明本和以七律,这是明代万历以前人的共识,并不存在任何分歧。

三、释明本《梅花百咏》七言绝句证伪

《四库全书》本《梅花百咏》的底本经过清初学者夏洪基校订,他在跋语中提到该书所收释明本七绝与元人韦珪《梅花百咏》多有重合:"又有韦德珪(圭)集,虽亦百首,然八九皆中峰作。"①夏洪基将二书互见作品的著作权归于释明本,是因为他熟悉释明本与冯子振的唱和佳话,误以为释明本确实写过《梅花百咏》七言绝句;而韦珪名不见于经传,其《梅花百咏》也流传稀少,因而被想当然地剥夺了著作权。受此影响,《全元诗》也将二人作品作为重出诗收录,并加按语:"冯子振、释明本以《梅花百咏》唱和,与韦珪《梅花百咏》,是元诗坛典实,今存韦珪《梅花百咏》有至正五年杨维桢序。但韦珪《梅花百咏》有八十四首已见于明本和冯子振《梅花百咏》。以上重出诗两存待考。"②由于释明本与冯子振的唱和活动产生在韦珪撰写《梅花百咏》之前,因此,人们宁愿相信是韦珪诗重出或误收,而不敢怀疑释明本七言绝句为后人伪造。但追溯二人作品的文献流传情况就会发现,韦珪《梅花百咏》的文献来源更为可靠。现分别对二书的编纂、刊刻、流传情况加以考述。

韦珪《梅花百咏》一卷,元至正间刻本,经黄丕烈等名家收藏,现有孤本藏于国家图书馆。根据自序,韦珪咏梅绝句始作于至正二年

---

① (元)冯子振、释明本《梅花百咏》卷末,《景印文渊阁四库全书》第1366册,第579页。
② 杨镰主编《全元诗》第44册,第435页。

(1342),应宪使李仲山之命先赋 26 首,后来又"补缀百咏"。韦珪《梅花百咏》的元刻本与冯子振《梅花百咏》嘉靖刻本相比,虽然题目次序略有差异,但百题的名称完全相同。可见韦珪《梅花百咏》的"百题"名目来源于冯子振。韦珪《梅花百咏》问世后,虽然流传不广,但始终不绝如缕。明初编纂的《永乐大典》曾徵引韦珪《梅花百咏》诗 14 首;明万历三十六年(1608)王化醇编《百花鼓吹》也收录韦珪百咏,但漏刻《孤梅》一首;清嘉庆年间,阮元搜辑《四库未收书》,将影元抄本进呈内府,今存《宛委别藏》本;日本有文政七年(1824)吉田乡花魁园刻本,安积信在序中推测释明本七绝可能是后人误编;今日的通行本则是《中华再造善本》和《续修四库全书》影印元刻本。

释明本《梅花百咏》七言绝句一卷,存世最早刻本是万历二十五年(1597)金陵荆山书林刻周履靖编《夷门广牍》本《中峰禅师梅花百咏》。《夷门广牍》还收录有冯子振撰、周履靖和《梅花百咏》,但被更名为《千片雪》,反映了明人妄改古书的陋习。周履靖(1549—1640),字逸之,号梅墟,晚号梅颠,浙江嘉兴人。万历二十二年(1594),周履靖至华亭拜访藏书家袁福徵(号太冲),得观冯子振《梅花百咏》,借归后唱和首。他说:"髫年闻海粟、中峰二君倡咏梅花百首,心向慕之。"①根据王稚登(1535—1612)序,周履靖在袁福徵藏书楼借阅的只有冯子振《梅花百咏》,并没有《中峰禅师梅花百咏》。由此可以推断,《中峰禅师梅花百咏》大约出现于万历二十二年至二十五年(1594—1597)间。但周履靖在刊刻时没有说明该书的文献来源,而且,该书不见于万历以前的书目著录,也没有万历以前人提及或唱和,因而有重大作伪嫌疑。

《中峰禅师梅花百咏》遗漏《东阁梅》一首,仅 99 首,说明刊刻非常草率。在这 99 首诗中,又有 83 首见于韦珪《梅花百咏》,只有《古梅》《红梅》《早梅》《忆梅》《探梅》《谱梅》《庾岭梅》《江梅》《山中梅》《溪梅》《野梅》《宫梅》《官梅》《庭梅》《檐梅》《盆梅》等 16 首内容不

---

① (元)冯子振、(明)周履靖《千片雪》卷末题识,《丛书集成初编》,中华书局,1985 年,第 2266 册,第 122—123 页。

同。从编排次序和题目名称来看,元刻本韦珪《梅花百咏》与明嘉靖三十二年(1553)朱宸涝刻冯子振《梅花百咏》属于同一体系,而《夷门广牍》本《中峰禅师梅花百咏》《千片雪》属于另外一个体系。如《谱梅》,元刻本和嘉靖刻本作《补梅》;又如《衙宇梅》,元刻本和嘉靖刻本作《廨舍梅》。这还只是题目的差异,据夏洪基考证,《夷门广牍》本《千片雪》中的冯子振诗,字句改动非常严重,甚至有整首诗的内容完全不同,他认为这是"不解事者之妄改",并推测这个"不解事者"就是周履靖,因为周履靖的和诗用典多有错误,可见学问空疏①。《四库全书总目》也评价《夷门广牍》"所收各书,真伪杂出,漫无区别"②,《中峰禅师梅花百咏》应当就是周履靖伪造或误收的诗集。

然而,这样一本伪书,万历以后竟然盛行于世。万历三十三年(1605)王思义编刻的《香雪林集》、万历三十六年(1608)王化醇编刻的《百花鼓吹》都收录了《中峰禅师梅花百咏七言绝句》。二书都缺《东阁梅》一首,字句也基本相同,可见是据周履靖本翻刻。尤其是王化醇(1546—1622)《百花鼓吹》,其中的《梅花百咏》七言绝句同时收录冯子振、释明本和韦珪三家,内容相连,却没有注意到释明本与韦珪诗的互见情况,可见更为草率。至于清代以后的刻本和传抄本,也都直接或间接来源于《夷门广牍》本。《四库全书总目》批评《夷门广牍》真伪杂出,但《四库全书》本释明本《梅花百咏》七绝,恰好是因袭《夷门广牍》而来的伪书,这也算是偶然失察吧。

《中峰禅师梅花百咏》七言绝句在万历年间"问世"后,之所以能够大行于世,是由于年代久远,人们对释明本与冯子振的唱和本事已经模糊不清,于是想当然地认为释明本也有《梅花百咏》七言绝句。《四库全书总目》编纂之前,清初诗人柯煜在为张吴曼《集古梅花诗》作序时说:"冯海粟作梅花近体百咏,师见而和之,不逾日而成,今师之百咏传而海粟者不传。其后海粟复有绝句百咏,而师又有百咏,但绝句不拘一韵,又以各种为赋,则知绝句非难,而近体

---

① (元)冯子振、释明本《梅花百咏》卷末,第579页。
② (清)永瑢等《四库全书总目》卷一三四《夷门广牍》提要,第1137页。

之一韵百咏为难也。"①与《四库全书总目》的观点相似,柯炽也认为释明本和冯子振的唱和有两次,只不过他认为七言律诗在先,七言绝句在后;而四库馆臣认为七言绝句在先,七言律诗在后。但他们都忽视了另外一种可能性:释明本以七言律诗唱和冯子振的七言绝句。

结语

冯子振首倡《梅花百咏》七言绝句一百首,释明本唱和"春"字韵七言律诗一百首,出奇制胜,令冯子振折服,这一颇具传奇色彩的事件,原本并不复杂。从元末至明代万历以前,无论是文献中有关二人唱和本事的记载,还是明人对二人诗歌的追和,都不存在认识上的分歧。万历以后,由于时代间隔久远,人们对二人唱和本事混淆不清,误以为二人先后唱和七言绝句与七言律诗各一次,遂使《中峰禅师梅花百咏》七言绝句这一伪书盛行于世,贻害无穷。

从诗歌接受史的角度来看,明代唱和释明本《梅花百咏》七言律诗人数之多、品质之高,是值得关注的文学史现象。虽然释明本并不是元代的一流诗人,但他创立了《梅花百咏》七言律诗"百篇同韵"的基本范式,使之成为中国诗歌史上长盛不衰的主题,这是值得充分肯定的。

---

① (清)张吴曼《集古梅花诗》卷首,《四库全书存目丛书》,齐鲁书社,1997年,集部第258册,第477页。

第十二章

《青云梯》和《新刊类编历举三场文选》所录元代江浙乡试赋题考

元代的科举考试,分乡试、会试和廷试三级,而乡试与会试科目相同,规定南人、汉人试三场,第二场试古赋。始于延祐元年(1314),终于至正二十六年(1366),先后举行乡试十七科,由于顺帝元统三年(1335)乡试结束后宣布停罢科举,后至元六年(1340)始下诏复科,故会试、廷试比乡试少了一科,仅十六科。元代词赋科"变律为古",以古赋取士,直接促进了古赋创作、编集和理论批评的兴盛。① 其中一个突出的现象就是涌现了大量古赋程文,最重要的有无名氏编《青云梯》三卷和刘贞等编《新刊类编历举三场文选·古赋》八卷。本文以二书为基础,综合相关史料,试图考证出元代江浙乡试的全部赋题,以供研究者参考。但由于元末战乱,文献不足,疏漏之处,在所难免,幸求教于方家!

一、《青云梯》《三场文选》所录前八科江浙乡试赋题

元赋总集《青云梯》,由阮元辑入《宛委别藏》本,并著录于《四库

---

① 有关元代辞赋与科举的关系以及古律之辨等问题,可详参黄仁生《论元代科举与辞赋》,《文学评论》1995年第3期;许结《中国赋学历史与批评》上编第十章《古律之辨与赋体之争》,江苏教育出版社,2001年。

未收书目提要》,故为世人所熟知。而《新刊类编历举三场文选》在国内仅有残本藏于中国国家图书馆。庆幸的是,近年来有学者在日本看到元刊全帙并加以介绍①。该书按天干分十集,共七十二卷,其丁集(诗义)八卷、己集(春秋义)八卷、庚集(古赋)八卷(存一至六卷)和辛集(诏诰章表)三卷尚存于国家图书馆。《新刊类编历举三场文选·古赋》八卷总计收录了88位作者的92篇赋作,都是元统三年以前八科之考试程文,于每一科皆按江浙、江西、湖广乡试以及中书堂会试次序编排,使人一目了然。而《青云梯》除了卷上大致以时间为经,以地域为纬外,后二卷排列显得杂乱无章,且有不少并非考试程文,而是平时的课艺习作。但要想了解元代词赋考试的全貌,《青云梯》仍是最重要的参考文献。

《青云梯》的目录只列赋名和作者二项,没有标明所选赋作的时间、地点及登科年份,因而给研究工作带来了很大困难②。现以《三场文选》为参照,列前八科江浙乡试赋题如下。

第一科延祐元年(1314)乡试:《太极赋》(《青云梯》卷上,《三场文选》庚集卷一)

第二科延祐四年(1317)乡试:《明堂赋》(《三场文选》庚集卷二)

第三科延祐七年(1320)乡试:《龙虎榜赋》(《青云梯》卷上,《三场文选》庚集卷三)

第四科至治三年(1323)乡试:《四灵赋》(《青云梯》卷上,《三场文选》庚集卷四)

第五科泰定三年(1326)乡试:《无逸图赋》(《青云梯》卷上,《三场文选》庚集卷五)

---

① 参见陈高华《两种〈三场文选〉中所见元代科举人物名录》,《中国社会科学院历史研究所学刊》2001年第一集;黄仁生《元代科举文献三种发覆》,《文献》2003年第1期。
② 康金声、李丹《元赋钞本〈青云梯〉考释》说:"《青云梯》所收其他赋作或可详考,但要辨明每篇究作于何时,既很困难,也没有必要。"参见《金元辞赋论稿》,学苑出版社,2004年,第85页。按:详考《青云梯》,虽然很困难,但对于研究元代科举与辞赋之关系、考察元代赋家生平、补充元代进士名录等有着重要意义。

第六科天历二年(1329)乡试:《清庙瑟赋》(《青云梯》卷上,《三场文选》庚集卷六)

第七科至顺三年(1332)乡试:《龙虎台赋》(《青云梯》卷上,《三场文选》庚集卷七)

第八科元统三年(1335)乡试:《龙马图赋》(《青云梯》卷上,《三场文选》庚集卷八)

二、《青云梯》所录元代后期江浙乡试赋题考

《青云梯》共收录古赋111篇,上卷36篇基本上是以时间为序编排的,起自第一科江浙乡试黄溍《太极赋》,终于第十科江西乡试吴从善等《玉佩赋》,但后二卷就显得杂乱无章了。现综合相关史料,对其中收录的江浙乡试赋题,稍加整理。

第九科至正元年(1341)乡试:《浙江赋》(《青云梯》卷上)

《青云梯》紧接第八科后,选录了林温、沈干和董朝宗的三篇《浙江赋》。据钱大昕《元进士考》[1],林温为至正辛巳元年江浙乡试第一名,后再举,中至正十四年(1354)进士;而董朝宗为本科江浙乡试第五名。沈干虽未见著录,但日本内阁文库藏元周霁至正四年所刊《元大科三场文选》卷一四"古赋"选有其《浙江赋》,黄仁生据跋文称该书所选为至正元年乡试和次年会试之考卷[2]。赋题名"浙江",必定是本年江浙乡试考题。

第十科至正四年(1344)乡试:《大成乐赋》(《青云梯》卷中)

《青云梯》中《大成乐赋》的作者有二人,即高明和应才。据钱大昕《元进士考》引《辍耕录》所载《非程文语》,高明和应才皆中至正四年江浙乡试,后应才下第,而高明为至正五年进士。《青云梯》卷中又载有勤渊、江永和黎应物的《玉德殿赋》,据钱大

---

[1] (清)钱大昕著、陈文和主编《嘉定钱大昕全集》第5册,江苏古籍出版社,1997年。
[2] 参见黄仁生《元代科举文献三种发覆》。

昕《元进士考》,黎应物亦登至正五年进士第,为江西新喻人;而据《(嘉靖)长沙府志》,勤渊为湖南浏阳人,至正五年进士,黎应物与勤渊既然是异省人,其考试赋题相同,只可能是至正五年会试的赋题。

第十一科至正七年(1347)乡试:《天府赋》(《青云梯》卷中)

《天府赋》的作者三人,分别是储绪贤、徐中和邹奕。除储绪贤未见著录外,据钱大昕《元进士考》,邹奕为苏州人,至正八年进士;据《元人传记资料索引》,徐中为山阴人,官至诸暨州学录。《青云梯》又收录邹奕与王宗哲同题赋《帝车赋》,而王宗哲是中山无极人,在元代属汉人,只可能在会试时与南人同科,故《帝车赋》为至正八年会试赋题,而《天府赋》为江浙乡试赋题。

第十二科至正十年(1350)乡试:《角端赋》(《青云梯》卷中)

《青云梯》卷中录有徐勉之和吕诚《角端赋》。据《元人传记资料索引》,徐勉之是鄱阳人,曾两领乡荐;而吕诚是婺源人,至正十一年进士。《青云梯》卷中又载李国凤与何淑《广寒殿赋》,据钱大昕《元代进士考》注《至正十一年进士题名记》,该赋的作者李国凤是济南人,另一作者何淑(一作何淑成),是江西人,由于不同省份的考生只在会试时考题相同,可知至正十一年会试题目是《广寒殿赋》。因此,至正十年江浙乡试的赋题为《角端赋》。

第十三科至正十三年(1353)乡试:《天爵赋》(《青云梯》卷中)

《青云梯》所录《天爵赋》的作者有二人,即林似祖和林温。林温此前曾以《浙江赋》举至正元年江浙乡魁,至本年再举于乡。而赋作排列在第一的作者林似祖,据《(正德)松江府志·选举志》于"至正十年周佑榜"载:"陈善,第十二名,再举癸巳林祖榜第二十名。"按:癸巳即至正十三年,林祖疑为林似祖之误。由于他是本科乡魁,故《青云梯》首录林似祖之赋。此外,元末明初陶安的《陶学士集》卷一〇亦收有《天爵赋》。陶安,字主敬,当涂人(在元代亦属江浙行省),至正四年举乡试,故其集中收有《大成乐赋》。从其集中又载《天爵赋》来看,他很可能再举于至正十三年。林温、林似祖和陶安都是江浙人,故《天爵赋》当是江浙乡试赋题。

第十四科至正十六年(1356)乡试:疑中废。

《青云梯》所收 111 篇赋的 102 名作者,据目前所知史料,江浙行省无一人举至正十六年乡试和至正十七年会试。钱大昕《元进士考》是目前收录元代进士最多的著作,桂栖鹏的《元代进士研究》①是近年来研究元代科举的力作,综合二书中的元代进士名录,均未发现江浙行省至正十六年的乡贡进士。所以,至正十六年江浙乡试很可能暂时中废了。最有力的证据是,杨维桢《东维子集》卷五《乡闱纪录序》云:"军兴贡举事中废,士皆以弧矢易铅椠之习……江浙行省以至正十九年夏四月,群试吴越之士……假群堂为贡院所,不一月竣事。"又卷八《送何生序》云:"今年夏,文闱复开,(何生)翰就试。"元代江浙行省的治所在杭州,乡试于每年七、八月份举行。据《元史·顺帝纪》,至正十六年七月,杭州被张士诚攻陷,杨维桢所说的"军兴贡举事中废",当指此年之事。而贡院很可能在战乱中被烧毁,故至正十九年恢复考试时,只能"假群堂为贡院所",并将考试时间改到了夏四月。元末由于战乱,湖广行省乡试于至正十六年废止,江西行省乡试于至正十九年废止,此后都没有举行。② 而江浙行省乡试很可能在至正十六年中废,至十九年才重新开考。

第十五科至正十九年(1359)乡试:《彤弓赋》(《青云梯》卷下)

---

① 桂栖鹏《元代进士研究》,兰州大学出版社,2001 年。
② (元)李祁《云阳李先生文集》卷三《龙子元书香世科序》云:"盖自兵变以来,吾湖广受祸独先且酷。受祸先,故科先废;受祸酷,故士大夫家乡冠典籍毁失无遗。若江西则祸后而轻,故科目得后废,而文献亦犹有可收录焉。"又云:"子丙之举也,以至正丙申(1356),丙申而后,江西亦不复举矣。"又据《元史·顺帝纪》,至正十五年(1355),倪文俊陷湖广行省治所武昌、汉阳等处,十六年(1356),迎徐寿辉据之。故湖广行省乡试当废于至正十六年,而江西乡试十九年始废。

《青云梯》卷下录有三篇《彤弓赋》,作者分别是徐勉之、王元裕和凌云翰。凌云翰,字彦翀,浙江仁和人,据《(万历)杭州府志》卷五七,举至正十九年乡试,进士下第。又据元末释来复所编《澹游集》中作者小注,王元裕,字好问,会稽人,进士出身。徐勉之曾两举于乡,前一次在至正十年,后一次当在本年。此三人籍贯皆属江浙行省,可证本年乡试赋题为《彤弓赋》。

第十六科至正二十二年(1362)乡试:《乡射赋》(《青云梯》卷中)

《青云梯》于此题下录柯理、宋杞和傅著三人赋作。据钱大昕《元进士考》,柯理和宋杞举至正二十二年江浙乡试;又据《永乐大典》本《(洪武)苏州府志》,傅著举本年江浙乡试备榜,故《青云梯》所录《乡射赋》当为本年乡试赋题。

第十七科至正二十五年(1365)乡试:《禹门赋》(《青云梯》卷下)

《青云梯》所录同题赋作,以《禹门赋》收录作者最多,有张筹、赵麟、金絧、叶蕙、张寊、杜寅和陈宪等七人。《永乐大典》本《(洪武)苏州府志》著录其中四人,分别是赵麟、叶蕙、杜寅和陈宪,后三人属流寓科,皆举江浙二十五年乡试。按:钱大昕《元进士考》认为本科江浙乡试试题为《龙门赋》,虽然禹门即龙门,但《青云梯》卷下也收有龙仁夫《龙门赋》。据《元人传记资料索引》,龙仁夫卒于后至元元年(1335年),钱大昕之说不可信。

元代科举考试,在地方一级共举行了十七科,而江浙行省除了至正十六年一科可能中废外,其余十六科的赋题完整地保存在《青云梯》和《三场文选》中。总结以上十六科乡试赋题及作者,列表如下:

乡试年份	赋题	作者	作品出处
延祐元年(1314)	《太极赋》	黄溍	《青云梯》卷上,《三场文选》庚集卷一

续表

乡试年份	赋题	作者	作品出处
延祐四年(1317)	《明堂赋》	祝蕃、邵宪祖	《三场文选》庚集卷二
延祐七年(1320)	《龙虎榜赋》	方君玉	《青云梯》卷上，《三场文选》庚集卷三
至治三年(1323)	《四灵赋》	朱文霆、林仲节、林同生	《青云梯》卷上，《三场文选》庚集卷四
泰定三年(1326)	《无逸图赋》	方回孙、胡一中	《青云梯》卷上，《三场文选》庚集卷五
天历二年(1329)	《清庙瑟赋》	应才、冯勉、张师曾①	《青云梯》卷上，《三场文选》庚集卷六
至顺三年(1332)	《龙虎台赋》	江孚	《青云梯》卷上，《三场文选》庚集卷七
元统三年(1335)	《龙马图赋》	赵俶、鲍恂、陈中、赵森、鲁贞、李翼	《青云梯》卷上，《三场文选》庚集卷八
至正元年(1341)	《浙江赋》	林温、沈干、董朝宗	《青云梯》卷上
至正四年(1344)	《大成乐赋》	高明、应才	《青云梯》卷中
至正七年(1347)	《天府赋》	储绪贤、徐中、邹奕	《青云梯》卷中

---

① 《青云梯》所录《清庙瑟赋》佚作者姓名，《全元文》第59册以其紧接徐容《太常赋》，认为该赋是徐容所作。考《三场文选》庚集卷六冯勉、应才、张师曾等三人《清庙瑟赋》，而《历代赋汇》卷九四仅录冯勉和张师曾二人赋作，《全元文》则未收应才《清庙瑟赋》，因此，《青云梯》所录疑为应才作。可惜的是，国家图书馆所藏《三场文选》有残阙，应才赋恰在其中，无法进行比勘。然《青云梯》所录徐容《太常赋》为泰定四年(1327)会试赋作，据《三场文选》，徐容中泰定四年会试第二名，不可能再参加天历二年(1329)乡试。因此，《青云梯》所录《清庙瑟赋》的作者不可能是徐容。

续 表

乡试年份	赋题	作者	作品出处
至正十年(1350)	《角端赋》	徐勉之、吕诚	《青云梯》卷中
至正十三年(1353)	《天爵赋》	林似祖、林温	《青云梯》卷中
至正十九年(1359)	《彤弓赋》	徐勉之、王元裕、凌云翰	《青云梯》卷下
至正二十二年(1362)	《乡射赋》	柯理、宋杞、傅著	《青云梯》卷中
至正二十五年(1365)	《禹门赋》	张筹、赵麟、金绹、叶蕙、张寏、杜寅、陈宪	《青云梯》卷下

这些赋题,除了《浙江赋》是具有地方特色的命题外,其余都与古代的典章制度、历史文物和儒家礼乐文化有关。例如,明堂、清庙歌咏的是先王政教;乡射、大成乐赞美的是儒家礼乐,太极、天爵宣扬的是理学精义,角端、彤弓称颂的是祥瑞嘉物……除了命题内容的复古,有的赋题本身也是古已有之的。如《历代赋汇》卷七二有唐李白、刘允济、任华、王谨、于沼和宋范仲淹等人的《明堂赋》,《文苑英华》卷八四有无名氏《四灵赋》一首,《历代赋汇》卷四五和九四分别有宋陈普的《无逸图赋》和《清庙瑟赋》。正是在对前代赋作的反复模拟和学习中,元代辞赋创作才形成了独有的"祖骚而宗汉"①的复古倾向。

---

① (元)祝尧《古赋辨体》卷三,《景印文渊阁四库全书》本。

第十三章

清人编元诗总集二种研究

清人所编元诗总集数量众多。除顾嗣立编《元诗选》、顾嗣立、席世臣编《元诗选癸集》外,张景星、姚培谦、王永祺《元诗别裁集》影响最大。而旧题钱熙彦编《元诗选补遗》在很大程度上沿袭了顾嗣立《元诗选》未刻稿本以及席世臣《元诗选补遗》,有必要加以辨正。

第一节 姚培谦与《元诗自携》和《元诗别裁集》

清中叶最有代表性的元诗选本是《元诗别裁集》,与《宋诗别裁集》的编者同为张景星、姚培谦(1693—1766)、王永祺(1701—1766)三人。这两部选本原名《宋诗百一钞》和《元诗百一钞》,后人为了使之与沈德潜编《唐诗别裁集》《明诗别裁集》《清诗别裁集》并行于世,合称《五朝诗别裁集》,故改为今名。《元诗百一钞》最早有乾隆二十九年(1764)刻本,但早在康熙六十一年(1722),姚培谦就有《元诗自携·七言律诗》十六卷问世,雍正四年(1726)又编刻《元诗自携·七言绝句》五卷,为《元诗别裁集》的编选奠定了基础。遗憾的是,《元诗别裁集》流传颇广、影响巨大,《元诗自携》却罕为人知、几近湮没。

姚培谦,字平山,号松桂,又号鲈香,松江府娄县人,后迁华亭。姚氏为松江望族,由明入清,子弟多以科第起家。他的父亲姚宏度,曾官内阁中书。姚培谦年轻时勤奋好学,锐意著述,家有园亭之盛,又喜宾客交游,故在江南一带很有名气。但他的功名仅止于诸生,还曾入狱一年,后来被证明是诬陷,才被释放。关于他入狱的原因,段厚永认为是因为文字狱①,这种说法是没有根据的。据黄达《一楼集》卷一七《姚鲈香传》、宋如林《(嘉庆)松江府志》卷五九《范颖士传》等文献记载,姚培谦是在雍正十年(1732)因松江知府吴节民科场舞弊案受到牵连而入狱的。从此无意仕进,闭门读书,发愤著述。

姚培谦的学问以经、史为根柢,张之洞《书目答问》列姚培谦名于"汉宋兼采经学家,诸家皆博综众说,确有心得者",大概是因为姚培谦著有《春秋左传杜注补辑》三十卷、《经史臆见》二卷,而其《松桂读书堂集》又有《读经》三卷、《读史》二卷。但他一生最大的成就还是编纂校刻群书。据不完全统计,姚培谦编纂校注的书有:《周礼节训》六卷(黄叔琳撰、姚培谦重订)、《通鉴揽要》三十卷(姚培谦、张景星编)、《明史揽要》(姚培谦、张景星编)、《省轩考古类编》十二卷(柴绍炳纂、姚培谦评)、《类腋》五十五卷(姚培谦、张卿云辑)、《砚北偶钞十二种》十七卷(姚培谦、张景星编)、《楚辞节注》六卷(姚培谦注)、《古文斫》三十四卷(姚培谦编选评注)、《唐宋八家诗》五十二卷(姚培谦选)、《向青门读诗类抄》六卷(姚培谦辑、王永祺参订)、《李义山诗集笺注》十六卷(姚培谦注)、《御制乐善堂赋注》四卷(清高宗撰、姚培谦注)等十多种,都流传到了今天。此外还刻有《世说新语》《刘后村诗集》《弹指词》《文心雕龙辑注》等多种他人著述。姚培谦刻书很有特色,尤其喜欢刻巾箱本,《四库全书总目》卷一八五《松桂读书堂集》提要说:"喜刻巾箱小本,亦好事之士。"叶德辉《书林清话》也将他视为清刻巾箱本的代表人物(卷二"巾箱本之始")。

姚培谦在诗歌创作方面以唐为宗,大抵古体宗李、杜,近体学温、

---

① 段厚永《元诗别裁集研究》,华中师范大学硕士学位论文,2012年。

李。他自编《元诗自携》,与人合编《元诗别裁集》,也是基于元诗宗唐的立场来撷取其英华。姚培谦是松江人,其地域诗学在明末清初以云间派为代表,有宗唐复古的传统。王嘉曾《姚平山先生传》说:"吾乡自明季陈、夏结几社,狎主敦盘,东南名士云集鳞萃。降及春藻、大雅,流风余泽,犹有存者。先生慨慕其为人,乃设文会于家塾。寓书走币,缔交于当世之鸿才骏生,而东南名士,亦翕然从之。于是开北海之尊、下南州之榻,一时杯盘缟纻之胜,几遍大江南北。而云间之声气,亦骎骎乎复古矣!"①姚培谦与同郡黄达、王嘉曾、沈大成等雍、乾年间的华亭诗人,都以振兴云间诗学自任,其诗学观念的核心就是宗唐。以此来观照姚培谦、张景星、王永祺三位松江人士编选的《宋诗百一钞》和《元诗百一钞》,就不难理解傅王露在《宋诗百一钞序》中所说的"论诗必宗唐"的观点。

除了地域诗学传统,姚培谦与苏州人顾嗣立、沈德潜的交往也是影响其诗学观的重要因素。康熙五十九年(1720),姚培谦二十八岁,首次刊刻自著《春帆集》,请顾嗣立作序。姚培谦《松桂读书堂诗集》卷四有《顾编修侠君招饮秀野草堂赋赠》诗,表达了他对顾嗣立的仰慕之情。姚培谦与顾嗣立在诗学方面有很多共同爱好,如温、李诗,顾嗣立有补注《温飞卿集笺注》,姚培谦有《李义山诗集笺注》;顾嗣立有《昌黎先生诗集注》,姚培谦后来编刻《唐宋八家诗》,其《昌黎诗钞》即署"长洲顾嗣立侠君"参阅;顾嗣立于康熙五十九年刻完《元诗选三集》,姚培谦于康熙六十一年刻成《元诗自携·七言律诗》,并在自序中说:"余家颇有元人遗稿,每恨网罗不广。既读顾太史侠君先生所钞十集,叹为巨观。顾卷帙浩繁,卒业未易。而诸体并陈,猝欲寻其涯涘,望洋者往往致叹。至于七言近体,古今作者所难,尤为学者讽诵所急。则于顾本中,撮其精华,并箧中所录咿唔旧本,缩成一编,名曰自携,匪敢云选,备行笈中物而已。"②从顾嗣立《元诗选》到姚培谦《元诗自携》,前者讲求全备,后者择其精华,在资料上具有明显的继承关

---

① (清)王嘉曾《闻音室诗集》附刻遗文,《续修四库全书》本。
② 姚培谦《元诗自携·七言律诗》,清康熙六十一年刻本。

系,但二者的编选目的却有很大不同。姚选采用巾箱本形式,方便读者携带,且只选学者急于讽诵的七言近体,其推广和普及元诗的用意是很明显的。

姚培谦与江南名士沈德潜也有直接交往。康熙六十一年,姚培谦刊刻的《元诗自携》卷一四署"长洲沈德潜确士参阅",说明二人在康熙末年就有诗学方面的交流。乾隆初年,沈德潜备受乾隆皇帝宠渥,主盟诗坛,但也没有忘记曾经的故交友人。据黄达《姚鲈香传》和《(嘉庆)松江府志》,沈德潜还朝时,向乾隆皇帝上奏姚培谦"闭户读书,不求闻达",并将他撰写的《御制乐善堂赋注》四卷、《增辑左传杜注》三十卷、《经史臆见》二卷代为进呈御览。随着沈德潜在诗坛影响力的扩大,其宗唐、主格调的观念必然会影响到姚培谦等在野的下层文士。沈德潜先后于康熙五十六年(1717)刊《唐诗别裁集》,雍正十二年(1734)刊《明诗别裁集》、乾隆二十四年(1759)刻《清诗别裁集》,唯独不选宋、元诗,这是基于他对康熙年间诗坛宋、元风尚的反拨。紧随其后,张、姚、王三人于乾隆二十六年(1761)刊刻《宋诗百一钞》、乾隆二十九年(1764)刊刻《元诗百一钞》,从编选动机来看,明显是以沈德潜《别裁集》为参照的,只不过他们持守的是"以唐为宗,兼取宋、元"的诗学立场。姚培谦在《元诗自携·七言律诗》自序中说:"自《宋诗钞》一书行世,而学者靡然宗之。一切流连景物、披写情愫,无非是也。而元诗无闻焉。不知宋亦宗唐者也,唐人之格调既衰,而宋人裁以理致;元亦宗唐者也,宋人之面目已厌,而元人复浚以隽才。法乳本同,家风顿别,若宗宋而不知有元,与宗唐而不知有宋何异?……而元人一代之诗,庶不至为宗唐、宗宋者所庋置弗习也。"①又肯定元人近体诗在唐宋人之外,"别具一种隽味"。姚培谦以"格调"论唐诗,这是受到沈德潜影响,但他以"理致"论宋诗,用"隽才"和"隽味"评价元诗,则是尊重宋、元诗各自特色的表现,与沈德潜的诗学观并不完全相同。姚培谦等三人身处下层,自然不能像沈德潜那样

---

① 姚培谦《元诗自携·七言律诗》,清康熙六十一年刻本。

主持风雅、妄言"别裁",因而谦称"百一",取"尝鼎一脔,窥豹一斑"之意。而后人鉴于其编选思想相近,使之组合为完整的《五朝诗别裁集》,这恐怕是原编作者所始料不及的。

康、雍之际,随着盛世的来临,诗坛为了润色鸿业,开始倡导以"雅正"为核心的诗歌批评标准。顾嗣立《元诗选》的早期印本在内封一般押有"别裁伪体亲风雅"白文方印,可以看作这种风气的产物。然乾隆二十九年(1764)沈钧德为《元诗百一钞》作序,却批评顾氏仍然不够雅正:"迨我朝顾太史广搜博采,秀野草堂所刻,号为极富,然意主于备一代之文献,虽稍已汰繁芜而存雅正,若乃别裁去取,精之又精,俾学者由是而之焉,循元诗盛轨,弗坠唐音,而溯源于风骚汉魏,则犹有待也。"由此可见,康熙年间对元诗的接受以文献整理为主要需求,而乾隆年间的诗学已不满足于此,希望进一步加以精选,趋于雅化,以便符合盛清时期的政治、文化需求。与此同时,元诗接受的主体也开始下移,进入了以下层文人为主的推广与普及进程。

姚培谦《元诗自携》二十一卷,每卷都列有二名参阅者,去除重复,计有以下41人:华亭朱霞、徐是效、陆昆曾、林令旭、蒋培毂、顾思孝、吴溙、范仁霶、张德慎、廖昆旸、董杏燧、徐懋绩、陈济、张卿云、俞信,上海曹一士、顾成天、曹培廉、王铸,青浦孙铉;长洲沈德潜,常熟瞿观光,昆山王之醇;无锡华希闵、华缨、华纮,金坛王步青、曹阶,武进秦宫璧;钱塘张琳,仁和柴潮生;嘉兴李之栻,秀水李宗潮,平湖陆奎勋、陆大复,武塘李安定;甬上蒋拭之;黄山胡金兰;南陵刘敬祖;静海励宗万;锦州赵弘本等。其成员主要分布在苏、松、常、杭、嘉五府,尤以松江府人士为多,几乎占有一半,且参阅者多为下层文人,这充分说明了康、雍之际元诗接受群体的扩充与下移。上述名单中的曹培廉,康熙年间曾在上海刊刻过赵孟頫《松雪斋集》,确属元诗爱好者。此外,姚培谦曾周济过的华亭布衣诗人翁春(有《赏雨茅屋诗》四卷行世),也"于诗好元人,不言李、杜"[①]。如此众多的下层文人喜爱元诗,才为乾

---

① (清)王芑孙《渊雅堂全集·惕甫未定稿》卷九《华亭二布衣传》,《续修四库全书》本。

隆年间问世的《元诗别裁集》培育了数量可观的读者群体,也开启了元诗普及时代的来临。

第二节 《元诗选补遗》考辨

顾嗣立穷毕生精力纂辑《元诗选》,在生前就已经刊刻了初集、二集和三集,后来,席世臣访得顾嗣立癸集已刻之版和未刻之稿,重加修订,刊刻问世,这在相当长的时间内,代表了元诗总集编纂的最高成就。但值得说明的是,顾嗣立和席世臣纂辑《元诗选》的成就,尚不止于此。根据《元诗选三集序》,顾嗣立在三集之外,另有"成集者"六十余家,已经编写待刻;而在《元诗选癸集序》中,席世臣说自己"博采群籍,别为《补遗》一编,将续梓以问世焉"。顾嗣立的"未刻之稿",席世臣的"《补遗》一编",其原始面貌究竟如何?是否就此湮没无闻了呢?

值得庆幸的是,20世纪50年代初,顾廷龙、潘景郑在苏州文学山房发现了《元诗选癸集》抄本和《元诗选》未刻稿本,后捐赠给上海图书馆;1985年,在整理出版《元诗选》时,中华书局的柴剑虹又在首都图书馆发现了一部道光年间刊刻的《元诗选补遗》,其中26家与未刻稿本相同[①]。中华书局编辑部在《元诗选补遗》的出版说明中谈到,该书刊刻于道光年间,卷首题"金山钱熙彦停云编次",没有任何序跋说明其资料来源和编纂经过,但鉴于顾嗣立未刻稿本26家的发现,认为钱熙彦在编次《补遗》时,很可能大量利用了顾氏秀野草堂遗留下来的《元诗选》资料,包括60余家未刻稿,因此将《元诗选补遗》作为《元诗选》系列不可或缺的一部分来整理出版。

事实证明,中华书局将《元诗选补遗》作为《元诗选》和《元诗选癸集》的附录出版,是非常合理的。因为《元诗选补遗》确实与顾嗣立和席世臣有着重大关系,而将《补遗》的作者仅仅署名为"钱熙彦"是值

[①] 按:王沂《师鲁集》和刘仁本《羽庭诗稿》二家,《元诗选补遗》只因袭了《元诗选》未刻稿本的作者小传,诗歌则据四库辑《永乐大典》本《伊滨集》和《羽庭集》选录。

得怀疑的。

一、《元诗选补遗》与顾嗣立未刻稿

康熙五十九年(1720),《元诗选三集》告成。顾嗣立在《元诗选三集序》中说:"倦游归卧草堂,辄合二十年来所得,重加诠次,凡成集者约一百六十余家,其诸family选本及山经、地志、野史、稗官、书画卷轴所传诗未满数首者,编入癸集,共计三千余人,元诗蒐大备矣。缮写粗毕,欲悉付剞人,力有未逮。复先以百家质诸海内,他日续完全书,以成巨观,则元人一代精华,不致磨灭弗彰,而余半生擩擩苦心,亦庶几可以无负矣。"①遗憾的是,三集刊刻问世的两年后,顾嗣立就辞世了,留下了癸集和另外60余家已刻之版和未刻之稿。癸集在嘉庆三年(1798)由席世臣刊刻问世,而另外60余家,虽然散佚了,却以三种不同的形式存在:一是抄本《元诗选癸集》之丁18家;二是《元诗选》未刻稿本26家(残);三是佚存于道光间刻本《元诗选补遗》82家。《癸集》之丁18家和未刻稿26家皆重见于《元诗选补遗》中。现一一考辨如下。

《元诗选癸集》抄本66册,顾廷龙在解放初发现于苏州文学山房,后捐赠给上海图书馆。该书版心上端印"元诗选癸集",下端印"秀埜草堂",可知是顾氏秀野草堂的专用稿纸。顾廷龙根据书中"弘"字缺笔,而"颙""琰"等字均不避讳,断定抄写于乾隆年间。而以抄本与刻本相校,均自甲至癸分为十集,而抄本之丁18家,为刻本所无。根据《元诗选》体例,癸集专收采自选本而无专集者,这18家有专集,明显是误入的,而且,这18家与《元诗选》未刻稿本26家的前18家完全相同,其底本当来源于顾嗣立未刻稿60余家。

《元诗选》未刻稿26家,与癸集抄本同时被发现。据顾廷龙《元诗选琐谈》介绍,这26家之目录如下:

---

① 本文所引《元诗选》初、二、三集,《元诗选癸集》和《元诗选补遗》,均据中华书局1987—2002年点校本。

胡秋《伯友集》 吴炳《彦辉集》 孟淳《能静集》 陆文圭《墙东类稿》 叶衡《芝阳山人集》 达溥化《鳌海诗人集》 杨镒《清白集》（附杨铸） 刘仁本《羽庭诗稿》 沈性《自诚集》 葛元喆《文贞先生遗稿》 王思诚《致道集》 施钧《饮冰余味集》 段天祐《吉甫集》 王沂《伊滨集》 俞和《紫芝生集》 鲁渊《岐山集》 陆景龙《德阳集》 陈祐《节斋集》 辛敬《好礼集》 龙仁夫《麟洲先生集》 郲经《玩斋集》 阮孝思《东海生集》 买闾《兼善集》 盛彧《归胡冈集》 复元禅师自恢《复元集》 雪山禅师文信《雪山集》

顾廷龙说："此乃康熙间秀野草堂原写待刻样本，半页十三行，行二十三字，书口均题有所收各家别集名，款式字体与初、二、三集一律。"①顾廷龙根据款式字体与初、二、三集同，推断这是未刻稿 60 余家中的一部分，这一推测是合理的。更重要的是，这 26 家有内证可以说明其确实出自顾嗣立之手。

首先，未刻稿本中收录了陆文圭的《墙东类稿》。而根据《四库全书总目》，《墙东类稿》久无传本，经四库馆臣从《永乐大典》中辑出，重编为 20 卷，共得文 300 余篇，诗词 600 余篇。对于这样一位作品数量极多的诗人，未刻稿本只选入了 9 首。这是因为顾嗣立编《元诗选》时，尚无法看到 20 卷本《墙东类稿》，他是根据选本采录而成的。康熙四十四年（1705），顾嗣立奉诏分纂《御选宋金元明四朝诗》，其中，《御选元诗》收录了陆文圭诗 2 首，即《烧笋赋》和《丹楼》，而《丹楼》并不见于《四库全书》本《墙东类稿》，但这 2 首全部选入了《元诗选》未刻稿本中，因此，未刻稿本《墙东类稿》很有可能是顾嗣立的原编。

其次，未刻稿本中选有复元禅师自恢《复元集》和雪山禅师文信《雪山集》，现摘抄《复元集》的作者小传如下：

按：《玉山雅集》所录诗僧共九人，余采其七，入《元诗选》

---

① 以上有关《元诗选癸集》抄本、《元诗选》未刻稿本内容的介绍，参见顾廷龙、陈先行《元诗选琐谈》，《书品》1991 年第 4 期。

中。其一则来复,字见心,洪武初,用高僧召至京,授僧录寺左觉义,坐法死。其一则良琦,字符璞,洪武十五年,召对称旨,授以印章,官为僧掌,崇明僧教,一时翰苑名公,送之以诗。二僧例应入明诗中,故不录。①

这里的"余采其七,入《元诗选》中",只可能是顾嗣立自述编选《元诗选》的经过,而未刻稿本和《元诗选补遗》竟毫无删节地加以保留,这就为我们考察未刻稿本的来源以及它与《元诗选补遗》的关系提供了极为可靠的内证。元人顾瑛所编《玉山雅集》(《四库全书》本)中所录诗僧九人为释子贤、释祖栢、释余泽、那希颜、释宝月、释良琦、释来复、释文信和释自恢,其中,除释来复和良琦应入明诗外,另外七人,释子贤、释祖栢被顾嗣立选入《元诗选》三集之壬,释余泽、那希颜、释宝月被选入癸集之壬,而释自恢和释文信正好保留在《元诗选》未刻稿中。

再次,未刻稿26家中,除去俞和、复元禅师自恢、雪山禅师文信3家外,其余23家均被选入了顾嗣立参编的《御选元诗》。据《元诗选三集序》,康熙四十四年秋,顾嗣立"应诏入都,编选四朝诗馆。因得尽窥内府秘本,手自抄撮,存诸行箧"。不难推测,顾嗣立的行箧中必定有这23家。而这23家诗既然没有编入三集和癸集,无疑应该是未刻稿本60余家的一部分。

中华书局整理的道光间刻本《元诗选补遗》,共收录了金履祥以下82家元诗,其中26家与《元诗选》未刻稿本相同,只是打乱了原编次序。而另外的56家中,又有26家见于顾嗣立参编的《御选元诗》,分别是:魏初、邓伯言、金履祥、黄玠、吴会、李道坦、苏大年、唐珙、刘埙、孙华孙、刘涣、饶介、余诠、叶杞、郑昂、严士贞、王份、马弓、吴哲、郑渊、顾观、游庄、王中、余善、善学和张庸。除去极少数例外情况,如魏初和邓伯言二家,已经被顾嗣立选入《元诗选》癸集,而后来《元诗选补遗》的作者又根据《四库全书》本补辑。但这正好也说明了顾嗣立

---

① (清)钱熙彦《元诗选补遗》,中华书局,2002年,第977页。

在编《元诗选》时,确实充分地利用了《御选元诗》的材料。因此,另外的24家,既然没有入癸集,则很可能被编入《元诗选》未刻稿本。特别值得提出的是,《元诗选补遗》入选的张庸《全归集》,不仅见于《御选元诗》,而且,《嘉业堂藏书志》卷四著录有"旧钞本《全归集》七卷",钤有"顾嗣立印""侠君"两白文方印,也就是说,顾嗣立本人就藏有张庸的诗集。毫无疑问,张庸必定是顾嗣立的未刻稿本60余家中的一部分。

综上所述,《元诗选补遗》所辑82家元人诗集,其中26家基本上保存了顾嗣立部分未刻稿的原貌,其中47家(含未刻稿本26家中的23家)见于顾嗣立参编的《御选元诗》,因此,我们可以初步推断,《元诗选补遗》大量因袭和利用了顾嗣立的未刻稿60余家的成果。至于如何从《元诗选补遗》中还原顾嗣立未刻稿的原貌,是元代诗学文献研究的一大难题。

二、席世臣对《元诗选》的补遗

席世臣,字邻哉,常熟人,仁和商籍,清乾隆五十三年(1788)钦赐举人。曾由四库馆议叙,受到奖励①。席世臣大约在乾隆五十三年左右,与顾嗣立的曾孙顾果庭一道,访得《元诗选》癸集已刻之版及未刻之稿,重加修订,十易寒暑,终于在嘉庆三年(1798)刻成《元诗选癸集》。令人困惑的是,席世臣和顾氏后人对癸集花费了这么大的精力,他们对顾嗣立续辑的另外60余家怎么会不闻不问呢?

席世臣于嘉庆三年在《元诗选癸集序》中的一段话,引起了笔者的关注,"其十集所未备者,世臣博采群籍,别为《补遗》一编,将续梓以问世焉";而席世臣的曾孙席威在光绪十四年(1888)重刊《元诗选癸集》的跋中也说:"府君博收广采,阅十余年之久,始克告成。又以顾氏所未及采者,别为《补遗》附于后。"这就是说,席世臣在编刻《元

---

① 参见光绪《常昭合志稿》卷二〇《选举志·乾隆戊申科》。

诗选癸集》的同时,又广搜博采,对前三集和癸集进行了补遗。《补遗》的原貌如何?席世臣的这一计划有没有最后完成?两百年过去,这一重要的史实完全被人们忽略和淡忘了!

庆幸的是,笔者在一部书画题跋著作中找到了席世臣《补遗》一书的线索。清人胡尔荣《破铁网》卷上著录:"《元诗选补遗》八十六家,洞庭席氏扫叶山房写样付刻本,红格薄纸。惜无序目并编辑者姓氏,疑有残阙,然皆顾侠君所未见。"[1]该书卷末有道光元年(1821)十二月管庭芬跋,后由缪荃孙辑入《藕香零拾》丛书,其文献价值是相当可靠的。《破铁网》成书于道光元年之前,因此,胡尔荣收藏或经眼席氏扫叶山房写样付刻本《元诗选补遗》不晚于本年,很有可能是在嘉庆年间。虽然该稿本很可能亡佚了,也没有序目和编辑者姓氏,但结合嘉庆年间席世臣的《元诗选癸集序》,其编辑者就显而易见了。恰巧金山钱氏刊刻的《元诗选补遗》也没有序跋说明其资料来源,据中华书局的点校说明,该书刊刻于道光年间,从时间上看要晚于席氏扫叶山房稿本,那么,二者究竟是什么关系呢?

首先,从《元诗选》未刻稿本的流传和对它的利用情况来看,席世臣从顾嗣立后裔访得《元诗选癸集》未刻之稿的同时,很可能也得到了另外的60余家未刻稿本。现存秀野草堂抄本《元诗选》癸集之丁,顾廷龙推断为乾隆年间抄本,这正好与席世臣和顾果庭在乾隆五十三年左右开始修订《元诗选癸集》的时间吻合。如果要对《元诗选》进行补遗,席世臣应该是最有可能直接利用顾嗣立未刻稿的人选。因为《元诗选》未刻稿是顾嗣立遗稿,在没有整理定稿之前,只可能在顾氏家族内部或与其有渊源关系的极少数人员中流传。《元诗选》未刻稿本26家,后有同治四年雷浚和叶廷琯跋,称庚申(1860)难后"在吴门得此书",也就是说,未刻稿本因"庚申之难"才从苏州流散开来,那么,身处金山县的钱熙彦在道光年间(1821—1850)刊刻此书时,似乎

---

[1] (清)胡尔荣《破铁网》卷上,清宣统二年缪荃孙刻《藕香零拾》本。

很难直接看到该稿本。而前面提到,钱熙彦在"编次"《元诗选补遗》时,又大量利用了未刻稿本的成果,所以,唯一合理的解释是,他得到的是嘉庆年间就流传出来的"席氏扫叶山房写样付刻本"。据管庭芬的《破铁网》跋,胡尔荣早年富有,晚年潦倒,其藏书有如昙花一现,又如过眼云烟,迅速散佚开来,书名取"破铁网"也是蕴含了这个意思。因此,钱熙彦在道光年间得到胡氏所藏席世臣《补遗》稿本,是完全可能的。

其次,《元诗选补遗》中的王沂《伊滨集》和刘仁本《羽庭集》二家,只是因袭了《元诗选》未刻稿本的小传,但诗歌则据四库辑《永乐大典》本选录。除王沂和刘仁本外,《元诗选补遗》中尚有艾性夫《剩语》、耶律铸《双溪醉隐集》、程端礼《畏斋集》、程端学《积斋集》、朱晞颜《瓢泉吟稿》、吴皋《吾吾类稿》、周巽《性情集》、陈宜甫《秋岩集》和魏初《青崖集》等 9 家,是四库馆臣从《永乐大典》中辑出的,其编排次序和《四库全书》本完全一致,艾性夫、朱晞颜、周巽和陈宜甫等 4 家的小传,完全摘自《四库全书总目》;而张观光、王奕、侯克中、洪焱祖、陈镒、沈梦麟和邓雅等 7 家,虽然不是《永乐大典》辑佚本,但其卷数、编次与《四库全书》本也完全一致,小传也都摘抄了《四库全书总目》。由此可见,《元诗选补遗》至少利用了《四库全书》中的 18 种元人诗集。如此大量抄录利用《四库全书》辑佚成果,这个人很可能就是席世臣。如前所述,席世臣曾参与校对《四库全书》,并由四库馆议叙,受到奖励,因此,他在对《元诗选》进行补遗时,是有条件传抄《四库全书》本元人诗集的。可资佐证的是,席世臣的族兄席世昌在谋求补刻《元诗选癸集》时,就曾请法式善代购元人别集数种,法式善皆抄而寄之。① 而法式善所藏元人诗集的主要来源也是《四库全书》本②。《元诗选补遗》对《四库全书》的利用,据此可以得到合理的解释。

---

① (清)法式善《存素堂文集》卷三《〈元史类编〉书后》,《续修四库全书》第 1476 册,第 715 页。
② 详参本书第十六章《法式善与乾嘉之际的元诗接受》。

再次，从《元诗选补遗》编纂的动机和体例来看，《元诗选补遗》自甲至壬分九集，卷末有《元诗选癸集补遗》，这是与席世臣补遗《元诗选》的计划相符的，他在《元诗选癸集序》中说："其十集所未备者，世臣博采群籍，别为《补遗》一编，将续梓以问世焉。"也就是说，《元诗选补遗》既有对前九集的补遗，也有对癸集的补遗。而中华书局在整理《补遗》时，误认为《元诗选癸集补遗》与全书体例不符，仅仅作为附录存之。我们知道，《元诗选癸集》刊刻于嘉庆三年，是经过了顾嗣立和席世臣二人前后几十年的辛苦才得以最后完成的。癸集网罗元代诗人达2400余家，如果没有长期的积累，是很难对它进行补遗的。而且，《元诗选癸集》问世的十余年后，已"不行于世，虽登版而所印无多"（《元诗选癸集》卷首附录抄本王芑孙跋语）。外人要对《癸集》进行补遗，更是难上加难。

最后，尽管《破铁网》所著录的扫叶山房席氏稿本《元诗选补遗》86家与道光间金山钱氏刻本《元诗选补遗》82家的数量不符，而这个"八十六家"也有可能是传抄者的笔误，也可能原稿尚不止86家，与82家本皆有残阙。因此，笔者断定，道光年间金山钱氏在"编次"《元诗选补遗》时，很可能大量参考和利用了嘉庆年间就已经编写待刻的席氏扫叶山房稿本，现存《元诗选补遗》的最初编撰者很可能是席世臣。

三、钱熙彦对《元诗选补遗》的最后编刻

道光年间刊刻的《元诗选补遗》题"金山钱熙彦停云编次"。金山钱氏是近代以来的一个望族，自乾隆年间就开始了刊刻校订书籍工作，至道光年间达到了顶峰。钱熙祚更是这个家族中的杰出人物，所辑《守山阁丛书》《指海》等，在近代享誉中外。其他如钱熙辅辑《艺海珠尘》壬癸两集、钱熙哲编《华严墨海集》、钱熙载校《元史续编》，也都是不朽的事业。《金山钱氏支庄全案》（上海图书馆藏清光绪十六年刊本）中详录了金山钱氏的世系，钱熙彦与钱熙祚正是堂兄弟关系。而钱培荪的《金山钱氏家刻书目》在熙字辈中列钱熙彦于首，著录有

"《元诗选补》,钱熙彦邦士辑"①。综合以上材料,我们可以大致勾勒出钱熙彦的生平事迹:钱熙彦,字邦士,号停云,金山县钱圩村人,为钱熙祚堂兄,主要活动在嘉庆、道光年间。曾与弟钱熙载共同校刊《春秋阙如编》,并于嘉庆十年(1805)撰《春秋阙如编跋》。

《金山钱氏家刻书目》详载了钱氏家族校刻各书的序跋以及校刊记,唯独对《元诗选补》没有任何说明,因为《元诗选补遗》本身也没有任何序跋说明其资料来源和成书经过,这就很值得怀疑。钱熙彦校刻《春秋阙如编》,尚且请姜兆翀作序,并自撰跋尾;如果他耗费了数年之久对《元诗选》进行补遗,必定不会不加任何说明。即使他本人没有序跋,他的族人也会为之大肆褒赞一番。而事实却是,钱熙祚《守山阁剩稿》(清道光二十六年刻本)、钱熙泰《古松楼剩稿》(清光绪元年刻本)、钱熙辅《勤有书堂剩稿》(清光绪间刻本)等诗文集和相关著述,对钱熙彦此举只字未提。唯一合理的推测是,钱熙彦在得到扫叶山房待刻样本后,因原稿没有序目和编辑者姓氏,于是一仍其旧,稍加"编次",不作声张,刊刻问世。

席世臣扫叶山房的待刻样本86家是否已经按天干次序编排好,我们不得而知,但《元诗选》未刻稿本26家尚未编排好,因此,我们姑且承认这一工作可能是由钱熙彦最后完成的。但《元诗选补遗》在分集上,仍有许多未尽如人意的地方,明显不符合顾嗣立编排《元诗选》的体例。例如,《元诗选》壬集专收道释、闺阁以及外夷,但《补遗》之壬集,居然将被学者尊称为"石门先生"的梁寅列于首位;而李道坦,《御选元诗》明确称其为道士,应入壬集,而《补遗》归入丙集;陈宜甫也是龙虎山道士,元世祖时曾被封为真人,则被选入乙集。此外,《元诗选》二集和三集都没有丁集,但各满一百家,仿照此例,《补遗》也应阙丁集。所有这些,都有失考证。

但钱熙彦功不可没的是,《元诗选补遗》最终因他的刊刻而得以流传下来。从顾氏秀野草堂初刻《元诗选》,到席氏扫叶山房续刻《元

---

① (清)钱培荪《金山钱氏家刻书目》卷一,清光绪四年刻本。

诗选癸集》,再到金山钱氏补刻《元诗选补遗》,前后历时一百多年,稿墨几经移易,薪火相传,对一部诗歌总集如此痴迷,真是文献学史上的一大奇迹。相传顾嗣立刻《元诗选》既成,"夜梦古衣冠人数百拜谢"[①],而将《元诗选补遗》的作者考辨清楚,既可以使《元诗选》和《元诗选癸集》续成完璧,也不至于湮没了顾嗣立和席世臣辛苦数十载的功绩。

---

① （清）顾嗣立《秀野公自订年谱》,清道光二十八年刻本《秀野草堂诗集》附录。

V 元诗接受研究

◎ 第十四章　五山时代前期的元日文学交流
◎ 第十五章　晋安诗派与明末清初的元诗接受
◎ 第十六章　法式善与乾嘉之际的元诗接受

第十四章

五山时代前期的元日文学交流

日本五山①时代前期是指镰仓时代(1185—1333)末期至南北朝时期(1336—1392),约相当于中国南宋末年至明初,亦即13至14世纪。这一时期是五山文化发展的黄金时代,不仅禅宗兴盛,汉文学、书画艺术和出版事业也走向了全面繁荣。五山文学作为日本汉文学史的一个重要历史阶段,近百年来研究成果丰硕。② 但有关五山文学的时限与分期,学术界还存在很大分歧,本章在时限上采用荫木英雄的说法,以至元十六年(1279)为上限,以日本元和元年(1615)为下限;在分期上

---

① 所谓五山,原是中国南宋时期的官寺制度,即由朝廷任命住持的五所等级最高的禅寺。日本镰仓、室町幕府时期模仿南宋的五山制度,设立了京都五山和镰仓五山,即位于京都的天龙寺、相国寺、建仁寺、东福寺、万寿寺,位于镰仓的建长寺、圆觉寺、寿福寺、净智寺、净妙寺,至德三年(1386)规定京都南禅寺居于五山之上。以五山为核心的禅僧,创造了辉煌的五山文学与文化。
② 五山文学研究的奠基人是日本学者上村观光,他于1906年出版《五山文学小史》(东京裳华房),同年开始编辑出版《五山文学全集》(东京裳华房、民友社),1912年出版《五山诗僧传》(东京民友社),是现代学者中致力于五山文学研究的第一人。此后近百年,日本学术界研究五山文学者代不乏人,先后有北村泽吉《五山文学史稿》(东京富山房,1941年)、玉村竹二《五山文学:大陸文化紹介者としての五山禅僧の活動》(东京至文堂,1966年)、《五山文学新集》(东京东京大学出版会,1967—1973年)、荫木英雄《五山诗史の研究》(东京笠间书院,1977年)、中川德之助《日本中世禅林文学論考》(大阪清文堂,1999年)、俞慰慈《五山文学の研究》(东京汲古书院,2004年)、堀川贵司《五山文学研究:資料と論考》(东京笠间书院,2011年)等标志性成果。

采用芳贺幸四郎的说法,以南北朝末为前期和中期的分界,以应仁之乱(1467)为中期和后期的分界。① 之所以采用这样的分期,是立足于五山文学发展和中日文学交流的实际情况。五山文学在前期就发展到了巅峰,这离不开赴日元僧和入元日僧的共同努力。至元十六年,无学祖元(1226—1286)应镰仓幕府执政北条时宗(1251—1284)之请赴日传法,开创了日本禅宗的"佛光派",对日本五山文学的发展影响巨大;②大德三年(1299),一山一宁(1247—1317)受元廷派遣出使日本,虽然没能完成使命,但他滞留日本将近20年,受到日本朝野上下的尊崇,开创了"一山派",也被尊称为五山文学的始祖,③培养了许多杰出人才。④ 同时,受赴日元僧的影响,大批日僧入元游学,不仅参禅,而且广泛学习中国文化,积极从事文学交流,⑤终于创造了不逊色于宋元诗文的日本汉文学。由此可见,五山文学的兴盛,离不开元日诗僧密切的文学交流。但囿于资料限制和学科分野,⑥元日文学交流在日本五山文学史和中国元代文学史上的地位和影响尚未引起足够的重视,⑦

---

① 有关五山文学分期研究,详参[日]海村惟一《五山文学研究の諸問題》,《福冈国际大学纪要》2004年第11卷,第45—47页。
② 据江静研究,在日本五山文学史上,佛光派弟子及其作品在数量上占据着绝对的优势,不仅如此,在五山文学史上做出过杰出贡献的重要人物,如梦窗疏石、春屋妙葩、义堂周信、绝海中津等皆来自佛光派。参见江静《无学祖元与日本的五山文学》,《日语学习与研究》2011年第3期。
③ 关于一山在日本五山文学史上的地位,详参郧军涛《高僧一山一宁东渡日本与元代的中日文化交流》,《陇东学院学报》2004年第2期;王连胜《一山一宁与日本"五山文学"》,《浙江国际海运职业技术学院学报》2006年第4期。
④ 一山弟子中以文学见称的有虎关师炼、雪村友梅、龙山德见等,虎关的弟子有性海灵见和梦岩祖应,雪村的再传弟子太白真玄、四传弟子万里集九等都是著名的五山诗僧。此外,梦窗疏石也曾师事一山。
⑤ 本章所指的文学交流既指中日诗僧在异国的直接文学交往活动,也包括以印刷为媒介的文学出版活动。
⑥ 国内的五山文学研究,主要集中于日语语言文学和比较文学两个学科,但中国古代文学研究者的介入,必将为五山文学研究的深入贡献独特的视角。
⑦ 管见所及,从宏观角度探讨元日文学交流这一主题的论文仅有孙东临《东渡日本的宋元僧侣及其在日本文学史上的贡献》(《日本学刊》1987年第1期),周静《元代文人赠高丽、安南、日本人士诗文本事钩沉》(复旦大学2006年硕士学位论文),包黎明《元代的中日文化交流:入元僧と元代文人との交流から》(《广岛大学大学院教育学研究科纪要》第二部第60号,2011年,第51—58页)等。

故笔者不揣浅陋,撰文加以推介。

一、东渡元僧在日本的文学活动

据木宫泰彦调查,元代东渡日本的入籍元僧有 13 人,①其中开创日本禅宗流派的,除一山派外,还有西涧士昙(1249—1306)的西涧派、灵山道隐(1255—1325)的佛慧派、东明慧日(1273—1340)的东明派、清拙正澄(1274—1339)的清拙派、明极楚俊(1262—1336)的明极派、竺仙梵仙(1292—1348)的竺仙派、东陵永玙(?—1365)的东陵派。② 他们除了弘扬佛法,也是汉文学和汉文化在日本的重要传播者。其中,明极楚俊《明极楚俊遗稿》、东明慧日《东明和尚语录》、清拙正澄《禅居集》、竺仙梵仙《天柱集》、东陵永玙《玙东陵日本录》既是日本五山文学的重要著述,也是中国元代文学不可分割的一部分。遗憾的是,《全元诗》《全元文》均没有收录这些东渡日本的元僧的诗文集。这些在国内已经成名的高僧,应幕府将军的邀请,赴日传法,从某种意义上说是加入了日本国籍。例如,明极楚俊钦羡日本国佛法兴盛,以 69 岁高龄,不畏沧波之险,毅然东渡,受到后醍醐天皇召见,赐号"佛日焰慧禅师",历住建长、南禅、建仁等五山禅寺,其语录、遗稿也存留在日本。但他到日本后仅六年就圆寂,在元朝生活的时间更长,其诗文作品理应受到元代文史研究者的关注。

清拙正澄于泰定三年(1326)东渡日本,其《禅居集》的主体部分是在元朝时所作诗文,但《杂著》以后的诗文作于日本,其中的代表作是《东海游》:"丙寅六月岁泰定,吾道自此行东之。……舭罗高丽在吾左,扶桑日本至可期。斯游岂为山水乐,顾与祖室思安危。"清拙虽以弘扬佛法自任,无意于山水,但异国的好山好水仍然令他流连不已,在《游临川寺》一诗中留下了其彼时"伊予衡庐台雁梦想绝,沈吟此地

---

① [日]木宫泰彦撰、胡锡年译《日中文化交流史》第四章《入籍元僧和文化的移植》附录《入籍元僧一览表》,商务印书馆,1980 年,第 408—410 页。按:无学祖元一般被视为入籍宋僧,但他东渡日本是在南宋灭亡以后,且其影响主要发生在元代,也可视为元僧。

② 除东明慧日的东明派和东陵永玙的东陵派属于曹洞宗外,其余均属临济宗。

若可终余年"的念头。又如《横州春景》诗:"桃李艳催潘岳兴,樱花笑慰石崇闲。红葩白蕊俱堪爱,嫩叶柔枝低可攀。舞蝶醉香狂汲汲,娇莺哢暖语关关。"《筥根岭》:"回观富士顶,倒覆白玉盆。"《送柔侍者之元》:"若能拈富士山,塞断东海水。"①富士山、樱花等日本文学中常见的意象首次生动逼真地出现在元人笔下,就以清拙为典型代表。

  天历二年(日本元德元年,1329)五月,明极楚俊及其侍者懒牛希融(?—1337)、友人竺仙梵仙应邀自福州启航赴日,同船的归国日僧有雪村友梅(1290—1346)、天岸慧广(1273—1335)、别传妙胤(?—1347)、物外可什(?—1363)、字海聪文、圆极全珠、月山友桂、不昧兴志等,这是中日文学与文化交流史上的一次重要航程。其中,明极、竺仙、别传三位高僧分别开创了日本的禅宗流派,雪村、天岸是日本汉文学史上的著名诗僧。他们各自饱尝人生艰险、怀着离愁别绪踏上征途,唯有诗歌记录了他们的见闻和友谊。舟泊闽江时,来自闽、浙各地的僧人纷纷聚集,竺仙有诗寄雪村:"挂席同为海国游,寸心如水正悠悠。"又与月山诗:"天历二年五月吉,天风飘飘海波立。"②明极有《和别传胤首座舟中韵》:"客住闽江恰五旬,相逢多是面生人。"③天岸此行最大的收获是促成了明极东渡,在舟中高兴地写下了《贺明极和尚东归》诗,其中有"大法东流时已到,西来祖意了然明"之句,④明极回赠《和天岸首座舟中见示韵》二首。⑤ 而参与唱和人数最多的是天岸首倡的《洋中漫成》《苦无风》《祷风》《喜见山》《过碧岛》《到岸(二首)》七首诗,明极、竺仙、物外、懒牛、字海、圆极等人各自依韵唱和,流传至今的有明极和诗 8 首(《洋中漫成》和二首),竺仙和诗 6 首,物外和诗 5 首,其余人各保留了一二首。⑥ 此外,经过碧岛时,竺仙首倡

---

① 所引诗文,见[日]上村观光编《五山文学全集》第一卷,京都思文阁,1973 年,第 474、486、487、476 页。
② [日]雪村友梅《岷峨集》附录有诸《雪村大和尚行道记》,上村观光编《五山文学全集》第一卷,第 569 页。
③ [日]上村观光编《五山文学全集》第三卷,第 2005 页。
④ [日]天岸慧广《东归集》,上村观光编《五山文学全集》第一卷,第 13 页。
⑤ [日]上村观光编《五山文学全集》第三卷,第 2008 页。
⑥ 江静《天历二年中日禅僧舟中唱和诗辑考》,《文献》2008 年第 3 期。

《碧岛》长句,明极与天岸各有次韵之作。① 相对于归国日僧的近乡情怯之感,赴日元僧已远离故土,即将抵达陌生的国度,因而有更多的期待和欣喜之情。明极《和喜舟到岸韵》正是这种心声的表现:"扶桑好境未曾游,碧海东边近十洲。拚作半生闲赏玩,一观不到不甘休。"②

元僧东渡日本后,主持五山名刹,以文会友,广交禅门僧侣。例如,建武二年(1335),明极和尚退居净土院,其时梦窗国师住南禅寺,作诗偈三首寄之,明极以同韵唱和三首,同时参与唱和的僧众多达57人,人各1首,皆依韵唱和。③ 这些僧人的身份大多是寺院的西堂、首座、上座、书记、藏主等日本国普通僧众,并不以文学知名后世。但他们能够参与梦窗与明极二位中日高僧的唱和,足见五山文学的全面兴盛。然而,元僧在日本生活最大的困扰是言语不通,以及由此产生的异国孤独感。明极楚俊曾以诗向日本友人倾诉道:"万里凌波到岸时,民音国语未谙知。但闻口里吧吧说,不解言中历历辞。"④东陵禅师亦曰:"我从元国来远方,且无朋友论哀肠。语言不通众所忌,惟喜太清独称扬。"⑤因此,他们对同来日本的中国僧人更有亲切感。侍从明极来日本的懒牛希融去世后,清拙正澄非常感伤:"随师西来,二妙可人。时闻乡音,眷眷情亲。……呜呼! 天涯海角,失此乡彦。老我病躯,中心惨变。"⑥但是,元僧毕竟是来日本传法的,不可避免地要与僧众及武士交流。禅宗虽以不立文字为宗,但在言语不通的情况下,文字就成了唯一的交流方式。在圆觉寺担任侍者的虎关师炼(1278—1346)记载一山国师的传法情况说:"师孤坐一榻,不须通谒,

---

① 明极有《和碧岛长句韵》,天岸有《次竺仙藏主韵》,二诗押韵完全相同,应当是和竺仙《碧岛》诗。
② [日] 上村观光编《五山文学全集》第三卷,第2009页。
③ 《梦窗、明极唱和篇》,[日] 上村观光编《五山文学全集》第三卷,第2079—2087页。
④ (元)明极楚俊《寄大友殿祯直翁居士》,[日] 上村观光编《五山文学全集》第三卷,第2026页。
⑤ (元)东陵永玙《四明野衲东陵永玙奉饯太清记史老师尊友足下》,[日] 玉村竹二编《五山文学新集》别卷二,东京大学出版会,1981年,第80页。
⑥ (元)清拙正澄《祭融书记文》,[日] 上村观光编《五山文学全集》第一卷,第516—517页。

新到远来,出入无间,人便于参请。……然言语不通,乃课觚牍,只字片句,朝咨暮询,师道韵柔婉,执翰酬之。"①明极与友人交流时也采用的是"通心吾以笔传舌,领意君将眼听辞"②的做法。除了日常交际、参禅说法、诗歌唱和、应邀撰文都是常见的书面交流内容,这无疑刺激了日本五山诗僧学习中国文学与文化的热情。

  早期五山文学的许多重要诗僧,如虎关师炼、梦窗疏石(1275—1351)和义堂周信(1325—1388),并没有留学中国的经历,他们能够写出优秀的汉文学作品,一方面是有日本高僧指引,熟读佛经和中国典籍,另一方面也离不开向东渡元僧请教和学习。五山时代前期的著名诗僧,几乎都在本国与元僧有或多或少的文学交流。如虎关师炼、梦窗疏石和雪村友梅都师事一宁,别源圆旨(1294—1364)、中岩圆月(1300—1375)与竺仙交往密切,乾峰士昙(1285—1361)、此山妙在(1296—1377)、义堂周信皆与明极有交往。受东渡元僧的影响,日本僧人纷纷不辞艰险,渡海南游。③ 在五山汉诗文献中,为入元僧写作的送行诗占了很大比重,这也是引人注目的文学现象。如清拙正澄有《送千侍者之元》《送演禅人之元》《送柔侍者之元》《送灵西侍者之元》等诗。④ 这些远赴中国求法的僧人,一般都有明确的游历目的,所以,临行前要对元代江南丛林的基本情况有所了解,这肯定离不开在日元僧的指引。如清拙在嘉历三年(1328)对"慕元朝仁化之广、耆年宿德之盛、丛林龙象之雄"而赴元的志韶禅人说:"若到武林,切须听取南高峰与北高峰耳语,道个甚么。"⑤临行前的殷切嘱咐、以诗文赠行、托付友朋书信等活动,令即将入元的日本僧人在出发前就增添了

---

① [日]虎关师炼《一山国师行状》,[日]上村观光编《五山文学全集》第一卷,第221页。
② (元)明极楚俊《寄大友殿直翁居士》,[日]上村观光编《五山文学全集》第三卷,第2026页。
③ 元时日人来中国,大多航海至江浙或福建沿海入境,故五山文献多以游中国为"南游"。
④ [日]上村观光编《五山文学全集》第一卷,第475—479页。
⑤ (元)清拙正澄《跋韶禅人之元颂轴》,[日]上村观光编《五山文学全集》第一卷,第503页。

对中国的亲切感,充满信心地踏上了南游之旅。

二、入元日僧在中国的文学活动

木宫泰彦统计出史册留名的入元日僧多达 220 余人,①此外,在历史上默默无闻的入元僧还不知道有多少。从数量上看,相比于入宋僧 120 多人、入明僧 110 余人,②入元僧的数量几乎是宋、明两代的总和。因此,五山文化的发达,离不开入元日僧对中国文化的移植。就汉文学而言,以《五山文学全集》和《五山文学新集》所收录的诗文集为限,曾入元游学的日僧有 12 家:天岸慧广《东归集》,龙山德见(1284—1358)《黄龙十世录》,雪村友梅《岷峨集》,别源圆旨《南游集》《东归集》,中岩圆月《东海一沤集》,此山妙在《若木集》,一峰通玄《一峰知藏海滴集》,友山士偲(1301—1370)《友山录》,性海灵见(1315—1396)《性海灵见遗稿》,铁舟德济《阎浮集》,古剑妙快《了幻集》,愚中周及(1323—1404)《草余集》。可以说,入元日僧诗文集几乎占据了早期五山文学作品集的一半左右,尤其是雪村友梅《岷峨集》、别源圆旨《南游集》、此山妙在《若木集》,集中作品全部作于元朝,即使置于元代诗僧别集中也毫无愧色。因此,考察这些入元日僧在中国的文学活动,③对于深入研究五山文学以及中日文学交流都是极为重要的。

由于宋元时期的五山十刹官寺主要分布在江浙一带,而且日本僧人抵达中国的入境地集中在江浙、福建沿海,因此,入元日僧在中国

---

① [日]木宫泰彦撰、胡锡年译《日中文化交流史》第五章《入元僧和文化的移植》附录《入元僧一览表》,第 422—461 页。
② [日]木宫泰彦撰、胡锡年译《日中文化交流史》,第 254、305、587 页。
③ 目前有关这些入元日僧的个案研究,主要有[日]千坂嵕峰《五山文学の世界:虎関師錬と中岩圆月を中心に》(东京白帝社,2002 年),沈冬芳《雪村友梅思想研究——以汉诗为中心》(北京师范大学 2008 年硕士学位论文),乔磊《清拙正澄〈禅居集〉研究》(浙江工商大学 2011 年硕士学位论文),殷燕《中岩圆月〈东海一沤集〉研究:以诗集为中心》(浙江工商大学 2012 年硕士学位论文),江鑫《关于中岩圆月及〈东海一沤集〉之研究》(浙江工商大学 2013 年硕士学位论文),孟阳《论中岩圆月的文学思想》(山东大学 2013 年硕士学位论文),左茗《日僧天岸慧广的〈东归集〉之研究》(浙江工商大学 2013 年硕士学位论文)等。

的活动与交游范围也多以江浙为中心,旁及江西和福建。而雪村友梅和此山妙在的足迹更是远达中国内地的陕西、四川与湖南。雪村自幼聪慧,侍从元僧一山。相传一山以松、竹、梅三友命名三童子,只有友梅名显于世。大德十一年,年仅18岁的雪村航海入元,"观光二年,缙绅先生讲习琢磨,文誉藉甚。而四方参遍,到处丛林,户知倒屣出迎。风望端肃,惊动人心;机锋威棱,庸流畏避。当代名宿,莫弗参扣也"①,先后以禅受知于端元叟、陵虚谷、海东屿、熙晦机,以书法受知于赵孟頫。后来又至湖州道场山,师从一山的同门叔平隆,命为藏主,学问大进,"人不知外国来客"。② 但好景不长,江浙地方官怀疑雪村是日本细作,将他囚禁在湖州监狱,叔平隆也受到牵连,死于狱中。临刑前,雪村吟诵无学祖元的《临剑颂》诗偈:"乾坤无地卓孤筇,且喜人空法亦空。珍重大元三尺剑,电光影里斩春风。"③这才幸免于难,改为流放陕西西安,后又被安置在四川成都达十年之久。因此,他将自己在中国的诗集命名为《岷峨集》。雪村滞留中国22年,备尝人生艰险,"心愤口悱,吐出胸中,自然成章",④其诗作不仅是日本五山文学的优秀代表,也能进入元诗名家的行列。他的代表作《岷峨》《雪山吟留别锦里诸友》⑤以奇崛的笔调描绘了西南地区壮美的山川,抒写了诗人对蜀地风土人情的喜爱和对友情的珍重。

此山大约在延祐七年(1320)左右来中国,至正五年(1345)归国,在元朝游历长达二三十年。他并未像其他日僧一样遍参江浙禅林,而是直谒祖庭,长期寓居湖南浏阳石霜寺,这在同时代的游学僧人中极为罕见。此山将自己的诗文集命名为《若木集》,日僧义堂周信的赞语"游江南也,分霜华之半座;归海东也,攀若木之一枝"⑥基本上概括

---

① [日]雪村友梅《岷峨集》附录有诸《雪村大和尚行道记》,[日]上村观光编《五山文学全集》第一卷,第567页。
② [日]上村观光编《五山文学全集》第一卷,第567页。
③ 有关《临剑颂》始末,详参江静《无学祖元〈临剑颂〉源流考》,《文献》2010年第1期。
④ [日]上村观光编《五山文学全集》第一卷,第568页。
⑤ [日]上村观光编《五山文学全集》第一卷,第529、536页。
⑥ [日]此山妙在《若木集》附录义堂周信《此山和尚真赞》,[日]上村观光编《五山文学全集》第二卷,第1163页。

了此山一生的经历。此山至迟在泰定三年已寓石霜,这年冬天,日僧别源圆旨到访并有赠诗。① 他在石霜掌管藏经阁的钥匙,饱读群书,闲暇时与同道以诗文相切劘。② 至正二年,此山为家在浏阳的元朝翰林学士欧阳玄书写达摩禅师《安心法门》,获赠七言律诗一首,次年东赴浙江,直至归国前,先后得到杭州永福寺心闻禅师、蒙古人阔里吉思、月江正印禅师、日僧龙山德见次韵唱和。③ 此山本人的诗歌创作,较有特色的是他善于观察和体验日常生活,并从中参禅悟道。如《送裁缝陈德懋依大次韵》:"信手裁来解脱衣,谁言大法若悬丝。全身丈六兼千尺,短短长长各自知。"《造轿黎楚玉待招》:"手制筠舆真可羡,天生巧妙看方便。虽然做得主人公,也著随它脚跟转。"④裁缝、造轿这样普通、世俗的题材,此山兴味盎然地从中发现了诗意与禅意。

根据现有资料,入元日僧在中国的游历活动有两种倾向,一是参谒当代禅宗名宿,二是学习中国文化和文学。前者参谒的对象主要是中峰明本、月江正印、古林清茂、灵石如芝、楚石梵琦、了庵清欲、即休契了、东阳德辉等广受日本僧人欢迎的高僧。这些僧人归国后,往往将珍藏的中国高僧诗文题跋附录在自己的语录或别集中,以扩大自己的名声。如一峰通玄《一峰知藏海滴集》附有《元人题跋》13 种,主要作于后至元年间和至正初年,包括清欲、正印、若舟、梵琦等人的题跋;⑤友山士偲《友山录》也有《元朝尊宿赠语集录》,包括正印、如砥、昙噩、清欲等人的题跋 13 篇。⑥ 不仅如此,这些以参禅为主要目的的

---

① [日]此山妙在《若木集》附录别源圆旨《丙寅冬过石霜会此山侍者》,[日]上村观光编《五山文学全集》第二卷,第 1158 页。
② [日]此山妙在《和雪窦明觉大师三宝赞》云:"余天历己巳夏,寓湘霜华,每与石泉、空外诸公,朝游夕处清泉白石之间,以此道相伴研磨,略无疑忌。一日,空外出巨轴云日外《和雪窦祖师三宝赞三十韵》,专求诸改削。览之,互相捡据而有所益,相逼请和,不丑荒芜,漫依其韵。"[日]上村观光编《五山文学全集》第二卷,第 1095 页。
③ [日]上村观光编《五山文学全集》第二卷,第 1158—1159 页。
④ [日]上村观光编《五山文学全集》第二卷,第 1117、1135 页。
⑤ [日]一峰通玄《一峰知藏海滴集》,[日]玉村竹二编《五山文学新集》第五卷,第 685—687 页。
⑥ [日]友山士偲《友山录》,[日]玉村竹二编《五山文学新集》第二卷,第 101—105 页。

日本僧人,在中国的文学活动也多与僧人有关。如一峰通玄有《次灵石和尚韵送僧之江西》《呈月江和尚》《寄俊用章书记》《唐不花大师礼补陀》《撺掇了庵和尚欲过海东,作拙句戏焉》《奉悼龙翔笑隐和尚三首》等,①而他与中国士大夫交往的只有《江浙平章高公迁除汴省》一首。与之相反,另外一些在日本禅宗史和五山文学史上并不知名的日本僧人,反而更多地与元代知名作家进行交流。其中最典型的是月千江与铦仲刚二人。月千江是中峰明本的弟子,在吴兴弁山建幻住庵,任住持长达二十余年,与赵孟𫖯、黄玠、王逢、杨维桢等文人有密切交往;铦仲刚除了在杭州、苏州等地参禅外,还游历了金陵、大都、江西等地,与郑元祐、丁复、虞集、柯九思等中国著名文士交往,还与释妙声、释宗泐、释良琦等诗僧唱和。② 此二人已经完全融入中国文化,名载中国史册,但在日本则默默无闻,甚至找不到任何文献记载。

  尽管有的日僧终老于元国,但回国的日僧中不乏大有作为者,对本国文化与文学影响甚巨。以别源圆旨为例,他在日本就侍从曹洞宗宏智派的东明慧日达 12 年之久,精通禅学和汉文化。又于延祐七年乘商船来中国,临行时东明指示他前往明州天童寺参谒住持云外云岫。③ 至治二年(1322),云岫以 81 岁高龄,为别源诗卷及其师东明语录作跋,夸赞他所作《天童十咏》诗"句意不凡"。别源后来又至杭州向灵石如芝求跋,并至金陵凤台保宁寺参谒古林清茂三年。古林的弟子竺仙在金陵时就见过别源,为其诗集《东归集》作序时称赞说:"别源首座,自昔见凤台老人,而后我东归,其所得之深过我,奚啻百倍而已! 于彼于此,所吐妙语,犹凤鸣也。可以则之为律、为吕、为后学者法。"④清拙正澄也在《跋旨藏主行卷后》说:"日本旨藏主,入保宁

---

① [日]一峰通玄《一峰知藏海滴集》,[日]玉村竹二编《五山文学新集》第五卷,第652—655、681、683 页。
② 周静《元代文人赠高丽、安南、日本人士诗文本事钩沉》,第 49—52、58—64 页。
③ (元)东明慧日《圆旨侍者参天童老人》,[日]玉村竹二编《五山文学新集》别卷二《东明和尚语录》,第 52 页。
④ 云岫、竺仙言,见别源圆旨《南游集》跋,[日]上村观光编《五山文学全集》第一卷,第734、733 页。

休居之室,复游历诸老之门,归来,观其著述,概得大唐音调,语意活脱,如珠走盘,岂非能夺换我大唐胎骨者耶也?抑得休居翁九转还丹乃若是耶?"①诸家所评不虚,别源确实以文学见称于世,他在中国游学 11 年,深受汉文化熏染,其诗文辞气已与中国文人毫无区别。回国后,别源对自己在江南的生活与经历仍然记忆犹新,从以下两首诗可以看出他的思念:

> 最佳山水浙中多,君去烂游休走过。小朵峰前秋夜静,老猿啼月挂松萝。

> 一别东归仅四年,江湖旧事已茫然。庐山半幅留图画,贴在闲房古壁边。②

无论是浙中山水还是庐山,都是诗人曾经漫游过的地方,尽管离别已有四年,但诗人在小朵峰前参禅入定的情景始终深深地印在脑海中:透过皎洁的月光,若隐若现地看见挂在松萝间的老猿,它的啼声打破了宁静的夜空。诗人凭借自己的回忆和想象,为浙中山水摹写了一幅永恒的图画。但记忆总是短暂的,为了长久地保留自己对江南的印象,诗人也不肯脱俗地模仿南宋以来禅林流行的风气,在供自己休憩的书室客厅悬挂半幅庐山图,闲暇时遥想茫然远去的江湖旧事。这样诗画融合的审美情趣,只有深谙宋元文化的五山诗僧才能具备。正如木宫泰彦所说:"五山文学,比起平安朝时代贵族玩弄的汉文学以及江户时代的儒者所作的汉文学来,远为优秀,完全摆脱了日本腔调,几乎和纯粹的宋元诗文学无异。……五山文学所以能这样完全摆脱日本腔调,达到可以和宋元诗人作品媲美的地步,确是由于入元僧们长期留在中国,尽情地领略了当地的山川风物,无论在兴趣或风尚方面都完全中国化了的结果。"③别源圆旨、雪村友梅、此山妙在等人就是这样的"完全中国化"的典型诗人,他们的存在是元代中日文学与文

---

① (元)清拙正澄《禅居集》,[日]上村观光编《五山文学全集》第一卷,第 506 页。
② [日]别源圆旨《送竹上人入江南兼简旧友》,[日]上村观光编《五山文学全集》第一卷,第 756 页。
③ [日]木宫泰彦撰、胡锡年译《日中文化交流史》,第 492—493 页。

三、日本南北朝时期元人诗文集的翻刻与传播

五山时代是日本中世出版事业的黄金时期。据川濑一马调查,现存五山版禅籍约 200 种(另有不同版本百十数种)、汉籍外典约 80 种(另有不同版本 20 种),总计约 1 500 部。尤其是南北朝时期,梦窗弟子春屋妙葩(1311—1388)在临川寺、天龙寺的刻书活动达到极盛。①日本南北朝时期相当于元末至正至明初洪武年间,对宋、元文化的汲取和融化已经比较成熟,加之元末战乱,福建、浙江沿海的书籍刻工东渡日本谋生,②将元朝先进的刻印技术带到日本,极大地促进了五山时代文化事业的发展。

日本南北朝时期翻刻的元人诗文集,主要是元代名家诗文集和部分禅僧诗文集。从刊刻的数量来看,相比于之前的镰仓时代对宋人诗文集的刊刻和之后的室町时代对明人诗文集的翻刻,元人诗文集在南北朝时代的刊刻数量之多、传播速度之快,都足以成为引人注目的文化现象。兹据川濑一马《五山版概说》和《日本古本版本年表》,补充现存收藏情况,罗列五山版元人诗文集如下:

1. 释大䜣《蒲室集》十五卷、《书问》一卷、《疏》一卷、《笑隐和尚语录》不分卷,延文四年(1359)妙葩刻本,日本国会图书馆、东洋文库藏;

2. 范梈《范德机诗集》七卷,延文六年妙葩刻本,日本国立公文书馆藏;

3. 虞集《新编翰林珠玉》六卷,贞治二年(1363)刻本,日本天理大学图书馆藏;

4. 释宗衍《碧山堂集》五卷,应安五年(1372)俞良甫刻本,日本东洋文库藏;日本南北朝刻本,日本国会图书馆、大谷大学博物馆藏;

5. 释英《白云集》四卷,应安七年(1374)俞良甫刻本,日本静嘉

---

① [日]川濑一马《日本书志学概说》(增订版),东京讲谈社,1972 年,第 249、246 页。
② [日]木宫泰彦撰、胡锡年译《日中文化交流史》,第 479—486 页。

堂文库藏;日本南北朝刻本,日本天理大学图书馆藏;

6. 萨都剌《新芳萨天锡杂诗妙选稿全集》一卷,永和二年(1376)刻本,佚;日本南北朝刻本,日本东洋文库、台北"国家图书馆"藏;①

7. 释来复编《澹游集》三卷,永德四年(1384)刻本,日本国立公文书馆藏;

8. 赵孟頫《赵子昂诗集》七卷,日本南北朝刻本,日本国会图书馆藏;

9. 揭傒斯《揭曼硕诗集》三卷,日本南北朝刻本,日本国立公文书馆藏;

10. 傅习、孙存吾编《皇元风雅》十二卷,日本南北朝刻本,日本国立公文书馆藏;

11. 释至仁《澹居稿》不分卷,日本南北朝刻本,日本京都建仁寺两足院藏;

12. 释道惠《庐山外集》四卷,日本南北朝刻本,日本足利学校遗迹图书馆藏;

13. 释克新编《金玉编》三卷,日本南北朝刻本,日本国立公文书馆、京都建仁寺两足院藏;

14. 释克新《雪庐稿》不分卷,日本南北朝刻本,日本国立公文书馆、京都建仁寺两足院藏;

15. 释宗泐《全室外集》九卷,日本南北朝刻本,日本东洋文库、京都建仁寺两足院、天理大学图书馆藏。

---

① 有关永和本的存在,最早见于[日]岛田翰《刻永和本萨天锡逸诗序》,但川濑一马认为该说法是"伪妄";日本东洋文库藏南北朝刻本,杨光辉认为是庆长七年(1602)刻本(参见杨光辉《和刻本萨都剌集版本考》,《民族文学研究》2006年第3期)。又,金程宇《和刻本中国古逸书丛刊》(凤凰出版社,2012年)据台北"国家图书馆"藏南北朝刻本影印,认为东洋文库藏本是初印本,台北藏本是后印本。然台北"国家图书馆"电子书目数据库著录为"日本旧刊本",有"佐伯文库"印记,而王国维《传书堂藏善本书志》书名之下著录为"日本旧刊本",正文著录为庆长七年刻本,也有"佐伯文库"一印(《王国维全集》第十卷,浙江教育出版社,2009年,第342页),或即同书,后流入台北"国家图书馆"。

上述五山版元人诗文集总计 15 种，①包括别集 12 种、总集 3 种。从作者身份来看，赵孟頫、虞集、范梈、揭傒斯、萨都剌五人都是元代第一流诗人，傅习、孙存吾编《皇元风雅》也是元人选元诗的代表性著作，因而在日本被翻刻；其余九人是禅僧，都直接或间接与入元日僧有交往，其诗作受到五山禅僧的欢迎。

从刊刻质量来看，五山版在版式上与元刻本完全相同，字体也非常相似，在底本亡佚的情况下可以替代元刻本。但需要说明的是，五山版并非后世意义上的覆刻本，不是采用影刻或覆刻技术翻雕而成，只能称之为仿元刻本。以赵孟頫《赵子昂诗集》的五山版与元刻本②相比较，从字体方面看，五山版虽然是典型的元代福建坊刻本的字体，但与元刻本字体有细微差异，这就说明刊刻之前重新请人抄录了文字样本，由于抄写者的书法风格不同而存在字体差异；从校勘方面看，五山版《赵子昂诗集》的文字讹误极少，而且大多是有迹可寻的形近字之讹，如卷一第五页《咏怀六首》其二"高高不可寻"之"不"字，五山版误作"下"字，其三"奈何俚俗耳"之"何"字，五山版误作"行"字；卷一第七页《游弁山》"逍遥何所止"之"止"字，五山版误作"上"字，等等。校勘结果表明，五山版是仅次于其所依据的元刻本的优良版本。

从刊刻时间来看，五山版元人诗文集中有明确刊刻年代的都产生于南北朝时期，共 7 种，另外 8 种也被著录为南北朝刊本。南北朝时期无疑是日本翻刻元人诗集的第一次高潮。江户时代的元人诗文集出版，已经不大可能直接据元刻本翻刻，因而绝大多数是以南北朝刻本为底本进行再次翻刻。

从刊刻者来看，春屋妙葩和俞良甫是值得关注的人物。妙葩是日本五山时代最热心于典籍刊刻的禅师。与元代相关的典籍，除了延文

---

① 有关《庐山外集》《澹居稿》《雪庐稿》《全室外集》等四种诗集的详细介绍，可参看卞东波《稀见五山版宋元诗僧文集五种叙录》，《文献》2013 年第 3 期。
② 《赵子昂诗集》的元刻本现藏中国国家图书馆，有《中华再造善本》影印本（北京图书馆出版社，2002 年），下文所作校勘皆据此本。

四年翻刻释大䜣《蒲室集》、延文六年翻刻《范德机诗集》外,还于延文三年翻刻元人诗法著作《诗法源流》,这应当是顺应了五山诗僧学习汉诗写作的需求。俞良甫是福建莆田地区的刻工,元末渡海到日本谋生,也翻刻了大量宋元版古籍,对日本南北朝的出版事业贡献巨大。他刊刻的元人诗集有《碧山堂集》和《白云集》,还刻有元僧正印的《月江和尚语录》。

从刊刻所用底本来看,名家诗集几乎都是采用坊刻本为底本,如《范德机诗集》的底本是后至元六年(1340)庐陵孙存吾益友书堂刊本,《新编翰林珠玉》也是根据后至元年间孙存吾刻本翻刻。五山版《揭曼硕诗集》和《赵子昂诗集》的版本信息虽不完善,但国内现存元刻本《揭曼硕诗集》是后至元六年建安刘氏日新堂刻本,《赵子昂诗集》为至正元年建安虞氏务本堂刻本,五山版显然是根据这些坊刻本翻刻的。日本国立公文书馆藏五山版《赵子昂诗集》保留了元代建安虞氏务本堂的刻书牌记,就是最明显的例证。五山版《范德机诗集》刊刻于延文六年、《新编翰林珠玉》刊刻于贞治二年,距底本产生年代约20年左右。由此可见,五山诗僧对元代诗坛的动态非常熟悉,他们对元人诗集的搜访、阅读与翻刻显然是精心策划的结果。这样的传播速度和成效,出现在14世纪的东亚,不能不令人惊叹!

结语

南宋末年,禅宗刚在日本兴起,无论是赴日宋僧还是入宋日僧,皆以传播和研习禅法为首要任务,无暇深入进行文学交流;明代实行海禁,自永乐二年(1404)以后与日本进行勘合贸易,日僧只能以遣明使或其随从的合法身份入明,逗留时间也不过一二年,无法像入元僧那样自由地在中国游历。然而,从无学祖元赴日(1279)到绝海中津归国(1378)的一百年间,中日文学交流呈现出前所未有的繁荣局面。对五山文学有直接贡献的元僧一山一宁、清拙正澄、明极楚俊、竺仙梵仙等,在这时东渡日本;作为五山文学代表作家的梦窗疏石、虎关师炼、雪村友梅、别源圆旨、中岩圆月、义堂周信等,在此时登上历史的舞台;对五山文学有间接影响的元代文人赵孟頫、虞集、范梈、揭傒斯、萨都剌等,其诗文集在南北朝时期得以迅速翻刻和传播。所有这些都足以说明,五山文学能够在五山时代前期达到巅峰,与元日文学交流的频繁有着密不可分的关系。至于元日文学交流的具体过程与细节梳理,还有待于更加深入的研究。

第十五章

晋安诗派与明末清初的元诗接受

中国诗歌史上的闽派,以明初闽中诗派、晚明晋安诗派①、晚清"同光体"闽派影响最大。考察闽派诗人的诗学宗尚,可以发现一个有趣的现象:明初闽中诗派宗唐,但仍然不脱元诗习气;晚清"同光体"闽派宗宋,但其代表人物陈衍编纂了《元诗纪事》;而晚明晋安诗派在坚守宗唐诗学传统的同时,受到公安派、虞山派等其他地域诗学宋、元风尚的影响,也在一定程度上表现出对宋、元诗的关注,从而开展与主流诗坛的对话。由此可见,不管是宗唐还是宗宋,明清时期闽派的诗学传统中始终有"元诗"这一小传统的存在。尤其是晋安诗派的核心人物谢肇淛(1567—1624)、徐𤊹(1570—1642)、曹学佺(1575—1646)等,对元诗的搜集、阅读、编选、批评与接受,成为引人注目的现象。本文即以上述三人为中心,探讨晋安诗派元诗接受的特色及其对明末清初诗学的影响。

一、明末元诗接受的诗学背景

从元代到明代,诗学风尚的主流是宗唐,但成化以前的诗人、学者,对宋、元诗尚能持包容的态度。弘治以后,以前、后七子为代表的

---

① 晋安诗派是以"晋安"命名的地域诗派,晋安即今福建省福州地区。晋武帝太康三年(282)设晋安郡,治所在侯官县(今福州鼓楼区),隋朝废。

复古派在理论和创作上推崇汉魏、盛唐,前七子领袖李梦阳、何景明更是极力倡导不读唐以后书,因此,宋、元诗集在很长一段时期内被束之高阁。不仅如此,他们还对宋、元诗予以激烈的批评。如胡缵宗说:"汉、魏有诗,梁、陈、隋无诗;唐有诗,宋、元无诗。梁、陈、隋非无诗,有诗不及汉、魏耳;宋、元非无诗,有诗不及唐耳。"①这就彻底否定了宋、元诗的成就,阻隔了宋、元诗在明代中叶的传播与接受。然而,高呼口号容易,实际操作起来却很困难。人人都知道盛唐诗是典范,但学起来并不容易,后世有几人能真正达到盛唐诗的境界呢?时间一久,人心自然离散,或者师法晚唐,或者师法宋诗,甚至元诗。隆庆四年(1570),随着后七子领袖李攀龙的去世,王世贞开始独主文坛二十年。他晚年的创作与批评,已经显示出这种改变的迹象②。他最重要的诗学理论著作《艺苑卮言》公开谈论宋、元诗,《读书后》卷四有《书〈赵松雪集〉后》,《弇州山人续稿》卷一六二有《赵松雪手书十五诗后》,对赵孟頫诗句进行摘评,虽然都是以批评为主,但与复古派不读宋、元诗的主张背道而驰。他所推奖的"末五子"之胡应麟,更是在《诗薮》中用整整一卷的篇幅来专门论述元诗,并给予了较多肯定的评价。所有这些,都反映了复古派诗学内部的分化与变革。

万历后期,公安派崛起于诗坛,开始对复古派的诗学理论进行彻底批判。其中以袁宏道(1568—1610)的批评最为偏激,凡是复古派的主张,他都旗帜鲜明地予以反对:"世人喜唐,仆则曰唐无诗;世人喜秦、汉,仆则曰秦、汉无文;世人卑宋黜元,仆则曰诗文在宋、元诸大家。"③这

---

① (明)胡缵宗《鸟鼠山人小集》卷一一《杜诗批注后序》,《四库全书存目丛书》本。
② (明)孙矿《与余君房论诗文书》:"近十余年以来,遂开乱道一派,昨某某皆此派也。然此派亦有二支:一长吉、玉川,一子瞻、鲁直……然弇州晚年诸作,实已透漏乱道端倪,盖气数人情至此,不得不然,亦非二三人之过也。"(孙矿《姚江孙月峰先生全集》卷九,清嘉庆静远轩刊本)李维桢《宋元诗集序》:"顷日二三大家,王元美、李于田、胡元瑞、袁中郎诸君,以为有一代之才,即有一代之诗,何可废也? 稍为摘取评目。"(潘是仁辑《宋元名家诗集》卷首,明万历四十三年新安潘氏刻本)可见在明人眼中,王世贞从复古派内部率先突破宗唐界限。
③ (明)袁宏道著、钱伯城笺校《袁宏道集笺校》卷一一,上海古籍出版社,1981年,第501页。

当然有些矫枉过正,估计他本人也不相信"唐无诗"的说法,但为了纠正七子派的弊端,只能以这样的声势去扫荡一切。钱谦益说:"中郎之论出,王、李之云雾一扫,天下之文人才士始知疏瀹心灵,搜剔慧性,以荡涤摹拟涂泽之病,其功伟矣。"①虽然在理论上提倡宋、元诗,但相比于元诗,袁宏道关注较多的还是宋诗。如《答陶石篑》:"弟近日始遍阅宋人诗文。宋人诗,长于格而短于韵,而其为文,密于持论而疏于用裁。然其中实有超秦、汉而绝盛唐者。"②又说:"放翁诗,弟所甚爱,但阔大处不如欧、苏耳。近读陈同甫集,气魄豪荡,明允之亚。周美成诗文亦可人。"③《与李龙湖》:"韩、柳、元、白、欧,诗之圣也;苏,诗之神也。彼谓宋不如唐者,观场之见耳,岂直真知诗何物哉?"④从这些尺牍中可以看出,袁宏道对宋名家诗集有广泛的涉猎,但现存资料尚未发现他阅读元人诗集的记载。

袁宏道的同年好友毕自严(1569—1638)也是其同道,毕氏在给《类选四时绝句》作序时说:"顾今世论诗者,多尊盛唐而卑中、晚,况宋、元乎?是选兼取宋、元者何?夫宋、元酝藉声响,间或不无少逊李唐,至匠心变幻,则愈出愈奇矣。昔人谓唐人绝句至中、晚始盛,余亦妄谓中、晚绝句至宋、元尤盛。"⑤毕自严极力为中、晚唐、宋、元绝句鼓吹,正是出于对独尊盛唐的反拨。

相比于袁宏道的偏激,他的弟弟袁中道则持论平正通达。他在《宋元诗序》中承认宋、元诗不如唐诗,但也反对世人妄言宋、元无诗,因为这是气运所限,非人力可为,假使让唐人作词为曲,也未必能超过宋、元。而且,"宋、元承三唐之后,殚工极巧,天地之英华几泄尽无余。……即不得与唐争盛,而其精采不可磨灭之处,自当与唐并存于天地之间,此宋、元诗所以刻也"⑥。这是站在诗歌发展史的角度充分

---

① (清)钱谦益《列朝诗集小传》丁集中,上海古籍出版社,1983年,第567页。
② (明)袁宏道著、钱伯城笺校《袁宏道集笺校》卷二一,第743页。
③ (明)袁宏道著、钱伯城笺校《袁宏道集笺校》卷二二,第778页。
④ (明)袁宏道著、钱伯城笺校《袁宏道集笺校》卷二一,第750页。
⑤ (明)毕自严《石隐园藏稿》卷二《类选四时绝句序》,《景印文渊阁四库全书》本。
⑥ (清)黄宗羲《明文海》卷二二七,《景印文渊阁四库全书》本。

肯定宋、元诗的存在价值。这篇序是为万历四十三年(1615)新安潘是仁所刻《宋元名家诗集》而作,袁中道有感于明末宋、元诗集之罕见,认为是前、后七子"不必读、不必存"的谬论导致了宋、元诗集的沦亡,因此,他充分肯定潘是仁的贡献:"新安潘氏苦心购求宋、元诸集梓之,欲使两朝文字与三唐并垂不朽,是数百年来一大快事也! 于余心极有合焉,故不辞而僭为之引。"①潘是仁对宋、元诗的选刻,是非常成功的商业出版,尽管该书编纂很不严谨,存在严重的文献问题②,但他即时捕捉诗学潮流变化的敏锐性,仍然值得赞赏。

从明末清初诗学发展的整体趋势来看,公安派以宋、元诗破除前、后七子对唐诗的"执着",但他们并没有深入地研究和学习宋、元诗,只是用一面旗帜替换另一面旗帜。因此,在公安派之后,诗坛呈现众声喧哗的格局:以钟惺(1574—1624)、谭元春(1586—1637)为代表的竟陵派,虽然继承了公安派的性灵说,但走向了幽深孤峭的狭窄之路;以钱谦益(1582—1664)为代表的虞山派,受公安派和程嘉燧(1565—1643)的影响,继续鼓吹宋诗;以陈子龙(1608—1647)为代表的云间派,仍然坚持复古诗学的传统,不改宗唐风尚。那么,晋安诗派应当如何选择自己的诗学道路呢?

有学者指出,晋安诗派在逐渐摆脱后七子影响的同时,以闽派一贯的地域文学传统抵消公安派、竟陵派的冲击,成为一个独立的重要诗派③。值得注意的是,闽派的诗歌创作虽以唐为宗,但其后期主要成员并不完全排斥宋、元诗,这不能不说是受到万历以后诗坛主潮的影响。事实上,晋安诗派的核心成员谢肇淛和曹学佺等,与公安派、竟陵派都有一定交往。谢肇淛为袁宏道、江盈科(1553—1605)同年进士,与公安派关系极深,曾于万历二十七年(1599)参加该派中坚组织的葡萄社活动,又与竟陵派钟惺交好;曹学佺于万历三十七年(1609)以来,即与钟惺建立起某种联系,又约于万历三十八年(1610)访袁宏

---

① (清)黄宗羲《明文海》卷二二七,《景印文渊阁四库全书》本。
② 杨镰《元诗史》,人民文学出版社,2003年,第42—44页。
③ 李玉宝《晚明闽派对王世贞复古思想接受探微》,《集美大学学报》2012年第1期。

道于公安,虽不遇,却与袁中道建立交谊并同集赋诗①。除了公安派,他们与虞山派也有直接或间接交往。曹学佺和钱谦益虽然终生没有见过面,但有深厚的文字之交。钱谦益《题曹能始寿林茂之六十序》说:"余与能始宦途不相值,晚年邮筒促数,相与托末契焉。然予竟未识能始为何如人也。"②崇祯十七年(1644),曹学佺应钱谦益之请,为其《初学集》作序③。徐𤊹于崇祯十一年(1638)客游苏州,次年携子徐延寿到常熟拜访钱谦益④。此外,徐𤊹还应钱谦益弟子、汲古阁主人毛晋之请,为其新刻《元人十种诗》作序。徐𤊹对元诗的批评也随着《元人十种诗》的传播而广为人知。由此可见,晋安诗人在明末与虞山派声气相通,深入开展诗学交流与对话。他们自觉突破地域文学传统的限制,在多元诗学格局中积极宣扬自己的主张,从而影响着明末清初的诗学走向。

二、晋安诗派核心成员的元诗接受

晚明晋安诗派的核心成员有五人,即邓原岳(1555—1604)、徐熥(1561—1599)、谢肇淛、徐𤊹和曹学佺。由于邓原岳与徐熥去世较早,我们重点考察谢肇淛、徐𤊹和曹学佺三人对元诗的接受。

(一) 谢肇淛的元诗批评

谢肇淛,字在杭,福建长乐人。万历二十年(1593)进士,官至广西布政使。谢肇淛既是诗人,有《小草斋集》传世;也是藏书家,其小草斋以抄本著称于世,今海内外各大图书馆还有零星收藏;还是著名

---

① 陈广宏《晋安诗派:万历间福州文人群体对本地域文学的自觉建构》,《中国文学研究》第十二辑,中国文联出版社,2008年,第105页。
② (清)钱谦益著,钱曾笺注、钱仲联标校《牧斋杂著·牧斋外集》卷二五,上海古籍出版社,2007年,第843页。
③ (清)钱谦益著,钱曾笺注、钱仲联标校《牧斋初学集》附录,上海古籍出版社,2009年,第2226页。
④ (清)钱谦益《列朝诗集小传》丁集下:"崇祯己卯,偕其子访余山中,约以暇日互搜所藏书,讨求放失,复尤遂初、叶与中两家书目之旧。能始闻之,欣然愿与同事。"上海古籍出版社,1983年,第634页。

的诗学批评家,其《小草斋诗话》是一部有鲜明特色和理论主张的诗话,天启四年(1624)马歘称赞该书"皆独抒心得,发所未发,而归宗于盛唐,以扶翼正始之音余,又捃摭宋、元以来近人佳句遗事,皆海内所未闻见者",认为可与徐祯卿、王世贞、胡应麟三家诗话并列①。

谢肇淛论诗虽以盛唐、汉魏为宗,但反对前、后七子的模拟剽窃之风。同时,在广泛阅读宋、元人诗集的基础上,他对宋、元诗也有不少真知灼见。谢肇淛反对宋人以理学、道学为诗,认为宋诗既不如唐诗,也比不上明诗,但对宋代大家的创作成就却予以充分肯定。关于元诗的整体评价,谢肇淛曾以之与晚唐诗作比较:"初、盛、中、晚之后,几四百年无诗,至元而后有作,其调殊矣……与其为晚唐之巧而伤,宁为元之浅而婉。"②他又将元诗与宋诗比较:"自元而后,道学之语革矣。元人之才情音调自过宋人,而浓郁富厚终觉未逮。虞、杨、范、揭、赵、萨诸公,自成一家言可矣,欲其淹贯百代,包涵万里,未能比肩临川,而况庐陵、眉山乎!"③这些都是符合晚唐、宋诗、元诗历史地位的中肯之论。

从《小草斋诗话》可以看出,谢肇淛对元诗的涉猎颇为广泛。他评价胡应麟《诗薮》所选南宋及元绝句:"初读之似亦可喜,细玩俱不甚佳。"因而摘录更佳者,如赵孟頫《绝句》(春寒恻恻掩重门)、余阙《潇湘夜雨》、甘立《吴王图》、李孝光《寄人》、周驰《怀郭安道》、黄清老《登福山》、陈益稷《巴陵》等,认为这些诗"虽格不甚驯,而有言外之致"④。他对贡师泰《玩斋集》更是作过深入阅读,称赞其歌行俊爽可喜,如《赋得姑苏台送吴元振江浙左丞》《挽陈尧夫妇》等,而律诗中的佳句如"长风断疏雨,缺月挂明河""梨花春巷冷,榆叶夜窗虚""雨隐巡盐鼓,风腥挂网舟""客路频看月,征帆尚带霜""满溪蓝水鱼初上,绕县青山莺乱啼""荻笋洲青鸥鸟阵,杨花浪白鲚鱼群""丹凤衔书辞

---

① (明)谢肇淛《小草斋诗话》序,周维德集校《全明诗话》,齐鲁书社,2005年,第4册,第3498页。
② (明)谢肇淛《文海披波》卷八"诗赋"条,《四库全书存目丛书》本。
③ (明)谢肇淛《小草斋诗话》卷二,第3512页。
④ (明)谢肇淛《小草斋诗话》卷三,第3528—3529页。

北阙,白鱼供酒过淮河""炼药房中猿候火,散花坛上鹤随班""千门烟冷分榆火,二月春寒见杏花""骤雨挟云行断岸,乱山涌浪入孤城""海风船候槟榔信,溪雨茶煎橄榄香"等,"皆清婉有致,选者多未之及"。① 这些都是谢肇淛阅读元诗的独到之见,诚能发前人所未发。《小草斋诗话》还记载有关元诗的传闻和故事20余则,反映了谢肇淛的诗学趣味。

（二）徐𤊹对元诗的收藏、阅读与批评

徐𤊹,字惟起,后字兴公,福建闽县人。他与谢肇淛有姻亲关系,经常交流藏书心得,进行诗歌唱和。徐𤊹终生布衣,然嗜书如命,于书无所不读,其《徐氏家藏书目》著录元人别集68种、元诗总集6种,可见其收藏和阅读元人诗的兴趣很广。万历二十六年(1598),徐𤊹偶得寒疾,卧病起床,身体仍觉委顿,忽有书商持元人《丁鹤年诗集》来售,徐𤊹将原本用于买药的钱购下了这本诗集,在床上吟诵一遍,病就好了(徐𤊹《丁鹤年诗》跋)。② 这个故事后来成为书林佳话,可见徐𤊹对元诗和书籍的爱好达到了痴迷的程度。

徐𤊹对元诗的具体评论散见于《笔精》和《红雨楼题跋》。他对元诗的整体评价比谢肇淛要高,认为元代"人才之盛,超宋接唐。当时善鸣者凡数百家,皆流丽逸宕,以情采风致胜"(徐𤊹《张思廉玉笥集》跋)。③ 在其他文字中也充分肯定元代是诗人辈出的时代。除元诗大家外,他对傅若金、丁鹤年、陈樵、吴澄、何中、岑安卿、金涓、黄镇成等人的诗都颇为赞赏,如评陈樵、吴澄诗有巧思,评卢琦诗有唐调,评岑安卿诗清新有味,评黄镇成诗多奇警,等等。而他最喜爱的当数张宪,在题跋中称赞他的"古体炼句炼字,出入温、李;近体有法有度,比肩刘、许。读之惟恐易尽"(徐𤊹《张思廉玉笥集》跋)。④ 又在笔记中评

---

① （明）谢肇淛《小草斋诗话》卷三,第3529页。
② （明）徐𤊹著、沈文倬点校《红雨楼序跋》卷一,福建人民出版社,1993年,第37—39页。
③ （明）徐𤊹著、沈文倬点校《红雨楼序跋》卷一,第37—39页。
④ （明）徐𤊹著、沈文倬点校《红雨楼序跋》卷一,第37—39页。

价他"诗多富赡,盖熟于史学者。以方驾铁厓,未知鹿死谁手"(《笔精》"张思廉"条)。① 这些评价,都是在阅读家藏元人诗集基础上的心得体会,非道听途说者可比。

值得说明的是,徐𤊹对元诗的具体批评,常以胡应麟《诗薮》为参照,如《傅汝砺诗集》跋:"傅若金诗,在胜国卓然杰出者。胡元瑞持论甚正,《诗薮》多引傅句。"②又如,徐𤊹家藏何中《知非集》六卷,其中佳句叠见,因而感慨:"胡元瑞《诗薮》拈拔元人佳句无遗,亦不及太虚,真有幸有不幸也!"③由此可见,徐𤊹对元诗的批评与接受,在很大程度上受到胡应麟《诗薮》的影响。

徐𤊹对元诗的评论,最重要的是他为毛晋刻《元人十种诗》所作序。序文开篇提出"夫诗以唐为宗"的主张,显示了闽派诗人在公共话语中敢于坚守自己的诗学传统。随后对宋诗提出了批评:"自宋苏、黄诸公一变唐调,别出格律,南辕以后,竞趋道学,恒以义理入四声,去风人之旨远矣。"④徐𤊹反对宋诗主要集中在两点,一是宋诗改变了唐诗的声调、格律,二是道学一派以义理入诗,违背风雅传统。但元诗没有宋诗的这些毛病,因此,徐𤊹予以充分的肯定:"迨夫胜国之世,虽以腥膻而主中华,其间修词之士蜂起,尽洗陈腐习气。冲恬者师右丞、襄阳,浓丽者媲义山、用晦,奇峭者迈长吉、飞卿,人操寸管,各成一家,不失唐人矩矱。后之评者谓元诗直接唐响,真千古不易之论也。"⑤晋安诗人主张宗唐,但并不否定元诗,在此可以找到合理的解释。作为藏书家、刻书家的毛晋,其汲古阁在明末清初影响巨大,徐𤊹在与毛晋的交流中受到激励,也想把自己珍藏的元人诗集公之于众:"予性癖耽书,亦喜蒐先代遗稿,尚有元集五十余家,不敢自秘帐中,

---

① (明)徐𤊹《笔精》卷四,《景印文渊阁四库全书》本。
② (明)徐𤊹著、沈文倬点校《红雨楼序跋》卷一,第37—39页。
③ (明)徐𤊹《笔精》卷四,《景印文渊阁四库全书》本。
④ (明)毛晋《元人十种诗》卷首,《海王邨古籍丛刊》影印汲古阁本,中国书店,1990年。
⑤ (明)毛晋《元人十种诗》卷首,《海王邨古籍丛刊》影印汲古阁本。

期与子晋公之同好,是则予之志也。"① 虽然后来没有机会与毛晋合作,但徐㷍为曹学佺编选《石仓元诗选》贡献了自己的大部分藏书,也算是实现了他有志于传播元诗的抱负。

(三) 曹学佺与《石仓元诗选》

曹学佺,字能始,号石仓居士,福建侯官人。万历二十三年(1595)进士。历官户部主事、四川按察使、广西右参议等。南明唐王称帝时官礼部尚书,清兵入闽,自缢殉节。其才学、官声、气节皆为后人所称道。曹学佺与徐㷍、谢肇淛一样,也喜藏书,徐㷍曾评价说:"予友邓参知原若、谢方伯肇淛、曹观察学佺,皆有书嗜。邓则装潢齐整,触手如新;谢则锐意搜罗,不施批点;曹则丹铅满卷,枕籍沉酣。"② 可见曹学佺不仅喜藏,而且善读,故著述宏富。曹学佺是明末福建诗坛的领袖人物,著有《石仓诗文集》一百卷,同时网罗历代诗歌文献,汇编为《石仓十二代诗选》,其中有《元诗选》五十卷。根据曹学佺自序和《西湖竹枝词》跋,可知《石仓元诗选》大约成书并刊刻于崇祯三年(1630)前后。

《石仓元诗选》五十卷,前四十八卷基本上是从作家专集选录,共74家、3 796首,并在杨维祯后附徐㷍所选《西湖竹枝词》22人、29首;卷四九至五〇主要从选本中辑录,共193人、399首。杨镰认为,《石仓元诗选》是缺乏文献积累而抄撮选本成书,除名家别集外,主要利用潘是仁《宋元六十一家集》和《元诗体要》,而前者是伪书,这种主要凭一两部总集选一朝之诗的做法,反映了晚明人的浮躁之风。③ 从文献的严谨来看,晚明的元诗选本确实存在很多问题,需要后人去清理其讹误。但如果着眼于整个诗歌接受史,元诗的接受经历了明代中叶的低谷后,从晚明开始逐渐恢复,到清代康熙年间达到高潮,那么,潘

---

① (明)毛晋《元人十种诗》卷首,《海王邨古籍丛刊》影印汲古阁本。
② (清)周亮工《闽小纪》下卷"闽中藏书",《丛书集成初编》,中华书局,1985年,第46页。
③ 杨镰《元诗史》,第37页。

是仁、曹学佺等编选和刊刻元诗之举,正反映了当时诗学风气的转变,无疑具有重要意义。明末编纂的元诗总集,对后世影响较大的只有三家,除曹学佺外,就是新安潘是仁和常熟毛晋。潘是仁于万历四十三年辑《宋元名家诗集》,其中收元人诗集35家;毛晋于崇祯十一年(1638)左右刻《元人十种诗》,于崇祯十四年(1641)刻《元四大家诗集》,合计14家。相比之下,《石仓元诗选》收录近300家,选诗4 224首,是清代顾嗣立《元诗选》问世之前辑录元诗数量最多的总集。尤其是前四十八卷所选74家,尽管由于文献不足,存在不少阙误,但在晚明时期的福建,能够搜集到如此众多的元人诗集,确实下了很大功夫。据《石仓宋诗选》自序,其宋、元诗选主要是合徐𤊀、谢肇淛、林懋礼三家所藏之书选编而成,这在书中可以找到内证,如成廷珪诗跋:"右《成原常集》,借自徐兴公家藏古本。顷坊刻有《成礼执》一册,岂廷珪别字耶? 因选附之。"①徐𤊀藏有"成原常《居竹轩集》四卷",②曹学佺所借应当就是该本。徐𤊀藏本虽已亡佚,但《石仓元诗选》据以选录130首,无疑具有较大文献价值。此外,《石仓元诗选》中较为珍稀的元诗文献还有黄清老诗34首、刘跃诗27首、严士贞诗62首等,应当也是从徐𤊀藏书借阅,因为徐𤊀藏有黄清老《樵水集》一卷、刘跃《渊泉集》三卷、严士贞《桃溪百咏》一卷。③ 这些罕见的元人诗集,今已散佚,幸赖《石仓元诗选》部分保存了其面貌,可谓弥足珍贵。

曹学佺对元诗的评价主要集中在《石仓元诗选》自序:"予观夫鲜于、袁、赵、虞、杨、范、揭诸名家,可谓盛矣;而萨都剌、雅正卿之出自雁门,可都,又皆元上都地也,即若北朝之温子昇、庾子山,何多让焉? 然人病其纤丽,以多咏物诗,如《鹤骨笛》《走马灯》《芦花被》之类,极其工巧,以求速肖,而风人比兴之义鲜矣。"④全书选萨都剌诗176首,是选诗数量最多的一位诗人,超过虞集(108首)、赵孟頫(85首)、杨维

---

① (明)曹学佺《石仓历代诗选·元诗选》卷一七,明崇祯间刻本。
② (明)徐𤊀《徐氏家藏书目》卷六,《续修四库全书》本。
③ (明)徐𤊀《徐氏家藏书目》卷六,《续修四库全书》本。
④ (明)曹学佺《石仓历代诗选·元诗选》序,明崇祯间刻本。

祯(83首)等传统公认的元诗大家,说明曹学佺对元诗的兴趣所在。自序虽然批评元诗纤丽、工巧,但有意思的是,在选录贯云石名作《芦花被》时,曹学佺本人也忍不住诗兴大发,唱和一首附录于后:"轻如阿缟软于绵,迭上匡床野性便。一幅潇湘全胜画,五更风雨不成眠。回文岂藉秦娘锦,席地将仝子敬毡。白露兼葭堪作伴,伊人犹在梦江天。"①由此可见,虽然元诗的纤丽、工巧等特色常为人所诟病,但理论和批评是一回事,创作又是另一回事,在厌倦了唐、宋诗之后,元诗的这种特色,不也能令人耳目一新吗?

综上所述,晚明晋安诗派的核心成员谢肇淛、徐𤊹和曹学佺等,他们既是藏书家,也是诗人和批评家。在藏书活动中,他们努力搜集元人别集旧本,通过编纂总集等方式保存和流通元诗文献;在诗学活动中,他们虽然坚持宗唐的地域诗学传统,但绝不保守,而是以开放的胸怀阅读、批评和接受元诗,并积极参与本地之外的诗学交流与对话,与公安派、虞山派一起,共同决定了明末清初以后诗学的走向。

三、晋安诗派对清初元诗接受的影响

四库馆臣在为王士禛《渔洋精华录》撰写提要时说:"我朝开国之初,人皆厌明代王、李之肤廓,钟、谭之纤仄,于是谈诗者竞尚宋、元。"②明末清初诗学的宋、元风尚,已经引起不少研究者的关注③,但学术界在探讨这一问题时有重宋轻元的倾向。事实上,以钱谦益、王士禛等为代表的清初诗坛大家,既重视宋诗,也不忽视元诗,这才促成了康熙年间元诗接受的热潮。在这一诗学转型中,晋安诗派发挥的作用和影响不容忽视。

晋安诗派的核心成员在明、清易代之际都已去世,但他们的藏书

---

① (明)曹学佺《石仓历代诗选·元诗选》卷一一,明崇祯间刻本。
② (清)永瑢等《四库全书总目》卷一七三,第1522页。
③ 例如蒋寅注意到钱谦益、王士禛对宋、元诗的提倡,参看蒋寅《拨乱反正的钱谦益诗学》第二部分"对宋元诗的复兴——兼及与程孟阳的诗学渊源",见《清代诗学史》第一卷,中国社会科学出版社,2012年,第155—165页;蒋寅《王渔洋与康熙诗坛》,中国社会科学出版社,2001年,第26—54页。

与诗学活动,他们的人格风范和气节,通过友朋的追忆和著述的传播,仍然继续影响着清初的诗学与文化。顺治七年(1650)夏,徐㷑之子徐延寿在时隔12年后再次拜访钱谦益,钱谦益感伤不已,作《闽中徐存永、陈开仲乱后过访,各有诗见赠,次韵奉答四首》①。大约此时前后,钱谦益正在编纂《列朝诗集》。他撰写的徐㷑小传说:"遭时丧乱,兴公、能始俱谢世,而余颓然一老,无志于斯文矣。兴公之子延寿能读父书,林茂之云:'劫灰之后,兴公鳌峰藏书尚无恙也。'"②在经过战乱之后,钱谦益念念不忘的是徐㷑红雨楼藏书是否安然无恙。遗憾的是,钱谦益的绛云楼已在顺治七年付之一炬了。绛云、红雨,同为明末东南最著名的两座藏书楼。徐㷑藏有元人别集68种,这一数量在明末仅次于钱谦益《绛云楼书目》著录的113种,名列第二。他们的藏书活动,无疑带动了清初元人别集的收藏热潮,推动了元诗的文献整理与阅读、传播。就钱谦益本人而言,由于时代变革与身世之感,他阅读元人诗集的兴趣主要集中在元遗民。其《列朝诗集》甲前集收录元、明易代之际诗人115家,大力表彰元遗民诗人,破除了夷夏观念轻视元遗民诗人的偏见。

康熙初年,徐延寿路过扬州,与时任扬州推官的王士禛定交,王士禛也非常关心徐㷑藏书的命运:"徐延寿,字存永,闽人徐㷑兴公之子也。家鳌峰藏书,与曹能始、谢在杭埒,乱后并田园尽失之。"③对于同样喜爱元人诗集的王士禛来说,徐㷑的那些孤本秘籍应当是他最为牵挂的。王士禛自少至老都喜欢阅读元诗,尤其是康熙二十九年(1690)前后,在京城向朱彝尊、黄虞稷等人借阅了大量元人诗集④,包括徐㷑较欣赏的《傅若金诗集》,阅读时"如行黄茅白苇间,忽逢嘉树

---

① (清)钱谦益著,钱曾笺注、钱仲联标校《牧斋有学集》卷二,上海古籍出版社,1996年,第77—80页。
② (清)钱谦益《列朝诗集小传》丁集下,第634页。
③ (清)王士禛《带经堂诗话》卷一一,人民文学出版社,1963年,第282页。
④ (清)王士禛《香祖笔记》:"康熙己巳(二十八年)、庚午(二十九年)间,在京师每从朱、黄两家借书,得宋、元人诗集数十家。"参见《香祖笔记》卷五,上海古籍出版社,1982年,第84页。

美箭,为之眼明。"①王士禛不仅阅读元诗,而且在《居易录》《池北偶谈》《香祖笔记》等笔记中讨论元诗,并对谢肇淛《小草斋诗话》有所征引和批评。与王士禛并称"南朱北王"的诗人朱彝尊(1629—1709),其《潜采堂元人集目录》《曝书亭书目》著录元人诗集134种、137部,是康熙年间顾嗣立(1665—1722)编纂《元诗选》的重要文献来源,而朱彝尊和顾嗣立也都或多或少受到徐𤊹的影响。朱彝尊曾说:"兴公藏书甚富,近已散佚。予尝见其遗籍,大半点墨施铅,或题其端,或跋其尾。好学若是,故其诗典雅清稳,屏去悄浮浅俚之习。"②顾嗣立在《元诗选初集》中直接引用徐𤊹有关元人萨都刺诗集版本的考证。③如此等等。

除了藏书,晋安诗派对清初元诗接受影响较大的是曹学佺编纂的《石仓元诗选》。自明代中叶至明末,元诗选本只有寥寥数家,而且规模较小,因此,选诗4000多首的《石仓元诗选》为读者阅读元诗提供了最基本的文献,也为学者们进一步编选元诗总集提供了参照。康熙年间,元诗选本的编纂出现高潮,仅流传至今的就有汪楷《元诗吟解集》、顾立功《元诗窥》、吴绮《宋金元诗永》、陈焯《宋元诗会》、陆次云《元诗善鸣集》、顾嗣立《元诗选》、姚培谦《元诗自携》以及官修《御选元诗》等,其中大多数参考了《石仓元诗选》。如《元诗吟解集》四卷,是汪楷编《十二代诗吟解集》中的一部分,从书名和分卷就可以看出该书深受曹学佺《石仓十二代诗选》的影响;陈焯编纂《宋元诗会》,自叙资料匮乏,编纂三年后,才见到潘是仁和曹学佺的宋、元诗选,尽管原书漫漶阙烂,还是迫不及待地加以摘选;④顾嗣立编纂《元诗选》,在《凡例》中历数重要的元诗选本,也将曹学佺的诗选列为必备的参考书目。康熙年间元诗选本的兴盛,尤其是顾嗣立《元诗选》的成功问世,标志着元诗成为一时风尚。康熙三十三年(1694),时任江苏巡

---

① (清)王士禛《带经堂集》卷七二《跋傅若金集》,《续修四库全书》本。
② (清)朱彝尊《静志居诗话》卷一八,人民文学出版社,1990年,第549页。
③ (清)顾嗣立《元诗选初集》,第1186页。
④ (清)陈焯《宋元诗会》卷首《选例九则》,清康熙二十七年刻本。

抚的宋荦应邀为顾嗣立《元诗选初集》作序,明确否定了"元诗不如宋诗"的偏见,认为"宋诗多沉僿,近少陵;元诗多轻扬,近太白。以晚唐论,则宋人学韩、白为多,元人学温、李为多,要亦娣姒耳"①。这极大地提升了元诗的诗学地位。康熙三十八年(1699)康熙南巡时,顾嗣立将《元诗选初集》进呈御览,得到皇帝赞许,后来奉旨编纂《御选元诗》,更是将诗坛自发形成的诗学风尚转变为官方意识形态下的诗学导向。

晋安诗派的创作成就在清初也颇受好评,影响巨大。以曹学佺为例,钱谦益认为他"为诗以清丽为宗。程孟阳苦爱其《送梅子庚》'明月自佳色,秋钟多远声'之句"②。这一观点得到施闰章和朱彝尊的认同③。王士禛也对曹学佺给予高度评价:"闽诗派自林子羽、高延礼后三百年间,前唯郑继之,后唯曹能始,能自见本色耳。"④王士禛曾写信与朱彝尊讨论明诗流派,朱彝尊在回信中历数晚明诗坛兴盛的代表诗人,在所列南方各省九位诗人中,晋安诗派核心成员徐𤊹、谢肇淛和曹学佺都榜上有名⑤,足见闽派实力之雄厚。晋安诗派创作风格的形成,除了宗唐之外,在很大程度上受到元诗的影响。钱谦益对曹学佺诗"以清丽为宗"的评价,与上文所引谢肇淛、曹学佺、徐𤊹对元人诗"清婉""流丽"的评价遥相呼应。从创作题材来看,晋安诗派主要模仿、唱和元诗中最有特色的咏物诗;从师法对象来看,晋安诗派最钟情于杨维桢(字廉夫,号铁崖)。例如,曹学佺有《咏走马灯》诗,自注"徐兴公直社",⑥即徐𤊹轮值主持社集时的诗题,该诗是元人谢宗可《咏物诗》中传诵一时的名作;徐𤊹与谢肇淛在武夷城中见到"同根竹",屡次想要赋咏,但没有成功,后来读到谢宗可《同根竹》,认为"不能复

---

① (清)顾嗣立《元诗选初集》,第5页。
② (清)钱谦益《列朝诗集小传》丁集下,第607页。
③ (清)朱彝尊《静志居诗话》卷二一,第637页。
④ (清)王士禛《带经堂诗话》卷一二,第302页。
⑤ (清)朱彝尊《曝书亭集》卷三三《答刑部王尚书论明诗书》,《四部丛刊初编》本。
⑥ (明)曹学佺《石仓诗稿》卷一二,《四库禁毁书丛刊》本。

继"。① 晋安诗派对元人咏物诗的重视,由此可见一斑。杨维桢是元末诗坛盟主,以倡导古乐府、咏史诗、香奁体等而知名于世,徐𤊹《鳌峰集》、谢肇淛《小草斋集》都有大量古乐府和咏史诗,徐𤊹又有组诗《香奁八咏》《追和杨廉夫续奁二十首》,可见他们曾以杨维桢为师法对象。晋安诗派以其创作实践证明元诗也可以作为典范学习,这对清初诗学的影响尤为巨大。王士禛曾师法杨维桢作《咏史小乐府》三十五首,孙枝蔚读后认为"阮亭公诗发源汉、魏,傍及宋、元,今自云效铁崖,乃似欲过于铁崖"②;曹溶批评吴伟业诗"消阑入元人",称他曾经"重唱铁崖新乐府"③;顾嗣立有《和元人咏物诗十首》,其中包括贯云石《芦花被》④,等等。追溯其诗学渊源,晋安诗派确有首开风气之功。

结语

文学风气的形成,除了领军人物的大力提倡,还需要很多人呼应,才能成为一时风尚。明末清初诗坛的宋元风尚,经公安派袁宏道兄弟、明末清初诗坛领袖钱谦益、康熙年间诗坛盟主王士禛的三度提倡,才在康熙年间形成一股声势浩大的文学潮流。如果没有一批同好者和追随者,他们对宋元诗的接受就只是个人的诗学兴趣,无法产生广泛的影响力。从宏观的角度看,明清诗学演进的主潮是由宗唐过渡为提倡宋元诗,再发展为宗宋。明初的"闽中十子"诗派、明末的晋安诗派和晚清的"同光体"闽派,恰巧分别对应了这三个发展阶段。晋安诗派的核心成员谢肇淛、徐𤊹和曹学佺,在与袁宏道、袁中道、钱谦益、毛晋等人的交流与对话中,坚守宗唐的地域诗学传统,区别对待宋诗和元诗:对宋诗多有批评,对元诗颇有好感。他们通过诗话、题跋、选本、创作等多种途径批评和传播元诗,极大地推动了明末清初的元诗接受进程。

---

① (明)徐𤊹《笔精》卷四,《景印文渊阁四库全书》本。
② (清)孙枝蔚《溉堂文集》卷一《王阮亭〈咏史小乐府〉序》,《四库全书存目丛书》本。
③ (清)曹溶《静惕堂诗集》卷四四《杂忆平生诗友十四首》,《四库全书存目丛书》本。
④ (清)顾嗣立《闾丘诗集》卷五,《续修四库全书》本。

深入考察就会发现,明末清初主流诗坛提倡"宋元诗",在很大程度上只是一种宣传策略,即人为地将"宋诗"和"元诗"捆绑在一起,联合抵制明代复古派鼓吹的"唐音"。众所周知,元诗的审美特征接近唐音,与宋调不同。将"宋元诗"并举,其结果是既抹杀了宋诗的个性,也无法认清元诗的真面目。而晋安诗派对元诗的批评与接受,似乎更加看重元诗自身的特色。这在元诗接受史和清代诗学史上都具有独特的认识价值。它提醒我们,在唐、宋诗的传统之外,还有一个值得重视的元诗传统,虽然无法与唐、宋诗比肩,但仍然深刻地影响了明清时期的诗歌创作和理论批评。

第十六章

法式善与乾嘉之际的元诗接受

法式善(1753—1813),原名运昌,字开文,号时帆,又号梧门、诗龛等。法式善是蒙古族人,乌尔吉氏,隶属内务府正黄旗。法式善于乾隆四十五年(1780)中进士,官至翰林院侍讲学士、国子祭酒等。乾隆五十年(1785),乾隆皇帝以其名与关帝号音相近,诏改为"法式善",在满语中是"奋勉"之意。从法式善留存下来的藏书、著述来看,他确实是一位"奋勉"的学者。近年来,法式善诗学研究已经成为学术界研究的热点[①],主要围绕法式善《梧门诗话》《八旗诗话》等诗学著作展开,探讨法式善的诗学活动、诗学思想及其与乾嘉诗坛的关系。然而,作为蒙古族学者,法式善对元诗有天然的亲近感,他对元诗的抄录、收藏、阅读与批评,在其诗学体系中占有重要地位,但尚未引起足够的重视。

---

① 近十年有关法式善诗学研究的主要成果有:强迪艺《法式善〈梧门诗话〉研究》,上海大学硕士学位论文,2004 年;宏伟《法式善梧门诗话研究》,辽宁民族出版社,2006 年;米彦青《从〈梧门诗话〉看法式善的唐诗观》,《内蒙古大学学报》2010 年第 2 期;黄建光《〈梧门诗话〉诗学思想研究》,新疆师范大学硕士学位论文,2010 年;刘青山《法式善研究》,上海大学博士学位论文,2011 年;吴玲娜《法式善〈八旗诗话〉研究》,内蒙古民族大学硕士学位论文,2011 年;王娟娟《法式善及其诗歌研究》,西北师范大学硕士学位论文,2012 年;李淑岩《法式善诗学活动研究》,黑龙江大学出版社,2013 年;蒋寅《法式善:乾嘉之际诗学转型的典型个案》,《江汉论坛》2013 年第 8 期。

一

　　清人对元诗文献的整理可以划分为两个阶段,前一阶段以康熙年间顾嗣立编纂《元诗选》为标志性成果;后一阶段以乾隆年间编纂《四库全书》整理元诗别集、总集为代表。在乾隆四十七年(1782)开列的"办理《四库全书》在事诸臣职名"中,有担任翰林院提调官的"翰林院检讨臣运昌"①,运昌就是法式善,据张升考证,法式善在《四库全书》馆任职长达十余年②。由于法式善的蒙古族身份,他在四库馆中对元诗非常关注,不仅抄录元诗文献资料,而且在创作和批评方面予以重视。

　　《四库全书》的编纂,不仅从《永乐大典》中辑录出早已亡佚的典籍500余种,还从民间征集到不少孤本秘籍。以元人别集为例,与康熙年间顾嗣立编纂《元诗选》搜集到的元人别集相比,《四库全书》从《永乐大典》中辑录亡佚元人别集27种,还从各省采进罕见元人别集21种。这48种元人别集,对乾嘉年间的学者来说,是很想先睹为快的珍稀秘籍。在《四库全书》的江南三阁本和翰林院副本向读书士子提供抄阅之前,率先利用这批罕见文献的只可能是四库馆臣。法式善在《四库全书》馆期间,利用职务之便抄录了大量珍稀文献,其中包括元人别集22家、82卷③。这些元人诗集,与宋人诗集60家一起,合编为《宋元人诗集八十二种》④,现藏中国国家图书馆。这些元人诗集是借《四库全书》底本抄录,与现存《四库全书》本相比,具有重要的版本校勘价值。例如,程端礼《畏斋集》卷一《题家铉翁诗卷》中的"家"字,《文渊阁四库全书》误作"宋"字;卷二《赠术士峻峰》,《文渊阁四库全书》本脱"术"字。又如,沈梦麟《花溪集》的编排次序与《文渊阁

---

① (清)永瑢等《四库全书总目》卷首,第12页。
② 张升《法式善与〈四库全书〉》,《历史文献研究》总第29辑,华东师范大学出版社,2010年,第278页。
③ (清)法式善《陶庐杂录》,中华书局,1959年,第68页。
④ 《陶庐杂录》只著录宋人集59家,今国家图书馆藏本实为60家,多"綦宗礼《北海集》一卷",可能是法式善撰写《陶庐杂录》时偶然失检。

四库全书》本颇为不同;赵汸《东山存稿》比《文渊阁四库全书》本多嘉靖三十七年戊午(1558)新安鲍志定序,等等,皆有助于版本考订。根据《陶庐杂录》记载,法式善在北京庙市书摊还购得四库馆辑《永乐大典》稿本宋元人集55种、823卷,其中有元人集23种①。上述前后两批所得之书,构成法式善藏书中元人诗集的主体部分。除去《畏斋集》《子渊诗集》重复抄录,《庐山集》《英溪集》在《陶庐杂录》中计入宋人集外,合计元人诗集41家,与法式善在《宋元人集钞存序》中所述元人诗集数量相符②。除了以上41家,根据中国国家图书馆藏法式善稿本《存素堂书目》和《诗龛藏书目录续编》,法式善通过其他渠道收藏的元人别集还有仇远《金渊集》、萨都剌《雁门集》、杨维桢《铁崖古乐府》、王结《文忠集》、姚燧《牧庵集》、虞集《道园遗稿》等近30种;见于《陶庐杂录》记载的元诗总集还有《元风雅》《乾坤清气集》《草堂雅集》《宋元诗会》《元诗选》《元诗选癸集》等。

  法式善不仅努力搜集元人诗集,还热衷于元人诗集的流通与传播。例如,常熟学者、刻书家席世昌、席世臣因整理出版元代文献的需要,曾请法式善代为抄录稀见的元人别集。法式善在为席世昌撰写《〈元史类编〉书后》时说:"十年前,席孝廉世昌自松江寄书至,谋补梓顾侠君《元诗癸集》,并述搜罗元诗极富,乞余购元人别集数种,余皆抄而寄之,固知其于元史足相发明矣。逾年,果有《元史类编》之刻。"③常熟席氏与长洲顾氏为姻亲,故席世昌、席世臣谋求补刻顾嗣立《元诗选癸集》遗稿。法式善为席世昌抄寄元人别集数种,作为编

---

① (清)法式善《陶庐杂录》,第62、63页。
② 法式善曾汇编《宋元人集抄存》,计宋人集89家、元人集41家,总计177册(参见《存素堂文集》卷二《宋元人集抄存序》,《续修四库全书》第1476册,第685页)。但张升认为,《宋元人集钞存序》中所说宋人集89家、元人集41家是法式善抄存的宋元人集全本,而今存《宋元人诗集八十二种》只是"汇编本的一部分流传至今",后又称法式善购藏的《四库》大典本稿本,也大多藏于中国国家图书馆善本部(参见张升《法式善与〈四库全书〉》,第280页)。实际上,存素堂抄本与法式善购藏《大典》本合并在一起,去除重复,基本符合宋人集89家、元人集41家之数,并非另有大量抄本亡佚。
③ (清)法式善《存素堂文集》,《续修四库全书》第1476册,第715页。

选元诗的底本,也间接地推动了元诗在乾嘉时期的传播。席世臣于嘉庆三年(1798)刻完《元诗选癸集》后,又利用《四库全书》中的秘籍对顾嗣立《元诗选》进行补遗,但《元诗选补遗》后来被金山钱氏于道光年间据为己有而刊刻问世,成为元诗接受史上的一桩公案①。法式善作为见证人之一,曾向席世臣借阅《元诗选补遗》,并抄录其目录,也为这一公案提供了宝贵的证据,功不可没。

二

　　清代的元诗接受进程,在很大程度上受到不同时期诗学思潮的影响。明末清初,诗坛盟主钱谦益、王士禛先后提倡宋诗,以此纠正明代复古派诗学独宗盛唐的弊病,由于元诗在明代中后期受到冷遇,与宋诗是天然的盟友,因此,明末清初的"宋元风尚"成为重要的诗学潮流。受此影响,元诗接受在康熙年间达到高潮,涌现了大量元诗选本,元诗批评的形式也更加多样化。尽管王士禛晚年重新提倡唐诗,但他对元诗的喜好始终没有改变。雍、乾之际,以厉鹗为代表的宋诗派和沈德潜为代表的宗唐派对峙于诗坛。然而,与清初的诗学风尚不同,这一时期宋诗派的代表诗人对宋诗的特质有越来越清楚的认识,不再像钱谦益、王士禛等人那样关注元诗,人为地将宋元诗捆绑在一起;而宗唐派诗人认为,唐诗是最高的美学典范,元人虽极力学唐,但终究远逊于唐,因而没有必要过多地去关注元诗。以沈德潜为例,他于康熙五十六年(1717)刊刻《唐诗别裁集》、雍正十二年(1734)编成《明诗别裁集》、乾隆二十四年(1759)编刻《清诗别裁集》,唯独不选宋、元诗,这一做法可以看出他对清初诗坛宋、元风尚的反拨。乾嘉之际的诗学思潮,以翁方纲"肌理说"和袁枚"性灵说"影响最大。但从他们对待唐、宋、元诗的态度来看,不能简单地冠以"宗唐""宗宋"的标签,而是呈现出融通历代的诗学思想。作为乾嘉诗坛相当活跃的诗人和

---

① 参见拙作《元诗选补遗考辨》,《民族文学研究》2007年第4期。

批评家,法式善与翁方纲、袁枚都有非常密切的交往①,因而具有较为融通的诗学观念。

在元诗接受史和清代诗学史上,翁方纲是具有举足轻重影响的人物。翁方纲与他的父亲都是黄叔琳的弟子,而黄叔琳是王士禛的门人,故翁方纲称得上是王士禛的再传弟子。王士禛在康熙年间对宋元诗的提倡,于清代诗学影响巨大②。翁方纲的诗学思想深受王士禛影响,表现出对元诗的极大兴趣。他在《石洲诗话》卷五中专论金元诗,共202条,其中多次引述王士禛对元诗的批评;他在《四库提要分纂稿》中对"元诗四大家"中的虞集推崇备至;在江西任学政时曾各取黄庭坚(号山谷)和虞集(号道园)名号中的一字命名书斋为"谷园";又于嘉庆十一年(1806)刊刻《虞文靖公诗集》,编纂《虞文靖公年谱》;他还经常唱和虞集诗,并化用虞集等元代诗人作品为典故。与翁方纲的家学渊源相似,法式善的生父广顺是翁方纲门人,而法式善本人也从游数十年之久,并先后任职于《四库全书》馆。因此,法式善的诗学活动同时受到王士禛和翁方纲的影响。举例来说,王士禛曾唱和元人吴莱《题钱舜举张丽华侍女汲井图》诗,至乾、嘉时期,经翁方纲的再次提倡,考课诸生③,达到唱和的高峰。考翁方纲有《象星以〈和吴渊颖题钱舜举张丽华侍女汲井图诗〉见示因赋此》一诗④,此诗作于乾隆二十八年(1763),是翁方纲友人中唱和吴莱诗之始。在此前后,参与唱和的翁方纲子弟、亲友还有翁树培、顾宗泰、叶绍本、陈用光等,而法式善唱和诗作于乾隆五十五年(1790),题为《和吴渊颖题钱舜举张丽华侍女汲井图》:"芙蓉槛外梧桐树,故宫容易秋风度。美人何事汲云浆,绠系银床朝复暮。绮阁曾温荳蔻汤,香溪谁盥蔷薇露。璧月琼枝

---

① 有关法式善与翁方纲、袁枚的交游与诗学观异同,详见刘青山《法式善研究》,第79—111页。
② 参见蒋寅《王渔洋与康熙诗坛》,第26—54页。
③ (清)陈用光在《太乙舟诗集》卷一二《题乔鹭洲宜园读书图》之二自注:"往覃溪先生尝以渔洋和渊颖《张丽华侍女汲井图》作诗课,君集亦有此题。"参见《续修四库全书》第1493册,第230页。
④ (清)翁方纲《复初斋诗集》,《续修四库全书》第1454册,第371页。

艳一时,丹砂难得红颜驻。船头铁甲鼓声哀,帘角金瓶花影妒。晓梦犹传醉里歌,鬟云一缕紫兰炷。至今枯瓷冽寒泉,宫鸦啼罢华林误。南堁空闻夜雨声,辘轳不转蟾蜍吐。"①从作品的时间先后来看,法式善是间接受到翁方纲唱和王士禛的影响。

但深入考察就会发现,无论诗学观念还是诗歌创作,法式善受王士禛的影响更深。法式善诗歌创作的审美趣味,"是非常典型的宗尚神韵说、取法唐代王孟韦柳诗歌风格的创作"②。他在《王子文秀才诗序》一文中自述诗学趣味:"于我朝诗人中则深嗜渔洋先生。"③而翁方纲对王士禛的"神韵说"是持保留态度的,他编选《七言诗三昧举隅》,摘录王士禛《古诗选》中的七言歌行十四家、二十六首,以己意加以阐释,借王士禛的幌子来努力建构自我④。从二人对元代诗人的推崇来看,王士禛喜爱吴莱(字渊颖),翁方纲宗尚虞集(号道园)。翁方纲批评王士禛说:"渔洋先生拈取三昧,盖专在王、孟一派,与道园之深诣本不同调。""夫辞也者,各指其所之,要以朴学为归耳,岂仅于羚羊挂角之悟而已?"又说:"渊颖集,渔洋少时所服膺者。取材极博,而肌理稍粗。"⑤针对王士禛的"妙悟""神韵",翁方纲提出"肌理""朴学"等加以补救,因而走向了"以学问为诗"的道路。法式善虽与翁方纲有师友之谊,但其诗歌创作所呈现的审美风貌与翁方纲迥然不同。因此,翁方纲眼中的元诗,可能更倾向于宋诗化的元诗;而法式善眼中的元诗,可能更接近元诗的真面目。

作为乾嘉时代的诗坛领袖,法式善与袁枚虽然从未会面,但书信往来却非常密切⑥。关于二人的诗学渊源,蒋寅认为,法式善的诗学

---

① (清)法式善《存素堂诗初集录存》,《续修四库全书》第1476册,第483—484页。
② 参见米彦青《论唐代"王孟"诗风对法式善诗歌创作的影响》,《南京师大学报》2010年第1期。
③ (清)法式善《存素堂文集》,《续修四库全书》第1476册,第678页。
④ 参见唐芸芸《翁方纲诗学研究》,中国社会科学院研究生院博士学位论文,2011年,第40—43页。
⑤ (清)翁方纲《七言诗三昧举隅》,丁福保编《清诗话》,上海古籍出版社,1978年,上册,第302、303页。
⑥ 刘青山《法式善研究》,第79—84页。

无论在诗歌观念上还是批评方法上,都与袁枚诗学有着明显的渊源关系①;魏中林认为,法式善的诗学是以"性情说"为核心的诗学理论思想,既与"性灵说"的主导精神有相通之处,也对其弊病有所修正②。从元诗接受的角度来看,法式善的"性情说"与袁枚的"性灵说"有更多的相通之处。二人也经常将"性灵"和"性情"混用。例如,袁枚在《答曾南村论诗》中说:"提笔先须问性情,风裁休划宋元明。"③法式善在《王子文秀才诗序》中表明要洞悉别人的"性情心术"才肯为人作序,并坚持自己的诗学立场:"好读诗,无论汉魏六朝、唐宋元明,惟取其是者是之,其非者辄置之。"④尤其赞同这样的观点:"诗以道性情已耳。苟能出于性情,勿论唐可,宋亦可也;如其不出于性情,勿论唐非,宋亦非也。"⑤在以性灵或性情为标准的理论前提下,唐、宋、元、明诗的时代界限就不存在了,只要是出于性情或性灵的诗,都是好诗。这就从理论上为元诗接受开拓了广阔的空间。

在性灵派诗论家中,郭麐(1767—1831)对元诗的关注最多。其《灵芬馆诗话》大量摘录《归田诗话》《辍耕录》等著作中的元诗评论,以己意考订、折衷,持论较为平允。但《灵芬馆诗话》最能看出郭麐性情的是他所摘录的 39 首元人绝句,相当于一部微型元人绝句选。其摘录标准是"疏朗清新、有逸调而无软熟之习者",并自言"酒阑灯炧,茶熟香温,开卷雒诵,聊以自娱而已"⑥,正是这种闲适自娱的情境,真实地反映了选家的个人嗜好。从批评方法来看,法式善也有类似的做法。他在《陶庐杂录》中提到:"朱竹垞谓偶吏目桓所选元诗为独开生面,而以缺七言绝句为憾。余尝欲补之而未就也。因忆文渊阁校《四库》书,所阅元人诗佳者,辄录存,多《四朝诗选》《元文类》《宋元诗

---

① 蒋寅《法式善:乾嘉之际诗学转型的典型个案》,《江汉论坛》2013 年第 8 期。
② 魏中林《法式善的诗学思想及其在乾嘉诗坛上的地位》,《民族文学研究》1993 年第 3 期。
③ (清)袁枚《小仓山房诗集》,上海古籍出版社,1988 年,第 73 页。
④ (清)法式善《存素堂文集》,《续修四库全书》第 1476 册,第 678 页。
⑤ (清)法式善撰,张寅彭、强迪艺编校《梧门诗话合校》卷六,凤凰出版社,2005 年,第 196、197 页。
⑥ (清)郭麐《灵芬馆诗话》,《续修四库全书》第 1705 册,第 357、358 页。

会)《元诗体要》《元风雅》《元诗选》《元诗癸集》中所未载者,将来合诸集甄综之,以复厥目旧观,竹垞翁其许我乎?"①经法式善录存而赞赏的元人七绝45首②,同样是一部微型的元人七绝诗选。比较法式善和郭麐所选元人绝句,其风格颇为雷同,说明二人有相近的诗学渊源。

乾嘉之际的诗学思潮,如果说翁方纲的"肌理说"是重视创作主体的学问修养,袁枚的"性灵说"是重视创作主体的个性抒发,那么,兼有学者和诗人双重身份的法式善,既有渊博的学识,但并不在诗歌创作中卖弄学问;既重视主体的性情,也不随心所欲。同时,由于受到王士禛"神韵说"的影响,法式善的诗歌创作也呈现出独特的面貌。如此多元的诗学渊源,自然而然地影响了法式善元诗接受的广度和深度。

三

乾隆年间编撰的《四库全书总目》,以提要的形式对古代学术进行了系统的总结,其中所蕴含的丰富的文学批评资料,值得深入挖掘。以元诗批评而言,《四库全书总目》著录元人别集205种,对每种别集都评价其优劣得失,代表了乾嘉时期元诗批评的主流观念和权威话语。《四库提要》对元诗批评的内容之多、影响之大,同时代的批评家无出其右。虽然法式善参与了《四库全书》的编纂,但他进入《四库全书》馆时《四库提要》的初稿已经完成。因此,法式善对元诗的批评,主要反映了他自身的诗学趣味和审美观念。

由于文献不足,目前没有发现法式善对元代诗人和作品的直接评论资料。法式善最重要的诗学著作《梧门诗话》,主要着眼于当代诗坛的评论。庆幸的是,法式善在批评清诗的同时,不知不觉地引入元诗与之对照,使我们间接地知道他对元诗的态度。例如,他在诗话中说:"陈古渔毅最喜韩竹邻泗芳诗,如'晚霞红漏天边月,秋叶黄飘

---

① (清)法式善《陶庐杂录》,第27页。
② (清)法式善《陶庐杂录》,第27—30页。

树底云',是其佳句也;近虞山屈上舍培基有'晚月带霞红有迹,秋梧过雨绿无痕'之句,与此相似。皆有元人风致。"①这里的"元人风致",法式善虽然没有明确解释,但揣摩他所举诗句,应当是指清丽、纤巧的风格。元人萨都剌《兰溪舟中》诗有"水底霞天鱼尾赤,春波绿占白鸥汀"之句②,后一句的用词与句法,正与"晚霞红漏天边月,秋叶黄飘树底云"相同。萨诗是俯瞰水底,韩诗是仰望天空,虽所见不同,但二者风格一致。这种风格,在明清以来的批评家眼中,既是元诗的特色,也是其弊病。《四库提要》曾引述李东阳《怀麓堂诗话》说:"孟载《春草诗》最传,然'绿迷歌扇,红衬舞裙',已不能脱元诗气习;至'帘为看山尽卷西',更过纤巧;'春来帘幕怕朝东',直艳词耳。"③将"元人风致"与"元诗气习"两个术语进行比较,虽然二者都是对元诗整体风格的描述,其所指涉的具体含义也可能大同小异,但所反映的诗学态度截然不同。"风致"是一种美好的、值得肯定的风格;而"气习"往往是指陈腐的、需要革除的风格。明初学者方孝孺曾有一首论元诗绝句:"天历诸公制作新,力排旧习祖唐人。粗豪未脱风沙气,难诋熙丰作后尘。"④方孝孺批评元诗有"粗豪"气习的观点,在明清时期的诗话中被广泛征引。除此之外,元诗"纤巧""绮丽"的弊病也是明清批评家要努力摒除的"气习"。《四库提要》在评价明初诗歌创作时,总是肯定那些能够摆脱"元诗气习"的作家。例如,该书评价汪广洋《凤池吟稿》说:"今观是集,大都清刚典重,一洗元人纤媚之习。"⑤评价王翰《梁园寓稿》说:"自抒性情,无元人秾纤之习。"⑥反之,像杨基那样不能摆脱"元诗习气"的诗人,则只能视为元、明易代之际的过渡人物,无法视为有功于明诗的开创者。由此可见,法式善与《四库

---

① (清)法式善撰,张寅彭、强迪艺编校《梧门诗话合校》,第 123 页。
② (元)萨都剌《雁门集》,上海古籍出版社,1982 年,第 334 页。
③ (清)永瑢等《四库全书总目》卷一六九《眉庵集》提要,第 1472 页。
④ (明)方孝孺撰、徐光大校点《逊志斋集》卷二四《谈诗五首》之四,宁波出版社,1996 年,第 859 页。
⑤ (清)永瑢等《四库全书总目》卷一六九《凤池吟稿》提要,第 1465 页。
⑥ (清)永瑢等《四库全书总目》卷一六九《梁园寓稿》提要,第 1477 页。

提要》的批评策略和批评方法是一致的。《四库提要》借批评明诗来否定"元诗习气",法式善借批评清诗来肯定"元人风致"。

除了对元诗的整体风格有肯定的评价,法式善对元代重要诗人的个体风格也有精准的把握,他对元人萨都剌《雁门集》的阅读与体悟颇深。法式善的同年进士甘立猷著有《养云楼诗》,他特别欣赏其《暮春闲咏》"燕子来时帘乍卷,梨花落后梦初闲"句,《途次德州》"垂杨不绾离愁住,又过安陵旧板桥"句,以及《游春词》:"韦杜城南十万家,春风到处酒旗斜。典衣争向炉边醉,又倚栏干听卖花。"认为"置诸《雁门集》中,正复难辨"①。如果不是熟读《雁门集》,法式善不可能做出如此准确的判断。试举萨都剌《经历司暮春即事》和《闽城岁暮》二诗为证。前者云:"双飞海燕拂帘过,风卷鱼鳞剪绿波。闲倚石栏数春事,满池红雨落花多。"②后者云:"岭南春早不见雪,腊月街头听卖花。海国人家除夕近,满城微雨湿山茶。"③其音节、体制、风韵完全相同。对于以萨都剌为代表的元诗清丽风格,无论法式善,还是《四库提要》,都持赞赏的态度。《四库提要》评价萨都剌《雁门集》说:"虞集作《傅若金诗序》,称进士萨天锡最长于情,流丽清婉。今读其集,信然。"④元诗的清丽,来源于对晚唐诗歌风格的模仿。按着儒家诗学观念,如果往典雅的一面发展,可以称许为清雅;如果往俗艳的一面发展,则可能会被讥评为绮靡或纤媚。对于后者,《四库提要》是作为不良"习气"予以否定的,但二者的界限极为模糊,很可能将"元人风致"也一并否定了。

法式善对"元人风致"的肯定,对萨都剌清丽风格的欣赏,反映了他对元诗审美特质的认识、对元诗独特价值的肯定,这在清代中叶诗坛并不多见。乾嘉时期,随着盛世的来临,诗坛为了润色鸿业,开始倡导以"雅正"为核心的诗歌批评标准。以张景星等的《元诗别裁集》、

---

① (清)法式善撰,张寅彭、强迪艺编校《梧门诗话合校》,第274页。
② (元)萨都剌《雁门集》,第380页。
③ (元)萨都剌《雁门集》,第264页。
④ (清)永瑢等《四库全书总目》卷一六七《雁门集》提要,第1446页。

顾奎光《元诗选》为代表的元诗选本,受沈德潜"格调说"的影响,选出的都是接近唐音的元诗;以《四库提要》为代表的诗学批评权威话语,肯定的是和平温厚、平正通达的"盛世之音",因而无法认同晚唐诗、南宋江湖诗以及师法晚唐的元诗;以翁方纲为代表的"学人之诗",以"肌理""质实"等作为诗歌好坏的取舍标准,只肯定虞集等学养深厚的元代诗人,同样无法重视元诗的个性。只有法式善眼中的元诗,是既不同于唐诗、也不同于宋诗的具有"元人风致"的诗,因而也最接近元诗的真面目。这正是法式善的元诗批评留给后人的独特贡献。

总之,法式善的诗学思想远绍康熙年间的王士禛,近师乾嘉之际的翁方纲与袁枚,既重视元诗文献的搜集与整理,也重视元诗本身的艺术特质,在元诗接受史和清代诗学史上都占有重要的一席之地。遗憾的是,近代以后,随着宋诗运动的兴起、元史研究的兴盛,元诗的接受与研究,逐渐走向了宋诗化、学问化的道路,元诗的真面目也愈加模糊。因此,回顾和探讨法式善元诗接受的独特视角,或许能带给我们新的启示。

论著原始出处

I 版本目录学与宋元文献（上）——书棚本与《江湖集》

第一章　陈起和书棚本

［日］会谷佳光译《陳起と書棚本》，《アジア遊学》第180期《南宋江湖の詩人たち——中国近世文学の夜明け》，日本勉诚出版社，2015年

第二章　《江湖前、后、续集》与《江湖集》求原

《新国学》第八卷，巴蜀书社，2010年

［日］会谷佳光译，早稻田大学《江湖派研究》第二辑，2012年

第三章　书棚本唐人小集综考

［日］早稻田大学主办"第二回南宋江湖诗派国际学术研讨会"，京都，2012年10月20日

《国学研究》第33卷，北京大学出版社，2014年

第四章　宋刻《南宋群贤小集》版本发微

［日］早稻田大学主办"第二回南宋江湖诗派国际学术研讨会"，京都，2012年10月20日

《古典文献研究》第十七辑下卷，凤凰出版社，2015年

II 版本目录学与宋元文献（下）——元刻本与元人别集

第五章　清代私家书目二种考证

第一节　徐元文《含经堂藏书目》考

（台北）《书目季刊》第42卷1期,2008年

第二节　稿本《漱六楼书目》作者考实

《文献》2015年第2期

第六章　元刻元人别集调查与叙录

第一节　海内外公藏元刻本古籍调查与著录

《图书馆理论与实践》2016年第2期

第二节　四十七部元刻元人别集书录

《国学研究》第二十二卷,北京大学出版社,2008年

第七章　稀见元人别集版本研究

第一节　元人别集《云樵诗稿》及其注释的发现与文献价值

《文献》2007年第4期

第二节　元杨翮《佩玉斋类稿》的版本问题

《文献》2012年第4期

第三节　《全元文·杨翮卷》佚文辑补

《元代文献与文化研究》第三辑,中华书局,2015年

Ⅲ　虞集诗文著述辑考

第八章　伪《杜律虞注》考

《古典文献研究》第七辑,凤凰出版社,2004年

第九章　《全元文·虞集卷》佚文篇目辑存

《古典文献研究》第八辑,凤凰出版社,2006年

《虞集年谱》附录,凤凰出版社,2010年,修订稿

第十章　《虞集全集》补遗

《虞集年谱》附录,凤凰出版社,2010年

Ⅳ　元人诗文总集研究

第十一章　释明本《梅花百咏》考辨

《新国学》第十一卷,四川大学出版社,2015年

第十二章　《青云梯》和《新刊类编历举三场文选》所录元代江浙乡试赋题考
《古典文献研究》第九辑,凤凰出版社,2006年
第十三章　清人编元诗总集二种研究
第一节　姚培谦与《元诗自携》和《元诗别裁集》
《古典文学知识》2015年第4期
第二节　《元诗选补遗》考辨
《民族文学研究》2007年第4期

V　元诗接受研究

第十四章　五山时代前期的元日文学交流
《四川大学学报》2015年第3期
第十五章　晋安诗派与明末清初的元诗接受
《厦门大学学报》2014年第4期
第十六章　法式善与乾嘉之际的元诗接受
《民族文学研究》2015年第4期

后 记

2010年，我同时出版了自己的硕士论文和博士论文，算是治学的起始和初阶，迄今已快十年。适时回顾自己的治学历程，既是一个阶段性的小结，更是未来新起点的酝酿。

我的硕士论文以虞集为题，完成了二十万字的《虞集年谱》，为后来主攻元代文学文献奠定了基础。鉴于当时虞集研究还很薄弱，市面上没有虞集诗文全集的整理本，只能参考《四部丛刊初编》本《道园学古录》，以及台湾新文丰出版公司影印的《元人文集珍本丛刊》本《道园类稿》。于是逐一抄录虞集诗文篇目，比勘异同，进行辑佚。那时在文献方面下的苦功，主要体现在本书第九章和第十章，增补《全元文》未收虞集文章47篇，后来又为《虞集全集》补遗诗歌62首、文章44篇。

虞集是"元诗四大家"之首，因此，我在读博期间由点及面，将研究方向拓展至整个元诗文献的宏观研究。当时《全元诗》尚未面世，只能以清人顾嗣立所编《元诗选》作为了解元诗全貌的基础文献。而中华书局在整理《元诗选》时，发现道光年间钱熙彦所编《元诗选补遗》的部分内容因袭顾嗣立《元诗选》未刻稿本，因而将其作为《元诗选》系列总集不可或缺的一部分整理出版。这个问题引起了我极大的兴趣，于是进一步查考资料，发现顾嗣立的《元诗选》未刻稿本是咸丰十年(1860)"庚申之难"后才从苏州流散出来，身处金山县的钱熙彦在道光年间似乎很难直接利用该书稿本。当我被这一疑问长久地困扰时,有一天偶然到旧书店闲逛,随手翻到架上有一本清代收藏家胡尔荣的《破铁网》,看到其中有这样一段话:"《元诗选补遗》八十六家,洞庭席氏扫叶山房写样付刻本。"不期而至的发现让我欣喜若狂,它表明我之前的猜测是合理的:钱熙彦《元诗选补遗》因袭的不是顾嗣立《元诗选》未刻稿本,而是席世臣《元诗选补遗》。因而写成《〈元诗选补遗〉考辨》(第十三章第二节)一文,很快就被《民族文学研究》采用。这篇论文的发表让我深受鼓舞,最终以《〈元诗选〉与元诗文献研究》为题完成博士论文。受陈垣先生史源学思想的影响,我决定首先考证《元诗选》的文献来源,因而大批量查阅元人别集、元诗总集、地方志和书画文献。本书第四部分"元人诗文总集研究"就是在博士论文基础上进一步研究的成果。

读博期间,我常去南京图书馆古籍部查阅资料,最大的乐趣就是发现了不少稀见元人别集版本,如韩璧《云樵诗稿》湮没了六百余年(第七章第一节),丁丙旧藏杨翮《佩玉斋类稿》的清抄本比《四库全书》本多出文章27篇(第七章第二、三节),等等。后来又到北京大学中文系访学半年,全面调查了北京大学图书馆和中国国家图书馆所藏元刻元人别集(第六章第二节),以后又拓展到元刻本古籍的通盘调查(第六章第一节)。在这一过程中,我深刻认识到版本目录学对于治学的重要性,因此,我一方面学习和研究版本学,另一方面对清代私家藏书目录产生了浓厚的兴趣,发现并解决了徐元文《含经堂藏书目》和周锡瓒《漱六楼书目》两种书目的文献问题(第五章)。可以说,版本目录学奠定了我的学问根基,也成为我后来从事研究生教学的重心之一。

我博士毕业后到四川大学工作,专业仍然是中国古典文献学,在继续从事文献学研究的同时,也尝试转向元代文学研究。2009年申请的教育部课题"元诗接受史"就是最初的尝试,阶段性成果见于本书第五部分的三篇论文;而2011年申请的国家社科基金项目"元代印刷文化与文学研究"则是文献学与文学研究的结合。

元代只有不到一百年的历史,文献资料有限,整体文学成就也无法与唐宋和明清相提并论,但它无疑是衔接唐宋与明清文学的重要阶段。以之为起点,可往前或往后进行延伸研究。最近几年,我就在努力往唐宋和明清文学文献方向拓展研究领域,去年成功申请了教育部课题"书棚本唐宋诗集编刻流传研究",今年即将出版《采山楼藏稀见清人别集丛刊》。

对书棚本与《江湖集》的关注,肇始于我的博士论文选题设想之一,后来虽然选择了《元诗选》,但对书棚本的兴趣始终未曾衰减。2009年,四川大学承办第六届中国宋代文学学会年会,我偶然提交的会议论文《〈江湖前、后、续集〉与〈江湖集〉求原》(第二章)引起日本早稻田大学内山精也先生的关注,后被翻译成日文发表在《江湖派研究》第二辑。此后撰写的几篇与书棚本相关的论文,或是应邀参会(第三、四章),或是刊物组稿(第一章),都是在内山先生的邀请和敦促下成文的。如果没有内山先生的鼓励,我不大可能持续地进行书棚本与《江湖集》的研究,特此致上我最衷心的谢意!此外还有一个契机,就是我有幸参与了傅璇琮先生主编、程章灿师任分卷主编的《宋才子传笺证》(南宋后期卷),撰写了十余位江湖诗人的小传,系统地梳理了江湖诗派文献,为进一步研究奠定了基础。同时也要感谢祝尚书先生和周裕锴先生将拙作纳入丛书出版。二位先生都是宋代文学研究的著名学者,多年来悉心指点、提携后进,使我受益良多。虽然我目前在宋代文学与文献研究方面的成果还很少,但有几位先生的引导,未来还是值得期待的!

罗 鹭

2019年4月15日

于四川大学中国俗文化研究所

图书在版编目(CIP)数据

宋元文学与文献论考/罗鹭著. —上海:复旦大学出版社,2020.1(2021.4重印)
(四川大学古典文学研究丛书/祝尚书主编)
ISBN 978-7-309-14536-6

Ⅰ.①宋… Ⅱ.①罗… Ⅲ.①中国文学-古典文学研究-宋元时期②古籍研究-中国-宋元时期 Ⅳ.①I206.4②G256.2

中国版本图书馆 CIP 数据核字(2019)第 166160 号

宋元文学与文献论考
罗　鹭　著
责任编辑/王汝娟
复旦大学出版社有限公司出版发行
上海市国权路 579 号　邮编:200433
网址:fupnet@fudanpress.com　http://www.fudanpress.com
门市零售:86-21-65102580　团体订购:86-21-65104505
出版部电话:86-21-65642845
上海崇明裕安印刷厂

开本 890×1240　1/32　印张 10.5　字数 265 千
2021 年 4 月第 1 版第 2 次印刷

ISBN 978-7-309-14536-6/I·1180
定价:65.00 元

如有印装质量问题,请向复旦大学出版社有限公司出版部调换。
版权所有　　侵权必究